Les voyages
et aventures extraordinaires
du frère Angelo

Guy Hocquenghem

Les voyages et aventures extraordinaires du frère Angelo

ROMAN

Où est-elle, ô mort, ta victoire ?
Où est-il, ô mort, ton aiguillon ?
Saint PAUL

Albin Michel

Les voyages
et aventures extraordinaires
du
frère Angelo

22, rue Huyghens, 75014 Paris

ISBN 2-226-03442-0

Soyez plus hardis que vous ne fûtes jamais. Un homme qui n'a pas connu l'épreuve ne prendra que du vent. Il faut que l'oreille soit souffletée par le fracas des soucis et de la pénitence... Les tablettes de notre cœur sont pleines de désirs charnels qui font obstacle au doigt de Dieu...

Thomas MÜNZER

Dies irae, dies illa, solvet saeclum in favilla...
(Ô jour de colère, jour terrible où l'univers sera réduit en cendres...)

T. de CELANO

DÉDICACE

Au Magnifique Révérendissime Seigneur, Son Éminence le Cardinal d'Ostie, Grand Pénitentiaire, Protecteur de l'Ordre des Frères Mineurs, qu'illumine l'Esprit-Saint en toutes ses décisions. Très Haut et Puissant tuteur des faibles et des humbles, l'usage veut en effet qu'on dédie son écrit, dès lors qu'on appartient soi-même à l'Église, à quelque puissant prince parmi ceux du Sacré Collège. En ce temps-là, temps de foi et de miracles qui fut celui de nos grands-pères et que je vais retracer, lors du siège de Naples par les Français (ai-je lu dans les *Vies des hommes illustres et des grands capitaines* de Brantôme), le peuple fut témoin d'un prodige qui ouvrit les paupières de l'âme aux plus endurcis.

Les Français tiraient du canon contre la ville sans même s'interrompre pour les fêtes de l'Église. Mais les Napolitains, fidèles à la Foi, ne renonçaient pas aux processions. Lors de celle du vendredi saint, un boulet français, et ceci s'est passé aux yeux de tous, vint droit sur le Grand Crucifix que portaient à bout de bras les Frères Mineurs de Saint-François d'Assise. Et l'on vit ce miracle : le grand Christ de bois inclina la tête, évitant ainsi le boulet ; le vent fit voler des éclats du bois de la croix. De tels signes de la faveur éclatante et divine envers cet ordre ancien inspirent le respect.

Le Conseil des Indes de Sa Majesté le Roi de Castille et d'Aragon a sagement prohibé l'importation et la lecture, dans les colonies du Nouveau Monde, de toute forme de romans, fictions, contes et nouvelles. Cette interdiction du roman est une bonne et sainte chose ; car il va de soi que, s'il est interdit d'en importer d'Espagne, il est *ipso facto* interdit d'en faire sur place. Pourtant, que Votre Éminence sache que nous disposons ici, à Lima, de notre propre imprimerie (tant la colonie a prospéré), qui a exécuté le volume qu'elle tient à présent entre Ses mains ; lequel complète par la vie du Frère Angelo mon Histoire Naturelle et Sociale des Indes Occidentales. Mais ce livre-ci n'est pas un roman, et ne saurait tomber sous l'interdiction qui, dans un louable esprit de pénitence et de charité, réserve aux besoins de l'évangélisation tout le commerce des imprimés. Les pensées graves, des *Imitations,* des psautiers ou des bréviaires, et autres recueils et traités écrits par des personnes pieuses, doivent seuls parvenir aux Indiens ; qu'ils récoltent le meilleur, et non le pire, de notre civilisation. Nous leur avons déjà suffisamment imposé de maladies et de misères. Le roman, comme en a jugé la Couronne, ne peut qu'ajouter au poids de leur malheur la consolation équivoque d'une ivresse inutile. Le roman, comme le vin, serait funeste aux nombreux Indiens élevés dans nos collèges, les rendrait paresseux, les ferait douter des Vérités Révélées que nous avons eu tant de peine à leur enseigner.

La vie d'Angelo de San Giminiano, que je présente à genoux à Votre Magnifique Seigneurie, afin qu'Elle jette sur mon livre un regard indulgent, n'est donc pas une fiction. Le frère Angelo de San Giminiano, qui portait avant son entrée au couvent le nom d'Angelo Valori, a réellement vécu toutes les aventures que retracent ces pages. Les dangers nés de la fréquentation des Infidèles sont bien connus des Pères de l'Église ; et la triste histoire de Fray Angelo n'en est qu'une édifiante illustration.

Que Votre Éminence me permette donc de déposer à Ses pieds mon ouvrage et de le justifier. Elle est la protectrice naturelle de l'Ordre de Saint-François, béni soit-il, où l'humilité est de rigueur. Appelant à lui les plus humbles, comme le fit Notre-Seigneur, cet ordre franciscain a eu ses mérites immenses, du temps de saint Bonaventure. Notre époque est tout autre ; les querelles entre obédiences franciscaines ont déchiré la tunique du *Poverello.* Mais ce n'est pas à un membre d'un autre ordre de juger ses frères en Dieu, bien que notre fondateur Ignace de Loyola ait été autrefois refusé chez les Frères Mineurs de Saint-François, ce qui fut une bonne chose, car il créa alors la Compagnie à laquelle j'appartiens.

C'est donc tout naturellement que le récit de la vie du Frère Mineur Angelo est dédié à Votre Magnifique Seigneurie. Mais assez sur ce sujet ; il est temps, en vérité, que commence la relation des faits, des gestes et du procès de Fray Angelo. Les Indiens du Mexique avaient une grande idole, un démon redoutable, dont le nom signifiait « Miroir qui Fume ». Les vieux disent que, peu d'années avant que Hernán Cortés ne vînt détruire son empire et sa capitale, l'empereur Moctezuma fut prévenu du désastre par un prodige diabolique ; les pêcheurs du lac de Mexico apportèrent à la Cour un étrange oiseau qu'ils avaient capturé : on eût dit une grue ; mais il portait sur la tête un miroir, un de ces miroirs d'obsidienne noire qu'utilisaient les anciens Mexicains, qui n'avait été fixé là d'aucune façon par une main humaine, mais bien par les démons. Et Moctezuma vit dans ce miroir les Espagnols, leurs navires et leurs chevaux, ce qui l'effraya terriblement.

Que Votre Éminence daigne à présent se pencher, Elle aussi, sur le miroir que je lui tends ; miroir où, à travers les fumées qui obscurcissent d'abord la vue, se donne à contempler, non l'avenir, mais ce passé de près d'un siècle...

Lima-Callao, en l'année 1592,
Joseph de Acosta S.J.

PRÉLUDE

Rio de La Plata
Année du Serpent

NOIR. Chaud. Vivant. Tiède obscurité, qui sent la fumée. La fillette aux cheveux noirs lissés et luisants s'est roulée en boule. Dans l'ombre maternelle de la grande case ronde, que le peuple guarani appelle *teii,* les feux dispersés des autres familles font régner sous le toit de palme un brouillard épais ; des pots, des hamacs, des arcs sont suspendus aux parois. L'enfant — elle n'a pas encore de nom, cela viendra avec l'initiation, en même temps qu'on lui percera la lèvre inférieure pour y enchâsser un morceau de cristal — regarde les flammes mouvantes. Les hommes sont à la chasse. Comme tous les autres habitants de l'immense construction, la fillette est nue. Seuls un pagne minuscule et une ficelle couvrent son petit sexe. Sa peau est cuivre rouge, ses yeux légèrement fendus.

Demain, la tribu mangera son père.

Son père, c'était un grand chef. Il a combattu bravement les terribles Charuas, qui descendaient le fleuve pour attaquer les paisibles Guaranis. Il était grand, fort, les cheveux tondus, les lèvres percées, qui portaient les labrets de pierres précieuses, et avait au cou un croissant taillé dans une coquille de moule géante ; il se noircissait les jambes avec le jus du fruit génipat. Son père, c'était le chef du *teii.* Il était le meilleur archer, mais surtout le plus généreux guerrier de toute la tribu. Son nom est connu dans tout le *Teoka,* dans tous les villages-cases jusqu'à la grande rivière rouge, jusqu'aux hautes montagnes qui marquent la limite, vers le soleil couchant, du Grand Empire.

Il est mort à la guerre. Alors, on va le manger ; la petite sait cela, sait qu'elle en mangera elle-même. Et ce lui est une consolation, à cette gamine lovée dans la sombre chaleur de la case, de savoir qu'elle va manger son père. Elle n'a encore jamais mangé d'homme. Jusqu'à présent, le manioc était sa seule nourriture.

Elle regarde sa mère, la poitrine ballante, avec son demi-frère attaché dans un baluchon de coton qui tressaute sur son dos, s'échiner à extraire le jus amer des tubercules, après les avoir pelés avec un couteau de coquillage, puis râpés avec une planchette où sont enchâssés des morceaux de quartz. Un grand sac de vannerie, tout en longueur, pend d'une des poutres qui soutiennent la toiture de la case ; la femme, dans l'ombre rougeoyante, tire de toutes ses forces à coups rythmés, sur l'extrémité du sac, pour en extraire le fameux jus. Il est empoisonné, tant qu'il n'a pas séjourné un jour ou deux au soleil.

La gamine sait depuis toujours tout cela. Avec la pâte, passée au crible et chauffée sur une plaque d'argile jusqu'à devenir une galette roussie des deux côtés, elle fabriquera tout à l'heure l'accompagnement obligé de tout festin, les gâteaux de cassave.

Son père était un grand magicien. Il tenait la recette du poison dont il enduisait les fléchettes de sa sarbacane de son propre père. La petite fille était son seul enfant. Aussi, un jour, l'emmena-t-il loin, au nord, pour lui montrer la liane qu'il fallait cueillir après avoir invoqué l'Esprit de la Forêt, et comment la faire bouillir pour concentrer le suc qui paralyse. Il lui avait appris bien d'autres rituels, parce qu'il n'avait pas de fils, et qu'il ne voulait pas que son savoir, qu'il tenait de son géniteur, pérît avec lui.

En mangeant son père, la petite fille sans nom n'ignore pas que ses pouvoirs magiques s'incorporeraient en elle plus que dans tous ces parents, ces alliés, esprit collectif qui s'apprêtait au festin. Son père, d'ailleurs, le lui avait fait promettre, avant cette guerre avec les redoutables Charuas et leur chef Cangapol : « Ne laisse pas dévorer mon corps par les bêtes sauvages, ni les vers et la pourriture. C'est toi mon tombeau. » Mais on savait que les Charuas, comme la plupart des Indiens, ne rendaient pas les corps des ennemis tués, et souvent les mangeaient eux-mêmes.

En revanche, contrairement aux Guaranis, ils ne mangeaient pas leurs propres guerriers.

« Vous allez me tuer pour m'avaler ? Ces muscles, cette chair, ces tendons, ce sont les vôtres, pauvres fous ! Vous ne savez pas que la substance de la chair de vos ancêtres y est assimilée ? Si vous les mangez, vous y trouverez le goût de votre propre chair, la viande même de votre famille que j'ai en mon temps dévorée avant que vous ne me dévoriez à votre tour. À travers moi, c'est vous-mêmes que vous ingérez ! » s'était écrié le chef lors de sa captivité.

Et, convaincus, les Charuas avaient rendu le corps aux Guaranis.

Ce festin qu'organise le peuple guarani est un hommage au mort. Et la fillette nue aux yeux noirs qui songe toute seule, dans l'obscurité, pendant qu'au-dehors les grands arbres se peuplent des cris des singes, et que s'entend déjà le pas des hommes qui font craquer les branchages en revenant pour le repas du soir, ne sait pas si elle est triste ou heureuse. La grande case aux murs de torchis est entourée d'une palissade, où les guerriers plantent les têtes des ennemis tués au combat. A l'extérieur, une clairière que le feu a défrichée.

Elle a le corps entièrement teinté de rouge sombre, par le *roucou* que sa mère lui a appliqué en vue de la cérémonie. Celle-ci est restée de longues heures, assise devant la grande case, à lui épiler cils et sourcils. Les Guaranis, et la petite fille elle-même, instinctivement, ont horreur du poil.

Derrière, contre le mur, la masse de cérémonie de son père, richement décorée de plumes, et qui s'achève en une boule couverte d'une feuille d'or, brille sinistrement. Cette nuit se passera, tandis que rôde l'ocelot tacheté, à boire et à parler, dans le grand *teii*. À parler du mort, à le louer, à le vanter, à le critiquer parfois, quand le vin de manioc, que les femmes ont fabriqué en mastiquant longuement la pâte pour l'imprégner de salive, commence à tourner les têtes des guerriers.

Elle mangera son père demain, la petite fille. On aura coupé les pieds et les mains, que sa mère fera griller à part, sur des brochettes ; le tronc rôtira sur un grand feu, sur le « boucan » fumant, entre deux fourches. Et la fillette sera la première à qui le nouveau chef offrira, cérémonieusement, sa part de viande presque carbonisée, où elle plantera ses dents d'enfant.

La petite fille se frotte les yeux, qu'irrite en permanence la fumée. Mais dehors, c'est pire, c'est le danger qui vous guette. Les serpents et les fauves, et l'énorme buffle furieux qui charge les enfants. Elle est si mignonne, elle promet tant, que son père l'a surnommée « Jeune Maïs ». Fine, les pommettes saillantes, les yeux fendus en amande, elle est la beauté guaranie réalisée. Elle s'étire, minuscule fauve brun qu'endormait la chaleur. Oui, son père était un grand sorcier et un courageux guerrier.

Sa haute coiffure de plumes, son masque de cérémonie rouge et vert pendent à la poutre au-dessus d'elle, à dix fois sa hauteur. Le nouveau chef en héritera demain.

Elle pense que son père a été un bon père. Il l'avait parfois punie en lui versant du jus de tabac dans les yeux, quand elle mangeait de la terre, ou, plus tard, quand elle avait laissé mourir le foyer en s'endormant à côté. Il lui racontait des histoires de revenants, ou des esprits des bêtes de la forêt. La petite fille pourtant n'est pas triste de cette mort, parce qu'elle sait que son père erre à présent dans le paradis du Grand Chasseur, et qu'elle accepte ce décès comme une fatalité.

Et elle, que deviendra-t-elle ? Elle avait su le deviner. Comme elle a hérité des pouvoirs magiques de son père, ses oncles et ses tantes en feront une petite sorcière.

Première partie

DEVOTIO MODERNA

Malheureux que je suis, abandonné de tous, ayant offensé le ciel et la terre, où irai-je ? Où me tourner ? Qui me prendra en pitié ?... Je n'ose lever les yeux. J'exhalerai les paroles de la douleur...

SAVONAROLE,
début de la *Méditation sur le psaume « Miserere »*

CHAPITRE I

FLORENCE, MAI 1498

De profundis clamavi ad Te, Domine...
Psaume 129

« J'ESPÈRE qu'il ne va pas pleuvoir, cette fois-ci. La dernière, c'était il y a un mois, la pluie a gâché tout le spectacle. »

L'homme, qui ressemblait plus, avec son manteau et son pourpoint de laine, à quelque modeste artisan de la ville qu'à un simple ouvrier, scrutait le carré de ciel au-dessus de la place de la Seigneurie. Des petits nuages blancs en faisaient un plafond de peintre ; et le soleil déjà chaud, net et victorieux, découpait la silhouette crénelée de la tour du palazzo della Signoria, dont la grande cloche, celle des graves alertes, veillait là-haut sur la ville, dans l'azur. La *loggia* des Lanzi, à droite du palais, étincelait de lumière ; ses fines colonnettes de marbre aussi blanches qu'à leur construction, deux siècles plus tôt, dessinées sur le sol par l'ombre portée, semblaient se mirer dans le pavement. Déjà la rue, entre les deux édifices, était parcourue de citoyens florentins, les *popolani*, qui portaient leur manteau à capuchon médiéval, uniforme de cérémonie. *Popolano :* la ville se vantait de ne pas connaître d'autres titres de noblesse, et même les Médicis n'y étaient que des citoyens comme les autres.

Ces taches brunes allaient et venaient du Duomo, dont l'immense dôme blanc et noir dépassait des palais, derrière le Bargello, jusqu'au Lungarno, le quai de la rivière, et au Ponte Vecchio.

L'homme qui venait de parler s'adressait à son aide et à ses ouvriers. Trois charrettes, attelées de bœufs roux, occupaient le centre de la place, chargées à craquer de rondins de bois. L'aide, un jeune homme vif et souriant qui faisait tout le travail, en chemise blanche ouverte et haut-de-chausse vert qui lui moulait les muscles, opina à ces sages espérances :

« Sans compter que la dernière fois, c'était encore plus compliqué à bâtir. »

Ça, ils s'en souviendraient longtemps. Un mois plus tôt, il avait suffi de cette journée fatale pour abattre le pouvoir, ferme et moral, que le dominicain Savonarole exerçait sur Florence ; et pour commencer la tragédie dont la première victime fut Francesco Valori, grand-père de notre héros, dont toute l'existence fut marquée par ce pieux souvenir. Temps d'incrédulité et temps de foi ! Cette foi brûlante allait traverser la famille Valori...

« J'ai récupéré le bois qui n'avait pas brûlé ce jour-là, je l'ai fait sécher dans des hangars, et voilà, il est prêt, ajouta l'aide en montrant les charrettes.

— Tu as bien fait. Quand on pense que ce bois a été coupé pour le triomphe du Moine, et qu'il va servir à le brûler, lui et ses maudits *piagnoni,* pleurnichards du couvent San Marco. »

Le jeune homme haussa imperceptiblement les épaules. Il avait été, comme toute la ville, savonarolien et partisan du gonfalonier démocrate Francesco Valori ; pendant quatre ans, il n'avait respiré que miséricorde, espérance, foi et charité ; il avait bâti avec joie le « bûcher des Vanités », l'an d'avant. Les constructeurs de bûchers ne chômaient pas à Florence ; et c'est ce qui faisait se frotter les mains à son maître, passé sans problème en un jour des *piagnoni* fervents aux *bigi,* les gris mitigés ni démocrates ni trop médicéens.

« Ça, c'était un beau bûcher, je ne dis pas, concéda le maître. Le Moine savait s'y prendre pour ces choses-là. »

On l'avait dressé en forme de pyramide pour pouvoir exposer toutes les horreurs de la mauvaise vie. C'étaient des livres exotiques, des jeux, des fards et des parfums, des peintures libertines, des cartes à jouer, des perruques et autres toupets de femmes immodestes, que la brigade des enfants *piagnoni* avait arrachés aux Florentines.

« Enfin, c'en est fini du prophète. La roue tourne, conclut

philosophiquement l'artisan. Mais le bûcher du jour où il a plu n'était pas mal construit non plus. »

Cet autre jour, il avait fallu grouper le bois en deux tas parallèles, pour faire un véritable couloir de feu, par où les deux adversaires tenteraient de passer. La construction des bûchers, et des passerelles d'accès, avait pris plusieurs jours ; on avait même travaillé la nuit. Et tout ça pour rien.

C'était frère Domenico da Pescia qui avait à l'époque provoqué le désastre ; Domenico, l'ami, le disciple le plus ardent de Jérôme Savonarole, alors au faîte de sa puissance, bien qu'il ne fût dans la République que le prieur de San Marco et le prédicateur qui emplissait l'immense caverne du Duomo de sa voix de bronze. Frère Domenico était impulsif, à la fois naïf et fougueux ; il croyait littéralement à toutes les paroles du père Jérôme, et il tomba pieds joints dans le piège. À Florence, les franciscains, groupés autour de leur église Santa Croce, presque au bord de l'Arno, et qui auraient dû soutenir Savonarole, avaient toujours détesté les dominicains de San Marco. C'étaient eux qui avaient lancé le défi. Un défi au miracle, une ordalie, un jugement de Dieu entre Savonarole l'excommunié et la hiérarchie de l'Église, par le moyen du feu. « Qu'entrent dans le feu avec moi tous ceux qui persistent à soutenir le moine Jérôme ! » avait crié un frère mineur, robe brune et cordelière contre robe blanche et noire du dominicain. Et Domenico avait relevé le gant.

Le vainqueur de l'épreuve aurait été celui qui serait sorti vivant du brasier. Mis au pied du mur, sommés de faire un miracle, les frères prêcheurs de San Marco n'avaient pu reculer, bien que Savonarole, par son don de prophétie, eût redouté la catastrophe. Non que ce bûcher risquât de consumer frère Domenico ; cela, c'était impossible ; il lui avait donné à porter le saint sacrement, et une de ses propres chapes rouges, bénie par lui. Pas plus que ses partisans, Savonarole ne doutait que le soutien divin s'exprimerait aux yeux de tous. Lui, le rebelle levé contre les riches, les seigneurs, l'immoralité des Borgia, avait le Christ de son côté ; ce Christ que les fresques délicates, aux tons amortis et frais, dont Fra Angelico avait décoré le couvent, représentaient partout, au réfectoire comme dans les cellules.

Mais il y avait un autre dénouement possible de l'appel au miracle : que tout s'écroule dans un éclat de rire général. Et c'est en effet ce qui s'était passé.

Un mois plus tôt, donc, ce jour de la pluie, malgré l'essence de térébenthine et la poudre à canon que l'aide avait prodiguées, la foule avait assisté, non à un miracle, mais à un cafouillage monstrueux. D'abord, l'adversaire de Domenico avait contesté jusqu'à la dernière minute les conditions de l'épreuve, exigé que frère Domenico enlevât la chape qu'il portait car elle était peut-être enchantée par quelque sortilège. Puis qu'il déposât le crucifix de bois qu'il tenait à deux mains ; à mesure que le ciel se couvrait de nuages gris, pommelés, grondants et lourds, l'homme continuait à pinailler. Il refusait que Fra Domenico portât sur lui une hostie consacrée. Celui-ci, séparé de son adversaire par une cloison de bois installée dans la loge des Seigneurs, fit répondre qu'il n'était pas question qu'il s'en séparât. L'impatience gagnait la foule. Fra Domenico, blême dans sa robe immaculée, mais résolu et ferme, voulut marcher tout seul vers le bûcher, en traversant la place noire de monde, où les vieilles femmes s'agenouillaient en baisant le bord de sa robe et en marmottant des patenôtres.

La Seigneurie élue depuis deux mois, les huit prieurs et le gonfalonier de Justice compris apparurent à la tribune du palais, la *ringhiera.* Le ciel devint noir d'encre. Depuis six heures, sans manger ni jamais s'asseoir, la foule assistait à d'incompréhensibles palabres. Elle bombarda cette tribune d'œufs et de fruits pourris, sans l'atteindre. Les premières gouttes commencèrent à tomber en s'écrasant sur le bois avec un floc sonore. Le bûcher et l'épreuve étaient à l'eau. La nuit tombait. La Seigneurie fit trompetter que toute l'affaire était remise à date ultérieure. Savonarole était perdu, puisque le Ciel se moquait de lui.

Dans le gouffre obscur du capuce noir qui cerne d'une ombre intense le maigre visage au nez d'aigle, que le reflet du scapulaire blanc, porté sous la cape immaculée, rend livide, seules les lèvres minces bougent encore. Dans sa cellule du

Bargello, celui qui n'est plus que le frère Girolamo de Ferrare, car il avait vu le jour dans la cité de diamant des Este, revit lui aussi ces quatre années de gloire, de folie divine ; Savonarole est en train de dicter au frère Domenico les dernières pages de son *Miserere*, paraphrase du psaume du même nom :

« Ô Seigneur, quand ils dresseraient contre moi leurs camps, mon cœur ne serait pas ébranlé, car Vous êtes ma force et mon refuge... »

Le Moine n'a pas peur de la mort. C'est un familier de la Faucheuse ; il l'a toujours souhaitée, cette mort qui n'est que le début de la vraie vie. Savonarole a écrit autrefois, dans la plus pure tradition médiévale, un *Ars moriendi*, un art de la préparation à la mort, dont le frontispice représentait la Faucheuse tenant à deux bras son instrument et riant de ses dents de squelette. Il ne regrette rien, de ces quatre années, le Moine enchaîné aux pieds, dans sa cellule du vieux château fort qui sert de prison, juste derrière la place où il entend rouler les lourds rondins et frapper les marteaux qui bâtissent son bûcher.

« Un chapeau rouge, un chapeau rouge de sang ! » avait-il réclamé pour lui-même quand il prêchait. Non pas le chapeau de soie du cardinalat, qu'on lui offrait pour le faire taire, mais celui de la mort violente.

Il ne regrette rien, sinon peut-être ces exécutions, oh, pas plus de quatre ou cinq, qu'il a laissé accomplir ; celles des traîtres favorables au retour des Médicis, incarnés par l'imbécile Pierre, fils attardé de Laurent le Magnifique, plus fier de ses succès au théâtre, à la paume et à la lutte que soucieux de la grandeur florentine, et qui, l'hiver, employait le génie de Michel-Ange à bâtir des statues de neige aussitôt fondues.

Il leva les bras pour se protéger de la vision.

« Je n'ai pas voulu cela. C'est Francesco qui les a condamnés et exécutés.

— Calmez-vous, *Frate*. Tout le monde à Florence sait que c'était une décision du gonfalonier, pas de vous. »

Savonarole baissa le bras avec un gémissement ; et la figure maigre, au nez d'aigle, aux lèvres serrées, eut un rictus de douleur. Sa jambe était bandée, et sa poitrine, où plusieurs côtes étaient cassées du fait de l'estrapade, haletait péniblement. Mis à la question depuis un mois pour l'obliger à se rétracter et à se soumettre au pape Borgia, il avait déjà subi quatre fois cette forme de torture ; elle consistait à suspendre le condamné à plusieurs mètres de hauteur, et à le lâcher d'un seul coup. Et puis, quand l'homme était à terre, une jambe ou un bras cassé, en hurlant sa douleur, à le hisser de nouveau et à recommencer.

« *Haec dicit Dominus Deus : gladius domini super terram cito et velociter.* »

Oui, le glaive du Seigneur s'était abattu, bien plus vite et plus tôt qu'il ne l'avait attendu. Mais l'épée de feu s'abaissait sur lui, non sur Florence, ce nid d'iniquités, de jeux et de luxure. Ses révélations, ses fureurs, sa voix même — sa célèbre voix qui passait sans transition du tonnerre à la plaisanterie populacière, mêlait les visions prophétiques à des conseils de politique étrangère et des fustigations verbales de commère du quartier — étaient brisées. Il ne restait du Moine que cette douleur de chair pantelante, dans la poitrine ; et en cet abandon pathétique par une ville ingrate, il ne pouvait que marmonner, pour offrir sa souffrance au Seigneur, le psaume :

« Ayez pitié de moi, ô Seigneur, dans Votre grande miséricorde... »

« *Cito et velociter*. Soudain et vite. Tout a tourné si vite — le vent, la ville, la Seigneurie... »

Frère Jérôme avait parlé presque à voix basse, mais Domenico l'avait entendu. Le jeune homme aux yeux caves, aux traits fiévreux, se mit péniblement à genoux. Lui aussi avait subi la question.

« Dieu ne s'est pas retiré de toi, ô Père vénéré. Il t'offre au contraire la justification suprême, mourir pour la Foi. L'Église de Rome est une catin vendue à l'encan, disais-tu depuis ta chaire, dont tu martelais le bois pour clouer au pilori l'infamie des Borgia. Tu disais aussi : " Seigneur mon Dieu, je me tourne vers Vous ; Vous êtes mort pour la vérité, et moi, je suis content de mourir pour Votre propre vérité. " Souviens-toi, on avait dû bâtir d'immenses gradins dans la nef de Santa Maria del Fiore, pour toute cette foule qui voulait t'écouter.

— Mais les riches, les impies, les *arrabbiati*, les enragés, les *compagnacci*, les mauvais sujets, qui ne rêvaient que de retourner à leurs jeux, leurs débauches et leur prostitution, à leurs chansons infâmes, eux qui sont le scandale de cette ville, me chahutaient. Florence, placée au centre de l'Italie, et qui est son cœur, aurait pu donner l'exemple. Mais les grandes familles m'ont trahi... Sauf le Francesco Valori, toi-même et quelques autres du couvent ; et aussi le frère Sylvestre. Tout le monde négociait dans mon dos, avec le pape, avec l'empereur. Florence s'est cabrée comme un mauvais cheval qui se débarrasse de son cavalier, le Christ. »

Au début, pourtant, outre les Valori, grande famille républicaine qui avait fourni de nombreux noms aux « bourses », urnes d'où sortaient par tirage au sort les officiels florentins, l'éloquence âpre, brutale, de Savonarole avait attiré l'élite florentine. Devant la tribune où il vitupérait, l'adolescent prodige, le comte Pico della Mirandola, des artistes célèbres, Sandro Botticelli, Michelangelo Buonarroti, et même le jeune Niccolo Machiavelli se pressaient pour l'écouter. Savonarole avait eu pour l'enthousiaste jeune comte la seule véritable passion humaine de son existence, lui qui s'était voué à un Dieu jaloux. Il l'avait rencontré au chapitre général des dominicains, mondanité intellectuelle du temps, où le jeune humaniste, comme d'autres allaient au concert, assistait pour le plaisir à des controverses théologiennes ; et Pic avait été enthousiasmé par le style si brutal et si clair du représentant de San Marco. Même son accent lourd de Ferrare lui plaisait. Quant à frère Jérôme, il avait eu le coup de foudre.

Thema. Introduction. *Divisio. Prothema et subdivisio.* Savonarole n'avait jamais cru à ces plans de sermons tout faits que lui avaient enseignés ses maîtres du couvent de Bologne ; il parlait directement sur l'ordre de Dieu, depuis sa grande illumination de 1481.

Le jeune comte était si charmant, ses longs cheveux noirs flottant au vent, ayant échangé ses justaucorps brodés contre la rude laine, et la philosophie humaniste pour la sévère doctrine du Frère... Il était mort dans ses bras, à San Marco, à trente-deux ans, le jour même de l'entrée des Français dans la ville ; ce fut le premier véritable chagrin de Jérôme Savonarole. Il allait le rejoindre à présent.

La cloche de San Marco, que ses adversaires appellent « la Pleurnicharde », du nom de ses partisans, les pleureurs, sonna dans le lointain. Il n'avait plus que quelques heures à vivre. Les *Buonomini,* les seigneurs qui participaient à son interrogatoire, le gonfalonier Popoleschi, qui avait remplacé Valori, ainsi que l'envoyé du pape lui avaient tous révélé avec un plaisir de tortionnaire que *ses* moines, ses chers moines, aussitôt après sa défaite, lui avaient tourné le dos et avaient écrit à Alexandre VI une supplique pour réintégrer le giron de l'Église officielle. L'œuvre à laquelle il tenait le plus, cette congrégation réformée de couvents dominicains qu'il avait fondée malgré l'opposition de la hiérarchie de l'ordre, s'était écroulée en quelques jours.

« *Polluerunt templum sanctum tuum !* » s'était-il écrié. Les Borgia triomphaient. L'homme qui avait acheté le Saint-Siège à coups d'époustouflantes simonies, au point que même les ambassadeurs des Rois Catholiques, du Roi Très-Chrétien, de l'empereur Maximilien, s'en étaient offusqués, l'Espagnol maudit, il l'avait dénoncé à la tribune, avant qu'on lui interdise le prêche, dans cette *terrifica praedicatio,* cette prédication terrifiante, où il était passé maître ; prédication qui laissait les auditeurs blêmes de terreur et silencieux de longues heures ; les hommes se rongeaient les poings d'angoisse, les femmes pleuraient à chaudes larmes. Même les enfants sensibles à la propagation de cette onde de terreur s'immobilisaient, comme vidés de leur pétulance habituelle.

« Avant, l'Église rougissait de ses vices. Maintenant, elle en est fière. Les cardinaux et le pape n'ont même plus de “ neveux ”, comme ils disaient autrefois pour couvrir leur effrayant népotisme, ils ont des fils, et les appellent comme tels, au sens littéral. Ils disent de moi, à Rome, que je suis le *Filium perversionis,* le Fils de la perdition. Celui que vous appelez ainsi déclare que lui n'entretient ni gitons ni concubines, il ne viole pas les princes adolescents. Christ, ton Église est vendue à des jeunes gens encore imberbes dont les parents ont de quoi acheter quelque beau “ bénéfice ”, quelque juteuse abbaye commendataire, ou même coiffer la barrette. Et celui qui devrait donner l'exemple des vertus se livre à la sodomie. Ô honte ! *Postribulum puerorum deflorat !* »

L'assemblée avait frémi ; l'allusion à Vanozza Catanei, la belle poissonnière romaine qui avait donné quatre enfants au futur pape, et aux mœurs de Borgia, bien que la prudence lui eût conseillé le latin pour l'accusation la plus grave, était des plus claires. Parmi ces enfants, l'aîné, le tristement célèbre César Borgia, était gonfalonier de l'Église, capitaine général des troupes de Sa Sainteté. Qui ne savait que le duc de Gandie, le propre frère de César, avait été achevé par lui dans les bras mêmes du pape à coups d'épée, le pape leur père, chez qui il était venu se réfugier ? Le vêtement papal avait été souillé du sang plus d'une fois dans le passé, et Paul II, par exemple, avait exécuté de sa propre main un des académiciens de Rome, accusé d'avoir comploté contre la Foi. Mais l'organisation d'un massacre de pauvres condamnés à mort au Vatican, à coups de flèches, devant toute la famille Borgia en goguette, distraction pontificale abominable, passait les bornes.

« Ô Italie, ô chrétienté ! Abomination sur le Saint-Siège ! Pauvre pays crucifié par les invasions des barbares ! Tout cela par la faute de celui qu'on appelle Christianissime, par la faute de la France et de son roi... »

Domenico secoua la tête, inquiet de voir son prophète s'agiter au moment où venait le repos suprême ; il était visité de nouveau par les songes de grande politique qui avaient traversé l'œuvre du Moine. C'étaient les idées de Francesco Valori, dont le prénom lui-même traduisait l'attachement de sa famille à la France. Lors de l'arrivée des Français, qui avaient déboulé en Lombardie en se déversant dans la plaine du Pô, quatre ans plus tôt, avec leurs grandes arquebuses et leurs canons tirés par des chevaux géants sans queue ni oreilles, Savonarole leur avait été résolument favorable. Cette immense armée de soixante mille hommes, bataillons suisses et allemands en court jupon et pantalons serrés, avec d'immenses panaches qui rehaussaient encore leur stature, et leurs hallebardes, ces fers de hache plantés au bout d'une lance portée comme le saint sacrement, cette armée, la plus forte et la plus moderne d'Europe, ne pouvait être que l'instrument, le fléau de Dieu qu'il avait prophétisé.

C'était le Moine qui avait négocié avec Charles VIII l'évacuation de la ville par les troupes françaises. Florence, ou Fleurance, comme disaient les Français, avait dans ses armes un lys comme la France. Et la France était l'alliée naturelle contre le pape. Mais la France avait trahi la confiance de la jeune République, l'avait abandonnée sans pitié.

Savonarole regarda ses longues mains osseuses, si expressives qu'il en jouait pendant la prédication en les sortant de la gueule sombre de la manche et en les agitant comme des marionnettes. Le sort de l'Italie, la sauvegarde des villes libres, des communes nées de l'apogée du Moyen Âge, Florence, Lucques, Sienne, avaient un moment reposé entre ces mains-là.

Dehors, dans la via Larga, près du palais Médicis, des trompettes sonnaient. Ces mêmes trompettes avaient sonné l'assaut au couvent, quand la ville s'était retournée contre son sauveur et avait abattu le pouvoir du Moine.

Dans les rues, les bourgeois étaient en *lucco,* capuchon de cérémonie, et en *guarnacca,* robe aux larges manches de soie ou de laine fine, ou enturbannés de plusieurs mètres de tissu, dont un pan faisait traîne dans leur dos ; les dames portaient leur *gonella,* somptueusement brodée, des turbans encore plus énormes que ceux de leurs maris, ou des chapeaux coniques à l'extrémité desquels flottait un long ruban de gaze, hérités du temps passé, les seins presque à l'air, offerts de nouveau à la concupiscence comme de gros fruits laiteux projetés vers le passant ; des jeunes gens parlaient haut en riant très fort, serrés dans des chausses de deux couleurs différentes, une pour chaque jambe, et qui moulaient, combien de fois Savonarole ne s'était-il pas indigné de cette mode impudique, des virilités renforcées par des boules de coton ; enfin, étaient venus aussi les paysans et les pauvres, en sabots et tunique rapiécée. Et tous se pressaient vers la place, où l'on venait d'ouvrir les barrières de bois qui en barraient les accès.

Le *montanino,* l'énorme cloche du Bargello, ébranla de ses coups puissants les murs de la cellule. Dans l'air flamboyant de midi, none sonnait aussi au palais, au campanile du Duomo, et un concert de cloches s'élevait au-dessus des toits, souligné par le tintement lointain de Santa Croce. Où était-il, le temps où c'étaient les sermons du *Frate* qui attiraient des milliers, des dizaines de milliers, parfois, en carême, d'auditeurs fervents, où ses prêches, aussitôt traduits en latin, étaient imprimés sur des feuilles volantes et faisaient le tour de l'Europe en quelques jours ?

L'après-midi était férié, en l'honneur — pour la dernière fois — du Moine et de ses complices ; les gens du peuple avaient apporté, qui des pois chiches, qui du *tonino* fumé en tranches. Les riches, sous des parasols aux franges dorées, buvaient du vin frais des collines environnantes dans des coupes d'argent.

On vit passer à la tête de la procession les moines de Santa Croce, leurs deux inquisiteurs en tunique grise, et le tabellion qui notait les aveux. Le pape, depuis toujours, faisait brûler les franciscains par les dominicains, et réciproquement, en jouant sur la rivalité des deux ordres.

Des jongleurs, des bouffons, des vendeurs d'eau en couleurs bariolées faisaient fortune à tous les coins de rue ; et chacun se pressait pour avoir une bonne place, bien près du bûcher et de la potence qui le surmontait à présent. Une autre procession, l'officielle, s'avançait avec des représentants des cinquante-sept quartiers, portant leur gonfalon — un lion, une fleur, un pont pour l'Oltrarno ; et chaque « Art », chaque corporation, était représenté par son consul élu, chacun avec un gros cierge, et précédé de trompettes et de fifres. Les habitants de la via Larga, où passait la procession, avaient suspendu aux fenêtres leurs plus belles tapisseries ; et certaines, particulièrement ornementées, traversaient même le ciel entre deux palais à bossages. En fin de cortège, sur une mule drapée de rouge, le général des dominicains, le père Turriano, envoyé du pape pour mener l'instruction contre Savonarole.

« Oui, pense Savonarole, tandis qu'il entend déjà les pas des geôliers qui s'approchent, l'Italie doit mourir à elle-même, à l'espérance nationale, s'étendre sur la croix depuis les Alpes jusqu'à la Calabre, et prêter le flanc aux coups de lance des soudards étrangers. Désespérance de l'Italie, décadence de l'Église. » Le frère Jérôme, qui avait prédit, au temps de sa gloire, la mort de Laurent le Magnifique, celle des enfants royaux de France, celle du Roi Très-Chrétien lui-même, n'avait pas su voir, dans ses rêves agités, sa propre fin, ni celle de son meilleur soutien, gloire de la vraie Foi : car celui qui avait, le premier, payé pour ces quatre ans de sainte folie, le premier martyr savonarolien, ç'avait été Francesco Valori.

Toujours cette journée de la chute, obsédante, qu'il revit en descendant les couloirs entre ses gardes. La journée où est mort l'ancien gonfalonier Francesco Valori. Que ce nom résonne à jamais dans la mémoire des hommes !

Les Valori étaient une vieille et illustre famille de l'Art de la soie ; et leur chef, le sévère et prude Francesco, avait pris parti contre l'aristocratie médicéenne, et pour les réformes du Frère. Valori était un chrétien fervent, mais il pensait aussi, et non sans raison, que l'avènement du principat caché des Médicis, soixante ans plus tôt, avait été le début de la fin de la puissance commerciale florentine. Les Médicis ! Après s'être approprié la banque, ces anciens apothicaires, qui portaient sur leurs armes les pilules fabriquées par leur aïeul, avaient mis la main sur le mont-de-piété où les Florentins déposaient les dots de leurs filles à marier. Impiété suprême !

Valori, qui était un petit homme au visage sombre, portant une barbe poivre et sel, avait été le bras séculier du Moine. Ces discours de haine contre les usurpateurs de la liberté florentine, qu'il avait pendant des années tenus à ses enfants, Ascanio, Gino et Filippo, et à sa femme Maria, il avait enfin pu les vociférer publiquement. C'était lui qui avait mené l'enquête, au nom des Dix de Justice et de Paix, contre Bernardo del Nero, Lorenzo Tornabuoni et Niccolo Ridolfi, pourtant frère de Giovanbattista Ridolfi, l'un des principaux moinistes. Il avait dû peser de tout son poids sur la « pratique », l'assemblée de deux cents citoyens choisis spécialement pour les juger, afin d'obtenir leur mise à mort. Ils conspiraient avec Pierre de Médicis, avec Rome. On avait trouvé des lettres. Ils méritaient leur sort.

Mais en faisant exécuter ces descendants de grandes familles, ces adolescents batailleurs, Francesco Valori avait rompu la loi implicite qui régissait les relations entre les puissantes lignées de Florence. Il s'était mis lui-même au ban de cette ploutocratie, en dépit de l'ancienneté de sa fortune.

Le jour fatal, dimanche des Rameaux, 8 avril, et lendemain de la pantalonnade du double bûcher, le frère Mariano sortit du couvent de San Marco, accompagné d'une foule de fidèles, pour se rendre par la via del Cocomero au Duomo, et prêcher en lieu et place de frère Jérôme, interdit de parole par la nouvelle Seigneurie. Mais les *compagnacci*, armés de frondes et de cailloux, ont vidé la cathédrale ; depuis le parvis, ils bombardent les moinistes en tuant au passage un jeune dévot qui lisait l'*Imitation de Notre-Seigneur* en marchant vers l'Annunziata, où il n'arrivera jamais.

À San Marco, c'est l'heure des vêpres, que célèbre frère Jérôme, sous la grande fresque où le Jugement dernier déploie ses fastes et ses fureurs. Est présente la fleur des grandes familles converties au moinisme, Valori, Giovanbattista Ridolfi, des femmes et des enfants à genoux. C'est encore Francesco Valori qui prend l'initiative de la résistance, en faisant braquer par les fenêtres les trois vieilles espingoles qu'il a fait cacher dans les caves du couvent, et en les dirigeant contre la foule des manifestants, montée du Duomo, qui tente d'enfoncer la porte.

Le Frère avait voulu sortir pour affronter la populace, ce *popolo magro*, ce peuple maigre, hier si sensible à sa voix ; Francesco avait eu toutes les peines à l'en empêcher. Finalement, avec une douzaine d'hommes, les plus résolus, ils étaient montés sur le toit, et ils bombardaient les assaillants avec les tuiles qu'ils en arrachaient.

Derrière les hurlements des combattants, le triste appel de la Pleurnicharde qu'on faisait sonner à toute volée, on entendait, majestueuse, la voix profonde de l'orgue et le chœur des moines chantant à pleins poumons, sous la direction du Frère : « *Salvum fac populum tuum, Domine* », « Sauve ton peuple, ô Seigneur ». Quand les assaillants pénétrèrent dans la pénombre du chœur, ils s'arrêtèrent un instant sur le seuil, saisis malgré leur fureur par le spectacle émouvant de ce recueillement et de cet abandon.

Quand les projectiles commencèrent à pleuvoir sur la théorie de moines, deux jeunes frères, celui qu'on appelait *Frate Tedesco,* parce qu'il venait d'Allemagne, et frère Luca della Robbia, digne rejeton de cette famille d'artistes, grimpèrent sur l'autel en tirant à l'arquebuse sur les assaillants. Savonarole, lui, avait pris un ostensoir, qu'il brandissait à deux mains en formant ses moines en une procession impeccable, qui passa du cloître à la bibliothèque où ils s'enfermèrent. Et là, Savonarole décida de se livrer.

Mais quand le couvent se rendit, Francesco Valori n'était plus là. Dès la notification de l'arrêt de la Seigneurie, deux heures plus tôt, qui enjoignait au couvent de livrer son prieur, il avait ceint son épée et était sorti par les jardins, de l'autre côté du bâtiment, pour aller chercher des armes et des secours. Des enfants — ces mêmes enfants qui psalmodiaient dans les rues, quelques semaines auparavant, en pieuses brigades : « Vive le Christ et celui qui croit, allons Florence, il faut œuvrer, car Jésus veut couronner celui qui mourra pour cette foi... » — le poursuivaient de leurs *lazzi.* Francesco, en arrivant devant la casa Valori, chez lui, vit la haute façade à losanges, orgueil de la famille, dont la corniche en surplomb s'effondrait déjà, en proie aux flammes. On avait mis le feu à son palais.

« Maria ! Mes fils ! Ascanio ! »

Ses hurlements, tandis qu'il s'arrachait la barbe à poignées, firent reconnaître l'ancien gonfalonier de Justice. Les *compagnacci* ivres morts qui dansaient autour du feu lui amenèrent sa femme, enchaînée et presque nue, avec de grands rires. Et soudain, en pleine rue, alors que la Seigneurie a envoyé une escorte pour accompagner le prisonnier au palais, Benedetto Ridolfi et Piero Tornabuoni, parents de ces jeunes fous qu'il avait fait exécuter, se précipitent sur lui et le poignardent à coups redoublés. Sa femme, qui s'est jetée sur son corps sanglant, subit le même sort. Et tandis que s'écroulent dans les flammes les planchers et les plafonds à caissons de la maison familiale, la danse reprend de plus belle autour des ruines du palazzo Valori.

« Quel joli petit feu nous allons allumer ! J'ai déjà sur moi la sentence. »

Romolino, le second commissaire envoyé par le pape, court et gras prélat au sourire faux, qui se frottait les mains d'un geste machinal, s'était adressé en ces termes à la Seigneurie dès son arrivée à Florence, qui n'était plus rebelle à l'Église, dès le 19 mai.

Un « joli petit feu ». Savonarole, qu'on entraîne à présent, après la communion, sur la place, entouré d'archers et de gardes pour éviter qu'il ne soit mis en pièces avant même d'atteindre son bûcher, avait subi deux procès, l'un civil, l'autre religieux. Pour mieux déshonorer le condamné, la Seigneurie avait fabriqué de toutes pièces un faux procès-verbal, où il reconnaissait ses erreurs. La lecture de ce texte truqué au Grand Conseil — « mon dessein était de dominer Florence... Je n'ai jamais eu de visions prophétiques envoyées par Dieu... » —, le 19 avril, avait jeté dans la terreur et la stupéfaction les derniers *piagnoni.*

Dehors, au sortir de la fraîche et ombreuse cellule, le soleil aveugle le Frère. Il trébuche.

« On va lui en faire accomplir, des miracles, au vénérable Père... », grince le général des dominicains, qui trônait avec son collègue sous un dais pourpre à la tribune du palais.

Devant eux, le bûcher entassé, suivant toutes les règles de l'art, forme une colline de bois sec. Derrière le *Frate,* le fidèle Domenico da Pescia, très droit et ferme, qui avait refusé toute abjuration, et le frère Sylvestre, presque simplet, somnambule, que deux gardes portaient à bout de bras, apparurent à leur tour. La foule rugit à leur vue, en insultant les condamnés. On savait, bien que la sentence n'eût pas été lue, que les trois frères seraient « pendus par le cou et en outre brûlés, pour que leur âme soit séparée de leur corps ».

Mais avant le bûcher, il restait une dernière cérémonie à accomplir. Sur la tribune, l'évêque Paganotti, vicaire de l'archevêque de Florence, s'est levé. Il allait procéder à la dégradation de son ancien subordonné, à son exclusion de l'ordre. Les deux membres de la confrérie des « Noirs », chargés d'accompagner à la mort et d'assister les condamnés, s'écartent un instant.

Les trois frères sont en chemise de laine, pieds nus et mains liées. Deux dominicains de Santa Maria Novella, dans la cour du palais, avant leur sortie, leur ont brutalement arraché l'habit de l'ordre. « Comme je t'ai désiré, saint habit... », murmurait le frère Jérôme.

L'évêque Paganotti, lui-même ancien dominicain et ex-fidèle de Savonarole, eut un geste d'irritation quand il découvrit que le Frère ne portait plus son vêtement. C'était indispensable pour qu'il puisse l'en dévêtir à nouveau et en public. On recherche l'habit. En bas, la foule crie son impatience. Finalement, alors que la chaleur fait suer le prélat, on retrouve le froc, abandonné dans un coin de la cour du palais. Pendant ce temps, le maigre visage au nez busqué du Frère semble presque sourire.

Il revêt à nouveau, sans protester, le capuce noir et la cape de laine blanche ; et le petit personnage immaculé au chef noir d'oiseau de proie, ravivant les souvenirs, provoque dans la foule une hésitation. Mais le temps des prêches est passé.

Lui arrachant pour la seconde fois le vêtement consacré, le Judas qu'est Paganotti, ému malgré lui, se trompe en prononçant à haute et claire voix la formule rituelle de la dégradation :

« Je te sépare de l'Église militante et triomphante.

— Seulement de l'Église militante, réplique aussitôt Savonarole. Le reste n'est pas ton affaire. »

Romolino s'approche à son tour, et absout les condamnés au nom du pape. Le greffier, qui a oublié de lire la sentence de la Seigneurie, se rattrape avec celle des juges pontificaux. Enfin, sur un signe des huit seigneurs, également présents, les trois condamnés sont livrés au bras séculier.

Un pont, ou plutôt une passerelle de bois, relie à quelque hauteur la tribune au sommet du bûcher. Sous le pont, d'amusants titis se sont glissés, et ils attendent le passage des pieds nus des trois frères, à l'intention desquels ils ont glissé entre les planches des clous acérés, pointe en l'air. Frère Sylvestre trébuche, se blesse, se met à pleurer. La silhouette du bûcher, cube parfait de bois entassé en quinconce, que surmontent trois poteaux, chacun avec une traverse fixée à son sommet — le père Turriano a fait raccourcir cette traverse, pour éviter toute ressemblance avec la Croix —, se découpe sinistrement dans la chaude lumière du début d'après-midi. Fra Domenico, les yeux au ciel, la barbe au vent, son regard bleu perdu dans les nuages, essaie en vain d'entraîner les deux membres de la confrérie charitable des Noirs, qui les suivent, le crucifix à la main, dans un *Te Deum* provocateur. De la place, on entend à peine l'hymne sacrée, chantée à mi-voix, on siffle, on s'impatiente.

Le père Turriano s'éponge le front. Ce sera bientôt fini, mais que de retards ! Frère Sylvestre, comme on le hisse à la potence, s'est soudain calmé, après l'orage de larmes qu'il a versé. Il tend le cou, et l'on ne voit plus que la large tonsure tandis que sa voix déjà étranglée chuchote :

« *In manus tuas commendo spirituum meum* », recommandant, comme le Christ sur sa Croix, son âme à Dieu.

Il fut aussitôt suivi du frère Domenico, l'air extatique, et muet de ravissement.

On avait gardé le frère Jérôme pour le bouquet final. Il avait en vain supplié d'être le premier ; puis il changea d'idée, et réclama l'évêque au pied du gibet. Le bourreau, la corde à la main, hésitait. La foule grondait, des gamins criaient à pleine voix, et ces cris se répandaient dans les ruelles étroites et sombres, autour de la place :

« C'est le moment de faire des miracles, *Frater !* Va rejoindre ton ami Valori ! »

Frère Jérôme voulait obtenir d'être brûlé directement, il refusait l'adoucissement de la pendaison préalable. Sa mort, lui semblait-il, serait plus lumineuse ; être plus près de la Lumière avait toujours été son souci. Depuis la tribune, d'un geste de la tête, le gonfalonier avait refusé. Le bourreau saisit le Moine, qui s'était mis à réciter son *Credo,* son visage ascétique devenu comme absent, et, furieux des délais que cette exécution avait demandés, après lui avoir passé la corde au cou, soutint le corps suspendu à deux bras, pour ralentir la strangulation.

Frère Jérôme étouffait, la langue sortie de la bouche, déjà violette, et pourtant il vivait encore.

« Il a voulu que le feu le rôtisse vivant, il va le sentir passer », grommela le bourreau.

En bas, la foule, quand elle comprit le sens de la manœuvre, et qu'elle y découvrit une cruauté de plus à l'égard de son ancien prophète, éclata en vivats. Ça, c'était un bourreau !

Un vieil homme — plus vieux d'apparence que par l'âge —, courbé dans un caftan vert, à l'écart sur la place, semblait seul désapprouver la joie populaire. Sandro Botticelli, que le respect dû au génie protégeait de ses concitoyens, secouait la tête et protestait à voix basse :

« Vous brûlez un saint ! »

Le bourreau redescendit rapidement, après avoir mis le feu à une bûche imprégnée d'huile, qui flamba aussitôt net et clair. La poudre, dispersée çà et là, crépitait en communiquant l'incendie à tout le bûcher. Une flamme lécha les pieds du Frère, en provoquant des ampoules grésillantes. Instinctivement, ses jambes se replièrent. Et puis la chemise se mit à brûler, découvrant ce pauvre corps luxé, couvert de bleus, maigre à faire peur, marqué par les cilices et les disciplines. Une dernière ruade annonça la fin de tout mouvement.

La foule était un peu déçue. Savonarole était mort trop vite. Les enfants reprenaient leur ronde, tandis que les joueurs, qui avaient parié sur une longue agonie, haussaient les épaules.

Et les enfants chantaient, autour de ce supplice, de ce cadavre à présent tout cloqué et noir de fumée :

« Pleureurs, ô pleurnichards ! Voici l'un des vôtres ! »

Et ils se mirent à lancer des pierres sur ce mannequin grotesque qui brûlait là-haut. L'une d'entre elles, bien coupante, atteignit le ventre gonflé par la chaleur. Les viscères n'avaient pas encore brûlé. La peau éclata sous le choc.

Le feu, dévorant d'un coup ses réserves de bois, eut un vrombissement brutal ; et les flammes éclairèrent intensément les façades crénelées, les visages tendus de colère. Puis le brasier décrut, trop vite, et en moins d'une heure, il n'y eut plus rien à voir : les flammes avaient fait leur travail.

Il ne restait plus sur le bûcher qu'un sac de peau brûlée.

Audacieusement, un gamin tout petit et dépenaillé grimpa parmi les cendres, et arracha les viscères rôties qui pendaient. D'autres l'imitèrent. Ce foie, jauni de bile amère, macéré et presque cuit, ce cœur si plein de Dieu, où le sang noir s'était figé, passaient de main en main, et, portés au bout de piques, s'en allaient faire leur dernière promenade par les rues en liesse.

La Seigneurie fit apporter plus de bois, et alimenter le bûcher. Il fallait brûler jusqu'aux os du prophète. Le feu dura tout l'après-midi, pendant que la sieste tombait comme une chape sur la cité.

Un couple qui était jusque-là resté, comme hypnotisé, un bourgeois et sa femme en habits sombres de demi-deuil, se retira enfin en jetant alentour des regards inquiets. L'homme, poupin, déjà doté d'un double menton, atteignait à peine la trentaine.

« Nous n'aurions jamais dû venir, Ascanio.

— Tais-toi, Caterina, veux-tu subir le sort de mon père et de ma mère ? Nous étions obligés. Si on ne nous avait pas vus sur la place, tout le monde aurait dit qu'Ascanio Valori portait le deuil de son père et était toujours moiniste... »

Le pauvre Ascanio qui, en dehors de son comptoir, était tout perdu, avait même dû lancer une pierre, oh, d'une main bien faible, quand des garnements l'y avaient contraint ; puisque le fils de l'ancien gonfalonier se prétendait maintenant éclairé sur Savonarole, il fallait qu'il en donne la preuve.

« Attends-moi un instant, Ascanio. Je reviens. »

Au moment de quitter la place, Caterina Valori s'arracha d'un geste décidé au bras de son mari et courut vers le tas de cendres fumant. Des aides du bourreau les entassaient à la pelle dans des sacs, qu'on vidait dans l'Arno, depuis le milieu du Ponte Vecchio. Et cette boue noire s'en allait dans l'eau jaune, comme un filet de sang dans le fleuve.

Caterina Valori se baissa précipitamment, remplit son mouchoir d'une poignée de cendres encore brûlantes, et revint à son mari. Celui-ci commença à protester :

« C'est de la folie ! On t'a vue ! La Seigneurie a ordonné que toutes les cendres soient bien dispersées. Dans notre position...

— Mais, Ascanio ! Ces cendres sont certainement des talismans puissants. Je ferai faire un reliquaire, et je prierai le frère Jérôme, qui est maintenant au Ciel, de me donner cet enfant que tu prétends vouloir si fort. »

Les allusions à leurs difficultés conjugales — mariés depuis dix ans, ils n'avaient pas encore d'enfant — mettaient toujours le prudent Ascanio mal à l'aise. Comme, d'un autre côté, il était profondément superstitieux, ces cendres, il en était sûr, devaient détenir un pouvoir magique. Quelque chose de l'insaisissable esprit du frère Jérôme demeurait certainement tapi dans ce petit tas de poussière. Mais, malgré la vertu des cendres dont Caterina s'enduisait en secret le sexe, il fallut à Ascanio, fils de Francesco Valori, et à sa femme, encore dix ans de tribulations et de patience avant d'avoir leur premier enfant. Ils l'appelèrent Angelo.

CHAPITRE II

ASSISE, NOËL 1522

Francesco, il tuo amore
per lui trovare mi ha costretto ;
tu se' il mio gran diletto.
Per qui i' moro amando.

Poème d'Hugo PANZIERA

« ANGELO, reviens, tu vas tomber ! »

À l'ouest, vers la vieille cité ennemie, Pérouse, sur les roseaux et l'eau verte du lac Trasimène, le ciel flambait déjà son crépuscule. Il était pourtant à peine l'heure des vêpres. Dangereusement assis sur le rebord d'une muraille en ruine, installé sur un bloc branlant qui faisait corniche et s'avançait dans le vide, un garçon blond aux cheveux bouclés tendait son visage méditatif vers la faible chaleur déclinante. Des nuages bas et gris couraient sur l'horizon, des nuages de neige, espérait-il. Ses minces épaules frissonnèrent sous le manteau de laine, brun et rêche, comme il convenait à un élève du *Studium generale* franciscain d'Assise.

Au sud, vers Todi, la douceur du paysage d'Ombrie se couvrait d'ombres lentes. La Rocca Maggiore, où ils se trouvaient, lui et un autre adolescent, chevelure noire, petit et difforme, qui se tenait en bas du rempart, les mains en porte-voix, offrait une vue étendue sur le calme des lointains dénudés, des collines violettes de Spolète, au-dessus desquelles le ciel vert s'assombrissait rapidement. Juste devant le jeune escaladeur, qui semblait n'avoir nulle peur du vide et posséder une grande confiance en ses muscles nerveux, le ravin sauvage du Tescio creusait son abîme déchiqueté, qui contrastait avec la paix des lointains.

De ce sommet du mont Subiaso, cette forteresse successivement guelfe et gibeline avant d'être à nouveau propapiste, démantelée, puis éternel chantier de reconstruction, on voyait tout Assise. En dessous d'eux, la cité sacrée s'étageait sur la colline : l'énorme masse déjà sombre du Sacro Convento à droite, soutenue par des arcades géantes, la *piazza*, les colonnes de pierre grise de l'ancien temple de Minerve, la tour communale, et la façade de marbre blanc et noir de San Rufino, cathédrale de la ville, à gauche. Et le flot des robes brunes des frères, qui marchaient par les rues étroites vers la basilique, coulait comme des ruisseaux de boue brune. Derrière les créneaux du rempart qui ceignait Assise sur toute sa longueur du trait ocre de sa pierre dorée, on distinguait les toits de l'église et de l'ermitage Santa Maria degli Angeli, la Portioncule, dans la plaine, au pied de la ville sainte, humble comme saint François qui l'habita.

« Angelo, redescends ! J'ai peur.

— Peur pour moi, Annibal ? Regarde, je ne risque rien. »

Quoique sa voix et son petit corps bossu eussent pu le faire croire plus jeune, Annibal avait douze ans, un an de moins que son ami perché ; Angelo s'était levé sur sa pierre branlante en écartant les bras dans la bise glacée, qui faisait voler sa cape derrière lui et au-dessus de sa tête, ange de chair qui semblait plonger dans la vallée noire, ailes étendues.

« Tu tombes ! Tu tombes ! » répétait Annibal, trompé par le mouvement des nuages au-dessus d'Angelo.

Celui-ci eut un rire léger, et sauta en arrière juste à temps : la pierre où il se tenait jusque-là, ébranlée et descellée, se précipita dans le gouffre en éveillant des tonnerres profonds dans toute la vallée.

« Tu es fou. Tu me feras mourir de peur... »

Le plus jeune, Annibal, serrait à présent son compagnon dans ses petits bras distors. Tout son corps était souffreteux, mais sa tête, disproportionnée sous une forêt de boucles noir d'encre, avait des traits frappants : une grande bouche sensuelle, des yeux de chat qui brillaient dans le crépuscule sous l'effet de l'émotion.

Annibal était terriblement émotif. C'était la raison pour laquelle Angelo, que son âge, sa naissance, sa beauté destinaient à fréquenter les descendants des riches bourgeois des grandes familles comme les Fiumi et les Nepis — qui étaient les Capulet et les Montaigu d'Assise, et dont les querelles avaient autrefois ensanglanté le pays —, s'était entiché, au *Studium*, au collège, de cet enfant malingre. Il l'avait fraternellement protégé contre les coups, les bagarres, les insultes qui pleuvaient doublement sur le pauvre Annibal, souffre-douleur naturel, par son physique et sa race.

« Annibal, ils t'ont appelé ainsi par haine des Romains ? » avait simplement fait remarquer une fois Angelo. Et le jeune garçon avait su qu'il savait. En effet, les vieilles familles juives espagnoles, réfugiées entre 1492 et 1498 dans les États de l'Eglise pour fuir Torquemada, donnaient à leurs enfants des noms carthaginois. Et les cousins d'Annibal, dont les parents s'étaient installés à Rome, s'appelaient Amilcar et Hanon.

Ils descendaient à présent tous deux le petit chemin étroit entre les oliviers, qui revient par-derrière jusqu'à la Porta San Giacomo. L'admiration qu'Annibal vouait à son protecteur s'expliquait aisément. Il suffisait de le voir, cabriolant dans les escaliers de pierre, saluant d'un geste courtois les vieux assis sur le seuil, tandis que par les portes entrouvertes une odeur de soupe au chou et une vapeur chaude venaient se condenser dans l'air froid du soir ; tout le monde connaissait, et appréciait, par un culte naturel de la beauté, le jeune Angelo Valori.

Il était grand pour son âge, bien découplé, et fils du riche drapier Ascanio Valori ; cela aurait suffi à sa popularité. Mais, de plus, ses traits fins, sa longue chevelure blonde, son sourire enjôleur en faisaient un Botticelli sorti du cadre. Annibal, amoureux de ce prince de la jeunesse d'Assise, ne le quittait pas d'une semelle ; et l'autre, avec une indifférence royale, l'avait accepté, compagnon devenu fidèle, comme on subit un animal familier.

Il y avait bien des régions de l'âme d'Angelo que son petit compagnon n'arrivait pas à percer à jour. Quelque chose, dans sa piété, d'excessif, surtout pour Annibal dont la religion était de pure convention. Ses tristesses soudaines, ces désirs indicibles qui le prenaient par moments, pendant la prière collective des élèves, ou bien le soir, à complies ; cette préoccupation qui lui ridait le front des heures entières, d'où lui venaient-ils ? Annibal souvent redoutait cette foi impérieuse, qui éloignait le jeune homme du cercle des jeunes farfelus de son âge, lesquels se pavanaient sur la place en chausses bicolores. Angelo lisait, il lisait trop même : la préface d'un certain Martin Luther au *Miserere* de Savonarole, qu'il avait acheté à un colporteur venu du Nord, ainsi que *La Liberté du chrétien* de ce même augustin de Wittenberg, qui semblait reprendre le flambeau du réformateur florentin ; ou encore l'*Enchiridion*, ou *Manuel du chevalier chrétien* d'Érasme. Alors que ses condisciples dévoraient des romans comme l'*Amadis des Gaules*, il se nourrissait l'esprit des querelles qui agitaient la chrétienté, grosse à la fois de l'humanisme païen, dont le couronnement fut l'esthète Léon X, et de la Réforme.

Angelo s'enivrait de ces brochures, de ces gravures venues d'Allemagne, comme *Le Chevalier, la Mort et le Diable* de Dürer.

« Le monde bouge, Angelo. Là-bas, dans le Nord, les abus sont dénoncés. Le mauvais pape » — Annibal se signa et jeta un œil effrayé sur les silhouettes des oliviers qui les entouraient — « a trouvé le moyen, avant de mourir, de condamner la doctrine de Martin Luther. »

Deux ans auparavant, en ce même temps de Noël, Martin Luther, sous les acclamations des étudiants de Wittenberg, avait brûlé la bulle papale qui le menaçait d'excommunication, avec les décrétales et tout le droit pontifical.

« Tu sais que je ne suis pas luthérien, mais il a mis le doigt sur la plaie... »

Ces considérations dépassaient largement l'entendement d'Annibal ; le nouveau pape, avec sa volonté de purifier l'Église et sa lourdeur d'homme du Nord, lui plaisait d'autant moins qu'Adrien VI s'était mis, par réaction puritaine, à persécuter les marranes, Juifs ou Maures espagnols convertis de surface, qu'avaient accueillis, moyennant finance, ses prédécesseurs. Il était question de remettre en vigueur les prescriptions, vieilles de trois siècles, du IVe Concile de Latran, et notamment l'obligation de porter la rouelle, le rond d'étoffe jaune cousu sur le vêtement, et le chapeau pointu qui feraient reconnaître ces nouveaux convertis. Surtout, Annibal était, au contraire de son compagnon, préoccupé d'abord par la beauté des choses, naïf admirateur du monde créé ; et pour lui les querelles théologiques sur la Présence Réelle et la Transsubstantiation étaient autant d'arcanes incompréhensibles.

Mais même Annibal, qui n'aimait que dessiner et peinturlurer des fleurs en guirlandes, des amours, des trophées, sur les murs de sa chambre, ne pouvait ignorer complètement le grand vent de réformation morale qui secouait, à travers l'Église, la société de son temps. Les espoirs suscités, après l'atroce Borgia, le guerrier Jules II, l'esthète adorateur de la Vénus païenne Léon X, par le nouveau pape, cet Adrien d'Utrecht, ex-cardinal de Tortosa, devenu, quand Charles Quint hérita du royaume, régent d'Espagne jusqu'à l'arrivée du prince, furent très vifs. De Charles Quint, Adrien avait été précepteur. La réforme catholique avait commencé en même temps que Luther affichait ses thèses contre la vente des indulgences destinées à financer la reconstruction de Saint-Pierre de Rome. Dans la Ville pontificale, l'Oratoire du Divin Amour de Sadolet et Giberti se consacrait à la prière et à la charité, au service des malades incurables.

« Même ici, chez les franciscains, l'idéal de saint François dirige les tièdes et les ardents. Dans la marche d'Ancône, Matteo da Bascio prêche comme le faisait le frère Jérôme...

— Le nouveau pape, que Dieu nous le conserve, a fait dire à toute l'Église un *Confiteor* pour expier ses fautes, ses bénéfices vendus à l'encan, ses indulgences aux enchères. N'a-t-il pas écrit lui-même : “ Nous savons que sur ce Saint-Siège, depuis quelques années, il a été commis des faits abominables, des abus dans les choses ecclésiastiques... Nous avons tous failli, tout a été vicié ” ?

— Sais-tu que Rhodes vient d'être pris par les musulmans ? Les Turcs de Soliman l'emportent sur les chevaliers de Saint-Jean. »

Annibal, qui avait surpris une conversation entre son père et un coreligionnaire de passage, était souvent au courant, avant tout le monde, des événements lointains.

Angelo se retourna, bouleversé.

« Es-tu sûr ? C'est un signe. Le signe que j'attendais. Le temps est venu », dit-il, soudain solennel.

On sentait qu'il venait de prendre une grave décision.

Il dévalait les ruelles, et Annibal, essoufflé, avait du mal à suivre. L'autre l'attendit au coin de la via San Francesco.

« À quoi pensais-tu, là-haut ? souffla Annibal.

— À mon père », répondit Angelo, rembruni.

Dans cette rue commerçante, ils ne pouvaient plus courir.

« Tu le détestes toujours ? »

S'il détestait le lâche, le limaçon, la honte de la famille, ce père tout mou, sans grandeur, toujours à chercher un accommodement avec les ennemis, à se soumettre aux puissants !

L'histoire de la famille d'Angelo, Annibal la connaissait par cœur. Son protecteur lui en rebattait les oreilles.

« Tu sais pourquoi on s'aime bien tous les deux ? Parce que nous sommes des étrangers », aimait à répéter le gamin.

La famille Valori s'était exilée à Assise en l'an 1500, pour échapper au retour au pouvoir des *piagnoni* modérés, sous la forme du gonfaloniérat perpétuel, incarné par Soderini, que pilotait Nicolas Machiavel. Ensuite, malgré la présence du cousin Baccio — c'était une tradition florentine de garder toujours un membre de la famille dans chaque parti — parmi les officiers du pape Léon X, qui firent le coup d'État antidémocratique du 6 septembre 1513 par lequel le régime des Médicis se trouva rétabli sous la pression de l'armée espagnole, ils décidèrent de demeurer où ils étaient. Les affaires d'Ascanio Valori étaient devenues prospères à Assise, où il fournissait la bure des principaux couvents. Et la calme cité d'Ombrie, depuis le sac opéré par César Borgia, avait connu vingt ans de paix, pendant que sa voisine Pérouse subissait la lutte entre les Baglioni et le pape, et que toute l'Italie tremblait sous le choc alterné des armées française, impériale, espagnole.

D'ailleurs, en tant que sujette du Saint-Père, la ville était aussi bien soumise que Florence au pouvoir des Médicis, puisqu'ils régnaient dorénavant à la fois sur la Toscane par le petit Laurent, puis par le cardinal Giulio, et sur le Saint-Siège par Léon X.

Ascanio Valori resta donc en exil, quoiqu'il entretînt en secret des contacts avec son cousin Baccio.

« Et quand le pape Médicis, en 1515, a fait son entrée par la porte San Piero Gattolini, qu'on avait élargie pour l'occasion en abattant un pan de muraille, sous les arcs de triomphe en carton peint, dans sa bonne ville de Florence, Baccio Valori était là pour le recevoir. Baccio, le fils du propre frère de mon grand-père, Francesco. Tout le bon sang de la famille était chez mon aïeul… »

Angelo, lui, était né à San Giminiano, au pied des tours gratte-ciel qui assombrissent la ville, lors d'un voyage de ses parents. L'enfant, dès son âge le plus tendre, avait montré de l'aversion pour son père, et une idolâtrie presque dangereuse pour sa mère, née Strozzi, qui était dans son cœur restée fidèle au Moine. Virago digne de Catherine Sforza, sa force d'âme avait été brimée, usée par son mari. L'enfant, tout naturellement, vomissait les tièdes, et qui était plus l'incarnation du tiède que ce père opportuniste, toujours du côté du manche, et de surcroît, doté d'une prestance médiocre ? Le visage jauni, engraissé par les soucis, cachant derrière sa barbe en pointe et son sourire une continuelle indécision, le père d'Angelo n'avait en effet rien pour séduire.

« C'est mon père qui a tué ma mère », acheva Angelo sobrement, en grimaçant de colère.

Sur ce point, il était de mauvaise foi ; Ascanio Valori avait sincèrement pleuré sa femme et fermé sa boutique plus d'un mois. Il était si timoré que l'absence d'un conjoint avisé lui semblait une catastrophe, dans ce monde de périls.

« Sois un peu patient. Tu connais la maxime que se répètent les pères : “ Si, entre sept et quinze ans, ton fils fait des bêtises, essaie le bâton. Si, de quinze à vingt ans, il te donne du fil à retordre, fais-le mettre en prison. ” Ton père a tous les droits sur toi. »

Ils arrivèrent en silence au coin de la rue où habitait Annibal ; une lanterne éclairait une Vierge bleue, dans une encoche du vieux mur.

« Tu verras, tout à l'heure, à la basilique. Mon père va avoir la plus grande surprise de sa vie. Tu sais que je m'interroge souvent. Nous sommes si différents ; et mon cousin Baccio, le grand homme de la famille, me ressemble si peu… Il a une âme de traître, comme mon père. Et si je n'étais pas le fils de mon père ?

— Tous les enfants souhaitent avoir d'autres parents », répondit Annibal, qui songeait à sa propre famille de convertis, laquelle vivait dans la terreur d'être découverte comme « judaïsant » en secret.

Car chez eux, le chandelier à sept branches et la Torah étaient cachés derrière la statue de saint Joseph qui décorait la salle commune.

« Une sacrée surprise, tu verras ; je vais enfin échapper à la tutelle de mon père... », répéta d'une voix grave le bel Angelo ; et, en se penchant vers Annibal, il lui prit la tête entre les mains, comme s'il le contemplait pour la dernière fois ; puis il déposa, comme pour lui dire adieu, un baiser sur chaque joue, tandis que l'enfant, qui en avait souvent rêvé, rougissait comme une cerise dans l'obscurité.

Alors la cape brune se fondit dans la brume du crépuscule.

Quand Annibal, quelques heures plus tard, pomponné et bichonné pour ce soir de fête, accompagna sa famille à la basilique supérieure pour la messe solennelle de Noël, les vitraux de la grande nef, qu'il voyait depuis la cour aux pèlerins, où ceux-ci attachaient leurs montures aux colonnes, illuminés de l'intérieur par des milliers de cierges, flamboyaient dans le noir comme un appel irrésistible.

En procession, les différents couvents convergeaient vers la basilique ; et des traits de feu, formés par les torches, montaient depuis la Portioncule d'où partaient les pèlerins observants, parmi les chants et les psaumes.

La foule, sur le parvis, était déjà dense, piétinant dans l'air glacé de la nuit ; et plus d'un Assisate de vieille souche maudit à haute voix la race du père d'Annibal, qui jouait des coudes pour faire pénétrer sa femme dans la grande nef. À l'entrée, sous le porche, la cohue, dans l'obscurité, car les ordres éteignaient leurs torches avant de pénétrer dans l'église, était indescriptible.

« Place au très noble évêque ! Place à ceux du tiers ordre ! »

Ces derniers étaient des civils, non tonsurés, mais qui portaient en ce jour leur habit de pénitence.

En pénétrant sous les hautes ogives, l'éblouissement était

total. Il n'y avait aucun siège pour les fidèles, aucune statue. Mais ce dépouillement extrême, dans lequel les fidèles, les moines, les dignitaires mêlés cherchaient la place qui leur était réservée, brillait des mille feux des fresques ; devant chacun des tableaux peints par Cimabue, Giotto et leurs élèves, un candélabre en forme de couronne projetait un vif éclairage ; et les scènes peintes étaient le seul luxe de ce lieu, d'où frère Élie, fondateur de la basilique, avait exclu toute autre décoration, sauf dans le chœur.

Les ordres monastiques, bénédictins noirs en froc funèbre, à ceinture de lin blanc, dont le père abbé avait autrefois accueilli saint François et lui avait fait don de la Portioncule, avaient leur prieur mitré, étincelant dans sa chape d'or, à leur tête ; les clarisses, qu'on appelait, selon le vœu de saint François, les « pauvres dames », essaim de voiles gris-brun, juste devant la *Crucifixion* et les *Scènes de l'Apocalypse* peintes par Cimabue, étaient dans le transept gauche. On voyait çà et là des frères prêcheurs, habillés comme des chanoines réguliers, qu'ils étaient à l'origine ; on disait que le pape avait emprunté le blanc aux chanoines du Latran. Dans un coin se tenaient des jésuates, en manteau de couleur peau tannée dont le grand capuchon carré et blanc leur retombait sur l'épaule. Au centre de l'église, dans les cent deux stalles de bois sculpté qui entouraient l'abside derrière l'autel, les franciscains dit « conventuels » se prélassaient ; ils avaient conservé le couvent et les deux basiliques, lors de la grande scission de 1517 entre les deux familles de l'ordre.

Les conventuels portaient une petite cape fermée, un capuchon discret, des chaussures de cuir fin, et la même corde leur servait de ceinture, mais qui était souvent du cordon d'église en soie aux nœuds dorés.

Au contraire, chez les observants, massés dans le transept de droite, on portait le grand capuchon, le manteau, les sandales et la rude corde du fondateur.

On voyait la même différence entre les « pauvres dames » conventuelles, qui n'étaient plus pauvres depuis longtemps, et les clarisses de l'Observance. D'infimes détails du vêtement, longueur du chaperon, forme du capuce, opposaient les deux clans franciscains.

L'église appartenait donc aux conventuels ; le trône papal,

édifié au centre du chœur, était occupé par l'évêque. Mais la messe était concélébrée autour du vicaire général des frères mineurs de Cismontanie, observant, devenu ministre général depuis 1517 ; seule cette partie de l'ordre, qui répétait à la lettre l'interdiction faite par saint François de rien posséder sur cette terre, avait le droit, depuis cette date, de porter le titre de frères mineurs. Le maître général des conventuels, hôte de la soirée, venait à la seconde place, depuis que l'ordre des préséances avait été bouleversé par Léon X, et par la bulle *Ite vos*, qui avait consacré la scission, laquelle, d'après lui, favorisait outrageusement les observants.

Ce camaïeu de brun et de gris, de dignitaires des couvents, aumôniers chargés de distribuer la charité, maîtres des novices, sacristains, chanceliers, camériers et préchantres, qui donnaient le rythme au chœur en psalmodiant leur entrée, étalait dans le chœur et dans le transept ses coloris variés ; il formait aux illuminations des cierges un tableau mouvant à mesure que les ordres s'installaient à leur place.

L'évêque, qui gardait seul le droit de rester assis pendant la cérémonie, donna depuis le trône recouvert du *ciborium* le signal du commencement. Devant lui, une crèche de bois peint ; car c'était saint François qui avait inventé, à Greccio, cette forme de dévotion populaire. Saint François tenait à célébrer la messe sur la mangeoire où était né le Christ. La crèche faisait contraste, par sa paille et son carton modelé en forme de grotte, avec la mitre endiamantée, les fins gants de soie violette où brillait une pierre bleue, que portait l'évêque. Cette pauvreté si près de cette richesse résumait bien les conflits qui agitaient les différentes tendances franciscaines.

L'ordre franciscain, plus que tout autre, avait connu une histoire mouvementée et fratricide. Les *Fraticelli*, les spirituels d'autrefois, avaient déjà secoué les couvents. Il y avait, dans les rangs des frères mineurs, une solide tradition de mystique exaltée ; à présent, cela faisait un siècle que s'entre-déchiraient les observants, qui voulaient respecter le testament de saint François, et les conventuels, ces derniers autorisés, par les papes successifs, à posséder des biens, au moins collectivement, voire à aller à cheval sur dispense extraordinaire.

Les fidèles s'étaient regroupés dans la nef ; et de cette presse endimanchée, les haleines embuées se confondaient dans l'air froid de l'immense vaisseau. Attirée par la rosace qui brillait au-dehors comme un phare ou un œil, la foule ne cessait d'augmenter.

L'entrée s'achevait ; les deux ministres généraux et les deux régionaux s'étaient rassemblés au pied de l'autel, dont ils baisèrent le rebord ; puis on leur présenta l'Évangile, et ils baisèrent le Christ en miniature qui figurait à la première page.

Ils ont, suivant l'usage franciscain, l'amict noué autour de la tête, et ils revêtent la chasuble et l'aube à l'autel, tandis qu'on leur tend le manipule qu'ils portent au bras. Ils ne laissèrent retomber l'amict qu'au début du canon.

« *In nomine Patris et Filii et Spiritus Sancti. Amen. Introibo ad altare Dei, ad Deum qui laetificat juventutem meam.* »

Malgré lui, Annibal, perdu dans la foule des fidèles, tressaillit en se répétant la formule sacrée : « Je m'approcherai de l'autel de Dieu, je m'approcherai du Dieu qui réjouit ma jeunesse. » Annibal voyait les cheveux blonds et le dos d'Angelo, qui était tout au bout du premier rang de la nef, là où le père de ce dernier, à titre de notabilité, avait sa place, non loin du Podestat et des anciens. On reconnaissait sa face jaune et barbue, et son costume de velours noir sur lequel une simple chaîne d'or mettait une brillance discrète.

Ce premier chant, Annibal, il ne savait pourquoi, il l'appliquait déjà par la pensée au secret de son ami.

Le chœur des fidèles, avec une énergie à faire trembler les arcatures, reprenait le psaume *Judica me, Deus. — Jugez-moi, mon Dieu.*

Angelo avait raison, pensa fugitivement Annibal, étourdi par ce flot de lumière, de chant et d'encens, qui montait sous les grandes voûtes peintes en bleu marial et semées d'étoiles d'or scintillantes, jusqu'au point où les arcades, décorées de géométriques vertes et rouges, se rencontraient en la clef. Tous ces bourgeois qui serraient des manteaux de prix, et ces femmes en toilette, les cheveux à peine couverts d'un voile et nattés en pyramide, brillantes de fleurs brodées et de pierreries, ne demandaient pas vraiment à être jugés.

À la troisième travée, qui était celle où se trouvaient son père à lui, gros personnage à la longue barbe noire, en lévite de soie et manteau de fourrure, et sa mère, une petite personne effacée en manteau bleu, Annibal voyait les bustes du Christ, de la Vierge, de saint François et de saint Jean-Baptiste peints sur des boucliers, et qui semblaient se pencher vers l'hommage parfumé des encensoirs et des chants.

Mais ce qui fascinait le plus l'enfant, dans la nef qui s'avançait comme un navire dans la fumée des acclamations, tandis que la messe de minuit déroulait ses fastes embrasés, c'étaient les fresques de Giotto, dont les tendres pastels, les architectures délirantes de *tempietti* en folie ou de cités fortifiées l'absorbaient complètement.

Il avait toujours rêvé de peinture ; la statuaire, métier tout manuel, où l'on sue et se salit, le dégoûtait. Mais le peintre... Habillé de soie et de velours, il touchait à peine, effleurait du bout de ses pinceaux la paroi ou la toile. La vue répétée des fresques du grand Giotto, qui formaient un cycle de tableautins, juste à hauteur d'homme, sur les deux parois de la nef, avait formé son enfance et son goût. C'étaient des scènes de la vie de saint François, dont certaines, derrière les cierges plantés en couronnes, en épis, en lignes, lui apparaissaient fragmentées, visitées par la lumière. Dans un couvent rose et orange, des moines contemplent saint François montant au ciel à bord d'un char de feu ; des démons aux ailes de chauve-souris, aux pieds de coq, s'envolent au-dessus d'une cité qu'on dirait de sucre coloré : c'est saint François chassant les démons d'Arezzo. On voyait encore saint François à genoux, dans la montagne, les paumes tournées vers le Christ et recevant les stigmates ; le *Poverello* faisant jaillir une source pour un paysan, couché à droite pour boire à longs traits ; et saint François prêchant les tourterelles qui se sont rassemblées pour l'écouter et dressent vers lui leurs petites têtes attentives.

Mais la fresque qui retenait toujours le plus longtemps ses yeux, c'était celle où l'on voyait saint François rendant ses vêtements à son père, devant une foule de riches Assisates en robe fourrée et bonnet de velours ; un saint François dont l'évêque ceint les reins, par pudeur, d'un voile vert.

Le magnifique rituel déroulait ses pompes, soutenu par l'alternance des chœurs des *Scholae* et des manécanteries, les enfants placés à l'intérieur et les adultes en pourtour. La majestueuse voix de bronze des chœurs adultes, le pur cristal des voix enfantines, et en contrepoint les trilles vocaux des « pauvres dames » déployaient une tapisserie sonore du grave à l'aigu. On en était au *Confiteor,* et tous ces bourgeois d'Assise, leur bonnet carré fourré de loutre à la main, les bras croisés, s'accusaient dans un latin hésitant :

« *Confiteor Deo omnipotenti et vobis, fratres...* »

Et ils battaient leur coulpe :

« *Mea culpa, mea culpa, mea maxima culpa...* »

Et Annibal songeait que les adultères, les apprentis blêmes surexploités, les filouteries commerciales qui faisaient la vie ordinaire d'Assise, étaient bien commodément pardonnés par le sacrement de la pénitence. La plupart de ces hommes, trop gros, rougeauds par excès de viande, la plupart de ces donzelles en talons hauts n'avaient aucune autre pratique de la confession. Ils pensaient, et le pape les y encourageait, que réciter un *Confiteor* effaçait tous les péchés, même non avoués. C'était automatique ; le sacrement, pour eux, fonctionnait, comme disait le pape, *ex opere operato,* par la force propre du rite. Luther, Angelo le lui avait dit, combattait cette doctrine, fondement du trafic officiel des indulgences.

Il remarqua devant lui, au bout de la première rangée, qu'Angelo, debout, se trémoussait sur place ; l'attention générale s'était portée vers les célébrants, lesquels affirmaient d'une seule voix :

« *Indulgentiam, absolutionem et remissionem peccatorum nostrorum...* »

Les desservants, montés à l'autel, récitaient à présent l'*Aufer a nobis,* puis l'*Oramus te, Domine* et l'Introït de la Nativité :

« *Dominus dixit ad me : Filius meus es...* »

Ce fut la première lecture d'Isaïe, et le psaume 95. Vinrent les répons pitoyables du *Kyrie Eleison,* qui bourdonna sombrement, le *Gloria* chanté à pleins poumons par la *Schola,* et enfin le *Credo.*

L'assemblée exécutait un véritable ballet, debout, à genoux, et le prêtre accompagnait ce ballet du jeu des mains, entrouvertes à droite et à gauche, serrées, dessinant des cercles dans l'air... Après l'Épître de la Nativité, lue par le custode d'Assise, officiant en sous-diacre à droite de l'autel, un temps passa avant que n'élevât son chant l'*Alleluia :*

« *Alleluia, Allel. Dominus dixit...* »

L'évêque donna sur son trône le signe des acclamations, des *laudes* qui réaffirmaient la loyauté de la cité envers Sa Béatitude Adrien VI. Six hérauts se présentèrent et entonnèrent :

« *Christus vincit, Christus regnat, Christus imperat !* »

L'évêque était le souverain temporel, représentant le successeur de saint Pierre, que ces acclamations saluaient :

« *Summo Pontifici et universali Papae vita !* »

Les papes, d'ailleurs, prétendaient tenir leur patrimoine de terres d'une donation de Constantin que les savants reconnaissaient tous pour fausse. Mais l'idée du pouvoir temporel des papes était si enracinée dans le peuple que l'empereur Maximilien, à peine vingt ans plus tôt, avait pu penser sérieusement à réunir sur sa tête la couronne impériale et la tiare, en se faisant élire comme successeur de Jules II.

Les flammes, courbées par le souffle de feu des acclamations, firent fondre les extrémités des cierges. Puis le maître général des conventuels procéda à la lecture de l'Évangile, depuis l'ambon situé à la gauche de l'autel. Il le psalmodiait, à moitié chanté :

« En ce même temps, on publia un édit de César Auguste, pour faire un dénombrement des habitants de toute la terre... »

L'homélie, que l'évêque prononça assis en chaire, le *Credo,* tous debout, furent suivis des oblations. Les fidèles apportaient en procession au pied de l'autel des pains, des bouteilles de vin, des nappes brodées par les ménagères. Tandis que les ministres disposaient sur l'autel le corporal, le purificatoire, le calice et le missel, un certain désordre s'était installé dans l'assemblée, ceux qui revenaient des oblations s'arrêtant dans l'allée centrale pour saluer ceux qui s'y rendaient.

L'offertoire, *Laetentur Coeli,* fut joyeusement chanté pendant la procession. Ayant élevé la patène avec le pain, le ministre général s'apprêtait à la déposer sur le corporal, à verser le vin et l'eau dans le calice, et à se laver les mains tandis que le maître général, rabaissé au rang de diacre, encensait l'autel. Mais le desservant sentit dans son dos que quelque chose n'allait pas. Des rumeurs parcouraient les assistants. Des femmes chuchotaient. Il réaffirma deux ou trois fois, d'une voix puissante, mais sans se retourner :

« *Orate, fratres.* »

Il entreprit de dire à voix basse la prière consacrée, puis se retourna, les bras écartés ; et jamais l'habit franciscain n'avait tant eu la forme de cette Croix de Jésus.

« *Per omnia saecula saeculorum* », fit-il avec force en achevant, pour donner le signal du *Sanctus.*

« *Sanctus, sanctus, sanctus, hosannah in excelsis...* »

Ce fut alors qu'il s'expliqua la stupéfaction qu'il avait lue sur les visages des frères, dans l'abside : l'objet dont il ne pouvait, pas plus qu'eux, détacher ses regards, qui hypnotisait aussi l'évêque, l'objet du scandale était un jeune garçon en cape brune, debout au milieu de l'allée centrale, à quelques coudées de l'autel. Machinalement, le ministre général réclama le silence. Le canon de la messe allait commencer et, après l'*Agnus Dei,* l'élévation, cérémonie alors nouvelle, aurait dû agiter sa clochette et faire baisser tous les fronts.

« Angelo ! Retourne immédiatement à ta place ! »

Ce cri spontané était parti des rangs des frères conventuels ; c'était un des lecteurs du *Studium generale* qui venait de reconnaître son élève dans le perturbateur, et l'apostrophait dans l'église à présent silencieuse, où le culte semblait suspendu.

Pour toute réponse, l'adolescent eut un sourire angélique et se tourna vers les fidèles. Puis, d'un seul geste, il arracha sa cape.

Toute l'assemblée eut un « Oh ! » de stupeur. Sous sa cape, le jeune garçon était nu de la tête aux pieds.

Il s'était déshabillé sous ce vêtement protecteur, pendant le service divin, et avait profité des aller-retour des oblations pour rester planté là, quand le rite avait repris. Il ajouta la cape au tas de vêtements qu'il portait sur ses bras et, les tendant comme une offrande, il se mit en marche vers le premier rang des fidèles, où son père, écrasé de honte et de terreur, se voilait la face d'une main tremblante.

« Mon père, je vous rends ces vêtements qui vous appartiennent. Je ne connaîs plus qu'un Père, celui du Ciel. »

Le visage jaune rougit sous l'outrage. Toute l'église était comme tétanisée. La gracieuse posture de l'adolescent, bien qu'il tremblât de froid, cette peau mate traversée aux bras du filet des veines, ce torse imberbe que la lumière des cierges colorait de rose, firent soupirer les mères et les filles de l'assistance. Chacun, pétrifié devant cette apparition de la grâce, était resté à sa place.

« Retourne à ton rang, scandaleux enfant ! Malheur à celui par qui le scandale arrive ! Attends un peu le fouet ! »

C'était le maître général des conventuels qui prenait l'initiative. Aussitôt, le ministre des observants, par esprit de contradiction, murmura :

« Le doigt de Dieu est peut-être en ceci. N'a-t-il pas dit : " Je viendrai comme un voleur, et malheur à ceux qui n'auront pas veillé... " ? »

Il y avait tant d'exemples d'extravagances dans les annales franciscaines : depuis Jean le Simple, qui imitait François geste à geste, jusqu'au frère Rufin, que le *Poverello* avait envoyé prêcher en caleçon dans la cathédrale avant de l'y rejoindre dans la même tenue, en passant par frère Jourdain de Giano, qui était entré sans autorisation dans la chambre du pape, et lui avait tiré le pied hors des couvertures pour le baiser...

L'évêque, suivant malgré lui l'injonction de la fresque de Giotto, qui semblait, depuis sa muraille, dicter miraculeusement leurs gestes aux assistants, s'était levé et avait jeté sur les épaules d'Angelo son étole dorée. Le contact de l'or tressé fit frissonner l'enfant nu.

Annibal, à cette vision, dut fermer un instant les yeux, tant son âme artiste était chavirée par cette nudité, ces épaules larges, ces hanches étroites, ces jambes longues, fines, que soulignait la tombée de l'ornement épiscopal.

Devant l'autel, l'adolescent s'était mis à genoux sur le pavement glacé et sollicitait la bénédiction de son protecteur naturel :

« Monseigneur, je veux me vouer tout au *Poverello.* Je me dépouille ici de tous mes biens et droits, que mes parents et alliés se partageront. Je désire de toutes mes forces entrer dans le bienheureux ordre des frères mineurs. »

L'évêque, pris entre la pitié et une certaine admiration, l'interrogeait à présent :

« Quel âge as-tu ?

— Treize ans depuis le début de l'Avent, Monseigneur. »

Le maître général conventuel, gros prieur autoritaire au nez violet de froid, intervint rudement :

« Cet enfant est fou. D'ailleurs, il est trop jeune. Son père est un estimable commerçant exilé dans cette ville, il n'a pas mérité cet affront.

— “ *Nudus nudum Christum sequi* ”, “ Nu, suivre le Christ nu ”, murmura pensivement le ministre général. Peut-être, Monseigneur, cet enfant nous montre-t-il la voie. “ Si quelqu'un vient à moi sans haïr son père, sa mère et sa femme, ses enfants, ses frères, ses sœurs et jusqu'à sa propre vie, il ne peut être mon disciple ”, a dit le Seigneur. »

Les regards d'Angelo couraient de l'un à l'autre. Il avait tout de suite senti, chez le général des observants, un homme méditatif, grand et maigre, aux yeux bleus comme usés de piété, un protecteur possible.

« Il a manqué, par son geste de tout à l'heure, à la fois à la *discretio,* à la *sobrietas,* et au *moderamen.* Mauvais début pour quelqu'un qui veut entrer dans les ordres », fit de sa place le prieur bénédictin.

Le général observant eut une expression désabusée :

« Chacun sait que l'ordre de Saint-François ne s'est jamais distingué par ces qualités-là, que recommande saint Benoît, votre digne fondateur. »

L'assistance, stupéfaite, bouches ouvertes, suivait avec peine ce débat qui la dépassait ; l'évêque sentit qu'il était temps de conclure. Le ministre général décida d'emporter la décision.

« “ *Pecunia, Pueri, Petulantia* ”, tels sont les trois ennemis de notre règle, a montré Jean de Capistrano, qui fut notre ministre général. “ L'argent, les trop jeunes gens acceptés dans nos rangs, et le favoritisme ”... », sifflait le maître des conventuels.

Le ministre général hocha la tête, se plaisant à entendre l'apologie de la pauvreté chez un conventuel. Quant à la jeunesse du postulant, l'entrée d'adolescents dans les couvents, c'était vrai, n'amenait que trop de liaisons coupables à l'ombre des cloîtres, parmi ces hommes souvent âgés sevrés de jeunesse.

« L'âge d'entrée a été fixé par les constitutions martiniennes à quatorze ans... Mais je me souviens que le bienheureux Francis Samson, notre ministre général il y a une génération, fut offert à l'ordre à l'âge de sept ou huit ans...

— C'était un oblat, offert par sa famille, qui était noble et puissante. Cet enfant n'est pas offert à Dieu, il fuit sa famille..., rétorqua le maître général.

— En imitant notre Père séraphique, Angelo se rend digne de lui. “ Si vous ne retournez pas en l'état des enfants, vous ne pourrez pas entrer dans le Royaume... ”, répondit le ministre. Et notre Père séraphique affirme à propos de notre ordre : “ Que celui qui veut être le plus grand parmi eux se fasse leur ministre et serviteur, et que le plus grand parmi eux soit le plus petit. ” Notre chère *Imitation de Jésus-Christ,* en son tout début, ne dit-elle pas qu' “ il faut imiter Jésus-Christ et mépriser toutes les vanités du monde ” ? Que cet enfant entre en noviciat pour une année, et il aura l'an prochain l'âge requis. »

Angelo joignit les mains, leva les yeux à la voûte, comme en état de ravissement, et ses lèvres articulèrent sur un ton inspiré l'*Absorbeat :*

« Seigneur, je Vous prie que la force ardente et douce détache mon âme de tout ce qui est sous le Ciel, pour que je meure de l'amour de Votre amour, ô Vous qui par l'amour de mon amour avez daigné mourir. »

Puis il se leva aussitôt après la prière dictée autrefois par le *Poverello,* le Jongleur de Dieu, et disparut, entraîné vers le cloître. Dans un an, en cette même basilique, il serait autorisé à prononcer les trois vœux d'obéissance, pauvreté et chasteté, et à faire sa profession ; et, tandis qu'un frère armé de grands ciseaux ferait tomber sa belle chevelure blonde, le maître lui présenterait l'habit de bure, le saint habit des premiers apôtres, auquel il avait aspiré. Il s'agenouillerait en chemise devant le responsable franciscain d'Assise, sur ce même marbre froid, enfilerait par le bas la vaste robe, descendant comme une cascade de laine rêche depuis les bras croisés du custode ; et au sortir du noir tunnel, quand sa tête émergerait pour une nouvelle naissance à la lumière, le maître des novices, debout à côté de lui, tendrait la ceinture de corde. Et bienheureuse Pauvreté et sainte Simplicité, un sourire ineffablement doux sur leurs lèvres diaphanes, accueilleraient cette conversion.

CHAPITRE III

ROME, 5 MAI 1527

Triste était le Saint-Père,
Plein d'angoisse et de peine
En son château Saint-Ange
En haut d'une tourelle,
La tête sans tiare,
Suante et sale de poussière.
Il voyait la reine du monde
Entre des mains étrangères...

Romance espagnole du XVIe siècle

APPUYÉ négligemment contre le mur, le grand *Christ mort entre deux anges,* que le maître Giambattista, le Rosso de Florence, achevait pour l'évêque Tornabuoni, s'éclairait doucement à la lumière de l'après-midi qui commençait de baigner l'atelier. Annibal, en se réveillant, n'eut pas un regard pour le grand cadavre blanc, assis dans une étrange position contournée, que lui comme tous les autres apprentis n'avait que trop appris à connaître.

Il sortit. Tandis qu'il suivait la ruelle abrupte du Trastevere et traversait la place déjà déserte de Santa Maria en longeant le palais Anguillara, les cloches de Rome, dans l'air printanier encore frais, sonnaient none. Et ce tintement qui montait de la Ville éternelle emplissait toute la vallée du Tibre. Depuis le centre du Ponte Sisto, d'où Annibal aimait à contempler la cité, sous la fraîche lumière du midi de mai, la capitale apparaissait, derrière le pont Aurelius, et sur toute la longueur de la via Giulia récemment percée, splendide et besogneuse.

Au fond du paysage, sur la masse gigantesque, ronde et crénelée du château Saint-Ange, s'appuyaient les remparts du *Borgo.* C'était ainsi, le Bourg, qu'on désignait simplement, chez les Romains, le quartier ecclésiastique du Vatican. Cette masse semblait protéger la ville.

La *Sapienza,* l'université pontificale, où il avait rendez-vous avec Angelo qui en suivait les cours, se trouvait à peu près au centre de la plaine enclose par le fleuve, à deux pas du stade antique de Domitien, devenu la piazza Navona.

Lui revenaient en mémoire, devant le spectacle que la cité

léonine, nimbée de la claire lumière du printemps, offrait à ses yeux, les phrases du maître Léonard, que le jeune maître Rosso avait affichées partout dans l'atelier, et qui célébraient l'organe de la vue : « Ô admirable nécessité ! De l'Orient et de l'Occident tout se réunit et se fond dans un coin de la nature... Le corps de l'atmosphère est plein d'innombrables pyramides issues des objets qu'elle contient... » Il s'adressa l'exhortation du Maître des maîtres : « Ne vois-tu pas que l'œil embrasse la beauté de l'univers ? Seigneur de l'astronomie, prince des mathématiques, l'œil est la fenêtre du corps humain, qui permet à l'âme de réfléchir la beauté du monde et d'en jouir. Quel dommage qu'un appareil ne puisse fixer cette beauté ! »

Annibal s'était appuyé au parapet, dans un creux du pont fortifié, le temps de ces réflexions. Rome était, en cette année 1527, un étrange mélange de misère, de ruines et de palais nouveaux, de chantiers incessants, nourris par le Tibre en marbre de Carrare et en bois de cèdre. Annibal rencontrait çà et là, débordant sans complexe sur la rue, des fortifications médiévales, des tours de guet. Pendant trois siècles, Rome, dans tous ses *rioni,* ses quartiers, avait été livrée à l'anarchie féodale. Les grandes familles, en occupant les ruines romaines, se barricadaient dedans, et avaient transformé les théâtres et les temples en châteaux forts, comme les Savelli au théâtre de Marcellus et au portique d'Octavie, les Orsini dans l'Odéon et le théâtre de Pompée, les Colonna au nord, dans le mausolée d'Auguste, qui vit cent fois couler le sang des familles rivales.

Mais, depuis que les papes avaient des projets d'urbanisme, la *Roma turrita,* la Rome des tours féodales, hautes comme dix fois un homme, avait changé. Le chaos de temples, de palais, de cirques, d'arcs, de portiques et d'aqueducs, entre le Capitole où brillaient, à côté du palais des Sénateurs, l'escalier monumental de l'église franciscaine d'Aracoeli, et, en bas, le palais à la façade blanche ogivée de Saint-Marc, le palais Colonna et l'église dei Santi Apostoli, commençait à prendre forme, sous les coups de boutoir répétés de Jules II et de Léon X.

La tour du Quirinal, en haut de la via del Corso, d'un côté, le Pincio, ses villas et ses vignes, de l'autre, et le Montecitorio en barraient l'horizon. En tournant simplement la tête, Annibal pouvait voir émerger le dôme du vieux Panthéon, sur la mer des maisons serrées, et tout à droite, au fond, les tours de Sainte-Marie-Majeure et du Latran, derrière la masse verte aux arcades de briques, enfouies sous les mauvaises herbes du Palatin. Les voûtes ruinées et colossales, aux caissons béants, des bains de Caracalla se dressaient à l'arrière-plan.

Cet ensemble mouvementé, où des sentiers envahis d'herbe et de moutons grimpaient çà et là, à travers des fourrés de ronces, entrecoupés de palmiers et de figuiers, où des bœufs à hautes cornes de Campanie séjournaient placidement sur le Forum Boarium, en bas à droite, formait un labyrinthe de cloîtres, de forteresses, d'églises, d'échoppes et de palais ; les couvents ressemblaient plutôt à des forteresses, les églises du siècle des Médicis à des palais, et les palais à des temples. Enfin, le long des rives du fleuve boueux et jaune, toujours prêt à déborder, les tanières, repaires aménagés dans les ruines, où voleurs et brigands se dissimulaient. Et chaque église, chaque basilique, comme par un symbole de l'aliénation des choses de Dieu à la puissance séculière, portaient, peintes au-dessus de l'entrée au milieu de la façade, et penchées vers les fidèles, les armes, sous le chapeau du cardinal en titre du lieu, encadrées par les cordons en triangle qui tombaient du couvre-chef.

Annibal traversa le Campo dei Fiori, où les vendeurs de fleurs et de grains avaient abrité leurs étalages pour la sieste, croisa la voie papale qui conduisait du Latran au Vatican et servait de voie triomphale au couronnement pontifical, prit la petite rue entre le palais siège de la Chancellerie et le palais Orsini, et, enfin, laissant à droite Santa Maria della Minerva et le Panthéon, arriva à la Sapienza, en face du palais Madame, bien avant l'heure fixée avec Angelo. Il redescendit vers le fleuve, du côté de la nouvelle voie dei Banchi, qui prolongeait à présent le pont Saint-Ange, et d'où l'on apercevait la grande ligne droite de la via Leonina, achevée tout récemment par Clément VII, et les grandes bâtisses régulières des Schiavoni ; c'était là où logeaient les Dalmates et Illyriens qui avaient échappé à l'esclavage en fuyant l'invasion des Turcs.

La via dei Banchi, à côté de San Salvatore in Lauro, se nommait ainsi d'après ces bancs de bois où s'asseyaient les changeurs et banquiers, souvent florentins, sur le pas de leur porte. Maintenant, elle était bordée des palais de ces mêmes banquiers, qui prêtaient à la Chambre apostolique. La Zecca, l'atelier monétaire pontifical où fumaient les cheminées, retentissait du bruit des marteaux.

Annibal regardait défiler la foule, pèlerins qui venaient du Vatican par le pont Saint-Ange, entre les deux chapelles et la colonnade qui le bordaient, et au-dessus desquels brillait comme une étoile guide l'archange doré qui couronnait le château rond ; dévots de tous pays, en manteaux de toutes formes et couleurs, qui formaient une bigarrure de nations absorbée dans le marmottement des patenôtres et le décompte des indulgences gagnées à faire le tour des sept grandes basiliques de la ville, ils suivaient page à page ces *mirabilia,* ces guides in octavo qui leur indiquaient les sanctuaires, les tombeaux des martyrs, et assuraient la fortune des imprimeurs romains. Il y avait aussi des voyageurs venus pour affaires, dans l'attente de quelque vacance dans un bénéfice ecclésiastique de leur pays, ou pour une intrigue judiciaire appelée devant le tribunal de la Rote ou de la Pénitencerie, qui portaient les bonnets de fourrure des Nordiques ou le costume noir et argent des Espagnols ; de hauts personnages ecclésiastiques en robe de velours bleu ou pourpre, montés sur des mules blanches, précédés de hérauts qui écartaient les passants en proclamant leurs titres ; des commerçants et des habitants des *rioni,* qui déchiffraient aux coins des rues les bulles papales, les édits et arrêts de justice à haute voix et pour la grande instruction des illettrés rassemblés autour d'eux.

Une maison sur trois était une auberge. La Campana et le Sole, Campo dei Fiori, le Spade, le Basilico, le Leone et la Vacca étaient les plus connues. Les enseignes coloriées représentaient l'animal fétiche et obscurcissaient le ciel des rues étroites. Et la cité tout entière semblait prise d'une frénésie d'accueil, se prostituant à cette invasion pacifique, qu'attiraient à Rome la foi ou la bureaucratie de l'Église.

Les Lombards étaient au Champ de Mars, les Allemands et les Flamands autour de la piazza Navona, les Catalans et les Aragonais près de Santa Maria di Monserrato, enfin les Français autour de Santa Trinità dei Monti. Il fallait des semaines, parfois des mois, pour qu'une supplique adressée à la Chancellerie passe par le bureau des Examens, celui de la Minute, qui procédait à une première mise en forme de la *grosse* et retranscrivait la lettre d'attribution du bénéfice, et le bureau du collecteur, pour copie aux archives pontificales. Une nuée de clercs apostoliques, de curialistes, vivaient dans l'ombre des papes d'une multitude de petits bénéfices accumulés : des abréviateurs, secrétaires pontificaux qui se prenaient pour de grands seigneurs malgré leur habit noir et leur plume à l'oreille, des membres de la Chambre apostolique, en hermine et entourés de serviteurs, Chambre où, sous les ordres du camerlingue, le trésorier et les officiers des Finances veillaient à la bourse de l'Église.

C'était sous la responsabilité de la Chambre apostolique qu'était placée la nouvelle Zecca, devant laquelle Annibal s'était arrêté. La façade en portait les armes doubles du pape et de la ville, sur deux écussons frappés l'un des clefs de saint Pierre, l'autre des lettres SPQR, le vieux sigle du Sénat et du peuple romains, sous la tiare pontificale à trois rangs. Rome, par la Chambre apostolique, recevait, outre les décimes levés dans toute la chrétienté, en principe pour une future croisade, les innombrables impôts qui pesaient sur les bénéfices ecclésiastiques, visites, dépouilles, vacances et autres taxes, sans compter les annates, les revenus de la première année du bénéfice, qu'il fallait abandonner à la rapacité romaine. Sans compter non plus les innombrables pots-de-vin que tout administré devait laisser un peu partout pendant son cheminement dans cette jungle bureaucratique.

Et cette foule provenait de la via autrefois appelée Alessandrina, et devenue Borgo nouveau quand le Borgia qui l'avait fait percer était mort en s'empoisonnant par erreur avec son propre fils.

« Eh bien, jeune homme, on se tourne les pouces ? N'es-tu pas de l'atelier de ce fou complet de Giambattista, qui se fait appeler “ le Rosso ” ? »

L'homme qui, sortant de la Zecca, salué par la Garde suisse, s'adressait ainsi à Annibal, lequel rêvassait assis sur une borne en attendant l'heure de son rendez-vous, était grand, barbu de noir, la voix forte et le teint coloré ; la riche parure qu'il portait, les bagues qui encombraient ses doigts, son parler haut et son air de fatuité n'empêchaient pas maître Cellini d'avoir bon cœur. Annibal, en reconnaissant le célèbre orfèvre, sauta à terre de sa borne et balaya le pavé avec la plume de faisan qui couronnait son bonnet.

« Maître Benvenuto, quel honneur pour un simple apprenti ! »

Maître Cellini faisait à présent tourner au soleil, à hauteur de ses yeux, un de ces *ducati di camera,* ducat romain dont il venait d'exécuter la gravure. La perfection de sa propre œuvre lui tirait des exclamations, tandis qu'il admirait la pièce neuve et miroitante :

« Aussi belle qu'une génoise, ou une milanaise. Regarde cette finesse de gravure ! La beauté du cordon ! La clarté du plat, la netteté de la figure ! J'y ai gravé les armes du cardinal Jules, je veux dire de Sa Béatitude Clément VII, avec le soleil ardent, la boule de cristal que ses rayons traversent, et l'arbre enflammé ; avec aussi le *motto,* la devise : “ *Candor illesus* ”, “ *Blancheur intacte* ”... Et tout cela dans ce petit espace ! À propos, j'ai vu tes esquisses. Le Rosso me les a montrées, tu as du talent, beaucoup de talent, mais tu tortures trop les choses. Regarde mes salières, si tu veux voir des groupes naturellement placés dans l'espace... »

Le maître Cellini brillait par ses dons, mais pas par la modestie.

Annibal s'était redressé, autant que le permettait sa petite taille bossue, et accompagnait l'orfèvre qui parlait au milieu de la rue en longeant le palais Riario, construit par le cardinal petit-neveu de Sixte IV avec l'argent gagné au jeu et les marbres pris au Colisée ; sa façade dérobait à la vue l'église San Lorenzo in Damaso ; par la grande porte cochère, on voyait la cour bordée d'arcades et les colonnes de marbres antiques savamment assortis, entre lesquelles des mules et des chevaux aux somptueux harnachements, aux housses de pourpre, attendaient leurs maîtres.

Annibal avait bien changé, depuis le temps où, timide et

emprunté, il subissait les *lazzi* des escholiers ses confrères. Il avait obtenu de ses parents, pour suivre Angelo envoyé au couvent franciscain de Santa Maria in Aracoeli afin d'y devenir étudiant, l'autorisation d'achever son instruction d'artiste dans un atelier romain. Cela n'avait pas été sans peine, à raison de la réputation du Rosso, qu'on surnommait « le Démoniaque », tant ses tableaux respiraient l'angoisse et la ténèbre, et qu'on soupçonnait de magie noire. Au contact des blagues et des brutalités de l'atelier, où six adolescents partageaient tout, les rares libéralités du maître comme les coups de fouet, il s'était singulièrement dessalé ; sa toque, son pourpoint brodé, bien que peu soignés, ses chausses jaune vif dénonçaient des prétentions à l'élégance. Surtout, il avait acquis le cynisme de manières, et cette perpétuelle exagération dans la salutation et la flatterie, typique du monde des peintres, dont l'interlocuteur ne savait s'il fallait s'en fâcher ou les prendre au sérieux. Sa petite taille, son corps déformé, autrefois objets de sa honte, étaient devenus sujets de plaisanterie dans sa propre bouche. Mais le nabot qui avait appris à tourner tout en dérision, et ne croyait plus à Dieu ni à Diable, n'ironisait jamais sur la vocation de son ami, son frère Angelo. Car dans sa nouvelle vie, Annibal était resté fidèle à son amour d'enfance.

« Il y a des rumeurs de guerre de plus en plus précises. On dit que l'armée de Bourbon va arriver devant la ville très bientôt. Je pense qu'il la contournera. Les murailles de Rome sont trop fortes pour ce ramassis de lansquenets et d'Espagnols sans artillerie... »

Toutes les journées précédentes, Annibal avait entendu les roulements des tambours, et les proclamations lues par les hérauts de la municipalité, qui garantissaient un demi-ducat à celui qui s'engagerait dans la Garde de Rome. Mais hors quelques centaines de mendiants, personne ne s'était dérangé. Et sur les énormes remparts de brique, par endroits écroulés, ces silhouettes de petits soldats perdues çà et là étaient une défense dérisoire. On avait confiance dans le traité avec Bourbon, à la suite duquel Clément VII avait licencié tous ses mercenaires.

Le maître Cellini jouait volontiers au stratège et prétendait être consulté par le pape au sujet des opérations de la guerre en cours. Cette guerre, cette armée de Bourbon, qui n'était plus qu'à peine une armée impériale, se gouvernant elle-même, assoiffée de vengeance contre le pape qui avait pris parti pour les Français, étaient le cauchemar des Romains. Suivant un réflexe de mépris et par désir de ne pas savoir, personne ne parlait, en ville, de cette menace qui flottait, irréelle, du côté d'Arezzo.

« Viens souper ce soir avec nous, chez celle qui a succédé à la belle Imperia — c'était une célèbre courtisane du temps de Jules II —, la grande Lucrèce " ma-mère-ne-veut-pas ", qu'on appelle ainsi parce que c'est l'argument qu'elle donne toujours pour faire monter les prix avant de céder... On dirait Cicéron en jupons, elle connaît par cœur tout Pétrarque, Boccace, et une infinité de vers latins d'Horace et d'Ovide. Et une bouche pour les dire, et faire bien autre chose... Il y aura là Tullia d'Aragona, qui n'a pas dix-sept ans et déjà deux cardinaux comme amants, et que protégeait autrefois, avant de partir pour Venise, l'Arétin, ce farceur qui écrit comme Juvénal et se vend, sinon son corps du moins sa plume, au plus offrant. Lucrèce habite dans le quartier de Tor Sanguigna. Tu verras le logis... »

Annibal hésitait visiblement. Il avait promis de dîner avec Angelo.

« Je dois voir un camarade...

— D'où est-il, ce camarade ? interrogea Cellini.

— De Florence. Ses parents sont exilés.

— De Florence ? Mais qu'il vienne ! Il n'y aura là presque que des Florentins, à part le jeune Parmesan, que le dataire Giberti a présenté à Sa Béatitude notre bon Clément. Il vient de peindre pour lui une *Madone avec saint Jean-Baptiste* qui stupéfie les connaisseurs. Nous parlerons toscan, sans que personne ne vienne mêler cet affreux et rauque dialecte romain. Il y aura aussi le sublime Francesco Mazzola ; il a vingt-deux ans, est beau comme un ange et peint comme un dieu. Et des humanistes comme messire Bembo, s'il accepte de quitter ses annotations de Tacite... Et encore Pierino del Vaga, et peut-être l'ambassadeur de France, avec qui je voudrais discuter. J'irais volontiers là-bas, moi, si le roi François le Premier paie bien... »

En bref, il y aurait toute la compagnie des jeunes artistes réunis par Clément VII à Rome, qui prenait progressivement la place des Raphaël et des Jules Romain — ce dernier venait de filer à Venise à la suite d'une obscure affaire de gravures obscènes.

Annibal savait que sa carrière, sa chance d'être présenté à la cour pontificale résidaient peut-être en ce dîner.

« Je vais de ce pas chez les Chigi ; ton maître est-il toujours si asocial ? Que ne fréquente-t-il un peu les palais ? » ajouta Cellini.

Le Rosso était en effet hypocondriaque. Il n'allait pas, comme Pontormo, jusqu'à s'enfermer chaque soir en tirant l'échelle conduisant à son grenier ; mais son caractère, comme beaucoup de ces nouveaux peintres contraints à dépasser le génie de Vinci et de Raphaël par toujours plus d'audace et de technique, était sombre, fantasque et imprévisible.

« Accompagne-moi chez eux ; si tu n'es jamais entré, c'est une occasion de voir le chef-d'œuvre de Peruzzi. »

L'admirable palazzo du bord du Tibre, construit, quinze ans auparavant, sur l'ordre du grand banquier siennois Agostino Chigi, semblait une villa avec sa cour-jardin et ses belles corniches ; il se dressait au milieu d'un entassement de maisons qui paraissaient prêtes à tomber au fleuve, tant leurs façades crépies de vieux rouge ou de jaune passé étaient serrées les unes contre les autres. Mais Annibal refusa d'un signe. Il devait retrouver son ami. Maître Benvenuto ne pouvait aller nulle part sans être accompagné en permanence d'obligés de la dernière minute ou de relations aussi récentes que familières. En bref, c'était un hâbleur connu de tout Rome, mais à qui tout réussissait.

Annibal n'avait même pas eu le temps de lui préciser que cet ami était frère mineur à Aracoeli.

« Dans son *Opus aureus in thomistas,* le Mantouan Battista Spagnoli rappelle qu'Averroès a commis deux erreurs hérétiques, Avicenne vingt et une, Algazel trente. Elles portent sur l'Unité de l'Intellect et sur le refus de la vérité révélée, de la *Creatio ex nihilo...* »

Le latin rude et scolastique, hérissé de technicismes, d'intentions secondes — qui sont, pour que nul n'en ignore, l'opération de rangement d'une substance dans l'espèce survenant après l'intention première qui l'a appréhendée en elle-même —, de quiddités, de suppositions et de restrictions, bourdonne dans la salle de cours comme un refrain endormant. Les étudiants sont peu nombreux. Ce cours sur Thomas, pilier des études théologiques, n'attire guère les écoliers. Mais les études d'Angelo sont dirigées par le lecteur d'Aracoeli, il n'a pas le choix. Il a déjà subi très tôt ce matin, comme futur sentenciaire, l'enseignement obligatoire sur les sentences de Pierre Lombard. Avec les *Quodlibeta* — ces cours où les maîtres ou les bacheliers répondent à toutes les questions, même les plus saugrenues —, son horaire est bouclé. En plus, en période de carême, il y a les disputes et les sermons d'Aracoeli, car il étudie à la fois au *Studium* franciscain et à la Sapienza.

Les étudiants n'ont ni table — ils écrivent sur leurs genoux — ni siège véritable. Certains ont apporté un petit banc.

Le professeur s'interrompit, toussa et cracha. Le sol n'était plus couvert de paille, comme dans le siècle précédent, mais l'hygiène n'avait guère progressé.

Angelo, lui aussi, avait changé. Sous le froc, son corps avait minci, durci, perdu la rondeur de l'enfance. Son visage était toujours d'une grande beauté, mais amaigri également, dévoré par les lectures, les supputations et les prières ; il avait pris une teinte ascétique qui spiritualisait ses traits. Du moins s'efforçait-il à ce modèle ; mais, par moments, comme dans ce cours que le père franciscain consacrait à réfuter le thomisme en s'armant de la tradition de son ordre, de Duns Scot à Occam, Angelo redevenait enfant ; il bâilla de façon sonore, ce qui déclencha le fou rire de ses camarades, s'étira et rougit.

La Sapience de Rome, depuis que Léon X en avait fait une université considérable, l'emportait à cette époque sur les facultés plus anciennes et plus célèbres, Padoue, Bologne ou Pise. Padoue était aristotélicienne, de tendance averroïste, toujours suspecte d'athéisme rationalisant, comme son grand homme Pomponazzi. Il avait trouvé pire que les « doubles vérités » hypocrites d'Averroès : il soutenait, dans son *De l'Immortalité de l'âme*, que celle-ci n'est que la forme du corps. Bologne avait dû se soumettre au guerrier Jules II, et depuis périclitait ; et Pise était bridée par la jalousie des Florentins, maîtres de la ville, les Florentins dont le *Studio*, de fondation récente, avait peu de réputation.

La Sapienza comptait une centaine de professeurs, dont douze maîtres en théologie, pour la plupart issus des ordres mendiants (dominicains et franciscains). Plus le Collège des études grecques, créé douze ans plus tôt par Jean Lascaris, et à qui les trésors intellectuels de Byzance avaient été transmis.

Mais l'essentiel des études restait, comme du temps où la scolastique régnait sans partage, divisé entre le *trivium*, la branche des lettres, avec ses trois étages de grammaire, rhétorique et dialectique, et le *quadrivium* — entendez l'arithmétique, la géométrie, l'astronomie et la musique. L'ensemble constituait les études préparatoires, appelées « faculté des arts » ; et au-dessus s'ajoutaient, par ordre de dignité, les médecins, les « décrétistes » — c'est-à-dire les juristes grands compilateurs de bulles et de brefs —, et au sommet, la faculté de théologie.

La mode de l'humanisme, de la renaissance antique, faisait paraître, à beaucoup d'étudiants, comme barbares et arriérées les préoccupations de ces maîtres ès coupage de cheveux en quatre. Angelo ne s'était pas donné un rôle facile ; à Assise, sa dévotion passait plus aisément, auprès de provinciaux traditionalistes, qu'ici à Rome, où les vérités de foi étaient tous les jours contestées par de brillants esprits.

À l'intérieur de la faculté de théologie, Angelo était, par appartenance naturelle, du côté de ses maîtres franciscains, contre la rigueur claire et sans mystère, toute démonstrative, du thomisme dominicain ; ce dernier était pour lui trop juridique d'esprit.

Il appartenait en outre à la « nation » des Florentins, sorte de regroupement d'étudiants de même origine.

« Et c'est la meilleure démonstration, en dialectique, de la Trinité : elle ne la prouve pas, mais la rend compréhensible. Comme l'indique la *Théologie du Bien suprême*, le rapport de l'espèce “ homme ” au genre “ animal ” prouve la non-absurdité de l'espèce " personne " par rapport au genre " un "... Le rapport du Fils au Père est celui d'une espèce au genre : identité d'essence, diversité des définitions, non-réciprocité de ces définitions ; l'homme implique nécessairement l'animal, mais non l'inverse... »

Après avoir longtemps récité l'*Organon* d'Aristote et les dix genres de l'Être — substance, qualité, quantité, relation, action, passion, temps, lieu, position, avoir —, les degrés de la compréhension selon Abélard — sensualité, imagination, intellection —, s'être longuement interrogé pour savoir « s'il est possible qu'une chose arrive autrement que Dieu ne l'a prévue », ou sur tel passage de Duns Scot, Angelo s'était un peu relâché de sa rigueur première. Échappé à sa famille, comme il l'avait souhaité, il découvrait tous les jours, dans la grande ville, la manière peu édifiante dont vivaient les clercs et la liberté d'opinion des cercles du Vatican.

« Comme le montre le Docteur Subtil, " l'intellect est parfois en puissance prochaine et accidentelle d'intelliger... Il est certain que l'Universel peut être intelligé par l'Intellect... " »

Il y avait les quatre pères latins — Augustin, Jérôme, Ambroise et Grégoire —, dont Angelo s'était imbibé, et il y avait aussi les docteurs de l'Église. Le Docteur Subtil, c'était ce franciscain appelé Duns Scot. Docteur Angélique ou Commun, le dominicain Thomas d'Aquin. Docteur Profond, Occam, et Docteur Séraphique, saint Bonaventure, le fondateur du franciscanisme théologique.

« En son traité du premier principe, le Docteur Subtil a fait la démonstration rationnelle de l'être premier, véritable et infini, en montrant qu'*étant* et *infini* ne sont pas incompossibles. »

La nature inquiète de cet étudiant exceptionnel le poussait, par lui-même, à préférer les quêtes angoissées de la mystique des grands théologiens franciscains, leur goût de l'infini, la prééminence qu'ils accordent à l'Amour et à la Volonté sur la Vérité, aux trop claires et distinctes démonstrations du thomisme.

Angelo avait accompli le cycle des études préparatoires en arts au cours des quatre années qui le séparaient à présent de son départ d'Assise, alors qu'un étudiant moyen mettait six ans.

Au lieu de se satisfaire d'une licence, il avait entrepris le cycle de quatre ans qui le ferait docteur en théologie ; les deux premières années, il était sentenciaire. *Sic et non* d'Abélard avait été son principal sujet d'études. À dix-huit ans, il était déjà, à sa petite échelle, un espoir pour son ordre.

La cloche tinta l'heure de la fin des cours ; le soleil déclinant rasait l'énorme demi-sphère de Santa Maria Rotonda, l'ancien Panthéon païen, quand il sortit de l'université.

Annibal, qui l'attendait, lui sauta dans les bras. C'était un spectacle étonnant que de voir ce jeune moine tonsuré, au regard grave, qui marchait avec ce jeune bouffon aux vêtements criards vers le Forum, le long du récent palais de Venise, où flottait en bannière le lion de Saint-Marc.

Ils contournèrent le Capitole et le couvent où résidait Angelo ; de la fenêtre minuscule de sa cellule, il n'avait vue que sur le champ de ruines ; des chèvres y broutaient là où Cicéron, César ou Marc-Antoine avaient tonné. C'était sa promenade favorite ; ces chardons, ces herbes folles, ces colonnes écroulées lui paraissaient contenir un enseignement précieux sur la fragilité de la puissance humaine. Ils s'assirent sur un tambour qui avait roulé depuis une colonne écroulée.

« Certes, on ne peut pas ne pas donner raison à Thomas contre Anselme, à propos des preuves de l'existence de Dieu. Ce n'est pas, comme le croyait le bon père, parce que le monde est un effet dont il faut chercher la cause que nous imaginons Dieu, mais bien parce que la Cause suprême est requise par l'existence de causes ordinaires. Mais Thomas reste trop près du Stagirite, à vouloir démontrer Dieu. Être en puissance, en acte, substance, accident, causes efficiente, matérielle, formelle et finale... Si la créature a priorité sur la Création dans l'ordre chronologique, dans l'ordre des principes, la causalité suprême est première. Au fond, les dominicains pensent que la Création n'est pas qu'un acte de foi, mais aussi de raison. Parce qu'ils sont persuadés qu'il n'y a pas de fossé entre la foi et la raison, ils croient qu'il n'y en a pas non plus entre l'idée et la chose, entre le mot humain et le réel. »

Annibal se rongeait les ongles sans écouter et en observant les ombres qui s'allongeaient sur le Forum.

« Tu comprends, au fond, je suis, sinon un nominaliste, du moins un occamiste », était en train d'expliquer le jeune docteur.

Annibal clignait des yeux, prenait la mesure, par l'esprit, de l'arc de Septime Sévère, devant eux, que dorait le couchant.

« Je ne me satisfais pas de la logique et de l'*Organon* en théologie. Chaque être est unique, dit Occam. Unique, cela veut dire qu'il n'y en a aucun qui soit universel, puisque le propre de l'universel est d'être attribué à plusieurs choses. Les Universaux ne sont que des signes dans l'âme, des signes de l'objet... Dieu seul produit les substances, notre esprit ne conçoit que des mots... La logique est parfaite pour les sciences, mais la théologie n'est pas qu'une science, comme le pensent les thomistes. »

Ayant ainsi réglé son compte à saint Thomas, comme à la querelle des Universaux, Angelo sourit de satisfaction.

Le formalisme occamiste, ce premier regard critique sur la synthèse de la *Somme théologique*, cette première remise en question des rapports entre le pensé et le réel, tels que les avait fondés l'idéalisme logique aristotélicien et thomiste, était le chant du cygne d'une scolastique sapant ses propres bases.

« Je crois que les Universaux ne sont pas dans les objets, *in re*, mais seulement dans notre langage. »

En prononçant cette phrase, sans en avoir pleinement conscience, Angelo rompait avec trois siècles de certitude théologique, où l'on avait cru que les concepts étaient physiquement présents dans les choses. Mais il n'était pas pour autant attiré par les recherches humanistes, et, contre les Anciens revenus à la mode, il se prévalait de ces « modernes » déjà oubliés que furent les scolastiques de Paris. Angelo naviguait par l'esprit dans les incertitudes de son temps, en nageant à contre-courant d'un double rationalisme : que ce fût celui de l'orthodoxie théologique thomiste réaffirmée contre les tentations de la Réforme, ou celui de l'expérimentalisme croissant des arts et des sciences.

« Veux-tu venir souper ce soir avec une compagnie

d'artistes ? Ça te changera de tes grimoires ; d'ailleurs, ce sont tous des gens très corrects, certains sont des amis intimes du pape Clément. »

Annibal sentit l'hésitation de son ami. Angelo, pour son âge, menait une vie singulièrement austère.

« Il faut que je demande la permission au custode, murmura-t-il sans conviction.

— Mais tu n'es plus un enfant ! Qu'y a-t-il de mal à ce que tu t'amuses un peu ? »

Annibal n'éprouva pas le besoin de préciser que le festin se tenait chez la reine des courtisanes.

En remontant vers le Tibre, alors que le soleil à son coucher embrasait l'île et rougissait les façades aux ordres savamment étagés, les arcs et les tours, Angelo continua son monologue. Annibal supportait patiemment cette dispute avec soi-même ; pendant qu'il admirait le spectacle du crépuscule, Angelo théorisait :

« Tout tient, si tu me suis, à cette différence entre la puissance ordonnée de Dieu et la puissance absolue de Dieu... »

Il passa une main fine et maigre sur sa tonsure, d'un geste qui lui était déjà familier, né à l'époque où il s'étonnait encore, sous la paume, de trouver le contact du crâne nu, offert aux rayons de l'Esprit-Saint.

Les échoppes fermaient en vissant d'énormes barres sur d'épais volets de bois. Rome, le soir, mal éclairée et hantée de brigands, se barricadait très tôt ; d'autant plus en ces temps d'incertitude.

« Tu sais ce qu'affirme Martin Luther ? Que les persécuteurs du Christ auraient péché bien plus gravement s'ils l'avaient épargné contre leur conscience.

— Autrefois, tu étais tenté par sa manière de s'en remettre en tout à Dieu.

— Je n'ai jamais admis, au fond de mon cœur, ni la prédestination qui nie toute liberté de l'homme — même Érasme n'a pu le suivre sur ce point —, ni son *Traité du libre arbitre,* ni sa haine pour les ordres, lui qui a été élevé dans leur sein. Et sa théorie de la conscience, comme guide suprême, est au fond destruction de toute Vérité révélée, de toute tradition, de toute théologie. »

On le voit, l'élève assisate, depuis qu'il se flattait d'être devenu expert en choses de Dieu, s'était laissé ramener au giron de l'orthodoxie, et la défendait même avec vigueur. Son âme, encore traversée des rêves millénaristes, vivifiée par la remontée de la vieille sève apocalyptique, âme d'une autre époque que celle où il vivait, cherchait à présent par d'autres voies, les mystérieuses prédictions de Joachim de Fiore sur le cinquième Empire, ou les éclairs nébuleux des Spirituels franciscains, l'incarnation de ses vagues et impérieux désirs d'absolu.

Il fréquentait principalement les « nouveaux observants » qui, en 1525, devant les pèlerins du Jubilé venus par centaines de milliers à Rome, s'étaient vu reconnaître par le pape lui-même, en la personne de leur chef Matteo da Bascio, que le souverain pontife avait personnellement reçu. On reconnaissait cette tendance extrême à la forme de leur capuchon.

« Oh, et puis, “ que vous sert de raisonner profondément sur la Trinité, si vous n'êtes pas humble et que par là vous déplaisez à la Trinité ? J'aime mieux sentir la componction que d'en savoir la définition ”, comme dit l'*Imitation,* acheva Angelo, non sans une certaine mauvaise foi. Oui, que nous importe ce qu'on dit sur les genres et les espèces... »

La nuit était tout à fait tombée. Au détour d'une ruelle, un groupe d'archers, le cortège d'un haut personnage, trouait l'obscurité de la lueur fuligineuse des torches, ou des faibles éclats des lanternes.

« Nous voici arrivés. Tâche d'imiter la taciturnité si vantée de ton saint Thomas, si tu ne veux pas assommer nos hôtes avec ta théologie », plaisanta Annibal en frappant le marteau de la porte cloutée de bronze, marteau qui figurait une main féminine tenant une pomme.

C'était un peu par esprit de juvénile provocation qu'Angelo avait conservé son froc aux reprises soulignées d'un gros fil noir, pour aller dans le monde. Il n'était pas encore ordonné prêtre, n'ayant reçu que les quatre ordres mineurs. Et à Rome, il ne manquait pas de prélats et de prêtres qui s'habillaient en cavalier, en dépit des ordonnances papales. Depuis des années, un certain frère Mariano, après avoir été le barbier de Laurent de Médicis, était le plus célèbre bouffon de la cour de Léon X et de Clément VII ; il n'hésitait pas, malgré ses vœux, à coiffer le bonnet à clochettes et à agiter la marotte à la cour du pape.

Ils pénétrèrent dans une première salle, vaste vestibule aux pilastres de marbre, sur l'invitation d'un esclave maure en pantalon bouffant et turban à aigrette. Une musique aigrelette aux harmonies sautillantes envahissait le grand salon où il les conduisit, et débordait par les hautes fenêtres à fronton jusque dans la cour : elle provenait d'une loggia, située à mi-hauteur dans le mur, où jouaient des musiciens invisibles. Des tapisseries historiées, certaines à sujets païens, des tapis épais, des crédences d'ébène garnies de vases d'or et d'argent donnaient à ce lieu, pour Annibal et Angelo, le caractère somptueux d'un paradis ambigu.

Les convives, artistes en tenue voyante et chausses de couleur, grands de l'Église en robe de brocart et de velours, hommes de lettres en vêtements râpés, étaient debout ou assis çà et là, attendant la maîtresse de maison. Elle se faisait désirer, elle sortait à peine de son bain aromatisé à la menthe et au thym ; elle finissait de se faire coiffer ; les arrivants venaient la saluer dans sa chambre.

En y entrant à la suite de Benvenuto Cellini, qui voulait les présenter, Angelo eut une bouffée de rougeur, à respirer les effluves de chair nacrée, dans l'intimité de ce boudoir ; les murs étaient couverts de draps à bouclettes d'or, le lit à baldaquin était en velours d'Alexandrie, bordé de zibeline. Une console, bleu outremer et or, accueillait sur sa tablette de marbre des petits vases d'albâtre, de serpentine ou de porphyre, qu'Annibal s'imaginait contenir des poudres de maquillage, des parfums rares, des philtres. Appuyée sur le coude à un guéridon, Lucrèce « ma-mère-ne-veut-pas » contemplait Angelo avec une stupéfaction ravie.

« C'est toi qui nous as apporté ce moinillon, maître Cellini ? Je ne tiens pas une pouponnière... »

Lucrèce était une forte et belle créature à l'abondante chevelure rousse étoilée d'argent, à la peau blanche et grasse.

Elle riait en dévisageant Angelo, qui commençait à regretter d'être venu.

Cellini donna le bras à la belle, et l'on servit les premiers plats, dix sortes de pâtes aux truffes, lasagne, macaroni, gnocchi ; juste après, les douceurs — pyramides de citrons confits luisants comme des porcelaines — ; et puis vinrent des rôtis, des huîtres, des esturgeons et des brochets bourrés de poivre, de safran, de cannelle, qui nageaient dans des sauces fortement épicées, des cygnes et des paons rhabillés de leurs plumes après le rôtissage, qui redressaient fièrement des cous et des panaches reconstitués...

Les dames, surtout, fascinaient Angelo, qui n'en avait jamais tant vues à la fois. Chaque cavalier avait l'une d'elles à sa droite, en suivant une liste d'appariements longuement méditée et notée ; comme Angelo et Annibal étaient en plus, on les ajouta ensemble au bout de la table principale. L'ensemble du festin, d'ailleurs, se déroulait, malgré la somptuosité des mets et du service, dans un aimable et indescriptible désordre. Des convives se levaient, d'autres s'agenouillaient aux pieds de leur dame pour lui réciter un poème, certains s'isolaient en groupe dans un coin, pour boire en des paris insensés. Le *frebbiano,* le malvoisie, les vins toscans, siciliens, grecs n'étaient pas pour rien dans cette animation.

Ces femmes, qu'Angelo prenait pour de grandes dames, étaient courtisées comme des princesses du sang. Certaines étaient elles-mêmes filles de prostituées, comme le fut Imperia. Leurs noms, toutefois, auraient pu à eux seuls mettre la puce à l'oreille ; il y avait là une Luna Nova, une Primavera, et beaucoup de prénoms à l'antique : Faustina, Flora, Tullia, Pantasilea... et même une Poppée. Elles étaient, comme les pèlerins et les étudiants de Rome, originaires de toutes les nations d'Italie et d'Europe. Cet essaim d'épaules nues et de diamants, de rires aigus, étourdissait l'étudiant.

« Chevelure d'or crêpelé et d'ambre clair et pur.

Flottant au vent sur un cou à la blancheur de neige... », achevait à cet instant Mgr Pietro Bembo, poète et secrétaire favori du pape, qui avait non sans peine agenouillé sa petite personne grassouillette aux pieds de la cruelle Poppée.

Annibal chuchota à l'oreille d'Angelo :

« Tu as remarqué, elles sont toutes blondes. »

Les plus âgées, à les regarder mieux, malgré la douce lumière des bougies, se révélaient plus maquillées qu'un masque de Modène, les lèvres graissées de cinabre. Mais toutes étaient, en effet, d'un blond obtenu à force de lessivages d'ortie et d'endive, ou d'avoir enduit la chevelure, avec une petite éponge, d'un mélange d'huile et de vin blanc, en restant assises pendant des heures au soleil.

Maître Cellini, debout, le poing sur la hanche, emplissait la vaste salle de ses éclats sonores. Il levait sa coupe à la maîtresse de maison, à chaque fois, c'est-à-dire souvent, qu'il l'avait fait remplir.

« Si j'ai connu Léon X ? répondait-il à une jeune femme. Léoninot était un bien brave homme, après tout. Je dis toujours : vivent les Médicis ! Léon était un bon pape ; il aimait les artistes et la plaisanterie. Moi qui l'ai souvent vu comme je vous vois — lui, il ne voyait rien, il était myope comme une taupe malgré son lorgnon —, je dois dire qu'il avait une noble figure : un peu celle du grand Laurent, en plus mou. Et qu'il sentait la viande pourrie à cause d'une fistule mal opérée. Il avait la figure haute en couleur, le cou un peu gras sous le pluvial d'or, le regard voilé, bénin. C'étaient surtout ses gestes qui avaient une onction magnifique. Il avait une manière de bénir, c'était comme caresser. »

Bembo, dont la carrière avait commencé sous ce pape, approuva bruyamment :

« À le contempler, lui, l'ami des arts et des humanités, on croyait voir le retour du monde antique... »

Les mains de maître Bembo, dans le vide, dessinaient le tableau qu'il décrivait à son tour :

« Vous vous souvenez tous de son dernier carnaval, à quelques mois de sa mort. Le samedi, il y avait eu de la lutte sur une estrade, au Campo dei Fiori ; le dimanche, des courses de chevaux, piazza Navona, et une danse moresque ; le lundi et le mardi, la course de bufflonnes, le défilé de chars et une comédie de Plaute... Léon a assisté à tout. Même aux mises à mort des taureaux piazza Navona. Il aimait la chasse, le théâtre. C'est lui qui a fait représenter la *Calandria*, la pièce plutôt... profane de notre ami Bibbiena. »

Chacun reconnaissait volontiers les vertus du défunt Léon X. Lucrèce rappela, à voix basse et à son voisin, qu'elle avait parié trois nuits d'amour contre cent ducats pour son élection. Les artistes présents, qui lui devaient tout, n'avaient pas oublié le bon pape, qui n'avait du lion que le nom.

« Je me souviens, ajouta Fra Mariano, le célèbre bouffon, en souriant mélancoliquement à son propre visage que reflétait le gobelet de vin qu'il tenait devant lui ; je me souviens des bonnes blagues que nous fîmes avec lui, de son temps. Vous rappelez-vous cet éléphant que lui avait offert le roi Emmanuel du Portugal ?

— Il avait fait traverser toute la ville à ce pauvre Baraballo de Gaète, attaché sur l'énorme bête, car il était, c'est vrai, un exécrable poète », se souvint à son tour Bembo.

Angelo voyait s'ouvrir sous ses pieds les abîmes du scepticisme élégant, du goût des fêtes et de l'antique, qui avaient tant marqué la cour précédente et continuaient de régner sur celle-ci.

« Et il avait une manière de parler qui était entièrement à la romaine, on se serait cru sous Auguste le Grand. Pour les cardinaux, il disait les " Pères conscrits ", pour les nonnes, les " Vestales ", " Lupercales " pour le carnaval... », ajouta encore Bembo, latiniste distingué.

Le dîner continuait sa succession de mets innombrables, auxquels les convives daignaient à peine toucher. On servit encore des chapons recouverts de blanc-manger et de graines de paradis dorées, qui semblaient faits de métal brillant, des poissons qui nageaient immobiles dans leur gelée transparente, des tourtes au cresson et aux cerises, et, pendant les entremets, où des mimes venaient jouer devant les dîneurs, des nefs de sucre rose et des oranges confites. Un montreur d'ours fit danser sa bête ; et trois tableaux vivants complétèrent le spectacle : Persée délivrant Andromède en était le clou.

Une fois le repas achevé, on dansa, tandis que s'organisaient trois tables de jeu de bassette. Des piles d'écus témoignaient, aux côtés des joueurs, du sérieux des enjeux. Pendant les entractes de la musique, des poètes récitaient leurs œuvres.

Une discussion sur l'art s'engagea inévitablement entre ces jeunes maîtres déjà sûrs d'eux. Angelo, soudain, intervint.

« Il n'est donc pas muet, le moinillon ! » fit Cellini à mi-voix.

Avec l'assurance doctorale et forcée que se donne la jeunesse timide, Angelo faisait la leçon aux peintres et aux sculpteurs :

« Il y a la Matière, la Forme et la Privation, qui sont les Principes de la Réalité naturelle, selon le Docteur Commun. Par exemple, le bloc de marbre, quand il est encore informe, est soumis à une privation : il aurait pu devenir statue...

— À t'entendre, c'est pour ainsi dire le marbre qui se décollerait de lui-même du bloc et de sa gangue pour révéler la statue, fit un sculpteur en montrant ses mains rougies, couvertes de cicatrices.

— Depuis quand ta " privation " est-elle une cause de quoi que ce soit ?

— " La privation du pilote est la cause du naufrage du navire " », récita Angelo.

Le vin, dont il avait un peu usé, lui tournait la tête.

Le frère Mariano, le vieux bouffon, s'amusait à jeter sur les convives des cuillers de sauce. Les dames grignotaient des massepains et riaient trop fort. C'était l'heure où les corps se laissent aller, où les esprits se dégrafent. Inconscients du danger, les convives suivaient leurs habitudes d'élégants viveurs, alors que la menace déjà rôdait autour d'eux ; cette menace se glissait à minuit, autour d'une Rome tout adonnée à ses plaisirs ou au sommeil, une Rome si sûre d'elle-même dans l'aimable compromission du religieux et des plaisirs du siècle.

« Les Allemands sont aux portes de la ville, et nous buvons, insensés que nous sommes ! s'écria Mariano, le vieux fou, et l'un des plus lucides sous l'effet du vin.

— Ne joue pas les Brandano, frère Mariano. Le comique te va mieux que le tragique », riposta Pietro Bembo en continuant de lutiner Faustina.

Le dénommé Brandano était l'un de ces prêcheurs sauvages qui pullulaient en ces années inquiètes, et qui avaient pour spécialité d'insulter le pape Clément pendant les cérémonies. Il était apparu le jeudi saint, pendant la bénédiction pontificale, en pagne et nu-pieds, près de la statue de saint Paul, et il avait hurlé : « Bâtard et sodomite ! À cause de tes péchés, Rome sera détruite. Rome, fais pénitence... »

Le pape était en effet de naissance illégitime. On ne savait par quelle obscure superstition, Clément VII, toujours hésitant, se refusait à sévir contre l'ermite.

« Faire pénitence ! Nous, nous faisons pénitence, n'est-ce pas, ma jolie colombe ? susurra un Monsignore en violet soyeux, qui caressait discrètement l'épaule de Pantasilea.

— Les pronostications sont mauvaises, c'est vrai. J'ai confiance en la ruse et l'habileté politique de notre sinueux souverain. »

Le mot « pronostication », dont maître Cellini s'enflait la bouche, jaloux d'avoir perdu le rôle principal dans la conversation, désignait les livres, ou almanachs, de style astrologique, annonçant les événements de l'année future. L'Arétin en avait publié un trois mois plus tôt, où il prévoyait de grands malheurs pour la ville.

« Si c'est en punition des péchés de cette cité qu'on veut nous faire peur, nous disposons d'un trésor infini d'indulgences, murmura un prélat à moitié endormi, que les agaceries de sa voisine maintenaient seules éveillé. Il est vrai que le putanisme emplit tout Rome, ajouta-t-il à voix basse pour lui-même.

— C'est une ville d'hommes seuls. Tous sont voués au célibat... Des artistes, des courtisans, les pèlerins, les militaires et les ambassadeurs, même les marchands et les banquiers attachés à la Curie, tous veulent des filles. Allez vous étonner qu'il y ait une putain et une ruffiane pour dix habitants ! » fit Pierino del Vaga.

Cellini sentit, aux regards furieux de la maîtresse de maison, que le sujet déplaisait souverainement. Lucrèce ne se sentait rien de commun avec ces malheureuses, regroupées dans le quartier de Ripa, de Monte Sisto, de l'Ortaccio, sous la responsabilité d'un « capitaine des lupanars », proxénète officiel. Elles pratiquaient dans les étuves, ces bains de vapeur publics que Michel-Ange et Raphaël fréquentèrent pour trouver ces nus puissants qu'ils ont immortalisés, et où l'on pouvait jouer, se faire raser ou saigner, et rencontrer des compagnons de débauche ; les plus misérables travaillaient « à la chandelle », dans les arrière-boutiques en sous-sol des rues populaires.

Angelo était écarlate. Cette conversation le mettait au supplice. Annibal, très à l'aise, s'était lancé dans une discussion artistique sur les mérites comparés d'Andrea del Sarto et de la nouvelle génération des peintres florentins de Rome ; et il dévorait des yeux sa voisine, laquelle lui faisait du genou, excitée sans doute par cette fraîcheur dans la corruption.

Angelo se pencha vers sa voisine à lui, et dit doucement :

« Quel vilain sujet d'entretiens ! Surtout quand des personnes de qualité comme vous, mesdames, sont présentes. »

Angelo ne comprenait pas pourquoi la jeune femme s'étranglait de rire dans son mouchoir. Cellini faisait circuler des gravures ; mais les petits cris effrayés de ces dames, les exclamations scandalisées des hommes ne venaient pas du spectacle de quelques scènes osées. Angelo eut un moment de stupeur en contemplant les estampes de Lucas Cranach et de Holbein ; sur l'une, la Grande Prostituée de Babylone portait la tiare pontificale, montée sur sa bête à sept têtes de fauves ; d'autres montraient l'Antéchrist sous les traits du pape, la destruction de Rome, avec ses monuments effondrés, ses tours abattues.

« Ce sont les gravures qui excitent les luthériens de l'armée de Bourbon. Ne dit-on pas que Frundsberg, le vieux condottiere, le colosse qui était à leur tête, portait au cou un lacet d'or pour étrangler personnellement le pape ? »

Malgré lui, Cellini avait baissé la voix. En trois ans, cette armée redoutable avait envahi la Provence sous la direction de Bourbon et de Pescaire, soutenu le siège de Marseille et battu les Français à Pavie en faisant prisonnier le roi ; depuis la mort du marquis de Pescaire, mari de Vittoria Colonna, la célèbre amie de Michel-Ange, Bourbon en était le seul chef. Un chef qui suivait plutôt ses troupes qu'il ne les commandait.

Le pape Clément, effrayé de cette force livrée à elle-même, s'était maladroitement allié, l'année précédente, par un de ces retournements à l'italienne dont il avait le secret, avec François Ier, Venise et Milan, contre Charles Quint. Ils avaient formé une « Ligue pour la liberté de l'Italie » qui ne reçut pas le moindre soldat de ses alliés français.

Clément VII, tout le monde le savait, était un hésitant de nature. L'armée de la Ligue était dirigée par un temporisateur, le duc d'Urbin, au service de Venise, qui, au lieu de s'interposer entre Rome et Bourbon, suivait ce dernier à distance respectable, décidé à ne pas livrer combat.

« Mais nous avons signé un traité avec Charles de Lannoy, le vice-roi de Naples, et avec Bourbon..., objecta l'un des assistants.

— Sa Béatitude a l'habitude des traités rompus. Rappelez-vous, en septembre dernier, il en avait signé un autre avec le cardinal Colonna, son vieil ennemi. Le Colonna a trahi son traité, est entré à Rome par la porte Saint-Jean-de-Latran, et a fait piller le Vatican par ses hommes, fit une de ces dames.

— Du moins étaient-ce des Romains. Imaginez si ç'avaient été des barbares du Nord, enflammés de haine par leurs prédicateurs luthériens... », reprit Cellini.

L'*exercitus Caesareus*, comme elle s'appelait officiellement, l'armée de l'empereur Charles Quint, n'avait qu'un seul adversaire à sa taille : Jean de Médicis et ses Bandes Noires. On appelait ainsi ses soldats redoutables, les seuls d'Italie, parce qu'ils portaient une croix noire en deuil de Léon X. Mais Jean qu'on nommait le Gran' Diavolo, le seul vrai général italien, était mort dès le début de la campagne.

Impériale, cette armée ? Décidément, l'Arétin était un habile homme d'avoir quitté Rome dès qu'il avait senti le danger.

« Ses sonnets et ses satires manquent cruellement, et le Pasquino a perdu son esprit depuis qu'il est parti », soupira Lucrèce.

Le Pasquino était cette statue mutilée, placée au coin du palais Caraffa, qu'on travestissait le jour de la Saint-Marc, et sur laquelle on attachait les vers et les poésies comiques les plus osés. L'Arétin, qui se prétendait le « Fléau des princes », parmi tous ces auteurs de sonnets burlesques, passait pour la plume la plus méchante et la plus curieuse.

Cellini, plongé dans le calcul des pronostications, devenait grave, comme l'heure s'avançait :

« En Allemagne, les princes ont exécuté Thomas Münzer, il y a deux ans. Il se faisait appeler le " Marteau de Dieu ", et ses paysans en révolte avaient pillé les monastères et violé les nonnes ; et, le pire de tout, détruit les images pieuses et les tableaux d'église ! »

Un hurlement d'horreur échappa au groupe des artistes.

« Parmi les lansquenets, il y a bon nombre de ces anciens de la guerre des paysans... »

Une ombre de sérieux s'étendait à présent sur le festin. Annibal et Angelo prirent congé. Avec des airs mystérieux, maître Benvenuto leur proposa d'entrer dans une petite troupe qu'il formait :

« Alessandro, le fils du banquier Piero del Bene, m'a prié de lui rendre le même service qu'au moment du sac des Colonna. Constituer un petit bataillon pour parer à tout événement. En êtes-vous ? »

Ils déclinèrent l'offre.

« Ne vous étonnez pas trop si vous entendez du bruit demain matin ; les éclaireurs de Bourbon sont déjà sous les murs de Rome. Dans tous les cas, je serai à la Porta San Spirito du Borgo, près de San Onofrio. »

En raccompagnant son camarade vers le Capitole et son couvent, Annibal, qui était un peu saoul, finit par le désillusionner :

« Je m'en voudrais de te laisser mourir, comme on le dit de Pétrarque, serrant contre son cœur une *Iliade* qu'il ne pouvait lire, faute de savoir le grec, sans que tu saches le fin mot. »

Angelo était de bonne composition. L'air était doux, la lune faisait briller les marbres des arcs.

« Quel fin mot ? Il n'y a pas en soi péché au commerce des personnes de la société, si elles sont d'aimables dames, comme ce soir.

— Commerce est bien le mot. »

La douce torpeur où baignait Angelo se dissipa brusquement.

« Qu'est-ce que tu veux dire ?

— Que c'étaient toutes les plus grandes putains de Rome. »

Le jeune moine s'éloigna précipitamment. Annibal, surpris,

mit quelques instants à le rejoindre. Son ami, courbé en deux vers le sol, était dans une étrange posture. Il comprit en s'approchant de lui. Les doigts au fond de la gorge, Angelo cherchait à se faire vomir.

Ce ne furent pas les cloches du couvent et de l'église d'Aracoeli, sonnant bien haut dans la clarté confuse de l'aube, qui jetèrent Angelo à bas de sa couche. Son malaise de la veille entièrement dissipé, il s'arrosa le visage d'eau glacée, dans la cour du cloître. De tous côtés, les portes des cellules s'ouvraient dans le crépuscule gris ; des frères s'interpellaient, des sandales claquaient.

Car ce n'était pas pour l'office matutinal que sonnaient toutes les cloches de Rome, arrachée au sommeil par l'alerte générale et le bruit sourd des explosions des mines. Angelo se souvint de l'avertissement de Cellini. Il s'élança par la porte du couvent, ouverte sur les incertitudes de l'aurore, vers la muraille où déjà résonnaient des appels de trompette.

Le murmure guerrier, encore lointain, ceignait la cité déserte ; rares étaient ceux qui couraient, pour la défendre, aux remparts : quelques bourgeois, relevant leur chemise de nuit, armés de vieilles arquebuses. Mais le gros de la population, ayant mis les volets, se terrait au lit.

Au pont Saint-Ange, des piquets de gardes suisses l'arrêtèrent un instant. Mais son froc lui servit de passeport. Maître Cellini, qui portait corset damasquiné et panache rouge, avait pris en charge la défense de San Spirito, comme il l'avait annoncé. Angelo grimpa à l'une des tours de la porte. L'armée impériale s'était faufilée, pendant la nuit, en venant à marches forcées d'Arezzo, jusque dans les prés qui s'étendaient à ses pieds ; et le formidable rempart était cerné de toutes parts, comme un arbre mort par des fourmis industrieuses, par les soldats de Bourbon ; ceux-ci campaient dans les vignes et les jardins, dont les échalas et les clôtures avaient été abattus pour fabriquer des échelles.

Tôt le matin, le pape était sorti à cheval, dans les rues, en promettant toutes les indulgences possibles à ceux qui défendraient la ville. Les gardes suisses avaient été chargés d'instruire ces soldats de dernière minute, et les portes avaient été fermées, toute tentative de fuite interdite.

La troupe papale, composée de domestiques et de boutiquiers, depuis que Clément avait licencié les Bandes Noires, contemplait en tremblant du haut de ses créneaux la formidable marée de ses assaillants. Un soleil levant, tout embrumé par l'humidité qui montait du fleuve et des prairies, faisait rougeoyer les armures, étinceler les casques.

« Nous ne sommes pas dix mille contre ces trente mille fauves. Le pape a vendu trois chapeaux de cardinal hier pour se procurer des ressources, et confié la défense de la ville à Renzo de Ceri et messire du Bellay. Passe encore pour le premier, qui est un bon capitaine, mais l'autre... », commentait Cellini au jeune franciscain qui se signait.

Il lui montrait les silhouettes des lansquenets, avec leurs costumes bouffants, leurs jupons et leurs panaches encore plus hauts que le sien, qui portaient déjà des échelles ou s'affairaient autour des fauconneaux et des couleuvrines ; une mine, un coup de canon ébranlaient par moments l'air cotonneux.

« Vite, ils attaquent à la porta Pertosa ! »

C'était tout à fait au bout du Vatican, derrière Saint-Pierre, là où le rempart, comme une proue de navire, fendait les nuées blanches et les écharpes de brouillard qui le ceignaient à présent.

Un moment, la rougeur solaire triompha des brumes ; et Angelo vit d'un seul coup d'œil, depuis le rempart, toutes les fortifications de l'ouest de la ville, et le gros de l'armée ennemie.

Le pape avait renvoyé sans réponse le trompette qui s'était présenté, une heure plus tôt, au Vatican endormi. Bourbon avait donc décidé d'attaquer Rome dès le matin, en tous les points de son rempart situés au-delà du Tibre, au nord et à l'ouest du château Saint-Ange, à la porta San Spirito ; mais aussi de la porta Settimania à la porta Aurelia, le Trastevere, qu'il faisait, en diversion, assaillir par les Italiens de Maramaldo. Il comptait évidemment pénétrer dans le centre de la ville, soit par le pont Saint-Ange, soit par le pont Saint-Sixte.

À droite de la forteresse puissante du Borgo, qu'avait bâtie

Léon IV, la vieille muraille romaine, qui datait pour partie de l'empereur Aurélien, conduisait à la rotonde crénelée du château Saint-Ange, clef du dispositif romain. L'artillerie du pape, lui avait dit Cellini, y était concentrée.

Angelo reporta ses regards sur les assaillants. Partout, les échelles s'élevaient contre la muraille ; des sapeurs, des mineurs faisaient écrouler des pans entiers. Mais la masse accumulée par les siècles était telle, de tourelles, créneaux, contreforts et échauguettes, qu'elle résistait pour ainsi dire d'elle-même à l'attaque, par force d'inertie.

En bas, les Espagnols des *terceros* montaient maintenant à l'assaut de la porta Torrione, en relayant l'effort des lansquenets à Santo Spirito. Mais un boulet de gros calibre, venu du château, prit en enfilade la tête de leur colonne, en emportant deux enseignes et un officier. Ladite colonne recula.

« Prie, moinillon, pour ton Église et ton pape ! » s'écria Cellini, en sueur et noir de la poudre de son arquebuse, qu'il ne cessait de recharger.

Mais Angelo ne priait pas, ne combattait pas. Un coup de vent venait de balayer les prés, arrachant l'ouate brumeuse aux armures et aux chevaux ; et toute l'armée impériale se présentait maintenant à sa vue, en ordre de bataille. Les réserves de lansquenets, au fond, près des bois, étaient disposées en trois carrés de cent hommes sur cent, hérissés d'immenses piques hautes comme trois fois un combattant. Les hallebardes, terminées à la fois d'une pointe et d'une double hache, les pertuisanes, dont la lame était creusée d'un ou plusieurs trous pour aider le sang à couler, accrochaient un rayon orange de soleil, ou un reste de brume.

Les Romains s'ébaudissaient à détailler les fourrés vivants des bataillons, les découpes infiniment variées des lames : certaines trouées comme des passoires, d'autres aux arrondis tranchants ou aux pointes acérées. Elles formaient, par la cacophonie levée vers le ciel de leurs formes barbares et tourmentées, les hiéroglyphes de mort de la bataille.

Plus loin, c'étaient les arquebusiers-lansquenets, un tiers de la troupe, dont les rangs étaient parcourus de milliers de petites étincelles, tandis qu'ils battaient le briquet en tournant le rouet, la petite roue surmontant leur arme, pour mettre à feu. Selon une tactique inventée par leur capitaine, Frundsberg, l'homme au lacet d'or, qui ne vit d'ailleurs jamais la prise de Rome pour laquelle il avait tant fait, le premier rang s'agenouillait pour recharger, permettant ainsi au second de tirer.

Les papistes, eux, civils reconvertis, n'avaient que de vieilles arquebuses à mèche, plus lentes ; sauf maître Cellini, qui maniait en expert un magnifique mousquet incrusté d'ivoire et d'argent, œuvre de son atelier, qu'il posait sur une fourche, entre deux créneaux, pour tirer mieux à son aise.

À droite, face au Borgo, la cavalerie attendait, avec à son premier rang les chevaux caparaçonnés d'or et de pourpre de l'état-major. Les bêtes hennissaient, se cabraient, sentant la poudre et la bataille. À la tête de ses chevau-légers, car ils ne portaient plus l'armure médiévale, piquant un galop de-ci de-là pour garder sa monture au travail, le prince d'Orange, leur chef, beau capitaine de vingt-cinq ans.

Les cavaliers, qui montaient des genets d'Espagne ou des « barbes », ne s'étaient pas rangés à la française, par « lances » de six hommes, chaque cavalier accompagné d'archers et de valets, mais selon la coutume de la cavalerie impériale, qu'on appelait les reîtres, par escadrons de dix-sept rangs. Certains portaient, sur leurs puissants chevaux du Nord, des arquebuses légères. La plupart étaient, pour ces Italiens, des géants.

Et ces masses de fantassins et de cavaliers, taches sombres dans le brouillard, n'attendaient que l'assaut final. Surtout les auxiliaires italiens commandés par des condottieri comme Maramaldo, Marc-Antoine Colonna ou Ferrante de Gonzague. Les Romains les insultaient depuis les chemins de ronde ; ceux-là étaient des traîtres, ces Calabrais au visage en lame de couteau, et ces déserteurs de toutes les armées italiennes.

Mais le pire était à gauche, derrière l'angle formé par les quatre grosses tours léonines du Borgo. Les contingents de *terceros,* les soldats espagnols de Charles Quint, étaient arrivés par Gênes. Ils s'étaient étalés sur les pentes du Janicule, et de cet amphithéâtre naturel, ils regardaient la ville avec des ricanements de tigre. Il ne fallait pas, quoi qu'ils fussent bons catholiques, en attendre plus de douceur. Ils venaient punir le pape qui osait résister à leur maître, empereur du monde ; et, depuis le sac de Prato en 1513, on connaissait en Italie leur férocité. Angelo avait été abreuvé des récits des viols et des sacrilèges commis par eux dans la malheureuse cité toscane ; il savait qu'à l'époque, la peur qu'ils inspiraient avait provoqué la chute du gonfalonier Soderini et du régime démocratique. Il avait donc double raison de détester ces petits hommes noirauds, musclés comme des singes, qui maniaient à deux mains l'espadon, l'immense épée qu'ils utilisaient de taille, comme une faux.

« Seigneur, fais un miracle ! Protège Ta Ville ! »

Comme en réponse à cet appel angoissé, qui venait de vibrer dans la poitrine d'Angelo, le soleil se voila brusquement. Le coup du sort, ce fut cette arrivée du brouillard.

La matinée, qui avait commencé fraîche et assez claire, s'était ternie progressivement. À présent, des nuages, de délicats nuages teintés de bleu, de gris et d'un reste de rose, couraient dans le ciel en allant, comme le vent des prés, à la rencontre de la haute muraille ocre ; la brume élevée des prairies se transformait en épaisse grisaille. Ce n'était pas pour sauver Sa Ville, mais pour la punir et la perdre, que Dieu avait envoyé Ses nuées.

« Les bourgeois de Rome, par égoïsme, ont refusé de couper les ponts ! La ville est perdue, si l'ennemi prend pied au Vatican ou au Trastevere. Et Guido Rangone, qui commandait la milice, s'est disputé avec le cardinal du Bellay et Renzo Ceri ! » cria Cellini à Angelo.

Le bruit de l'arquebusade était maintenant relayé par celui de l'artillerie ; les hurlements affreux des blessés, les jurons de haine des luthériens, qui chantaient de lourds refrains menaçants, faisaient un vacarme infernal.

Le rempart s'était progressivement peuplé, Rome tout entière venait assister à sa propre mise à mort, plutôt que de combattre ; tant l'habitude des spectacles avait énervé les âmes. Il ne manquait pas un des jeunes gandins des grandes familles nobles, entourés d'une nuée de serviteurs, en manteau court tombant à mi-cuisses et toque brillante, qui riaient très fort et plaisantaient les brutes luthériennes.

Angelo se mit à la recherche d'Annibal. Il devait être, lui aussi, sur la muraille. Il parcourut le chemin de ronde jusqu'au fleuve et revint sans le rencontrer. Des connaissances, des étudiants saluaient le moinillon comme si on se fût trouvé piazza Navona, alors que la grêle des décharges groupées de flèches noircissait le ciel. Quand un coup sourd, mine ou canon, ébranlait la muraille, chacun s'arrêtait sur place un instant en guettant le moment où elle s'effondrerait sous les promeneurs.

Une partie des boulets venaient de derrière eux, s'aperçut Angelo. C'étaient les coups trop courts des canonniers du château Saint-Ange, qui tentaient d'atteindre la vague d'assaut. Ils réglèrent mieux leur tir. Des rangées entières de chevaux et d'hommes, en bas, tombèrent comme des quilles dans des galopades éclaboussées de sang. La première vague était brisée.

« Regardez, les lansquenets brûlent San Pancrazio ! »

Angelo, oubliant Annibal, se précipita entre deux créneaux de la tour de guet où ils s'étaient à présent barricadés avec la troupe de Cellini. La petite église, comme une miniature posée à quelques coudées des contreforts de la porta Aurelia, juste en face de lui, sur la hauteur boisée du Janicule, était déjà dévorée par les flammes qui sortaient des fenêtres ; un groupe de mercenaires, que la distance faisait paraître tout petits, entraînaient à coups de bourrades un vieux prêtre à la tête chenue, qu'ils avaient surpris à l'intérieur. L'un d'eux lui fit sauter le chef d'un coup de hallebarde. Angelo eut un rugissement. Il connaissait le desservant de San Pancrazio. Un voile rouge s'étendit devant ses yeux. À côté, un des laquais de Cellini tomba soudain avec un choc sourd, comme un arbre foudroyé. Une arquebuse ennemie, dont le vent emportait la détonation et la fumée, l'avait atteint au cœur. Angelo retroussa sa robe, bondit sur l'arme abandonnée que le défunt avait chargée et dont la mèche brûlait, et chercha précipitamment une cible.

Au pied du rempart, presque sous lui, sur une des échelles appuyées au mur, un capitaine en cuirasse dorée avec un casque à tête de cheval et des plumes rouges sur la tête, l'épée dégainée, avait grimpé quelques échelons et se retournait pour faire signe de son épée à ses troupes. Il hurlait en français :

« Ceux qui reculent, je les ferai fusiller ! »

Déjà une colonne s'engageait à sa suite sur les degrés branlants.

Angelo fut aveuglé par la déflagration, assourdi par le recul du coup. Le capitaine s'effondra dans un bruit de ferraille, après avoir porté les mains à ses reins et être ainsi resté plusieurs secondes en équilibre sur le barreau.

Angelo jeta son arme et enfouit sa tête entre ses mains, dans l'ombre consolatrice des manches de bure. « Tu ne tueras point. » Le désespoir lui mouillait les yeux. « Tu ne tueras point. » Il n'entendait plus le sifflement des flèches et des balles, les hurlements des lansquenets et des reîtres, maintenant tout proches. Il avait tué. À genoux, en frappant sa tête à l'auréole blonde sur la pierre du chemin de ronde, Angelo sanglotait.

« Je l'ai eu ! Je l'ai eu ! Puisque je vous dis que c'est moi qui l'ai descendu, ce foutu Bourbon ! »

Cellini, son mousquet encore fumant à la main, monta sur le créneau et leva les bras comme un triomphateur. Une énorme vague de malédictions et de poings tendus, en explosant au pied de la muraille, confirmait ses dires.

Angelo, hébété, regarda son créneau et celui, peu distant, de Cellini. Ils avaient dû prendre Bourbon sous leur feu croisé. Il se sentit un peu soulagé de cette découverte, sans savoir si la balle mortelle était venue de lui ou de maître Benvenuto. Celui-ci d'ailleurs n'avait nulle intention de laisser échapper sa gloire.

Gloire dangereuse, si l'armée impériale venait à prendre Rome ; gloire funeste, y compris à la cité elle-même, puisque le sculpteur, en tuant le seul homme qui avait encore une certaine autorité sur les régiments de cette armée mosaïque habitués à se payer eux-mêmes leur solde sur le pays, livrait Rome au désordre du sac.

On avait descendu le corps du connétable, étendu dans son manteau ; il gisait à côté d'un fossé, sans bouger. Angelo eut tout le temps de fixer le visage du traître. Un quadruple traître : à son roi, à son cousin François Ier, des mains de qui il s'était sauvé par de faux serments, à sa patrie, que ce dernier des grands féodaux de France combattait avec acharnement, à son Eglise — lui, le défenseur de la foi, passé à la tête des luthériens brûleurs de couvents. On lui prêtait de grands projets : choisir un pape nouveau, et lui faire couronner son maître Charles Quint. Angelo le trouva grand, dégingandé, le visage bilieux, l'œil jaune, et un grand nez de renard inquiet, qui lui barrait toute la face, féroce et rusée.

Un oracle de Cornelius Agrippa avait promis à Bourbon que Rome tomberait au premier assaut. Mais il avait négligé de lui annoncer qu'il ne verrait pas cette fin, car il serait lui-même une des premières victimes de la bataille.

Les premières gouttes de pluie commencèrent à tomber, quand quatre grands officiers vinrent lever le corps sur leurs épaules. Bourbon était taché de boue et de sang. La pluie dégoulinait, poisseuse, de son vaste manteau de général impérial. Il agonisait.

« Couvre-moi », dit-il à Jonas, le vieux laquais auvergnat qui l'avait suivi de son fief du Bourbonnais jusqu'à cette muraille.

L'homme, gravement, délicatement, ferma le manteau de laine.

« Le brouillard ! Regardez le brouillard ! »

Avivée par la pluie, la nappe devenue grise emplissait à présent tout le paysage. L'armée de Bourbon, maintenant commandée par Philibert de Châlons, que les capitaines, réunis sous une tente, avaient eux-mêmes élu, n'avait pas d'artillerie lourde de siège ; les grandes couleuvrines étaient derrière, dans les mauvais chemins des Apennins. Seuls les fauconneaux et les pièces légères de champ étaient arrivés à temps ; leur portée n'excédait pas quatre cents pas.

« Maudit brouillard ! La peste soit du brouillard ! Qu'on chasse ce brouillard ! »

Maître Cellini s'agitait en vain. Le brouillard, en montant comme une inondation, recouvrait à présent les fortifications. Les canons du château se turent, faute de cible.

Il était à peu près huit heures. Les Espagnols, se glissant dans ce terrible brouillard jusqu'au pied des remparts, avaient découvert une brèche ; elle avait été masquée par une fausse façade de maison, dont ils testèrent la faiblesse en s'approchant ; et ils s'aperçurent que les fenêtres étaient factices. Des cris « Tue, tue ! », en allemand et en espagnol, provenaient de derrière Angelo. Les combats se déroulaient à présent dans une atmosphère grise, une masse floconneuse, fantomatique, qui étouffait les plaintes d'agonie. Des ombres bigarrées, le coutelas à la main, sautaient des créneaux, qu'ils avaient gravis grâce à cet océan de grisaille. Cellini entraîna rapidement ses hommes en arrière. Les Espagnols arrivaient en courant et en hurlant : « *Amazzo !* » Ils traversaient déjà les jardins du Campo Santo, en prenant à revers les défenseurs de la muraille. À San Spirito, le successeur de Frundsberg, un Allemand nommé Seichenstricker, mais que toute l'armée appelait par son prénom, Nicolas, avait mis le pied sur le chemin de ronde. Lui criait à ses compagnons : « Mords ! Mords ! »

« Nous allons être cernés. Chacun pour soi ! » clamait Cellini.

Ils descendirent quatre à quatre l'escalier de la tour. En bas, Cellini attrapa Angelo par le bras.

« Vite, au Vatican ! Il faut avertir le pape. Il y a un passage secret qui conduit au château Saint-Ange. Tu ne peux pas rester ici, avec ton froc et ta tonsure. Quant à moi, s'ils me prennent... »

Ils cavalèrent entre l'hôpital du Saint-Esprit et les palais, jusqu'au Borgo Novo, qui s'étendait du fleuve à Saint-Pierre. L'avenue était déserte ; seules quelques vieilles femmes allaient à pas menus prier dans la basilique ; de ce côté-là, les combats n'étaient pas encore arrivés. Sur le Campo Santo, près de l'obélisque, la Garde suisse s'était rassemblée, héroïque, sous la pluie, qui faisait misérablement pocher les uniformes de parade, en haut des marches du grand escalier qui conduisait à l'ancienne basilique de Constantin.

En montant vers le parvis, Angelo et son guide avaient vu se déployer, devant eux, la forêt des tours du Borgo du Vatican. Les unes portaient des toits pointus, d'autres étaient crénelées. Cet amoncellement, que reliaient des corps de logis plus récents de style renaissant, se continuait sur la droite par une muraille qui montait jusqu'au château carré du Belvédère. Une autre muraille, que bordait le Borgo San Angelo, descendait droit vers le château Saint-Ange.

Devant eux, la basilique ; comme toujours, elle était en travaux : Maestro Bramante, le « maître ruinant », le destructeur, n'avait fait qu'éventrer le vieux monument byzantin et plaquer sur le mur de façade ses élégantes *loggie*. Si Raphaël avait achevé la nef, les discussions sur les plans, passés de la croix grecque à la croix latine, les changements d'architectes, l'impossibilité de venir à bout de la coupole centrale avaient ralenti la construction, pour laquelle toute l'Europe achetait des indulgences. Angelo connaissait déjà, bien sûr, la vaste nef, avec les reliquaires qui dormaient silencieusement dans les chapelles ; celui de la tête de saint André, le fer de la sainte lance donné par le sultan, et surtout, surtout, le suaire de sainte Véronique, où s'était imprimé, pendant la Passion, le visage du Christ. Le pape le brandissait au moment de l'Élévation, à chaque messe dominicale ; et le vieux tissu avait toujours plus de succès sur la foule que l'hostie.

La basilique, hors quelques femmes qui veillaient au pied des lampes à huile éclairant les reliquaires, était vide. Et Angelo fut saisi d'un frisson. Cette façade non finie, théâtrale, apposée sur cette nef à moitié bâtie ou à moitié ruinée, on ne savait, dont les arches interrompues pointaient au ciel comme les os d'une gigantesque baleine échouée, lui prédisait-elle la ruine de l'Église, sous la façade de sa richesse et de sa puissance ?

Les gardes suisses, en tenue jaune et blanc, relevèrent leurs hallebardes en voyant maître Cellini. Il avait ses entrées. Il entraîna Angelo par la chapelle de Nicolas V vers la cour des Perroquets, en laissant la Sixtine à gauche. Dans la cour Borgia s'élevait la sombre tour ronde de l'antipape sanglant.

Le palais était en plein désordre. Des scribes, qui rangeaient précipitamment leurs écritoires, aux dignitaires, qui voletaient d'un étage à l'autre comme des oiseaux affolés, personne ne semblait conscient de l'imminence du danger. Le pape était au Belvédère, ou sur le retour.

Angelo, qui n'avait jamais pénétré au Vatican, était renversé de tant de splendeur, entrevue au pas de course. Les marbres, les mosaïques, les majoliques, les tapisseries et les fresques l'étourdissaient de leurs clameurs de couleurs. Il attrapait le torticolis à distinguer sur les plafonds peints prophètes et sibylles.

Des détonations retentirent. Sur le parvis, on avait fermé les portes de bronze. Une horde de lansquenets paraissait déjà ; en voyant la Garde suisse rangée comme à la parade, les Allemands mirent en joue. Des balles éraflèrent la boule au sommet de l'obélisque.

Le jardin du Belvédère était planté d'orangers ; et, sous la pluie qui bruinait sans discontinuer, les feuilles vernissées des arbres luisaient comme du verre. Angelo entrevoyait avec terreur ces grandes statues blanches, installées dans des niches et dans les galeries de Raphaël, lequel avait donné sa vie aux antiquités et aux fouilles ; ces torses aux muscles bandés, le grand Laocoon contorsionné par l'étreinte du serpent, qu'Adrien VI avait prétendu faire passer au four à chaux, ces Ariane endormies dans des poses langoureuses, mises au jour sous Jules II, ces Vénus blêmes, irréelles dans la brume, aux sourires énigmatiques, ces Apollon androgynes aux cithares muettes le terrifiaient. Était-ce parmi ces nudités de marbre que le Père des chrétiens trouvait l'inspiration de l'Esprit-Saint ?

En fait, Clément aimait à y dire son bréviaire — et, le soir, il ne dédaignait pas d'y souper en musique, entre les mûriers et les lauriers, en écoutant un orchestre de chambre conduit par Gianicomo da Cesena.

Ils faillirent manquer le souverain pontife. Celui-ci, par une autre allée, revenait du Belvédère, d'où il avait observé la bataille. Son cortège, sous la pluie, avait perdu beaucoup de sa superbe. Il achevait à l'instant de dire une messe en sa chapelle privée, en comptant sur ce moyen unique pour réparer les coups de la fortune.

Clément fit signe de sa main gantée, dont chaque doigt était souligné d'une pierre, au nouvel arrivant.

« Ah ! maître Benvenuto. Mon maître artilleur est blessé. Je vous nomme capitaine de l'artillerie pontificale. De l'orfèvrerie aux canons, il n'y a qu'un pas...

— Il est bien tard, Très Saint-Père, les lansquenets sont dans les rues de Rome. »

Clément VII poussa un petit couinement, comme une souris effrayée, et, blême et défait, se mordit le pouce. Clément avait toujours été un hésitant. En ce moment décisif, son hésitation devenait maladive. La pluie, qui salissait les ornements pontificaux qu'il avait revêtus pour la messe, lui retirait toute majesté.

« Très Saint-Père, je vous en supplie, votre absolution ! Je suis en état de péché mortel, Très Saint-Père ! »

Angelo s'était jeté à genoux dans le sable mouillé, et embrassait à pleine bouche la mule de pourpre du pontife. Celui-ci, en agitant le pied, tâchait de se débarrasser de l'intrus.

« Qu'est-ce que c'est encore que ce jeune fou ! J'ai bien besoin de cela, maître Cellini...

— Votre Béatitude, *confiteor, mea maxima culpa.* J'ai tué un homme sur les remparts..., continuait Angelo, toujours prosterné.

— N'est-ce que cela ! Ne perdons pas de temps avec ces babioles... Tu es absous, mon fils. »

Le cortège se remit en marche. Angelo, quelque peu surpris, courut derrière.

Le pape Clément, septième du nom, était grand, bien fait de sa personne. Ces jeunes papes Médicis, qui se succédaient au trône de saint Pierre et rêvaient en secret de faire de la papauté une charge héréditaire, avaient sur le visage une morgue où l'on reconnaissait les descendants du grand Laurent. De traits, Clément était beau, mais avec un affadissement, une lourdeur des paupières à moitié fermées, par fatigue ou par orgueil et un regard inquiet, de côté, comme le montre le portrait de Sebastiano del Piombo, au-dessus du grand nez des Médicis, devenu chez lui faussement volontaire. Un pli, de déception et de ruse, abaissait les commissures de ses lèvres en un rictus d'hésitation.

Du temps où il n'était que le cardinal Jules de Médicis, on lui avait prêté de la fermeté et de l'intelligence politique ; il avait gouverné Florence et l'Église, sous son cousin Léon X. Depuis qu'il était pape, il montrait tous les signes d'une incohérence continuelle, et sa réputation de grand politique s'était effondrée.

Angelo, au fond du cœur, n'avait que mépris pour l'homme qui avait tué la liberté florentine. Mais la fonction, à ses yeux, était sacrée. Et, malgré la pluie et la peur qu'on lisait sur tous les visages, le cortège papal était impressionnant.

Le pape se remit en marche précipitamment vers le palais. Il portait une mitre incrustée de pierreries, le pluvial d'or, une chape précieuse en brocart garnie de velours violet, avec des rangs de perles cousues qui formaient une croix ; il était entouré d'une nuée de chambellans ou camériers secrets, de diacres apostoliques, du cérémoniaire, qui conservait la boule d'or, des *Cubicularii,* des *Scutiferi,* et autres grands personnages ; il était accompagné du dataire, l'homme des finances, Giberti, qui connaissait Cellini et échangea avec lui un signe protecteur. Plus de quinze cardinaux, dont le camerlingue, le grand pénitencier et leurs caudataires, suivaient à quelque distance. Le chapelain privé du pape, son bibliothécaire, ses commensaux et familiers, les autres *curiales* marchaient avec Pietro Bembo, inventeur de la prose en italien, qui vint saluer les deux arrivants. L'historien Paul Jove, petit être aux allures de fouine, qui dirigeait la coterie littéraire du pape, jetait des regards sur les murs tant il craignait à tout instant de voir surgir un lansquenet ; les artistes, les protonotaires et les ambassadeurs, *orateurs* des puissances étrangères, du moins ceux qui n'avaient pas quitté Rome, suivis à leur tour de négrillons et de singes, de bouffons et de simples palefreniers, fermaient le cortège. Tout ce monde collait au pape ; on croyait trouver la sécurité en restant le plus proche de lui possible.

Même la meute des chiens de chasse pontificaux marchait avec eux, et les nobles bêtes, inquiètes malgré les colliers et les laisses, relevaient la tête pour sentir l'odeur de poudre dans l'air gris.

Un rayon de soleil perça un instant. La procession, toute crottée par la boue des allées, brilla d'un vif éclat où chaque goutte de pluie était un diamant sur les brocarts, les damas et les soieries. Angelo se retourna pour voir, en arrière-fond, la Pigna, la pomme de pin-fontaine entourée de colonnes de porphyre, et la cour du Belvédère ; enfin, au sommet des marches, la tour octogonale et trapue construite par Innocent VIII.

Tout en marchant et en continuant de mordiller machinalement son gant, Clément VII, avec la rapidité du passé qui s'enfuit, revivait en un instant les grands fastes de son règne, ainsi que ceux de son cousin. Il se revit à côté du pape Léon X, lorsqu'il avait été couronné par le cardinal Farnèse. Il avait dépensé cent mille ducats en fêtes de consécration. Il revit aussi la procession triomphale, qui accompagnait les papes du Vatican à Saint-Jean-de-Latran, leur ancienne résidence, avec les cardinaux dans leurs manteaux rouges, suivis d'une mule portant leur « valise », signe de leur grandeur, et montés sur des chevaux recouverts de housses en taffetas blanc ; les stradiotes vénitiens à cheval, avec leurs costumes orientaux, les treize *Capi rioni,* chefs de quartiers romains, avec leurs banderoles, les barons de Rome, les seigneurs des États de l'Église, toujours en dissidence, mais qui ce jour-là se disputaient pour tenir l'étrier au nouveau pape... Lui-même, très clément, n'avait-il pas pardonné à Colonna ? Tout le clergé romain lui faisait alors escorte, ostiaires en satin rouge, sous-diacres avec leur bâton d'argent, qui entouraient le saint sacrement, et les archevêques, les évêques, les abbés, le gonfanon de l'Église ; enfin, il apparaissait lui-même sous le dais, chevauchant une monture blanche. Quelle différence entre ces cortèges triomphants, qui passaient par la via papale jonchée de fleurs, sous des arcs, où la grisaille habile des artistes avait peint en trompe-l'œil des Jésus et des Jupiter, et la troupe mouillée, tremblante, dont les pas claquaient à présent sur le marbre froid des appartements !

Cellini et son compagnon suivaient le mouvement. Le pape, profondément absorbé, était repassé par la salle des Perroquets, que Pie II Piccolomini avait fait décorer un demi-siècle plus tôt, de somptueuses peintures murales ; ces oiseaux exotiques, ces coloris de jungle, ces animaux orientaux parurent étouffants à Angelo.

Ils parvinrent aux deux grandes salles dont la décoration avait été confiée à Raphaël, celle de la Signature, tapissée de soie, avec sa chaire de velours cramoisi frappé d'argent et aux armes des Médicis, et celle destinée au repos du pontife, avec son lit de parade aux riches courtines de damas blanc broché.

Dans la première salle, que Raphaël avait peinte de l'allégorie de la Théologie, où s'accomplissait le mystère sacré de la Transfiguration, et dans celle de la Jurisprudence, où l'on voyait le pape Jules Ier remettre les Décrétales, et Justinien les Pandectes, au jurisconsulte Tribonien, Angelo admirait bouche bée ; il parvint en face de cette étonnante arche en trompe-l'œil, lancée dans un ciel d'azur, sous laquelle une assemblée de sages, barbus et à l'antique, devant un élégant portique de marbre, discutait pour l'éternité du plus noble idéal. C'était l'École d'Athènes. En face, le Parnasse, avec Apollon Musagète. « Ainsi, pensa fugitivement Angelo, sont associés le paganisme et la foi, au cœur même de l'Église. »

Dans la pièce voisine, sous la forme de Léon X, saint Léon arrêtait Attila ; et dans l'*Expulsion d'Héliodore*, il reconnut le visage barbu, encore présent sur certaines pièces d'or, du pape guerrier, Jules II, assis sur sa *sedia*, tandis qu'un cavalier céleste foule aux pieds le sacrilège Héliodore. Dans la *Messe de Bolsena*, le même Jules II faisait un miracle. C'était pour Angelo comme si les anciens papes sortaient des murs pour venir soutenir leur faible successeur. Comme ils traversaient la dernière salle avant celle du Trône, il eut un geste de recul ; dans cette pièce, dite de l'Incendie, on montrait avec un réalisme saisissant le Borgo, ce même Bourg de Saint-Pierre qui les entourait, en proie aux flammes. Enfin, pénétrant dans la grande salle de Constantin, le pape s'effondra plus qu'il ne s'assit sur le trône — haut de quatre pieds et couvert de velours blanc broché d'or, placé sous un baldaquin à franges dorées. C'était ici qu'on recevait les ambassadeurs, que se tenaient les consistoires.

La scène de la prétendue « donation de Constantin », qui légitimait le pouvoir temporel de l'Église — on y voyait le pape recevant des mains de l'empereur à genoux ladite donation —, jusque dans ce cœur du palais, rappelait, comme le tout frais *Baptême de Constantin par le pape saint Sylvestre*, la puissance papale. Et Angelo, fasciné, reconnut dans un coin d'une des fresques la figure du pape Clément lui-même, qui paraissait à présent, sur son trône, détaché de son cadre.

Mais l'armée de l'empereur ne venait pas confirmer la « donation » ni son chef baiser la mule du pape. À ce moment-là, des détonations résonnèrent, plus proches, des bruits de ferraillement, comme si les batailles des peintures commençaient à s'animer.

« Très Saint-Père, le rempart a cédé. Les Impériaux seront ici dans quelques instants... »

Cellini, en fendant la foule, se pencha à l'oreille du successeur de saint Pierre.

« Vite, le corridor. Il faut mettre Votre Béatitude à l'abri. Ils ne respectent rien... »

Ne pouvant tenir en place, Clément s'était relevé, après que le cérémoniaire lui eut enlevé ses ornements pontificaux, et il était resté en soutane blanche et en mitre ordinaire. Le corridor en question était un long couloir, une galerie de bois, ouverte du côté de la ville, dont Alexandre VI avait fait surélever la muraille joignant le Vatican au château Saint-Ange.

Ce passage débouchait sur une petite porte qui donnait sur la cour Saint-Damase, dans le palais, et courait sur plusieurs centaines de stades.

Les courtisans se précipitèrent à la suite du pape en se bousculant à l'étroite entrée. Il n'était que temps : les vantaux de bronze de Saint-Pierre venaient de céder sous le bélier de l'ennemi. Les bottes des soldats allemands résonnaient déjà dans les couloirs, et des cavaliers, ô sacrilège, galopaient dans les chapelles et les vestibules. À peine la porte du couloir refermée, ils apparurent dans la cour, l'arme haute, en cherchant l'Antéchrist, le maudit fils de chienne à la triple tiare.

Sans souci de sa dignité, Clément VII, relevant son vêtement, se mit à courir à petits pas. Le côté donnant sur la ville, à part des piliers de bois, était grand ouvert sur les rues qu'il dominait. Angelo se pencha un instant. Sous eux, les bandes d'Impériaux, troupes espagnoles, brigands italiens ou régiments de reîtres et de hallebardiers qui provenaient des portes enfoncées, se dirigeaient vers le palais della Rovere, le Borgo Novo ; là, le courant se divisait en deux, une partie s'attaquait au pont Saint-Ange, en prenant pour cible la Torrione qui le protégeait à revers, une autre s'était précipitée au Vatican.

Le spectacle de ces soldats, le teint enflammé, ivres morts de la goutte que Bourbon leur avait fait distribuer avant de mourir, qui soutenaient leur exaltation par des beuglements, était terrifiant. Deux nonnes qui s'enfuyaient furent abattues ; et les lansquenets avaient accroché leurs têtes à leurs piques.

Les Romains découvraient de près ces redoutables soudards : le mollet avantageux, souligné d'un nœud de ruban, avec leurs grandes manches bouffantes à crevés, comme cisaillées pour laisser voir la doublure, leurs immenses chapeaux ronds couverts de plumes et leur terrible moustache tombante, ils avaient l'air de titans.

Les habitants s'étant claquemurés, les capitaines, parfois, prenaient le temps d'envoyer leur fourrier mettre une croix à la craie sur les portes des maisons qu'ils se réservaient. Le pillage, comme une hydre monstrueuse, commençait alors que la bataille n'était même pas terminée.

« Hé, le moinillon ! Descends un peu ici qu'on te fasse ta fête ! Tu m'as l'air plutôt girond, croqueur d'hosties ! »

C'était un des Calabrais de Maramaldo, corbeaux rassemblés pour le festin funèbre, qui interpellait d'en bas le jeune homme. Un éclat de bois lui sauta au visage, et une balle vint s'écraser sur le pilier. Des arquebusiers le visaient. Avec des grands gestes furieux, un officier désignait le petit groupe qui marchait devant Angelo. Celui-ci comprit aussitôt qu'ils avaient reconnu le pape.

« Tirez sur le blanc ! Tirez sur l'homme en blanc ! C'est le pape ! » s'écria à son tour le Calabrais.

Clément VII hâta le pas. Paul Jove se glissa à côté de lui et jeta rapidement sur ses épaules sa propre cape violette, pour cacher le rochet blanc, et lui mit son chapeau sur la tête.

Ils s'engouffrèrent enfin, par un pont-levis, dans les voûtes obscures du château. Les soldats suisses filtraient les entrées, l'épée à la main. Cellini n'eut aucune peine à passer ; et Angelo fut pris pour l'assistant du chapelain. À peine étaient-ils entrés, la herse se referma avec un fracas de ferraille.

L'ancien mausolée d'Hadrien, dans lequel le Borgia avait déjà trouvé refuge contre les Français, passait pour inexpugnable.

L'énormité de sa masse, pleine à l'origine, puis creusée de galeries, rendait inefficaces les plus puissants canons. Il encaissait sans même se lézarder ; à une époque où l'artillerie condamnait partout les orgueilleuses forteresses à muraille verticale, il résistait à tout. Une enceinte carrée l'entourait, gardée, en face du pont Saint-Ange, où les troupes ennemies s'étaient massées, par la grosse tour Torrione. Même si cette enceinte tombait, la gigantesque rotonde n'avait que deux entrées ; celle par où le pape avait pénétré, percée en hauteur, à laquelle menait un pont de bois à présent détruit, et la porte principale, du côté de l'église Saint-Ange.

Les nobles, les prélats, les courtisans, tout le monde s'était précipité vers cet unique asile ; ils sentaient dans leur dos les piques des vainqueurs. La foule était telle sur le pont Saint-Ange, que Renzo de Ceri fit tomber la grande herse. Elle écrasa quelques manants qui étaient juste dessous. Arrivèrent, suant et gémissant, sans chapeau, la soutane relevée pour mieux courir, les cardinaux Pani, Armellino, Giberti. Renzo fit descendre un panier au bout d'une corde. Et, pendant de longues minutes, les hauts dignitaires gigotèrent, jambes en l'air, suspendus entre ciel et terre.

Annibal, comme beaucoup de Romains, s'était dirigé vers cette porte ; Renzo de Ceri, qui avait le premier donné le signal de la fuite, y avait fait exécuter sur place les soldats qui avaient abandonné le pont Sixte pour courir se réfugier au château. Le passage était impossible ; tandis que la grille lui claquait au nez, comme à ceux des civils venus chercher la protection du Saint-Père, il eut le temps d'entrevoir le cortège papal, qui montait vers l'élégante *loggetta* en forme de petit temple à colonnade, couronnement du monument ; elle avait été ajoutée par Jules II. Plus de trois mille personnes, officiels, ambassadeurs, étaient déjà entrées. À côté de la haute silhouette du nouveau capitaine de l'artillerie pontificale, Annibal eut la surprise, avant d'être refoulé par les gardes hors de l'enceinte, de reconnaître Angelo.

Le jeune homme recula le long du Tibre, vers le nord. Au-dessus d'une première assise de blocs rustiques haute comme dix hommes, aux bossages irréguliers, cyclopéenne, le château dressait un placage de marbre de même hauteur, avec, en six cartouches carrés, les armes pontificales, les deux clefs croisées et la tiare. Ces armes gigantesques étaient surmontées d'un crénelage en avancée sur le mur, dont l'ombre formait une dentelle grecque, soulignée de noir, sur le marbre blanc.

L'artillerie était sur la terrasse. Annibal crut reconnaître à nouveau la personne d'Angelo, dans une minuscule silhouette qui passait la tête entre deux créneaux. Il tenta des gestes, cria, mais à cette distance, Angelo, car c'était bien lui, ne pouvait se douter que son ami était juste à ses pieds.

Cellini inspectait l'artillerie d'un air bougon. Il y avait surtout de minces couleuvrines aux grandes roues cerclées de fer, dont des têtes de lion finissaient le tube, certaines striées d'une spirale sur toute leur longueur. L'ennemi avait disposé ses pièces directement sur le pont. C'étaient de minuscules obusiers, formés de deux montants de bois hauts de deux pieds, entre lesquels on plaçait un petit canon court et très large. Le tout aurait passé pour un jouet, et détruisait très sûrement les murailles.

Les lansquenets et les Espagnols rechargèrent leurs arquebuses, en faisant pénétrer la poudre, la bourre et les balles par le canon de leur arme renversée, et en poussant avec une baguette de fer.

Mais Philibert de Châlons, qui doutait de la prise d'une telle place, fit reculer ses troupes, non sans peine, vers le fleuve. Le plus urgent était de prendre la ville elle-même. Une revue générale fut organisée à midi sur la place Saint-Pierre, et le capitaine espagnol Mendanez et ses troupes restèrent seuls à garder les accès du château Saint-Ange.

Le ponte Sisto était encore défendu par un groupe de cavaliers ; mais Ferrante de Gonzague, fils d'Isabelle d'Este, duchesse de Ferrare, força le passage pour les Impériaux après être entré au Trastevere en enfonçant à coups de bélier la porte qui communiquait, par la via Lungara, avec le Borgo. Un renégat venait poignarder Rome au cœur. Le peu de défenseurs que dirigeaient les Orsini, un Savelli et un Farnèse commencèrent à perdre pied. Le pape eût-il accepté de négocier avec Philibert de Châlons, qui offrirait à cet instant d'épargner le sac à la ville pour trois cent mille ducats, tout aurait été différent ; et l'avant-garde de l'armée de la Ligue, dirigée par Guido Rangone, arrivait du nord. Enfin, Rome *intra muros,* à elle seule, aurait pu résister longtemps si on avait au moins fermé les portes fortifiées du pont Sixte et de l'île Tibérine. Mais la panique était générale. Les gens des nobles pro-impériaux — les Colonna, Acciajoli, Cesarini, Valle — filèrent les premiers dans leurs palais fortifiés. Le temps de la Rome combattante était bien passé.

Derrière les barricades, le dernier carré, où un jeune noble romain portait un chapeau rouge sur lequel on lisait : *Pro fide et patria,* fut enfoncé au milieu de l'après-midi. Son fils étant tombé, Renzo avait cru pouvoir s'enfuir au château Saint-Ange en estimant avoir assez payé.

Les premiers soldats impériaux qui parvinrent sur la rive droite s'interrompirent dans leur course, haletants. Ces rues sombres, longues, désertes, cachaient peut-être un piège. Le sacrilège allait-il provoquer un miracle ?

Mais, la ville, en cessant, à part quelques soubresauts, toute résistance, s'abandonnait, pantelante et terrorisée, au vainqueur.

Annibal était jeune, n'avait pas de bourse et courait vite. Les soldats lui préférèrent des proies plus faciles et plus huppées. Il se cacha dans des ruines qui servaient d'étable. Plus tard, il parvint sans encombre, en retraversant toute la cité, à l'atelier du Trastevere. Les soldats impériaux, d'abord silencieux devant l'énormité de leur proie, erraient dans les rues comme des visiteurs, repérant les lieux avec des regards louches.

Le soir tomba, et il montait de la Reine du Monde un fourmillement de rires, de sanglots et de chansons à boire, tandis que couraient ici et là les torches et les patrouilles. Le grand pillage avait commencé ; de là-haut, de la terrasse du château, les assiégés, eux aussi, scrutaient la nuit, que perçaient les flammes dispersées des incendies.

Les Espagnols avaient établi leur feu de camp et leur garde piazza Navona, et ils faisaient rôtir les pieds à quelques bourgeois du quartier, en chemise, suspectés d'avoir caché de l'argent. Les lansquenets rayonnaient à partir du Campo dei

Fiori. Les Italiens avaient été placés autour du château Saint-Ange, tant on craignait leur férocité ; on les savait impitoyables pour leurs compatriotes. Ils en profitèrent pour piller le Vatican, avec l'aide des lansquenets réformés.

Sur la terrasse du château, des signaux lumineux tentaient, par-dessus les troupes du César allemand, de transmettre les appels au secours du pape à l'armée du duc d'Urbin, soigneusement retranchée au nord.

Triste face-à-face de ce château solitaire et de cette ville en proie à la folie sanguinaire ! Dans la rue, de tous côtés, Annibal distinguait à la lueur fauve des torches des scènes affreuses. Le pillage était général ; les palais des cardinaux allemands n'étaient pas plus épargnés que les autres. On sentait une haine, une rage de détruire, chez ces luthériens qui se voulaient purs, contre ces tableaux, ces bijoux, cette chrétienté polie, soyeuse, dorée, qu'ils déchiraient à belles dents.

Pour percevoir les taxes colossales qu'ils avaient fixées pour chaque maison, chaque palais, chaque église ou couvent, et chaque Romain, du balayeur au cardinal, toutes les violences étaient permises. Les bandes de brutes ivres mortes, en chantant des chants obscènes, s'avançaient comme des cortèges de mariage. Les Espagnols s'attaquaient aux palais, les Allemands aux églises. Les Italiens indiquaient les bons coups à leurs camarades. Le palais de l'ambassadeur du Portugal, celui du cardinal de Sienne, portes fracassées, béaient dans la rue en perdant leur mobilier et leurs trésors. À Sainte-Marie-du-Peuple, cria un fuyard à Annibal, tous les moines avaient été massacrés, les nonnes violées. Des prêtres mouraient sur des autels. En voyant passer un chanoine du Latran, les lansquenets avaient voulu le forcer à donner l'hostie à un âne. Comme l'homme s'y refusait, il avait été battu à mort. En passant devant le portail de la demeure des Colonna, Annibal vit une belle femme aux allures de princesse, dont la chevelure en désordre paraissait d'or flamboyant à la lumière des torches ; elle donnait ses ordres comme un homme. C'était Isabelle, marquise de Mantoue, qui accueillait les réfugiés. Elle était l'épouse de François de Gonzague, seigneur de l'indépendante Mantoue, mais elle était surtout sœur du duc de Ferrare. Elle croisait, par son mariage, les deux dynasties, plus fortement installées que les Sforza à Milan ou les Baglioni à Pérouse, parce qu'elles avaient su naviguer entre les Français et les Impériaux.

Isabelle était, à son accoutumée, sûre d'elle-même ; les Colonna étaient des pro-Impériaux notoires, son mari et son frère également. Elle n'imaginait pas, en ayant un fils capitaine chez les Impériaux, qu'elle pût risquer la moindre chose. Surgit une troupe de cavaliers allemands. Une longue discussion s'engagea. Tout d'un coup, le capitaine des reîtres, d'un revers, gifla la marquise. Annibal emporta longtemps la vision de ce visage défait, hagard, où l'ancien orgueil n'était plus qu'une grimace, détruit par l'affront.

D'autres Allemands portaient dans une bière, à travers la cité, à la lumière des bougies volées aux autels, le cardinal d'Aracoeli, en criant qu'ils allaient l'enterrer tout vivant si le pape ne payait pas.

Et, sans arrêt, revenait, obsédante, une ritournelle chantée la bave du vin aux lèvres, ces couplets allemands qu'Annibal ne comprenait pas :

Elle est tombée, tombée la grande ville
Où la Putain rouge a longtemps résidé
Avec son calice d'abominations.

Plus loin, au coin du Corso, Annibal vit le cardinal de Sienne, que sa pourpre avait dénoncé, et qu'un groupe de soldats fouettait, attaché sur son âne, en le promenant par les rues. Ils exigeaient cinq mille ducats pour le libérer, alors qu'il avait déjà payé aux Espagnols. Car chaque corps de l'armée percevait ses propres taxes. Une rançon aux Allemands ne dispensait pas d'une autre aux Espagnols.

Parmi les soldats en goguette, des prisonniers de marque, les mains liées, le visage souillé de crachats, marchaient la tête basse. Annibal reconnut, humiliés de cette façon, les cardinaux de la Minerva et Ponzetti, à qui l'on demandait vingt mille écus d'or ; celui de Santa Maria in Via Lata, Cesarini, dut s'engager pour trente-cinq mille.

Tous les couvents étaient assiégés ou en feu ; des files de nonnes enchaînées, décoiffées, dont certaines portaient leur saint habit déchiré de manière à ne laisser aucun doute sur les affronts qu'elles avaient subis, étaient offertes aux *lazzi* des soldats.

Annibal arriva enfin au pied du Capitole, du côté d'Aracoeli. En haut du grand escalier aux cent vingt degrés de marbre, devant la façade de l'église, d'où le sénateur proclamait les lois de la ville de Rome, et d'où le tribun Colà di Rienzo s'adressait aux citoyens au temps de son pouvoir, de grands feux éclairaient la table d'autel, que les lansquenets avaient tirée sur le parvis ; et ils y festoyaient à présent dans la lumière mouvante des flammes, à contre-jour, comme des diables.

Aracoeli, autrefois bénédictine, puis donnée aux franciscains ! C'étaient les souvenirs les plus chers, les reliques les plus saintes de la vieille Reine du Monde. Elles étaient foulées, tachées de vin et de sang. Des aubes, des surplis servaient de nappes, des ciboires de hanaps et de coupes. La Madone d'Aracoeli, qui protégeait la ville de la peste, brûlait comme un vieux tronc. Et un rire dément, qui ne cessait de s'enfler, répandait depuis cette caricature impie de cène de nuit, sa dérision cruelle sur toute la cité étendue aux pieds des envahisseurs. Un tel spectacle aurait tué Angelo.

Au petit matin, ce dernier, qui était resté toute la nuit sur la terrasse en espérant voir enfin arriver l'armée de la Ligue — laquelle s'était en fait retirée vers Monte Erosi, car le duc d'Urbin ne croyait, comme toute la stratégie italienne depuis un siècle, qu'à la guerre d'usure —, vit monter sur la ville, où ces scènes infernales avaient duré toute la nuit, une aurore sanglante.

Il distinguait, dans la perspective du Borgo, les portes ouvertes de Saint-Pierre. Les fumées des incendies, les murs noircis, tout témoignait de la terreur qu'avait été cette nuit, où le dixième de la population avait péri. Devant Saint-Pierre, un grand feu continuait de brûler les registres, les lettres et les documents de la Curie ; comme c'étaient sur eux qu'étaient fondées les attributions de bénéfices, ils constituaient pour ces Allemands de simples faux protégeant des vols légaux.

À l'intérieur du palais, des reîtres, montés sur leurs chevaux, s'amusaient à tracer des graffiti sur les fresques qu'Angelo avait vues la veille. *Martinus Lutherus, Dieu ait l'âme de Bourbon, Mort aux papistes* étaient les plus modérés. Un cavalier, d'un coup de lance, avait blessé l'image de Léon X dans les *Décrétales.* D'autres soldats étaient très occupés dans la salle de la Signature à arracher des murs les placards en marqueterie, pour alimenter un feu qui noircissait déjà les peintures.

Angelo voyait aussi les équipes de casseurs, qui frappaient les vitraux à grands coups de masse, et le bruit résonnait dans l'air frais du matin ; les chocs étaient suivis d'une cascade argentine de verre brisé. Les feux servaient à fondre le plomb qui les enchâssait, car les arquebusiers voulaient en faire des balles pour leurs armes.

Cellini, non loin d'Angelo, était occupé depuis le début de la nuit à une besogne étrange. Angelo comprit qu'il fondait dans un petit fourneau les tiares de la Chambre apostolique pour en faire une masse d'or plus anonyme et plus facilement transportable. Le pape en avait fait arracher les pierres, qui furent cousues dans la doublure de ses propres vêtements. Les cardinaux de Ravenne et de Gaddi surveillaient l'opération. Il les pria de descendre ; leurs barrettes rouges attiraient l'attention des artilleurs ennemis, prétendait-il en montrant la tour de Bini. C'était pour rester seul avec l'or, pensa malgré lui Angelo. La présence de ce trésor aurait rendu fou plus d'un particulier.

« Mais toi, tu es un apprenti saint, tu ne t'intéresses pas à l'or... », disait Cellini à Angelo en roulant des yeux inquiets.

Et c'était vrai ; pas un instant Angelo ne songea à dérober une des aiguières, un des reliquaires, qu'il entendait fondre avec des bouillonnements dans le chaudron de Maestro Benvenuto.

Et, en bas, c'était toujours, devant leurs yeux, le carnaval de la mort ; les femmes violées, les étoles traînées, tirées et déchirées, les cardinaux à l'estrapade. Les Allemands faisaient une hécatombe de saints et de Vierges, utilisaient les archives comme litière pour leurs chevaux. Mais ils étaient finalement plus simples et brutaux, moins à craindre, à la longue, que les Espagnols. Ceux-là n'avaient jamais la soûlerie débonnaire.

Les lansquenets, les reîtres, pour lesquels cette revanche sur la ville du pape était un véritable pèlerinage satanique, à l'envers, s'étaient vêtus des parures de l'Église ; et des moustachus gigantesques se carraient dans des chasubles et aubes fines, étincelants de bagues et de chaînes d'or extorquées en rançon. Possédés par le génie du pillage, ils faisaient porter des vases pleins de ducats par leurs prisonniers. Des réfugiés de dernière minute avaient annoncé au château que la bibliothèque du Vatican, fondée par Sixte IV, avait servi d'écurie ; les triptyques flamands, les œuvres d'art antiques, les fresques de Raphaël subissaient tous des sorts injurieux. On disait le *Laocoon* brisé d'un coup d'espadon, cette large lame qu'on maniait à deux mains. Les colonnes de cipolin, les têtes de philosophes, les inscriptions et bas-reliefs du jardin du cardinal Cesarini, près de Saint-Pierre-aux-Liens, avaient été saccagés. Saint-Louis-des-Français, le couvent de la Trinité-des-Monts, places du parti français, avaient été dévastés. La croix d'or de Constantin, la tiare de Nicolas V avaient été brisées et fondues. Plus grave, la pointe de la sainte lance avait été empruntée par un soldat qui l'avait fixée au bout de sa pique. Les Impériaux avaient pris la tête de saint Jean à San Silvestro, violé les tombes de saint Pierre et de saint Paul au Latran. Ils se mouchaient dans le saint suaire, la précieuse *Véronique*. Ils avaient volé les reliquaires d'or et d'argent et jouaient à présent, grands enfants terribles, à la balle, dans le Borgo Novo, avec les crânes sacrés. Le crucifix peint de l'église San Spirito, qui avait versé des larmes avant le siège, avait, lui, accompli un miracle : les jeunes et séduisantes nonnes avaient été transformées, à l'entrée des soudards, en repoussantes vieilles, et avaient ainsi échappé à leur luxure.

Le pire de tout, ce n'étaient ni les extorsions ni les exécutions sommaires, mais bien la dérision ajoutée comme honte suprême aux infamies qui déshonoraient la capitale du monde chrétien. À l'entrée du pont, juste en bas des créneaux du château, Angelo assistait à la mascarade organisée par les occupants, chez qui chaque troupe finissait par se gouverner elle-même, devant la faiblesse de Philibert.

Cette « grande parodie » attirait tous les jours à midi soldats impériaux et curieux romains, car même la déchéance était pour ce peuple un amusement.

Un des lansquenets, vêtu des bribes de l'habit pontifical, portant sur la tête la tiare à triple couronne, se faisait porter, suivi de ses camarades costumés en évêques et en cardinaux et accompagnés de madones qui n'étaient que des vivandières et des prostituées des rues vêtues des habits des statues de la Vierge, avec toute la pompe papale. Après avoir déclaré fidélité à César Charles Quint, ce nouveau pape de fantaisie, au milieu des rires, s'écriait :

« *Vivat Lutherus Pontifex* ! »

« Vive le pape Luther ! » Clément VII debout dans l'ombre, sous le portique de la *loggetta*, juste derrière Angelo, essuya une larme. Toutes les dignités de la liturgie étaient irrémédiablement dégradées par cette pantomime.

L'après-lendemain, qui était le 8 mai, Angelo vit dans les champs et les prés parsemés de villas détruites, des masses sombres de paysans en blouse, armés de leur faux. Ils entrèrent par le Trastevere ; c'étaient les serfs du cardinal Pompée Colonna, le gibelin de toujours, l'ennemi perpétuel des Médicis et ex-candidat malheureux au siège de saint Pierre. L'homme, qu'Angelo reconnut de loin à sa haute taille et sa barbe broussailleuse, tenait un peu du chef de bande, beaucoup du condottiere, très peu du cardinal. C'était la dernière insulte, le suprême crachat réservé à la ville : cette cité qui avait déjà été éventrée, ces paysans allaient lui faire subir à leur tour, à leur manière obtuse et cruelle, les derniers outrages.

Au bout d'une semaine, la vie des assiégés au château s'était organisée. Un semblant de Curie, avec treize cardinaux prisonniers, s'était remis à fonctionner.

Le 14 mai, Angelo apprit des nouvelles de sa patrie, Florence, par un message secret catapulté par des hommes du comte Guido Rangone, qui attendait l'interminable duc d'Urbin à Orvieto. Le secret fut immédiatement connu de tout le château ; dans cette navicelle, les intrigues, les bavardages et les futilités aigres prenaient de plus en plus d'importance.

La joie d'Angelo fut immense : Florence venait de se révolter contre les Médicis. Ce fut à ce propos que le pape le convoqua.

Son peintre, Sebastiano del Piombo, était en train de retoucher son portrait. Clément VII, en voyant entrer l'étudiant, lâcha tout à trac, après avoir conféré à voix basse avec un vieux dominicain allemand, Nicolas Schönberg, qui jetait un regard de défiance sur l'habit franciscain d'Angelo :

— « Es-tu en relation avec les insurgés de Florence ? Tu es, me dit-on, le petit-fils de François Valori, l'ancien gonfalonier... »

Angelo frémit de plaisir à entendre confirmer par ce pape veule et sans prestige, que sa patrie avait retrouvé son indépendance.

« Il est innocent de toute conspiration, Très Saint-Père. Je le connais, il n'a que de l'amour pour votre personne et pour l'Église... »

C'était le dataire Giberti, belle figure d'ecclésiastique, et membre de l'Oratoire de l'Amour divin, qui défendait le jeune franciscain.

« Florence après Rome ! Et j'ai vu, hier, d'ici, brûler ma belle villa du Monte Mario ! J'ai tous les malheurs. Que faire ? Attendre que cette occupation fasse qu'une seconde Rome en ruine recouvre la première ? »

Angelo, qui avait bien sûr nié toute connivence avec les mutins, sortit pendant que le pape s'écoutait gémir en polissant ses effets de style. Giberti, plus tard, lui confia :

« Dès qu'ils ont appris la chute de la ville, les Florentins se sont rendus au palais Médicis, où siégeait le cardinal de Cortone, Silvio Passerini, représentant du pape ; ils avaient à leur tête les dirigeants du parti démocratique : Nicolas Capponi et Philippe Strozzi. Dès le 16 mai, la Constitution populaire de 1512 était rétablie, et la salle du Grand Conseil bâtie sous Savonarole, que les Médicis avaient transformée en caserne, rétablie dans sa splendeur première. »

Angelo attendait avec impatience leur libération de l'étouffante forteresse pour gagner sa patrie. Les frottements, entre les occupants du château, devenaient inquiétants. Cellini, qui régnait en maître sur la terrasse, était accusé en dessous par Jacopo Salviati, d'avoir détourné une partie de l'or papal. Le lendemain de l'entrée de Colonna à Rome — lequel vint tomber dans les bras de Clément VII et pleurer avec lui sur le sort de la Reine du Monde —, maître Benvenuto fit partir un demi-canon de telle façon qu'un créneau tomba juste à côté de Salviati, qui discutait avec le cardinal Farnèse. Ils faillirent être écrasés tous deux ; les gens du cardinal Farnèse voulurent faire un mauvais sort à Cellini et Angelo ; mais le sculpteur les mit en joue avec une petite pièce, une mèche allumée à la main, et les mit en fuite sans dommages.

Horace Baglioni soutint d'ailleurs l'orfèvre auprès du pape, et Clément VII n'avait nul moyen de se passer de ses services : Cellini, amoureux de ses canons, leur dosait si exactement la poudre, et calculait si bien les trajectoires, qu'il faisait grand tort à l'ennemi.

En ces jours, Angelo avait vu un cortège monter le Borgo vers Saint-Pierre ; c'était le cortège funèbre de Bourbon, auquel ses soldats rendaient un dernier hommage. Les sublimes tapisseries de Raphaël, qui ornaient en ce temps-là la Sixtine, disparurent après la cérémonie. Isabelle d'Este, qui était de tous les trafics grâce à Ferrante, son fils, capitaine des troupes impériales, les acheta cinq cents écus, soi-disant pour les rendre plus tard au pape ; mais comme elle les avait expédiées par bateau hors de Rome, elles furent prises par des pirates. D'ailleurs, on reprochait à Isabelle, dans Rome, de mener double jeu, en récupérant par l'intermédiaire de son fils non seulement sa propre rançon, mais une part de celle des réfugiés qu'elle avait généreusement accueillis dans la nuit funeste.

Tandis que les occupants du château observaient la pompe funéraire, les tambours voilés de noir et le grand catafalque du destructeur de leur cité remonter vers Saint-Pierre, Cellini tira Angelo par le bras vers un autre point de vue.

« Viens, je voudrais te montrer quelque chose. Quelque chose qui te concerne. »

Cellini désignait une terrasse, juste de l'autre côté du fleuve, près de la Zecca. Angelo regardait sans comprendre : une petite silhouette s'agitait sur ce toit en disposant des morceaux de carton blanc sur lesquels on avait peint des lettres noires géantes. L'homme les présentait dans un certain ordre, toujours le même, vers le château.

« Qu'est-ce qu'il fabrique, ce type ? À qui fait-il des signaux ? Est-ce une allusion au château Saint-Ange ? grommelait Cellini.

— A-N-G-E-L-O », épelait de son côté le jeune théologien.

Un voile se déchirait dans son esprit. Oui, ces signaux étaient à son intention. Il fallait répondre en indiquant au mystérieux communicateur qu'on suivait ses efforts. Angelo se glissa hors de son froc en ne gardant que sa chemise, et enfila l'habit au bout d'une pique ; puis il le brandit au-dessus des créneaux. Une balle d'arquebuse vint y percer un petit trou bien rond. Mais, là-bas, sur la terrasse, on avait compris.

La silhouette se mit progressivement à changer les lettres à toute vitesse, avec une habileté déconcertante. Angelo avait pris sa plume et notait le message qui défilait. Il ne s'était pas trompé : c'était Annibal qui s'adressait ainsi à son ami, par-dessus les têtes de l'armée occupante.

CHAPITRE IV

ROME, NAPLES, FLORENCE, 1527-1535

Par les chemins, lorsque la nuit tombe, remarque quelle grâce et quelle douceur ont les visages des hommes et des femmes que tu rencontres...

Léonard de Vinci

« ANGELO, cher Angelo, quelle joie pour ton Annibal de te savoir vivant ! J'ai reconnu ton froc, ce ne peut être que toi qui réponds à mes signaux.

Je ne sais pas comment tu as fait pour échapper à la catastrophe. Tous mes amis de la ville sont, ou morts sous les coups des soldats, comme le graveur Marco Dente, ou transformés en portefaix, comme mon maître, après avoir vu déchirer ses toiles. L'atelier est désert. Le grand Rosso et l'évêque Tornabuoni se sont réfugiés ensemble à Borgo San Sepolcro. Peruzzi a été pris pour un prélat ; quand il s'est dit artiste, ils l'ont obligé à faire le portrait de Bourbon, après lui avoir montré son cadavre. Le maître que le Saint-Père avait choisi pour Saint-Pierre a dû exécuter le portrait du destructeur de la basilique. Le Sansovino et Giovanni da Udine sont partis pour Venise, et même Pierino del Vaga et son ami, le graveur Baviera, ont fui à Gênes. Le Parmesan, qui travaillait à sa *Vision de saint Jérôme,* dans laquelle il était si plongé qu'il ne s'aperçut de rien avant que les lansquenets n'eussent enfoncé la porte de son atelier, est retourné chez lui. Je suis seul, plus d'apprentissage. Le petit secours de mes parents ne durera pas.

Les Goths du nouvel Alaric ont jeté tout le monde dans le pire accablement. Chacun se dit qu'après un tel coup, on ne pourra plus peindre que des crucifixions et des pietà tant notre âme est frappée de tristesse.

Il s'est installé un marché sur le Campo dei Fiori, un autre au Borgo ; on y vend pour rien tout ce que les Goths ont volé pendant le sac, les vêtements brodés, les bagues, les camées, les tableaux et les tapisseries. On ne célèbre plus la messe nulle part dans la capitale de la chrétienté ; elle est toute vendue à l'encan… Et la Sapienza, bien sûr, est fermée.

Je reprendrai ces messages tous les dimanches, à la même heure… »

« Cher Angelo, les Goths occupent Rome depuis deux mois et ne veulent pas s'en aller. Depuis que le Très Saint-Père a capitulé en envoyant son ambassadeur Schönberg aux Goths, il y a un mois, les choses n'ont fait qu'empirer. Les Espagnols du capitaine Alarçon sont entrés au château, mais vous y êtes toujours prisonniers, le Très Saint-Père, toi et toute la Curie. Quand cela finira-t-il ? Le prince d'Orange, faute de pouvoir commander le départ à ses soldats, est parti pour Sienne. Le vice-roi de Naples, Charles de Lannoy, est venu dans la ville pour représenter l'empereur, mais les soldats l'ont hué, et il est reparti. On le dit mort de la peste sur la route. Les soldats se gouvernent tout seuls. Comme le Saint-Père n'a payé qu'une partie de sa propre rançon, les Goths ont exigé en otages le dataire Giberti, le cardinal Trivulzio et d'autres. Je les ai vus, au Campo dei Fiori, au pied des potences que les Allemands avaient préparées pour les exécuter, si le pape ne payait pas. Giberti avait très noble allure.

Nos cardinaux, ceux qui ne sont pas avec toi, se sont réunis à Parme et ont réclamé à toute l'Europe. Les Goths ont attaqué les Espagnols, auxquels ils reprochent d'avoir mis la main sur des trésors secrets. Les Goths se sont retranchés sur le Campo dei Fiori, la ville est en pleine anarchie… Je n'ai plus d'argent. J'ai mendié, mais seuls les soldats en ont, et ils le gardent. On dit partout que le général français Lautrec est descendu en Italie avec une armée du roi François pour libérer le pape, et qu'Andrea Doria, qui assiégeait Gênes pour lui, l'a déjà prise. Enfin, que la nouvelle République florentine, malgré Capponi, a promis son alliance à Lautrec. Je ne peux pas rester à Rome, et comme j'ai rencontré le frère de notre Benvenuto, Cecchino, qui s'est engagé dans les Bandes Noires, je vais m'engager aussi…

Cher Angelo, ce sera mon dernier message, je quitte Rome demain avec Cecchino, rejoindre l'armée française qui marche au sud. Si tu parviens à sortir, envoie-moi de tes nouvelles à Naples, où j'ai un parent dans le quartier juif, qui s'appelle comme moi. Je t'enverrai de mes nouvelles en t'adressant des lettres à ton couvent, s'il existe encore... »

L'automne était revenu et roussissait les inaccessibles frondaisons du Monte Mario, en face des prisonniers du château. Angelo, en arpentant comme un fauve en cage l'un des couloirs, véritables rues circulaires qui parcouraient la forteresse, connaissait à présent tous ses occupants. Aussi, quand il vit passer une robe brune avec une cordelière, qui disparut aussitôt derrière les tapisseries fermant l'entrée du cabinet du pape, sa curiosité fut-elle éveillée. Lorsque le visiteur mystérieux ressortit, il se précipita pour lui baiser l'anneau.

« Tiens, je ne suis donc pas le seul frère mineur ici, dit d'une voix égale le ministre général des franciscains, Don Francesco Angelis.

Humble salut au petit frère... Ton visage me rappelle quelqu'un. »

Angelo redressa la tête et croisa le regard du général. Il avait déjà vu, lui aussi, ces yeux méditatifs d'un bleu pâli, et cet homme grand et maigre aux traits ascétiques : lors du scandale de la nuit de Noël.

« Assise..., murmura le conseiller du pape. Tu es le fils d'Ascanio Valori, et tu as la foi plutôt impétueuse. Loué soit le Christ. Je connais ton cousin Baccio... »

Angelo ne put retenir une grimace. Don Francesco regarda avec pitié l'air misérable et souffrant du jeune homme, qui avait considérablement maigri, à mesure que les vivres s'épuisaient.

« Il faut te sortir d'ici, petit frère. Veux-tu m'accompagner ? Je suis chargé d'une ambassade secrète auprès de Verrei de Milhaud, chambellan de l'empereur... On te laissera passer si tu es avec moi. »

C'était le 31 octobre. Angelo était au château depuis cinq mois. Il eut un sursaut de joie et baisa à nouveau l'anneau.

Quelques heures plus tard, il sortait de la forteresse, perdu dans la suite du ministre général. Ils traversèrent Rome, et Angelo détournait les regards pour éviter les églises profanées, les statues décapitées. Pendant que les deux dignitaires conféraient, Angelo, qui était protégé par son appartenance, certifiée par un document, à la suite d'un plénipotentiaire, put circuler librement dans la ville.

À son couvent, saccagé, dont les fresques portaient les stigmates noirs de l'incendie, il n'y avait plus personne sauf un vieux gardien qui geignait de peur mais ne bougeait pas.

« Mais pourquoi ces rues désertes, ces églises vides ? Ces croisées aux volets fermés ? Où sont les habitants ? Les Allemands n'ont tout de même pas tué tout le monde ! »

Le soleil se couchait, derrière eux, sur le Tibre qui coulait, doré, indifférent, à travers la ville saccagée. Le vieux eut un regard en coin, comme s'il se demandait si Angelo faisait l'idiot ou plaisantait, puis se signa.

Au coin du Forum, des ouvriers, dont Angelo ne put deviner pourquoi ils travaillaient de nuit, creusaient de grandes fosses rectangulaires ; et les coups de pioche résonnaient sinistrement devant le Capitole dévasté. Il entra pour prier à Sainte-Marie-Majeure. Le clergé était mort ou enfui. Quelques femmes s'agenouillaient à grand-peine, accablées sous un fardeau invisible. Dans le cimetière qui entourait la basilique, où Angelo était sorti pour trouver auprès des morts un peu d'air qui ne fût pas empoisonné de désespoir, une bourgeoise, jeune encore, se battait le sein près d'un carré de terre fraîchement retournée.

« Mon Claudio ! Tu ne seras plus là, le soir, dans mon lit... Ah, que la mort m'emporte avec toi ! »

Angelo s'approcha pour la consoler. C'était un devoir de son ordre, mais il n'avait jamais eu à le pratiquer. La femme lui confia être veuve de la journée d'un sellier du Trastevere. Elle parlait d'un ton précipité, entre ses larmes, que la clarté lunaire transformait en argent liquide. Son regard était fixe, halluciné. Angelo eut presque peur ; surtout quand, après avoir longuement détaillé les plaisirs de la chair, qu'elle enterrait avec son mari, elle lui serra brusquement le bras, et tenta sur lui une caresse impudique.

« Viens me consoler, moinillon... »

Il repoussa doucement la folle.

« Que Dieu te pardonne, tu n'as plus ta raison. Mais conte-moi plutôt comment est mort ton mari. »

Elle eut un rire dément. Puis elle s'étendit sur le sol fraîchement remué, les seins à l'air, la croupe remuant spasmodiquement. Sous la lune, dans cette désolation, Angelo crut voir quelque démon succube. Il recula.

De loin, elle lui cria, la bouche pleine de terre :

« D'où sors-tu ? Te moques-tu de moi ? Ou bien serais-tu le seul dans cette ville maudite à ignorer qu'il y a la peste ! »

Après les scènes atroces du sac, la peste ne pouvait que venir laver les profanations inouïes des choses les plus sacrées. Angelo ne doutait pas que ce fût là la Loi de Dieu. La disette, l'écroulement des préjugés moraux, le désordre dans les croyances, introduits par le comportement, par-delà tout bien, tout mal, des envahisseurs, avaient favorisé la contagion. Les viols, les cadavres laissés à pourrir dans les égouts, aussi. Rome s'abandonnait à la peste presque avec délices ; tous aidaient la maladie au lieu de s'unir pour s'en défendre ; reconnaissants envers la seule divinité indestructible, ralliés au seul culte qui leur restât, et satisfaits de mourir en entraînant avec eux, dans leurs embrassements vénéneux, les lansquenets et les Espagnols, les Romains tombaient comme des mouches.

L'armée des vainqueurs avait déjà diminué de moitié ; et tous les soirs, dans le ciel romain qu'Angelo scrutait, montait un astre nouveau, qu'il avait déjà observé depuis la terrasse du château Saint-Ange. Un astre de malheur et de mort, qui répandait depuis quelques jours sa néfaste influence sur la malheureuse cité. Angelo, à genoux, tourné vers la comète, priait Dieu en saluant ce poignard divin, que tenait une main céleste, dont l'image lui était familière par les vieilles gravures des savonaroliens. Entre ses paupières baignées de larmes, larmes de joie pour l'annonce du Jugement, larmes de deuil sur la cité de l'Église universelle blessée, qui mourait doucement sous la lune blême, le petit point lumineux devenait une lame de feu ; Don Francesco, qui entrait à ce moment dans la cellule de son administré, adressa doucement la parole à l'adolescent, plongé dans sa contemplation :

« C'est un signe terrible et redoutable. Elle se lève vers le milieu de la nuit, et elle ne brille que pendant une heure...

— Elle ressemble à un bras qui menace, armé d'un glaive, et qui se courbe pour s'abaisser sur nous... Avez-vous remarqué les trois étoiles, à la pointe de l'épée ? Et tout cela est rouge, strié de feu, avec de terribles figures aux barbes hirsutes. Tout nage dans une mer de sang... »

Don Francesco tâta le front du jeune homme ; il était brûlant. Avait-il, le malheureux, contracté le mal ?

« *Abbaye du Mont-Cassin*
1er décembre 1528

Cher Annibal,

J'espère que cette lettre pourra te rejoindre à Naples, si tu as réussi à y pénétrer. Je suis provisoirement nourri et logé par les bons pères bénédictins, en cette célèbre abbaye du Mont-Cassin, où mes supérieurs m'ont envoyé comme aide-bibliothécaire. L'homme qui m'a probablement sauvé la vie, le saint général de notre ordre, lors de ma maladie — j'ai eu un début de peste —, considérait que mon état et celui des livres nécessitaient cet asile. Il n'était que temps, en attendant des jours meilleurs. Tous les manuscrits sont sens dessus dessous, et des pages manquent à tous les livres, même aux copies de la règle de saint Benoît, le fondateur de cette maison. J'ai compris pourquoi : les bons pères en découpent des feuillets, les grattent et les lavent ; ils écrivent dessus des chansons pieuses ou des talismans qu'ils vendent aux paysans des environs.

Je ne sais si tu as des nouvelles de la Ville. Je te résume les événements : la peste de Rome a eu au moins cet avantage, que des hordes entières d'Allemands et d'Espagnols ont déserté en croyant que c'était une vengeance des divinités irritées, et se sont répandues en Sabine et en Ombrie ; ils ont pillé Narni et Spolète. Mais la maladie les a suivis jusque dans leur retraite montagnarde. Le marquis del Guasto, qui commandait pour l'empereur, en promettant deux écus par tête, a réussi à faire sortir de la ville où ils se vautraient, une autre partie des lansquenets pour combattre les Français de Lautrec ; et l'on disait que l'Angleterre, par le cardinal Wolsey, s'était réconciliée avec le roi François contre le trop puissant empereur.

Il n'est resté à Rome que la garnison du château Saint-Ange. Le pape n'avait plus à manger que de l'âne, et deux cardinaux étaient déjà morts du mal.

Le Saint-Père devait être mis en liberté le 10 décembre de ce funeste an 1527, par le capitaine Alarçon, qui le gardait au château. Mais les lansquenets étaient si insolents, et les Espagnols, si peu respectueux — les premiers allèrent jusqu'à tirer la barbe, qu'il avait laissée pousser en signe de deuil, du successeur de saint Pierre —, que le pape ne voulut pas prendre le risque d'être retenu une fois de plus au mépris des conventions signées ; les mercenaires n'obéissaient guère à leurs officiers. Le 9 au soir, d'après ce que m'a dit Don Francesco, le Saint-Père vint à la porte du château, déguisé en maître d'hôtel de sa propre maison, et réussit à sortir sous le prétexte qu'il allait préparer le logis du pape pour le lendemain. Il avait un grand chapeau, un manteau grossier, mais les diamants des tiares étaient cousus dans son pourpoint. Il a marché dans les jardins du Vatican, jusqu'à une petite porte dans la muraille du Borgo, où l'attendait un cheval, et a gagné Orvieto, où la Curie s'est provisoirement installée. Le même jour, Lautrec et ses chevau-légers entraient dans les États de l'Église, et tu suivais probablement, comme les autres des Bandes Noires, son armée en marche vers le sud.

Les malheurs de Rome m'ont tant transformé, cher Annibal, que tu ne reconnaîtrais pas ton ami. J'ai peut-être tué un homme ; et, bien que ce fût à la guerre et que j'aie tout avoué à Don Francesco pendant ma fièvre, je ne pourrai plus jamais rire et m'amuser comme autrefois, quand nous gambadions sur les éboulis de la Rocca, t'en souviens-tu ?

Pendant la fin de mon séjour à Rome, j'ai été présenté par Don Francesco au dataire, le très sage et très savant Gian Matteo Giberti, évêque de Vérone ; et, par lui, j'ai eu accès à ce petit cercle de bienheureux pasteurs, qui veulent profiter du coup assené par la volonté divine à l'orgueil temporel de notre Église pour en réformer en profondeur les abus et privilèges. C'est lui qui m'a à son tour fait connaître le noble Gregorio Cortese, dont j'accompagne la mission réformatrice au Mont-Cassin. Ce que fait ce dernier pour les bénédictins, Egidio Canisio le fait pour les ermites augustins, Paul Giustiniani pour les camaldules, et notre frère Lichetto pour mon ordre. À Milan s'est créée une société de clercs réguliers, les fils de saint Paul, et en Ombrie, Baccio aiguillonne mes frères d'Assise. L'Église ne se renouvelle que dans le sang et la fureur ; elle profite toujours des persécutions.

Non, je ne suis plus l'étudiant tête en l'air, toujours prêt à étaler sa science, que tu as connu. L'épreuve m'a vieilli. Je suis loin d'être aussi disert qu'autrefois ; il y a, près de ce mont, un petit ermitage abandonné ; j'y fais de longs séjours. J'y ai célébré l'Ascension ; depuis que j'ai vu l'horreur sur cette terre, les cadavres piétinés, les autels renversés, je rêve toutes les nuits de vivre à mon tour cette ascension loin du monde. « Qui me donnera des ailes, comme celles de la colombe, et je volerai, et je me reposerai », dit le psaume. Ô combien Smaragde a raison de recommander au moine larmes et soupirs ! Combien saint Pierre Damien est-il admirable, quand il dit le désir inlassable de la joie divine, et saint Grégoire de Nysse, la grandeur de cette épectase qui nous ravit ! Un des plus vieux pères de cette abbaye m'a transmis de sa bouche tremblotante les secrets orientaux de l'Hésychasme ; cette sacro-sainte quiétude, victoire enfin obtenue sur les passions, par le silence, le recueillement et le jeûne, me permet de m'abstenir de ce siècle de massacres et de péchés.

C'est également lui qui m'a indiqué, dans le fouillis de la bibliothèque, les écrits de l'abbé Joachim de Fiore, qui vécut un peu plus au sud, il y a trois siècles.

Bien que l'Évangile éternel ait été condamné par le pape Alexandre IV et l'université de Paris, et par le Chapitre général des frères mineurs tenu en mon cher couvent d'Aracoeli en 1257, il y en a toujours eu un exemplaire ici. Notre ministre général de l'époque, Jean de Parme, était joachimite, et fut pour cette raison remplacé par celui qui n'était encore que le frère Bonaventure. Si je te dis tout cela, c'est qu'il y a du danger à parler de ce livre de ma part ; cela frise l'hérésie. N'oublie pas de détruire ma lettre, si tu la reçois.

Joachim de Fiore, m'a expliqué ce vieillard, passe pour avoir prévu l'existence de saint Dominique et de saint François, et les saints ordres qu'ils allaient fonder. Comment ne pas lire chez cet auteur vieux de trois siècles la prédiction de ce qui nous est arrivé, et surtout l'annonce d'un autre espoir, d'une étape nouvelle, que ces catastrophes précèdent ? Cette lecture a déchiré un voile en moi, m'a illuminé, au sens fort que nos frères les franciscains spirituels employaient du temps de leur splendeur.

Elle m'a sauvé du désespoir, promis un monde nouveau à vivre et à évangéliser.

Joachim parle par allégories. Il faut le lire plusieurs fois ; il dit que le premier état du monde n'était que celui de la foi, c'était le temps des Juifs ; le second état, instauré par le règne du Fils, celui de l'Église que nous connaissons, et qui n'est point parfait ; mais après le règne du Père et celui du Fils, viendra celui du Saint-Esprit. Cet état de Saint-Esprit, « spirituel », est pour bientôt ; c'est celui où le monde ne sera qu'un immense couvent d'amour où tous s'aimeront comme des frères aimés par Dieu dans la réciprocité. Dans ce troisième état à venir, l'Église régulière aura entièrement remplacé l'Église séculière que nous avons connue, nos saints ordres gouverneront le monde pour la rédemption des humains. Le temps du Père, le temps du Fils, le temps du Paraclet : le temps du Nouvel Empire, après la terre et l'eau, le temps du baptême, celui du Feu.

Le même Joachim avait obligé l'empereur Frédéric II à s'agenouiller devant lui. Ces temps nouveaux, où le temporel se soumettra au spirituel, vont-ils venir ? Je me gorge du commentaire joachimien de l'Apocalypse. Tu vois que je n'ai pas perdu l'habitude de théologiser, mais je le fais dans le silence, comme le recommande la règle.

Après Abraham et Jean-Baptiste, voici venu le moment de l'Esprit. Où sont-ils, ces mystérieux royaumes, cette terre inconnue, ce monde nouveau ? Comment les atteindrais-je sans le secours de la volonté divine, qui dirige nos existences ? Je ne crois plus à l'efficacité des indulgences collectionnées, des lettres de rémission qui ne sont le plus souvent que des lettres de change sur le Ciel. J'ai trop vu à Rome à quoi servait l'argent des fidèles. Mais je ne crois pas non plus à cette doctrine de la « justification par la foi » que propagent les luthériens. Que Dieu nous sauve, comme ils le prétendent, malgré nous ? Qu'il suffise de croire pour être sauvés, et que nos petites vies, nos petites affaires, nos petits égoïsmes n'aient qu'à continuer suivant leurs règles propres, une fois cette assurance donnée ! La justification par la pure et seule foi, sans œuvres, me paraît aussi hypocrite que la transformation de ces bonnes œuvres en achats d'indulgences. Elle permet de pécher en toute tranquillité ; la grâce n'est-elle pas là pour nous tirer d'affaire ? Certes, Occam, Gerson et les autres l'ont montré, il est vrai que Dieu est insondable dans Son jugement ; que l'absolution est le moment essentiel du sacrement de la pénitence ; et que le pardon divin peut remettre jusqu'aux péchés d'un coupable sans repentance. Il y a une bien plus grande beauté, et une grande charité, dans l'efficacité des sacrements de l'Église, intrinsèquement, indépendante de l'indignité de celui qui les donne ou les reçoit.

Oui, la doctrine de Luther est habile : la dureté de cette prédestination, en laquelle Dieu a fixé notre destin à tout jamais, avant que nous venions à l'existence, est corrigée par l'impossibilité où nous sommes de connaître notre sort et le décret divin nous concernant. Mais comme elle vomit les sacrements, qu'elle considère purement humains, elle ne nous laisse que le désespoir absolu ou la certitude pharisienne d'être déjà sauvés.

Je me rends compte, frère, que tu auras, comme autrefois, de la peine à me suivre ; mais je veux te confier que le grand choc qui a bouleversé mon existence à Rome m'a fait hésiter sur ma foi. Faut-il agir dans ce monde corrompu, ou se retirer dans le mépris de lui ? Les hérésies des luthériens, par paradoxe, renoncent elles aussi à agir sur ce qui est en soi mauvais, le siècle et ses tourments. Je suis trop jeune, et trop possédé de la volonté d'agir, pour cette foi de boutiquiers qui prient après avoir fait leurs comptes, et font de la religion une affaire privée. Trop commode, cette toute-puissance divine qui nous épargne cet effort qui fut celui depuis toujours de l'Église militante ; même si le monde est condamné, il convient cependant d'essayer d'y agir pour son salut. C'est pourquoi je ne serai jamais un contemplatif, ce que je respecte, ni un faux chrétien, ce que j'abhorre. Il me fallait un ordre mendiant, et prédicateur.

Marchons-nous, toi et moi, si jeunes encore et déjà séparés, comme des aveugles en cette vie ? Ô Seigneur, arrache-moi le bandeau d'ignorance, et montre-moi la voie, ai-je prié après cette tempête de Rome. Et Joachim m'a rendu l'espoir, comme il me fit comprendre le sens caché du festin de Cana, où l'eau représente la lettre et le vin l'Esprit ; il a transmué le sens de ce que j'ai vécu. Le monde, ses angoisses et ses brutalités, n'est qu'une allégorie de l'Apocalypse. Thomas reconnaissait quatre sens possibles au texte sacré, et l'on m'a fait réciter la comptine :

Littera gesta docet,
Quid credas allegoria,
Moralis quid agas
Quo tendas anagogia

La lettre n'apprend que les faits, l'allégorie la foi, la morale, les œuvres ; le sens anagogique, celui de Jean, sens du mystère profond, je commence seulement à le découvrir. Ce sens mystique constitue la compréhension supérieure, dit Joachim. Et il est à venir...

Dieu te garde dans les périls que tu encours, toi qui étais si peu fait pour la guerre.

Ton ami,

Angelo. »

« Cher Angelo,

Je t'écris sous ma tente qui est plantée à Poggio Reale, parmi celles de mes nouveaux camarades ; des tentes noires, comme nos étendards, et l'on dirait un vol de corbeaux qui viendrait de se poser devant Naples.

Quand le Dieu Très Haut, ayant fait le monde et orné le ciel de ses superbes luminaires, descendit plus bas dans la limpidité de l'air et dans la solidité de la terre, il découvrit l'art de la sculpture et forma l'homme. Voilà tout mon credo : ta lettre, qui m'est parvenue par miracle — malgré la guerre, les Juifs de Naples commercent avec les deux camps —, n'oublie qu'une seule chose, dans tes hautes méditations : la beauté. On dirait que tu ne vois pas la beauté du monde, à force de regarder derrière les choses. En vérité, comme le montrait le divin Platon, la beauté et Dieu sont inséparables. Même ici, où je suis venu exercer une œuvre de mort, les flancs brillants du Pausilippe altier, les îles au large sur la mer brillante comme un essaim de poissons géants frappent mon regard et émeuvent mon âme.

Tu as choisi la théologie, et moi l'art, mais ni toi ni moi, en ce chaos qu'est devenue l'Italie, n'exercerons sans doute nos vocations. Le dessin, cette invention divine où convergent l'idée et le trait, ce père de tous les arts, comme dit Michel-Ange, je ne le pratiquerai peut-être plus qu'en amateur, comme ici, où ma main jette des esquisses plus par habitude que par conviction.

Platon et l'Arbre des séphiroth, des dix puissances émanées de Dieu, que m'apprit dans mon enfance un oncle qui se piquait de Zohar et de Kabbale, sont toute ma philosophie. Et cette étrange merveille par laquelle nous pouvons rendre par une illusion presque tactile la profondeur d'un portique, le moelleux d'une étoffe, la souplesse d'une chevelure. Si nous sommes prédestinés, c'est pour le Beau ou le Laid.

Le Laid, c'est la guerre. Au début de cette année, suite à l'arrestation des ambassadeurs, puis au cartel, défi pour un duel entre les deux souverains, proposé par le roi François, la guerre a repris entre la France et l'Empire. Sur le sol italien, cela va de soi. L'armée de Lautrec, à laquelle nous nous sommes joints, sous la direction de Baglioni, qui nous solde, comprend, outre la gendarmerie française, des stradiotes vénitiens. C'est un joli mélange de figures de bandits.

Depuis février, le prince d'Orange a réussi à tirer de Rome l'armée de l'empereur ; on dit qu'il n'en est pas resté dix mille hommes, suite à la peste, à laquelle, j'en remercie Dieu, tu as échappé. En descendant du Nord, notre armée a croisé la sienne, au printemps, un jour de brouillard, ce qui lui a permis de s'échapper ; sans quoi, nous aurions sur-le-champ tiré une vengeance exemplaire des massacreurs de Rome.

Et nous sommes arrivés, après avoir conquis la terre de Labour, devant la cité des Napolitains ; nous avons installé notre camp à Poggio Reale. Et dès le 22 mai, notre chef ayant été tué au combat, nous l'avons remplacé par Hugues de Pepoli.

Orange s'était, avant notre arrivée, jeté dans cette malheureuse Naples qu'il prétend défendre et qu'il opprime. Ses troupes sont de si pénibles alliés que les habitants fuient à Capri et Ischia. Et puis il y a toujours eu ici un parti de la France, qui regrette les Angevins.

Je suis plus le valet de Cecchino, frère de notre Benvenuto, qu'un véritable combattant ; il m'enseigne l'escrime, mais je suis peu doué. Notre camp est démuni de poudre comme de vivres. Pendant ce temps-là, les Napolitains, qui sont ravitaillés par leur port, regorgent de tout. L'autre jour, nous avons observé, depuis un point élevé d'où l'on voit toute la ville dans ses remparts, leur fête, qu'ils appellent Cocagne. On avait élevé sur la place principale une montagne qui figurait le Vésuve, faite de macaronis cuits recouverts de fromage râpé, et d'où jaillissaient des viandes, des saucisses ; et tout le peuple se disputait ce festin. Imagine-nous, hâves, en guenilles, témoins de ce grand gâchis qui pourrait nourrir toute l'armée.

Cecchino est un très brave garçon, mais il ne te remplace pas. À Rome, il m'a entraîné dans des séances de sorcellerie ; car il croit beaucoup aux magiciens. Je dois dire que le nécromant m'a effrayé moi-même, bien que j'aie récité l'*Ave Maria* à voix basse, ainsi que vous le faites en vos couvents, pendant toutes ses diableries.

C'était juste avant de quitter la ville. Imagine les grandes arcades à demi ruinées du Colisée. Comme tu l'as ignoré, mais moi j'ai fréquenté là certaines nuits sans lune, les prostituées du peuple s'y donnent rendez-vous. Vêtu d'une longue robe noire et d'un chapeau pointu, notre homme a tracé un rond sur le sol, en marmottant je ne sais quelle formule. Puis il nous a fait entrer dans le cercle, tandis qu'il jetait dans le feu un parfum fétide. Et il a appelé par leur nom les démons, capitaines des légions infernales, en hébreu.

Dans la fumée, j'ai vu ces formes effrayantes qui sont sculptées dans nos cathédrales. Des hommes avec des oreilles d'âne, habillés par le haut d'élégants pourpoints, et chèvre-pieds par le bas ; des sorcières qui avaient deux têtes, une d'ânesse et une de coq, chevauchaient leur balai. Des serpents portant de grandes plumes sifflaient en se tordant. Et je t'ai vu soudain, toi, mon cher Angelo, tel que tu m'étais apparu dans la cathédrale d'Assise, mais devenu fort, homme mûr, et tu as étendu la main droite ; et le monde des démons s'est dissipé pendant que sonnaient les matines.

Tu m'annonçais que tu partais très loin, bien plus loin que la distance de Naples à Rome, plus loin que toute l'Europe, au-delà d'un immense océan, combattre pour la foi.

As-tu un projet de voyage ? Si oui, laisse-le savoir à ton ami de toujours, qui te souhaite le bonheur et la paix, t'embrasse et te serre dans ses bras, le pauvre

Annibal. »

Ce 28 mai de l'an de grâce 1528, une brise africaine, tiède et sucrée, caressait doucement le sein de pierre du Pausilippe, et gonflait par intermittence les grandes voiles blanches ou brunes, certaines brodées de croix géantes, des navires de la flotte génoise ; l'escadre de Filippino Doria, neveu de cet Andrea, grand amiral de Gênes, qui fut longtemps l'ami fidèle des Français, était saisie d'une activité frénétique. On voyait les petites silhouettes des marins qui couraient d'un bord à l'autre sur les ponts, en grimpant dans les haubans, tandis que des barques et des galéasses plus petites, chargées de soldats, assuraient la navette entre la côte et les grands navires.

Derrière tout cet appareillage de guerre, que le soleil rasant encore la montagne semait d'un cliquetis de lumière, d'éclats, d'éclairs, les îles, dont les collines violettes formaient l'horizon, semblaient de plus grands vaisseaux qui participaient à cette belliqueuse activité.

Il y avait là huit galères, immenses arêtes de poisson posées sur les flots ; elles comptaient, pour leur déplacement, bien plus sur les rangs de la chiourme et l'effort des rameurs que sur leurs voiles latines triangulaires, plus manœuvrières pourtant que celles des navires océaniques.

Annibal, en casaque noire à croix d'argent, qui faisait partie des soldats français embarqués sur ces galères alliées, se pencha au bastingage ; basses sur l'eau, au point de donner l'impression de pouvoir couler à la première vague, surchargées d'armes et de combattants, les galères levèrent l'ancre lourdement et se mirent, au rythme des tambours réglant la chiourme, à gagner le large.

Il était temps. Un concert discordant de trompes, de cris, de détonations et de roulements de tambours parvenait à présent à l'oreille du jeune soldat, après avoir volé sur les flots avec le vent. Déjà, la flotte ennemie, commandée par le vice-roi Hugues de Moncade, apparaissait à droite, au sortir du port.

La côte, à mesure que les deux flottes s'en éloignaient, devenait pour Annibal une ligne brillante, ombrée par endroits par les bois de chênes-lièges ou les taches grises des oliviers. Le golfe de Salerne, Amalfi la divine défilaient comme à la revue, promesses de bonheur et de paix.

Ils s'arrêtèrent à Caprée, l'île des chèvres, qui paissaient dans les ruines de la villa de Tibère. Ils y déjeunèrent. Cela semblait une croisière de plaisir, plutôt qu'une expédition de guerre. Pendant le repas, les marins et les soldats des longues tablées furent couronnés de roses par les jeunes filles du pays.

Ils reprirent la mer au début de l'après-midi. Ce fut en face de la côte amalfitaine que l'engagement eut lieu. Annibal avait compté, dans la flotte ennemie, six galères qui marchaient à la file comme de grandes bêtes marines disciplinées, quatre fustes et deux brigantins qui gardaient les flancs du convoi. Une salve lointaine, destinée seulement à annoncer, par provocation, leur présence, parvenait des navires impériaux. Plus de mille arquebusiers étaient montés à bord.

Annibal, soudain, dut se rattraper au bastingage. Sans autre avertissement que des cris gutturaux, les marins génois venaient de modifier la marche du navire, serrant au plus près le vent qui venait du large. La voile brune triangulaire claqua un bref instant ; puis, tandis qu'Annibal sentait sous lui à travers le grincement des membrures l'effort vibrant des rameurs, conjugué à la puissance du vent, elle se tendit à nouveau. Annibal voyait s'éloigner le gros de la flotte génoise qui restait près du rivage jusqu'à devenir une minuscule miniature ; deux autres galères, derrière la sienne, avaient pris le même chemin. Ces capitaines génois désertaient-ils ?

Mais ce n'était qu'une manœuvre. Après deux ou trois lieues, on entendit de nouveaux ordres retentir ; et les navires, avec un ensemble parfait, comme à la parade, virèrent de bord une seconde fois ; forts de la vitesse acquise, de l'élan du large, ils fonçaient à présent contre leurs adversaires, qu'ils prirent à revers.

Une fumée blanche, silencieuse, s'éleva sur une des fustes espagnoles, dans le ciel bleu ; Annibal eût voulu noter ce blanc, et ce bleu. Il restait ébahi devant la beauté irréelle de cette mer azurée si paisible, et le serait probablement resté à jamais, ébahi, ravi, dans son inconscience, si Cecchino ne l'avait violemment tiré en arrière par le bras. Juste à temps : pendant que la détonation lui parvenait enfin aux oreilles, le boulet vint s'écraser sur le plat-bord en un feu d'artifice de bois brisé.

On leur tirait dessus, depuis la flotte espagnole. L'engagement était commencé. Comme les galères — et c'était leur grande infériorité sur les vaisseaux de haut bord — ne pouvaient, du fait des rames, avoir de canons que sur le pont, et dirigés vers l'avant ou l'arrière, il leur fallait se mettre dans l'axe du navire ennemi pour l'atteindre.

Le feu grégeois, qui coulait en gouttes poisseuses le long des cordages et des mâts, embrasait deux vaisseaux impériaux devenus silhouettes de flammes, au milieu des hourras, des cris d'angoisse, des détonations et des craquements sinistres. Sans plus penser à rien, devenu machine à tirer, Annibal n'avait plus peur ; lui, le petit bossu difforme, jusque-là si doux, éprouvait l'horrible satisfaction d'ajuster de son arquebuse une mouche humaine sur le pont d'en face, avant de recharger pour un autre coup.

Un combattant tomba silencieusement des huniers et vint

s'écraser auprès de lui sur le pont. Il repoussa du pied le cadavre, sur lequel fleurissait une tache de sang, parce qu'il le gênait.

Heureusement pour lui, les navires espagnols n'avaient pas, eux, de huniers d'où tirer comme des lapins les soldats du pont ennemi. Un marin génois, face aux mousqueteries fournies que les Espagnols embarqués lâchaient par salves, lui apprit à se courber quand tombait la rafale, suivant une manœuvre que tous connaissaient à fond. Les *terceros* ennemis, eux, se refusaient par orgueil à tout changement de posture ; et ils mouraient par grappes, debout, fauchés par le tir des Français.

Les navires étaient à présent entrelacés dans une danse amoureuse de mort au-dessus des vagues ; l'effet de choc des trois galères de renfort s'étant estompé, la bataille redevenait indécise. De son plat-bord, Annibal vit, sur le château arrière de la galère amirale, entouré de son état-major, Filippino Doria, qui multipliait de nouveaux ordres, répercutés de navire en navire. Un gémissement de stupéfaction et de crainte monta des poitrines des marins italiens, tandis que les soldats français, stupéfaits, reculaient précipitamment sur le pont. Des écoutilles, des escaliers qui montaient de la cale, des visages sombres, puis des corps basanés presque nus surgissaient, arrachés aux entrailles de chaque galère. Jouant son va-tout, l'amiral venait de faire ouvrir les chaînes des esclaves maures de la chiourme ; elle était de toute manière inutile depuis l'immobilisation des vaisseaux.

Des galériens portaient entre leurs dents des coutelas et des poignards qu'on leur avait distribués. Abrutis de coups, rendus impitoyables par des années de souffrance, leurs muscles déformés, hypertrophiés par l'effort continuel du rameur, certains noirs comme l'ébène, faces où le sourire des dents blanches se tordait en un rictus de sauvagerie, d'autres, Arabes au regard haineux, découplés en lévriers, ils combattaient pour leur vie et leur vengeance avec une redoutable férocité.

Doria avait bien calculé. Après avoir cligné un instant des yeux à ce soleil qu'ils ne voyaient plus que rarement, les nouveaux arrivants s'élancèrent avec impétuosité contre les ponts ennemis. Ils marchaient droit sur les canons, les renversaient et tuaient leurs servants ; l'indifférence au danger, acquise dans le long supplice de la rame, les rendait semblables à des fauves.

Certes, leurs maîtres italiens les avaient fait souffrir ; mais il leur était toujours resté un fond d'humanité ; et les marins établissaient avec les esclaves, demi-frères venus du Sud tout proche, des rapports de fraternité. D'ailleurs, les Génois les avaient le plus souvent achetés aux Espagnols.

Les cruelles expéditions en terre africaine des armées des Rois Catholiques avaient fourni l'Europe en Maures raflés sans pitié et traités pire que des bêtes. L'Espagnol, au contraire de l'Italien, était un maître épouvantable.

À bord d'une galéasse ennemie, un drapeau blanc monta lentement au mât. Le marquis du Guast, commandant impérial, et son vaisseau se rendaient à la discrétion des vainqueurs.

Le tour d'Annibal était venu de sauter sur le navire qu'ils avaient abordé, et que des grappins maintenaient fermement collé au sien. Les Maures avaient nettoyé le passage ; il s'élança, son arquebuse à la main. Tombés dans des postures grotesques de marionnettes désarticulées, les soldats espagnols jonchaient le sol. Une clameur arabe montait de la base du grand mât ; les esclaves libérés s'y étaient rassemblés, après avoir désenchaîné leurs camarades prisonniers à bord du vaisseau espagnol. Ils insultaient, maltraitaient à coups de pied un corps étendu, que les plumes de son casque faisaient paraître plus grand encore, en costume de velours noir, dont les dentelles étaient tachées de sang.

« Tu ne viendras plus voler nos femmes et nos enfants ! Suceur de notre sang, tu paies enfin pour Alger ! » lui crachait-on en espagnol.

Les expéditions de Moncade contre Alger avaient été particulièrement sanglantes. La haine qui débordait aujourd'hui frappa Annibal d'une crainte respectueuse. Car ce grand corps blessé, dérisoire et impuissant, c'était celui du vice-roi de Naples.

Simultanément, Annibal sentit une légère secousse qui ébranla le pont. Avec un cri rauque, un jeune Maure s'élança sur Moncade, et se mettant à genoux, après lui avoir planté sa lame au cœur, buvait le sang de sa victime.

Mais la secousse ne provenait pas de cette scène répugnante ; comme il détournait les yeux, Annibal vit, comme dans un cauchemar, le navire d'où il avait débarqué se séparer de celui qu'il avait, avec quelques dizaines de camarades, envahi quelques instants plus tôt. Des esclaves avaient coupé les filins des grappins, et déjà la chiourme reprenait, en bas, mais cette fois pour sa propre liberté, l'effort rythmé des rames. Fuyant la flotte génoise, chargée comme un bateau ivre des deux chiourmes libérées, la galère prit le cap du large, de l'Afrique.

Alors, l'un des combattants maures, un vieil homme maigre, s'approcha de lui et lui mit la main sur l'épaule, en lui parlant dans un grand sourire édenté. Il ne comprit évidemment rien.

« Il dit qu'il aura donc enfin un serviteur pour aider ses vieux jours », traduisit un autre Arabe, non moins souriant.

Sur cette galère, où la chiourme avait pris le pouvoir, les soldats français étaient prisonniers. Encore heureux qu'ils n'eussent pas subi le même sort que les Espagnols, égorgés jusqu'au dernier.

Les Maures se partageaient déjà le butin humain ; Annibal venait d'être attribué à ce vieillard. Il était, à son tour, esclave.

« *18 juillet 1534*

Florence, ô ma Florence ! Ces mots, je les jette au vent, comme ma lettre à la mer, car je ne sais si elle t'atteindra, Annibal, toi qui es ma seule véritable famille, toi qui as disparu maintenant depuis six longues années.

Je n'ai eu de tes nouvelles que par messire Baglioni, qui est venu à Florence défendre la ville comme condottiere. Il m'a dit que tu avais déserté à Naples, avant la capitulation d'Averne qui laissa l'empereur seul vainqueur, et la dispersion des Bandes Noires. Peut-être t'es-tu marié, ou peins-tu les fresques d'une église...

Pauvre Florence, pauvre Italie ! Ma malheureuse patrie ! Mânes de mon grand-père, celles de la liberté chrétienne !

Devant la Seigneurie, sur la place, mes compatriotes ont érigé autrefois le *Judith et Holopherne* de Donatello. Et le marbre du socle porte cette inscription : “ Les citoyens élevèrent cet exemple du salut public. ” Mais il ne s’est pas trouvé de Judith pour s’attaquer au tyran étranger. Ma ville possède un buste, inachevé, où le grand Michel-Ange, à la gloire de la République, a fait figurer Brutus. Mais il ne s’est pas trouvé de Brutus à Florence. Ce buste, cette liberté inachevés, c’est l’histoire de ma triste cité. Tu as entendu parler du siège que nous avons subi, et de notre fin en tant qu’État libre. Car cette nouvelle a atteint au cœur toute l’Italie.

Le doigt de Dieu s’est appesanti sur nous, misérables marchands de Florence. Il nous a écrasés comme une puce.

Depuis cet événement, je te le confesse, mes idées ont progressé quant à la direction que la volonté divine imprime à nos destinées, et à celle du monde. Dieu a voulu la victoire de l’empereur, comme il a voulu la défaite de ma patrie. Il faut s’incliner devant sa décision souveraine : sans doute Sa Majesté Impériale Charles Quint est-elle destinée par Lui à l’empire du monde entier.

J’ai vu la fin de l’indépendance de mon pays. Et, avec elle, la fin du rêve de mon grand-père et de Savonarole, une Italie unifiée sous le seul règne du Christ, se gouvernant elle-même et réformatrice de l’Église. Mais, comme mes concitoyens, qui ont longtemps voulu ne demander la paix qu’à Charles, et non au pape Médicis devenu son allié, je sais que la ruine de l’Italie fut la faute du Saint-Siège et de cette famille maudite : l’empereur, lui, ne fut que l’instrument de Dieu. C’est par des Médicis que la République, devenue duché, sera désormais héréditairement gouvernée. Ainsi l’a voulu la volonté impériale, en salaire du retournement de la politique vaticane. Et à cette seule idée, mon cœur, bronzé par la guerre, saigne encore.

La jeunesse est républicaine, et l’âge mûr impérial. Mon changement t’étonnera peut-être. Mais puisque l’Italie libre est morte, ce grand prince qui l’a abattue est notre seul espoir de paix universelle.

J’ai fait la découverte de l’empereur à Bologne; j’étais revenu, en profitant d’une accalmie relative du cours de la guerre, de ma retraite au Mont-Cassin jusqu’au nord de Rome, avant de rejoindre enfin ma chère Florence. La démocratie, sous la direction de Jean-Baptiste Soderini, Marco del Nero, et Capponi, avait été rétablie. Le rêve de ma jeunesse, une cité de Dieu faite d'égalité et de foi, semblait, de loin, réalisé. On avait rétabli le Grand Conseil du peuple, une garde urbaine de quatre mille citoyens veillait sur la République.

Charles Quint, de son côté, avait décidé de venir montrer aux peuples d'Italie la personne du descendant de Charlemagne ; et de leur en faire toucher du doigt la grandeur. Je ne parle pas seulement de la grandeur militaire ; ni des pompes qui entourèrent son couronnement par le pape, à Bologne ; mais de la grandeur de ses idées et de ses projets, lui qui règne sur un Empire où le soleil ne se couche jamais, et en a fait l'instrument d'une grande croisade de la foi à travers les nouveaux mondes.

En juin de l'année qui suivit le siège de Naples, l'empereur avait signé la paix avec Sa Sainteté, après avoir fait la sienne au roi de France ; et l'été suivant, il débarqua à Gênes, où la flotte d'Andrea Doria, qui avait abandonné le parti de la France pour celui de l'Empire vainqueur, le transporta avec toutes ses troupes : mille chevaux, quatorze mille hommes de pied.

Quand je parvins à Bologne, l'automne finissait ; il était très difficile de se loger en ville, les couvents et les hostelleries étaient pleines des gens et des chevaux du pape et de l'empereur. Je reconnus à peine, à la cathédrale, le tragique successeur de saint Pierre, qui s'était laissé pousser une longue barbe inculte, en signe de deuil, depuis le sac de Rome. Il était passé par ce qui restait de la ville, où il avait pleuré dans les basiliques désertes ; et l'humiliation suprême d'avoir à embrasser son bourreau, et d'avoir à le couronner empereur, flétrissait son visage allongé par les douleurs.

Le 5 novembre, *Caesar imperator* fit son entrée dans Bologne, après que vingt-cinq cardinaux se furent avancés à la porte San Felice pour le recevoir. Trois cents chevau-légers et trois cents chevaliers aux armures toutes semblables marchaient devant l'empereur. Dix gros canons ébranlaient le sol, suivis par les lansquenets allemands ; l'aigre chanson des fifres et le roulement des tambours entouraient deux seigneurs cavaliers, dont l'un portait le grand étendard de l'Empire, à l'aigle éployé, et le second le drapeau de Bourgogne, avec la croix rouge de saint André.

La garde personnelle de l'empereur tenait à deux mains les *gouges,* les hallebardes dorées ; le grand maréchal, portant l'épée impériale, précédait Charles, que je voyais pour la première fois. Il fit jeter à la foule huit mille ducats en or et en argent. Le pape Clément, qui attendait son vainqueur à San Petronio, lui donna l'*osculum pacis,* le baiser de paix, après que Charles se fut par trois fois incliné. Le pontife lui dit d'une voix mourante : « Veuillez, je vous prie, ne pas avoir mauvais gré de ce que vous avez été astreint au baise-pied... »

Après quoi, le pontife, sur sa *sedia gestatoria,* raccompagna au milieu des salves de pétards son illustre hôte et nouvel ami jusqu'au palais, où ils logèrent presque dans le même lit ; en effet, Charles avait fait percer, pour communiquer plus facilement avec Sa Sainteté, deux portes dans le mur séparant l'aile du palais où il était installé de celle où logeait le souverain pontife.

Cet hiver-là, l'Italie fut dépecée par l'Empire, avec la bénédiction du Saint-Père. Et la fin de la pièce, le double couronnement papal de Charles cinquième du nom, en février, sonna le glas pour Florence. J'y assistai aussi, avant de regagner ma patrie, seule à continuer la guerre.

J'avais été repris en main, au sein de la cour papale transportée au palais pontifical de Bologne, par mon supérieur bien-aimé, le général de mon ordre. Ce fut dans sa suite que je me trouvais, à la chapelle du palais, le 22 février, au moment où Clément VII posa sur la tête de Charles Quint la couronne de fer des rois lombards, en le sacrant roi d'Italie ; et, deux jours après, au couronnement impérial, dans la grande basilique San Petronio.

Je regardai d'un œil sec la rencontre et l'alliance de ces deux pouvoirs, les premiers de la terre, le pape et l'empereur. Le spirituel s'inclinait devant le temporel ; mais il y avait plus de spirituel chez le souverain temporel, ce long jeune homme au regard hanté, à la dévotion ardente, que chez ce pape brisé par ses propres ruses.

Et ce fut le second couronnement. Les Grands d'Espagne, les Ponce de Leon, Aguilar, Herrera, Mendoza, entouraient Charles Quint, en simple velours noir ; puis les princes italiens, devenus ses vassaux, et le comte palatin Philippe qui représentait le Saint Empire romain germanique, Boniface de Montferrat qui tenait le sceptre impérial, le duc d'Urbin le glaive, le duc de Savoie la couronne d'or.

Quand César arriva sur le péristyle du dôme, par un pont de bois élevé pour la circonstance, un rayon de soleil a surgi du ciel gris ; et il est tombé juste sur la boule du monde en or, surmontée d'une croix, qu'élevait entre ses deux mains le comte palatin, avant de la remettre à Charles. Et cet éclair m'a illuminé, moi aussi, petit froc perdu dans la foule des courtisans, et m'a pénétré jusqu'à l'âme.

Autre signe : à ce moment-là, dans un grand craquement, le pont s'est écroulé, en entraînant pêle-mêle les officiers royaux et pontificaux.

La cérémonie continua après l'accident. Deux prélats dépouillèrent Charles du manteau royal, lui passèrent la *mozetta* et l'aumusse des chanoines, puis il fut revêtu de blanc, comme un diacre, et enfin, par Sa Sainteté elle-même, de la chape impériale richement ornée de perles. Et, après l'onction du saint chrême, le pontife, qui ne pouvait réprimer de profonds soupirs, posa sur la tête de l'empereur agenouillé la couronne d'or de Charlemagne, sommée d'une croix ; et ses mains tremblantes lui tendirent le glaive impérial, avec tant d'hésitation qu'on eût cru qu'on s'attendait à voir le prince lui en trancher aussitôt le col...

Mais Charles éleva trois fois le glaive nu, le baisa et jura de ne s'en servir que pour défendre la foi. »

Une grande galère de bois doré flottait sur la foule, grâce à des porteurs invisibles. Peints sur la grande voile, le Christ, la Vierge Marie, et saint Jean l'Évangéliste, siégeaient entre deux grandes colonnes ; et au-dessous flottait au vent la devise de l'empereur : *Plus ultra.* C'était son médecin, Luigi Marliano, qui avait imaginé pour l'empereur ce fier emblème.

« C'est trop d'orgueil. *Nec plus ultra* — Ne passe pas plus loin —, avaient écrit les Anciens aux colonnes d'Hercule, là où l'Espagne et l'Afrique se joignent presque, et où commence le grand océan… », songeait Angelo, perdu dans la contemplation des splendeurs impériales.

Bologne la grasse, plantée au pied des contreforts de l'Apennin, n'était plus, au travers de ses rues à arcades et de ses places, qu'un grand théâtre célébrant la gloire de Charles.

Les arcs de triomphe, les allégories et trophées, les images de César, d'Auguste, de Titus et Trajan, entremêlées des tiares et des clefs de saint Pierre, décoraient les places. Devant le palais Scrappi, deux arcs doriques, en bois couvert de toile peinte, offraient aux regards un Samuel oignant David roi d'Israël, et des statues de plâtre représentant la Paix et l'Abondance ; sur la piazza Maggiore, devant le palais communal, un troisième arc, avec saint Pétrone et saint Ambroise, protecteurs de Bologne, était surmonté d'effigies de Constantin et de Charlemagne entourés par la Vertu, la Piété, la Foi et la Vérité.

Sur de véritables scènes de théâtre, des acteurs répétant indéfiniment les mêmes gestes, comme des automates, montraient ici Constantin s'agenouillant devant le signe du Christ, qui apparaissait au-dessus de lui, ou présentant son sceptre et sa couronne au pape Sylvestre qui le baptisait ; là, l'empereur Sigismond condamnait au feu les hussites hérétiques. Croisades contre les Infidèles, contre l'hérésie luthérienne, pour la conquête des Indes : ces thèmes s'entrelaçaient, en dansant dans l'esprit d'Angelo une sarabande illustrée.

La procession, où le pape et l'empereur chevauchaient sous le même dais, marchait vers l'église Saint-Dominique. Douze bourgeois de Bologne y faisaient flotter les bannières blanches de la cité ; et seize étudiants, celles, rouges, de l'Université. Puis venait le comte de Gombri, gouverneur, son bâton de commandement levé, le capitaine de justice, avec le grand étendard de la ville, marqué d'un énorme *Libertas.* Au passage du neveu du pape, Alexandre de Médicis, Angelo se détourna et cracha. C'était le fossoyeur désigné de la liberté florentine. Le comte Cesarini, qui représentait Rome, brandissait l'antique drapeau brodé des lettres SPQR. Les bannières impériales, celles du pape, la privée, aux armes des Médicis, celle du Saint-Siège, avec la tiare et les clefs, celle de l'Église, avec le Christ en croix, battaient au vent frais ; quatre prélats sur des mules suivaient en portant, au bout de hampes dorées, des tiares et des chapeaux du Saint-Père. Les trompettes, clairons, cornets et buccins sonnaient à tout rompre ; et les joues des musiciens, rougies par le froid, étaient distendues par l'effort.

Les hérauts d'armes, dont les tabards figuraient sur leur poitrine les armes du Saint Empire, de l'Angleterre, de la France, de la Hongrie, de la Savoie, de la Lorraine, symbolisaient l'Europe entière. Un cardinal-diacre, qui tenait le bâton pastoral du pape à triple croix, un autre, qui présentait la tiare à triple couronne, le sacrite du pape, annonçaient le Saint Sacrement, dont l'ostensoir, sur un cheval couvert de drap d'or et accompagné des porteurs de cierges, était entouré des docteurs en médecine de l'Université.

Les architriclinaires, chambellans de l'empereur, suivaient, avec à leur tête leur grand maître Adrien de Croÿ ; le collier de la Toison d'or ornait son armure. Le cardinal Boniface Paléologue se distinguait du groupe des cardinaux en jetant dans cette pompe un reflet lointain de l'empire d'Orient, dont il était l'héritier.

Un héraut, Bourgogne, jetait à la foule, à deux mains, des pièces qu'il puisait dans de grands sacs suspendus à l'arçon de sa selle. L'une d'elles roula jusqu'à Angelo : il s'en empara en bousculant des gamins avides qui ne cessaient de hurler :

« *Viva il Papa Clemente ! Imperio, Imperio !*

La pièce portait le profil impérial, la légende *Carolus Quintus, Imperator augustus,* et, au revers, Angelo distingua les deux colonnes et le fameux *Plus oultre.*

Il la rendit à la foule.

Enfin, mille hommes d'armes, dont les timbaliers multipliaient les roulements bruyants, la lance sur la cuisse, fermaient le cortège par la mosaïque de leurs casaques flamandes — jaune, violet ; blanc, rouge et bleu, suivant les bandes. Comme le pape et l'empereur passaient sous le premier arc de triomphe, deux nuages de carton peint en descendirent, puis s'ouvrirent pour dévoiler deux enfants nus qui chantaient la bienvenue d'une voix aiguë ; le second arc était gardé par trois géants, Hercule, Geryon et Cacus, que mit en fuite un dragon de toile articulé aux mille écailles de bronze.

On était parvenu à Saint-Dominique, où, par une messe solennelle et l'armement de centaines de chevaliers, l'empereur entendait conclure dignement cette journée. Sur la place, devant l'église, un château de bois monté sur roues, défendu par des Turcs et des sauvages, tenta en vain de s'opposer à l'avancée impériale : le dragon, qui avait suivi jusque-là l'empereur et le pape, ne fit qu'une bouchée des défenseurs. Et il pénétra, à la suite des souverains, sous les hautes voûtes de la basilique.

Angelo, poussé, bousculé, avait réussi, lui aussi, à se faufiler à l'intérieur. Les machines, installées dans le lieu saint, étaient merveilleuses : un aigle énorme battait des ailes ; et le dragon, jusque-là pataud avec ses écailles vertes et sa queue enroulée, se mit à s'élever dans les airs, soutenu par d'invisibles câbles ; tandis que trois harpies, en descendant de la voûte, glissaient dans le vide pour l'attaquer.

Les harpies représentaient l'Hérésie, l'Infidélité et l'Idolâtrie, et le dragon la Foi. Et une grandiose bataille se déroula au-dessus des têtes, jusqu'à ce que le dragon vainqueur vînt se percher au sommet du chœur, à l'endroit le plus haut. Une bataille qui jeta Angelo dans la stupéfaction et le ravissement. Il n'avait jamais vu pareil spectacle : de la bouche du dragon sortaient des flammes rouges, et ses yeux, formés de girandoles, s'allumant à leur tour, se mirent à tourner sur eux-mêmes à grande vitesse, en achevant leur mouvement dans une explosion d'étincelles. Des feux de Bengale brûlaient sur les ailes. Les explosions, les jets de flammes se succédaient sans interruption, en jetant des ombres folles sur les piliers massifs. Des nappes de fumée colorée descendaient sur les assistants. Alors, tandis que des fusées partaient de toutes les chapelles en montant vers la voûte au long de fils de cuivre, réseau arachnéen qui les guidait, pour former un dôme de feu, Angelo, en cette église devenue spectacle fou, convaincu dans sa naïveté que Dieu lui-même avait déclenché cette parade d'apocalypse, tomba à genoux sur les dalles en craignant Charles, que décidément le Seigneur désignait comme son représentant sur terre.

« En avril, avant que l'empereur ne partît pour Augsbourg, où une diète se réunissait pour parler de Luther, puis pour la Hongrie combattre les Turcs qui assiégeaient Vienne, car il ne cessait de ravauder par ses chevauchées quelque coin déchiré de son immense Empire, je le rencontrai une fois. C'était lorsque maître Benvenuto Cellini vint lui porter une merveilleuse croix d'or avec un Christ qu'il avait fabriquée, sur l'ordre de Sa Sainteté, pour offrir à Charles. Il avait utilisé les trois figurines qu'il avait préparées pour un calice pontifical ; elles représentaient la Foi, l'Espérance et la Charité. Il apportait aussi un office de la Vierge enluminé avec une riche couverture d'or et de pierreries. Jamais cadeau ne fut plus gracieusement accueilli ; l'empereur commença par féliciter l'artiste pour le fermail qu'il avait vu sur la chape du pape Clément et qu'il savait être de sa main. Puis le nouvel Hercule, le nouvel Atlas, tourna vers moi son beau regard mélancolique.

Sur son pourpoint noir, les longues pointes de son col, immaculées, encadraient sa face allongée au nez tourmenté, sous un simple béret de velours. Il ne portait aucun bijou, ni bague ni collier. Il faisait un contraste étrange, ce triste jeune homme arraché à sa Flandre natale, devenu par héritage maître de l'Espagne, de l'Empire et aujourd'hui de l'Italie, avec l'irrésolution et la vanité, le désir de paraître, que j'avais observés à la cour de Sa Sainteté.

“ Si jeune et déjà dans les ordres... As-tu bien fort la foi ? ”

Il s'était exprimé en français, langue de son enfance à Bruxelles.

“ *Loqueris ne latinum ?* ”

Je me mis à genoux.

“ *Ita, Caesar Optime.* ”

Tandis qu'il m'interrogeait en latin, le regard sombre de l'empereur déversait sur moi la lave brûlante de ses grands projets.

“ Conquérir le monde à la foi, mon enfant, c'est là le seul but digne de nous. ”

Il y avait une telle tristesse, un tel abandon de soi-même, chez cet homme à peine entré dans l'âge mûr et qui donnait l'impression d'avoir plus vécu qu'un vieillard, que les larmes me vinrent aux yeux.

« *Plus oultre*, telle est ma devise. Porter toujours plus loin l'étendard du Christ. Au-delà de la Sicile, au-delà des Colonnes d'Hercule... Plus au sud, plus à l'ouest... Je chevaucherai jusqu'à l'extrémité du monde... As-tu lu votre grand poète, Dante Aligheri ? » dit-il en latin et en me tenant par les épaules ; il fouillait de l'œil mon visage bouleversé.

Je fis signe que oui.

« Sa monarchie universelle, rêve d'une humanité unifiée, voilà mon but. La rénovation impériale est la chance de mon règne. Les couronnes d'Auguste et de Marc-Aurèle, celles de Constantin et de Charlemagne, seront réunies sur ma tête... Et il n'y aura qu'un seul troupeau et un seul berger impérial, comme le dit l'Évangile, et comme l'a chanté il y a vingt ans ton compatriote, l'Arioste ; oui, les nouveaux argonautes qui conquièrent le Ponant préparent l'unification du globe... Veux-tu en faire partie ? J'ai besoin d'hommes tels que toi... », acheva-t-il lentement.

Pourtant, malgré ces offres, Florence, seule face à l'empereur, m'attirait comme un aimant. Irrésolu, et mécontent de moi-même, je m'y rendis ; je n'ai pas cru à cette dernière insurrection, mais je me devais d'y être, par fidélité... »

« Je ne connaissais pas Florence, ma patrie. Malgré moi, en admirant, depuis la terrasse de San Miniato où les peintres aiment à se regrouper, la ville de mes ancêtres, serrée entre deux collines, dont les remparts étaient partout en réparation, j'ai tout de suite senti que ce dernier soulèvement et cette ultime tentative du vieil esprit républicain n'étaient que les caricatures de ceux du temps du grand Savonarole. L'esprit civique était moribond, et c'était une pitié de voir son agonie, cerné à présent comme il l'était par toutes les forces de l'Empire et de la papauté réunies.

La beauté de la ville, ce décor partout étendu, doux et reposant, de marbres de couleur aux marqueteries savantes, semblait la parer pour son exécution.

Ô cité de mes pères, as-tu assez payé aujourd'hui ton aimable épicurisme, cette vogue platonicienne qui t'éloigna de Dieu, au temps où Marsile Ficin te prêchait, au lieu des Écritures, *Le Timée* et *Le Banquet ?* Cosme l'ancien était mort en récitant Platon. Les Pazzi, qui devaient périr dans la conspiration contre Laurent le Magnifique, les Soderini, ces républicains de toujours, les Guichardin, cent autres familles avaient été, m'avait raconté ma mère, platonisantes. Et je ne parle pas des poètes comme Politien, ou des artistes.

Florence a-t-elle payé pour cette surabondance du Beau ? Je pense à toi, Annibal, à ta foi dans l'art. Trop aimer l'art, n'est-ce pas s'éloigner de Dieu, trop admirer la créature, oublier le Créateur ?

À Florence, les franciscains de Santa Croce m'avaient recueilli en leur couvent attenant à l'église, au bord de l'Arno. Dante avait prié ici. La vieille rivalité entre mon ordre et celui de saint Dominique installé à Santa Maria Novella, à l'autre bout de la ville, où saint Thomas lui-même enseigna, continuait pendant le siège. Nous avions le petit peuple, qui pleurait à nos sermons, les dominicains, les fils de nobles et de bourgeois, assoiffés de subtilités rhétoriques. Mais tous prêchaient la résistance et l'orgueil national.

Le premier gonfalonier, l'honnête Nicolo Capponi, avait fait nettoyer la grande salle du Parlement, construite pour Jérôme Savonarole. L'armée du prince d'Orange, à peine dessoûlée du sac de Rome, et de retour de Naples, campait autour de la ville. Comme le pape avait obtenu la main de Marguerite, fille naturelle de l'empereur, pour son neveu Alexandre, ils devenaient tous deux les souverains désignés de Florence. Francesco Carducci, *pleureur* connu, fut élu gonfalonier, et proclama, encore une fois, le Christ Rédempteur roi perpétuel de la cité. On brûla les maisons de Guichardin et des traîtres passés à l'ennemi, on taxa les riches. Mais l'armée impériale avait déjà ravagé Arezzo, et menaçait d'étouffement la capitale de la Toscane.

Le siège dura tout l'hiver. Entre Malatesta Baglioni, le condottiere officiel de la ville, qui négociait avec Orange, et Ferrucio, le courageux chef de la milice populaire, une rivalité désorganisait la défense. En août, je vis les bandes médicéennes courir le pavé de la ville en réclamant la soumission et la paix ; les *condottieri* livrèrent Florence à l'empereur.

Malheureuse Florence ! J'ai vu ton célèbre fils, Nicolas Machiavel, qui n'avait jamais tout à fait renié les idéaux de Savonarole, mourir misérablement, abandonné de tous. La République, qui lui devait tant, et notamment la création des milices, ne lui pardonnait pas d'avoir tourné sa veste et dédié son *Prince* au Médicis. Et pourtant, si le vieil homme avait eu raison de désespérer du peuple florentin, du peuple italien tout entier ?

J'ai vu le grand Michel-Ange se blesser les mains au transport des blocs, quand il dirigeait les travaux de fortification de Florence assiégée. Un jour, il me mena dans la chapelle où il travaillait, dans les moments que lui laissait la défense de la liberté florentine ; il voulait me montrer ce *Jour* que la prise de la ville l'empêcha d'achever, et cette *Nuit* funèbre, symbole de la fin de l'Italie libre.

« Il m'est doux de dormir, doux d'être de marbre, tant que durent l'opprobre et la calamité... Ne me réveille pas, de grâce, parle bas. »

Avec la chute de ma patrie, j'en suis persuadé, Dieu m'en a accordé la vision, l'Italie s'endort pour des siècles.

La page est tournée. Je ne reviendrai plus jamais à Florence. La liberté de mon pays avait été l'œuvre d'un Valori, mon grand-père ; l'asservissement de Florence fut l'œuvre d'un autre Valori, mon parent Baccio, qu'admirait tant mon père, l'homme de la famille qui avait le mieux réussi. Baccio était légat du pape auprès de l'armée impériale ; il accomplit lui-même le coup d'État qui renversa les organes républicains, avec l'aide des *condottieri* que Florence avait engagés pour la défendre.

Le 20 août, Baccio déposa la Seigneurie élue, se fit nommer, par une foule amorphe, convoquée avec la vieille cloche du Parlement, et encadrée par les Corses de Baglioni, chef d'une Balie provisoire de douze citoyens. Il ordonna le désarmement de la population, et proclama les Médicis, au vieux cri de « *Palle ! Palle !* »

J'avais bien failli succomber, moi aussi, en même temps que la ville. Ma parenté avec le légat, qui fut découverte parce que son escorte croisa le groupe de lansquenets qui me traînaient pour me pendre, fut ma seule sauvegarde. M'ayant reconnu, mon gros cousin m'obligea à baiser son anneau, sous le dais où il trônait en litière. Il était poisseux de sucreries qu'il dévorait en permanence.

“ Encore dans des aventures impossibles, et toujours du mauvais côté, Angelo ! Prends garde, ma patience a des limites. Tu fais beaucoup souffrir ton père ”, glapit-il à mon intention, avant de me faire relâcher... »

Deuxième partie

MUNDUS NOVUS

Ainsi le démon lui apparut-il sous la forme de Crucifié, et lui dit-il :

— Ô frère Rufin, pourquoi te tourmentes-tu par la pénitence et par la prière, puisque tu n'es pas des prédestinés à la vie éternelle ? Et crois-moi, car je sais qui j'ai élu et prédestiné... À quoi te sert-il de te faire souffrir pendant que tu es en vie, alors que tu seras damné après ta mort ?

Fioretti de saint FRANÇOIS
et ses compagnons

CHAPITRE I

ASUNCIÓN, 1542

Un chien énorme aux oreilles frémissantes et aplaties, à la grande langue pendante, aux yeux jaunes, d'un jaune intense, dont les petits Indiens terrorisés par le monstre inconnu prétendaient qu'ils jetaient des étincelles, un de ces bâtards tachetés comme un tigre que les Espagnols avaient introduits avec la conquête, trottait de-ci de-là, haletant de chaleur, dans la poussière, devant l'église d'Asunción ; sur l'esplanade carrée de terre battue qui avait été proclamée, sept ans plus tôt, place principale de la nouvelle cité, quelques indigènes, assoupis nus à même le sol, observaient entre leurs paupières demi-fermées la façade de pierre aux volutes et au fronton blancs.

C'était dimanche matin à Asunción. Les rues désertes, les magasins, clos derrière leurs grossiers volets de bois, témoignaient assez que toute la colonie était à la messe. Les Indiens, qui attendaient patiemment leurs maîtres, se mirent à échanger à voix basse des commentaires souriants, infinis et flûtés. Des accents de colère, le bruit lointain d'une voix qui tonne et maudit, passaient par moments la porte entrouverte du sanctuaire, pour se perdre, incompréhensibles, dans le sable de la place :

« Souvenez-vous du sermon de Montesinos ! Orgueilleux *caballeros*, que l'Esprit descende sur vous, et fasse de vous, au fond de vos cœurs endurcis, de véritables frères des Indiens ! »

Une fois franchi le portail, au sommet de trois degrés de pierre, l'intérieur de l'église, sombre, humide et chaud, se révélait n'être qu'une vaste grange couverte de feuilles luisantes ; seule la façade avait pu être achevée, et la simplicité de cet abri de bois, accolé à cette splendeur de pierre, faisait un contraste saisissant ; comme la quasi-obscurité, ruisselante de sueur, en ce mois torride de janvier, avec la lumière de la place.

Une rumeur courait sur les bancs de bois, essentiellement peuplés d'hommes barbus, bronzés par le soleil des tropiques, au visage couturé de conquistador, dont les mains maniaient plus souvent la pique ou l'épieu que le missel. Les rares dames, en voilette et mantille, s'étaient mises à chuchoter d'un air terrifié. La chaleur mijotait le scandale né de cette prédication inattendue.

Angelo, debout dans sa chaire, le bras encore levé en direction de la lumière venue de la porte, qui dessinait son rectangle allongé sur le sol de la nef, lui aussi, suait sous son froc reprisé et poudreux, dont il avait rejeté en arrière le sombre capuchon. Il commençait à regretter d'avoir quitté sa mission, à San Spirito, pour cette messe et ce sermon dans la capitale de la colonie. Mais l'impérieux devoir qui le rendait imprécateur ne lui laissait pas le choix. Levant les yeux vers la charpente, comme pour y trouver l'inspiration, il poursuivit d'une voix sourde :

« Oui, souvenez-vous de ce que disait Fray Antonio Montesinos il y a trente ans, dans l'île Espagnole : “ La voix qui crie dans ce désert, c'est moi ; et je vous dis que vous êtes tous en état de péché mortel à cause de votre cruauté envers une race innocente... ” Ô habitants d'Asunción, je vous le déclare solennellement : à celui qui persistera dans l'injustice, volera leurs terres aux Indiens, ou les réduira en esclavage, je refuserai l'absolution...

— Ta gueule, moinillon ! »

L'homme qui aspostrophait Angelo d'une voix éraillée s'était levé du premier rang, et marchait à présent vers la tribune.

« On a voté des lois, à Burgos, il y a trente ans, pour réprimer vos injustices, ô tigres assoiffés de terres et de conquêtes ; pour protéger les peuples que vous n'êtes pas venus pour évangéliser et soumettre à l'autorité espagnole, comme le portait votre contrat, mais bien asservir, dépouiller et massacrer... Ces lois, vous les piétinez tous les jours...

— Tiens, attrape, père la Morale ! Retourne en Italie, mangeur de pâtes ! Et commence donc par apprendre le bon castillan... »

L'interrupteur, rude *caballero* vieilli dans les combats, à la face tannée barrée d'une cicatrice blanche, s'était posté, jambes écartées dans son pantalon de cuir de cerf, face au prédicant. Son grand chapeau, retenu par un cordon, ballottait dans son cou, derrière la nuque. Il brandissait son fouet, son grand fouet dont il punissait aussi bien les vaches de son *estancia*, ses chiens ou ses Indiens : on entendit le claquement des lanières sur le bois de la chaire, et Angelo porta ses deux mains à son visage, tandis que de petits cris de terreur couraient le long des bancs des matrones. La chaire n'était pas assez haute pour lui avoir évité l'horrible affront : la longue et souple lanière avait balafré la bouche qui invectivait au nom de Dieu. Et un peu de sang dégoulinait sur la joue, qu'il essuya machinalement du revers de sa manche.

« Merci, mon frère. Frappe encore. »

L'assistance retint son souffle. On savait Don Pedro Fernandez de Torre particulièrement irritable et violent. Étant *adelantado*, il représentait le pouvoir civil à Asunción. Il avait tué à coups de ce terrible fouet une Indienne qui se refusait à lui. Mais l'homme haussa les épaules, et tourna le dos au prêtre en descendant l'allée centrale dans un traînement bruyant de bottes et d'éperons.

Au fond de l'église, presque cachés, debout, les hommes à droite et les femmes à gauche de la porte, le groupe des indigènes convertis, immobiles et impassibles, appuyés sur des bâtons ou contre les parois, semblaient étrangers à la querelle. Peu d'Indiens, d'ailleurs, comprenaient l'espagnol. Mais entre les paupières plissées des vieillards, un regard ironique accompagna la sortie de l'*adelantado*.

Toute l'assemblée s'était levée. Le bruit des bancs remués rendait vaine la poursuite du sermon. Assourdi par le coup qui l'avait frappé, Angelo descendit de la chaire et s'enfuit derrière l'autel pour éviter les hypocrites considérations des fidèles, surtout des dames. Il savait qu'on lui donnait tort. C'était lui qui avait provoqué Don Fernando. Il sortit par la porte de la sacristie, après avoir enlevé les ornements qu'il replia dans une mallette. Un jeune Indien, qu'il avait baptisé Cristobal et lui servait à la fois d'enfant de chœur, de diacre et de serviteur, conduisait à grands claquements de langue la mule chargée de leurs provisions, et le suivait lentement, tandis qu'il cheminait, absorbé dans sa douleur, jusqu'à la tour de bois qui marquait l'entrée de la ville.

Comme ils parvenaient au poste de garde où commençait le sentier à peine tracé qui les conduirait en plusieurs semaines jusqu'à la mission et la côte, une femme apparut, le buste nu — et Angelo détourna les yeux de ces seins fermes, dont la peau était assombrie par le jus de génipat, qui pointaient avec l'arrogance de l'innocence vers lui. Cristobal eut un petit soupir de surprise, et se signa précipitamment en reculant.

La femme n'était sans doute plus toute jeune. Malgré lui, le regard d'Angelo, sous son capuchon, revenait sur cette maturité épanouie qui s'offrait, ces seins lourds à l'aréole brune percée d'une fibule d'argent ; les jambes, enveloppées, probablement pour obéir aux ordres des missionnaires, d'une couverture en fils d'aloès, avaient la forme parfaite et généreuse d'une amphore. Et Angelo se mit à prier intérieurement, car cette femme au regard noir insolent, aux longs cheveux épais, luisants, qui lui tombaient jusqu'à la taille, il la trouvait terriblement attirante, dans sa demi-nudité sauvage. Et ce visage aux pommettes hautes, à la bouche dédaigneuse, ces traits orientaux, comme esquissés plus que dessinés, ce nez presque épaté, cette expression tout à la fois indifférente et passionnée de madone indienne, il était sûr de les avoir déjà vus — en rêve, peut-être.

Tout d'un coup, s'agenouillant dans le chemin, la femme lui prit les mains et les baisa avec avidité, en entrecoupant d'un flot de paroles cet hommage inattendu. Cristobal, un peu en retrait, traduisait en fronçant le nez :

« Elle dit qu'elle sait ce que tu as crié à l'église. Et elle veut te remercier, *Padre.* »

Il la fit relever. En se penchant sur elle, il sentit son odeur, forte et sucrée comme la mangue.

« Va ton chemin, mon enfant. Que le Christ soit avec toi et tes frères ! »

Une fois debout, elle lui passa au cou un collier de coquillages.

Ils reprirent leur route. Les coquillages tressautaient sur le froc. Angelo, troublé par cette rencontre, gardait le silence. Cristobal, quand ils se furent un peu éloignés d'elle, murmura à son oreille dans son espagnol enfantin :

« *Padre*, fais attention. Je la connais, elle vient de la mission. C'est une sorcière. Une sorcière. Une sorcière très puissante, *Padre*... »

L'enfant paraissait bouleversé. Angelo arracha le collier de son cou, et l'enfouit dans sa poche en se promettant bien de le brûler plus tard, après l'avoir exorcisé.

Mais il n'avait pas osé le jeter, parce que, à travers les fougères géantes qui envahissaient le chemin, il distinguait la forme de sa donatrice, confondue dans la végétation ocellée de soleil, qui les suivait à distance.

« Oui, mon cher Annibal, j'ai découvert ma Terre promise. Chacun a peut-être la sienne ; et la tienne se cache sans doute dans les rochers lointains d'une des Vierges peintes du grand Léonard. Mais la Terre promise n'est ni le repos ni la paix ; elle se conquiert par l'effort et la passion.

Avant de partir pour le Nouveau Monde, j'avais lu chez Thomas More la description de l'île d'Utopia. Le courageux adversaire du schisme d'Henry d'Angleterre, qui paya de sa vie sa fidélité à l'Église romaine, en imaginant ses Utopiens, n'a peut-être fait que répéter les récits de Vespucci et d'autres découvreurs du Nouveau Monde : les repas en commun, les maisons aux portes toujours ouvertes, les fiancés montrés nus l'un à l'autre avant le mariage ; jusqu'aux vêtements de plumes, j'ai tout retrouvé chez les Indiens.

Je l'ai compris lors de mon passage par l'Espagne, en ces couvents réformés par Ximenes de Cisneros, où j'ai appris mes rudiments d'espagnol : la vocation de notre ordre est de réaliser au Nouveau Monde ce rêve d'égalité, de pauvreté évangélique, dont les naturels semblent avoir eu la prescience ; à leur vie simple, patriarcale, qui ignore l'argent, le travail contre salaire, où nulle ambition ne se manifeste, il ne manquait qu'un couronnement : la connaissance de la vrai foi. Notre Église doit protéger les Indiens et leur naturelle bonté contre la cupidité folle des colons qui détruisent les villages, les traditions, et au lieu de couronner l'ouvrage de Dieu, le rasent jusqu'à la base.

Il y a plus de quinze ans que les douze premiers missionnaires frères mineurs ont débarqué en Nouvelle-Espagne. Fray Juan de Quevedo a été le premier évêque de la Castille d'Or, en terre ferme, dès l'an 1514. Et Fray Martin de Valencia fut le premier custode des franciscains de Veracruz. Cette custodie du saint Évangile fut toujours hantée par les idées « séraphiques » ; l'Apocalypse et le Millénaire habitaient ces couvents observants d'Espagne et de Flandre dont les douze étaient originaires. Notre vocation errante et missionnaire a trouvé en ces immenses pays le lieu de sa mise en œuvre. Et notre pauvreté, qui nous plaçait d'égal à égal avec l'Indien, fit de nous les meilleurs propagandistes d'une foi sincèrement acceptée, au point que je dois tous les jours réprimer les excès de piété auxquels se livrent nos nouveaux convertis.

Non que je veuille nier l'action des frères prêcheurs, des dominicains des îles et de Mexico, parmi lesquels brillent d'une lumière particulièrement éclatante le courage et la science de Bartolomé de Las Casas. Mais il est bien vrai que le premier évêque de Mexico, depuis dix ans, Fray Juan de Zumarraga, est aussi un frère mineur.

Bienheureuse pauvreté, sainte simplicité, qui nous ont ouvert le cœur des Indiens, depuis les montagnes du Mexique jusqu'aux eaux troubles du Rio de La Plata ! *Idiota et subditus omnibus* — La sincérité d'un idiot qui se met au service de tous —, jamais notre devise ne fut plus juste qu'ici.

Terre promise, Nouvelle Jérusalem, Nouveau Monde : ces terres, ces peuples existaient en idée en notre ordre bien avant d'être découverts. Christophe Colomb lui-même, le grand découvreur, en ouvrant la porte de la mer Occidentale, savait qu'il obéissait à ce mystérieux plan divin : c'est parce qu'il fut un grand mystique qu'il accomplit ses voyages. J'ai d'ailleurs retrouvé trace de son passage dans nos couvents d'Espagne, et les vieux moines se souviennent encore d'avoir scruté avec lui les dires mystérieux de Joachim de Fiore, et cet *Opus majus* de notre frère Roger Bacon, où est annoncée la découverte des Indes occidentales. Ce Nouveau Monde, ce signe éclatant accordé à notre siècle par la libéralité divine, est l'annonce de la fin du monde que nous avons connu.

Les origines et la fin se touchent : et cette Église pauvre du Nouveau Monde que nous bâtissons à présent retrouve la simplicité de la primitive Église. Ce Nouveau Monde qui semblait soupirer après le Christ avant même de le connaître, qui rêvait de lui — car les Indiens connaissaient le déluge, Adam et Ève, et la confession —, s'est littéralement jeté dans nos bras ; plus de six millions d'Indiens ont déjà été baptisés par notre poignée de missionnaires.

« *Genus angelicum* », « une race angélique », vivant dans la nudité de nos parents Adam et Ève, voilà ce que nous avons trouvé ici, et nous devons protéger, comme des pères attentifs, ces grands enfants. Les grands prédicateurs de l'ordre de saint Dominique, que j'ai entendus en Espagne, comme Vitoria, ont eu des paroles inspirées pour contester le droit des Espagnols à s'emparer des Indes, paroles de juristes ; ils ont été jusqu'à contester les traités par lesquels Sa Sainteté le pape a confié à l'Espagne et au Portugal toutes les terres situées au-delà du Grand Océan. Au contraire, notre ordre a approuvé la conquête, y a participé. Mais c'est pour mieux la contrôler ; pour mieux surveiller les colons ; pour protéger les indigènes. Il est bien juste et beau, comme Vitoria, de proclamer les droits individuels des Indiens depuis sa chaire d'université espagnole ; il est encore plus juste de concevoir que les définitions théoriques, tirées d'Aristote ou de saint Thomas, sur l'égalité de la race indienne avec la nôtre, ne servent à rien sur place ; nous, les franciscains, sommes les instruments de l'empereur et roi. C'est lui, en vertu du « patronage royal », qui nomme et paie tous les prêtres du Nouveau Monde. Cette égalité théorique, qui n'est que le voile de l'inégalité et du pillage, est en réalité la licence donnée à chaque colon de traiter comme il l'entend les indigènes. Mais la sagesse impériale, en nous confiant, à nous les petits-fils de saint François, la protection des Indiens, en nous les soumettant comme à des pères leurs enfants, a remédié à cette hypocrisie. Non, l'Indien n'est pas encore notre égal. Il est à la fois plus et moins : plus par la simplicité de ses mœurs et de son cœur, moins par la méconnaissance de l'Évangile.

Qu'ont apporté les colons à ces pays ? Les plaies du Nouveau Monde ont accompagné leurs pas : le sang des rivières et les massacres de la conquête, la sécheresse, les impôts et taxes exorbitantes, le travail des mines ou de l'édification des villes, qui a décimé la population, l'esclavage parfois, en dépit des ordres de notre souverain et de l'interdiction formulée par lui et par les plus hautes autorités spirituelles d'Espagne ; et encore les guerres intestines entre nous et avec les Portugais ; et encore l'épidémie affreuse qui emporta presque tous les Mexicains, qu'introduisit un nègre de Narváez, quand il débarqua pour attaquer Cortés.

Nous sommes au Nouveau Monde pour nous interposer entre ces colons avides et ces enfants désarmés, crédules, que sont les indigènes ; pour les gouverner à leur place, et pour étendre sur eux, inviolable barrière, la laine du manteau de notre ordre. Un jour, nous obtiendrons l'interdiction de toute relation ou contrat directs entre l'Indien et le colon.

J'ai souvent pleuré de joie depuis mon arrivée dans ces terres vierges, d'abord en Nouvelle-Espagne, il y a six ans, puis, et surtout, dans cette extrémité du monde, cette toute récente colonie du Rio de La Plata, où mes supérieurs, sensibles à mes prières, m'ont envoyé. Plus encore que Mexico, où la corruption a envahi, à la suite des Espagnols, les malheureux habitants, cette calme campagne où je vis à présent, encore tout près de l'innocence primitive, s'est révélée un asile de pureté, le reflet d'un Éden que je croyais perdu.

Telles sont la simplicité, et la pureté d'âme, chez les vieillards indigènes, qu'ils ne savent même pas comment pécher, et qu'ils sont bien embarrassés de me confesser des fautes dont ils n'ont même pas idée. La timidité naïve de ces Indiens est chose incroyable, et d'une grande douceur à mon cœur. Le père Las Casas l'a démontré, la théorie de l'esclavage naturel, tirée d'Aristote, ne s'applique pas aux Indiens ; on ne saurait les réduire en servitude, au contraire des nègres ou des Maures. Pourtant, comme le dit le même Stagirite, les formes inférieures de la vie doivent être soumises à la protection des plus fortes ; et qui peut nier que par la stature, le courage, la ruse, nous soyons supérieurs aux Indiens ? C'est bien pourquoi il faut éviter que cette infériorité ne les réduise à la disparition, dans le combat inégal pour l'existence.

Mon arrivée au Nouveau Monde : il me semble que c'était il y a des siècles. J'ai tant appris, tant voyagé, cher Annibal, depuis nos retrouvailles ! Comment ai-je abouti sur ce rivage désert, à des dizaines de lieues d'Asunción, où sont établis le fort et la mission ? Par la grâce démêlante de Dieu, qui sait trier les fils de la destinée et user du concours des hasards. Souvent, cette vie, la mienne, hachée de guerres, exil perpétuel, me paraissait n'avoir aucun sens ; pur jouet des vents de la contingence, ballottée au hasard des sièges et des batailles qui ont ruiné ma patrie, mon existence, avant de découvrir l'appel du Nouveau Monde, m'apparaissait futile et vaine. Ici, elle a pris son poids, son sens. Penser qu'il m'a fallu aller chez les Maures, y rencontrer le grand Cortés, pour que je prenne conscience de ma place dans cette croisade, bien plus ambitieuse que celles des siècles passés, qu'est la conquête !

J'ai connu bien des peuples, depuis Tunis ; et j'ai reconnu dans le cours de mes voyages, dans celui de ma vie entière, que j'étais désigné comme celui qui appelle au festin de Dieu les convives récalcitrants. La parabole de Luc, celle des invités qui se dérobent au souper où ils sont conviés et des pauvres estropiés qui les remplacent, ajoute l'ordre suivant : « Va-t'en par les chemins et le long des clôtures, et fais entrer les gens de force, afin que ma maison se remplisse. » La maison, c'est l'Église. Le maître et hôte, le Christ ; et le souper auquel il invite est le banquet du bonheur éternel, au ciel. Son heure, la fin du monde. « Va-t'en par les chemins », n'est-ce pas l'appel lancé à Colomb et Cortés, les grands chemins humides de la mer océane ? « Et fais entrer les gens de force... », pour leur bonheur, dans le repas de la foi. Quand j'étais étudiant à Rome, la doctrine officielle de mes maîtres interprétait les trois invitations de la parabole ainsi : les premiers conviés, ce furent les Juifs, tes compatriotes, qui eurent la chance de naître près de la Table, et déclinèrent, par pure perfidie, l'invitation ; les seconds, ce furent les Mahométans, pauvres estropiés de la foi, qu'il faut réduire de bon ou mauvais gré à la religion véritable ; les troisièmes, les Gentils, les peuples idolâtres, qu'on ne peut traiter de perfides, puisqu'ils n'ont pas méprisé l'Écriture offerte, comme les Juifs et les sectateurs de Mahomet, mais l'ont simplement ignorée. Pour eux aussi l'usage de la force est parfois nécessaire, mais il n'y a nulle malignité dans leur refus, au contraire des Infidèles maures et juifs.

Les Juifs, à travers toi, les Maures, lors du siège de Tunis, les Gentils, ici au Nouveau Monde, se sont succédé dans mon existence. Mais je sais maintenant que ce n'est pas la conversion des Juifs, ni celle des Maures, qui sera l'annonce du Jugement. Le repas ne peut commencer qu'une fois la maison pleine ; et cette même maison à la taille du globe, ce règne du Christ, par une monarchie universelle de l'empereur, il lui faut les multitudes brunes du Nouveau Monde pour les remplir.

Tu sais déjà comment je rencontrai la grande idée de cet empire du Christ incarnée par notre empereur Charles Quint. *Plus ultra :* cette devise que sondait son regard d'aigle, toujours plus loin, m'a entraîné à sa suite. C'était l'an 1534, et je n'avais pas revu la cour impériale depuis ma première audience, en compagnie du maître Cellini. Le pape Clément, dont le pontificat fut si cruel pour l'Église, venait enfin d'achever son errante existence. Le couronnement de Sa Sainteté Paul III apparaissait à tous comme le signe d'un renouveau de l'Église... »

Les cloches sonnent. Elles sonnent à la volée, à assourdir le passant, à se décrocher le battant, toutes les cloches de Rome ; celles de Saint-Pierre, graves, étouffées, comme celles de toute la couronne d'églises des collines. Et le vaste amphithéâtre de la cité résonne comme un gong à ces voix de bronze.

C'était la première fois qu'Angelo assistait à un couronnement papal. Les frocs sombres des franciscains, autour de leur ministre général, faisaient une tache de brun dans le cortège tout emplumé, resplendissant au soleil de dorures et de couleurs, qui célébrait le Saint-Père nouvellement élu, Alexandre Farnèse, qui a pris le nom de Paul. Sur la route du cortège, trois arcs de triomphe célébraient, non les dieux de l'Olympe ou les allégories païennes, comme ce fut trop souvent le cas sous les papes Médicis, mais l'Église et la Foi. On savait le nouveau pape proche à la fois des humanistes et des nouveaux spirituels comme Sadolet. Et de plus, il venait d'abolir les douanes que les habitants de la Ville éternelle subissaient depuis Sixte IV. Il n'en fallait pas plus pour le rendre populaire ; et la foule en liesse contemplait ce vieillard qui semblait, sous son dais, pâle et épuisé, mais dont les petits yeux brillants, au-dessus de la *mozzetta*, le col rouge brodé d'hermine, et de la longue barbe grise, dénotaient une volonté de fer. Il avait failli devenir pape lors de l'élection précédente, et ne s'était jamais consolé, comme il le disait lui-même de sa voix blanche et faible de vieillard économe de ses forces, d'avoir perdu par la faute de ce Clément dix ans de pontificat.

Par Pietro Bembo, l'humaniste, qui saluait bien haut la Sainteté nouvelle, par le général de son ordre et par le souvenir de sa captivité en commun avec le futur Paul III au château Saint-Ange, le jeune franciscain touchait trois fois à la cour pontificale. Il arrivait à l'âge où les relations, en s'accumulant, mettent au seuil de tous les pouvoirs, pensait-il avec un peu de mélancolie, tandis que le cortège quittait enfin la place encombrée de vivats, après le couronnement dans la basilique du successeur de saint Pierre par les trois évêques d'Ostie, Albano et Porto. Son enfance, son désir de pureté ermite revenaient à Angelo : la naïveté de ses rêves évangéliques avait été durement secouée par les duretés de la vie. Mais il lui restait un enthousiasme intact, à voir ce vieillard sagace et inspiré succéder enfin au pape du lucre et du plaisir.

Plus d'un millier de cavaliers accompagnaient le pontife entre le Vatican et le Latran, tandis qu'il traversait sa ville. Des enfants sortaient de merveilleuses machines représentant le globe, qui s'ouvraient comme des fleurs, et adressaient d'une voix suraiguë des compliments en latin au nouvel élu. En tête du cortège venait le cheval du pape, sans cavalier, conduit par le sénateur de la ville et les conservateurs de la Chambre, puis, après un bouquet de grandes bannières rouges, les curialistes, les abbés du dehors en surplis et rochet, les évêques, les archevêques, les vingt abbés de la ville et les officiers des cardinaux, portant en croupe la valise de cuir rouge insigne de la dignité de leur maître, le barbier du pape, son tailleur, le gonfalonier de Rome avec l'étendard à la devise SPQR de la ville. Les couleurs — blanc et noir des moines, violet des évêques, or abbatial, rouge des cardinaux, blanc du boucassin dont les chevaux étaient couverts, juste devant le pape — flambaient au soleil pur de novembre.

Arrivée au coin du pont Saint-Ange, la partie du cortège où se trouvait Angelo, qui avait toutes les peines à maîtriser sa mule, s'immobilisa brusquement pour éviter de bousculer le rang précédent ; tout le long serpent éblouissant s'arrêta au milieu d'un silence soudain. Angelo, curieux, se dressa sur ses étriers ; l'homme chargé, à mesure que le cortège avançait, de jeter les pièces à la foule, carlins, liards et deniers, avait lui-même interrompu son geste de semeur tintinnabulant. Un groupe d'hommes en noir portant la rouelle venait de barrer le chemin du pape. Et ils élevaient au-dessus de leur tête, gravement, les volumes et les rouleaux de leur loi.

« Bienheureux Père, nous, Hébreux, au nom de notre Synagogue, nous vous supplions de renouveler la confirmation du respect que vous portez à la loi mosaïque, comme tous les pontifes vos prédécesseurs l'ont fait... Voici notre vieille mère à tous, la Torah. »

Ce discours était de tradition : le pape écoutait en se caressant la barbe. Calixte II, quatre siècles plus tôt, leur avait accordé une Constitution libérale qui les protégeait ; il répondit brièvement de sa voix sans timbre, réplique qui était elle aussi écrite d'avance :

« Nous approuvons et confirmons la Loi. Mais nous regrettons votre façon de l'interpréter et de la comprendre. Il est arrivé, ce Messie que vous attendez encore... »

Et cette rencontre entre la vieille Synagogue, percluse de douleurs et de persécutions, et sa fille triomphante, l'Église catholique et romaine, fit venir des larmes aux yeux d'Angelo.

Il songeait à son ami Annibal, disparu, englouti par les désordres de la guerre depuis près de cinq ans.

Ce fut au camp de Tunis que l'Illumination lui vint, lui montrant la voie.

Angelo n'avait jamais quitté l'Italie. Quand la nouvelle se répandit que l'empereur lui-même, avec une armée gigantesque portée par une flotte innombrable, faisait voile vers la Sicile, afin d'attaquer l'Afrique, il se rendit à Cagliari, en Sardaigne, où Charles avait rassemblé ses navires. Il n'eut qu'à suivre le détachement pontifical qui, avec les chevaliers de Saint-Jean, se joignait à la croisade.

On était en avril : la flotte, soixante-dix galères impériales, plus de trente vaisseaux portugais et seize galères génoises, commandée par Andrea Doria, se balançait doucement dans la rade. Les chevaliers allemands, en armure de parade, la noblesse bourguignonne, espagnole, dont les chevaux entravés encombraient les ponts, était accourue ; Charles soldait bien, grâce à l'or nouvellement découvert au Pérou. L'Ouest payait la croisade contre le Sud ; aussi vingt-cinq mille mercenaires, soudards espagnols et italiens, lansquenets, avaient-ils embarqué à leur tour. Et, quand on prit le large, on vit ces rudes statures penchées sur le plat-bord, le visage blême, crachant leur peur animale de la mer, eux dont tous les ancêtres furent paysans, qui avaient horreur de l'eau — pour en boire comme pour se laver.

Ils parvinrent près de Tunis. Le premier soir, Angelo, qui appartenait à présent à la suite du chapelain impérial, était debout devant la tente où il venait de dire ses vêpres. Le soleil couchant, en volant sur les flots céruléens, illuminait derrière lui, au-delà du marécage d'Utique, la pointe rocheuse où les musulmans adoraient, dans un minuscule marabout de pierre blanchi à la chaux, le saint Sidi Bou Saïd. Mais Angelo, depuis ce tumulus carthaginois posé au bord de la mer, était tourné vers un spectacle qu'il avait déjà vu, celui d'une ville, grande bête maladroite entravée dans ses remparts, qui se défend contre les colonnes de fourmis des assiégeants. À ses pieds, le débarquement des hommes, des bêtes, des armes ne discontinuait pas, dans l'ovale du port antique de Carthage. Ce n'était pas Tunis, qu'on voyait à peine, au fond, au sud, ligne de fortifications qu'on eût dit flotter, ocre, au-dessus de l'eau violette, que l'armée menaçait, mais La Goulette.

Tapi comme une tortue à l'abri de ses murailles jaunes entre la lagune et la mer, le vieux port résistait vaillamment. De petits nuages de fumée, des hourras lointains parvenaient au jeune franciscain. Un roulement continu de bruits sourds était porté par l'air brûlant de juin. Les navires impériaux, qui reprenaient la mer à grands coups de rame ou en levant la voile dès qu'ils avaient vomi leur contenu sur le continent, s'étaient alignés, petites maquettes traversées par les rayons du couchant, en arc de cercle, autour de La Goulette ; et ils pratiquaient depuis six heures le premier bombardement systématique de l'histoire. Car Charles avait amené avec lui la flotte de vaisseaux ronds, à haut bord et canons de sabord, qui avait conquis le Nouveau Monde.

Là-bas, les *terceros* du marquis del Vasto, ou Guasto, comme disaient les Italiens, enfonçaient leur colonne en hérisson dans les brèches des murailles. La présence de l'empereur, pour la première fois, sur un champ de bataille, électrisait les troupes. Angelo distinguait à peine l'armure et le panache blancs de Charles, à cheval, un peu en retrait ; et la silhouette impériale, entre ces deux miroirs d'eau, la lagune et la mer, se détachait sur la traînée de feu qui prenait en écharpe les eaux sombres. Avec lui, Charles Quint avait Andrea Doria, capitaine de la flotte, tout emplumé de rouge.

N'y tenant plus, Angelo, relevant son froc, se mit à courir vers la bataille. Il cheminait à travers les vergers d'orangers et de citronniers aux ombres allongées, en enjambant péniblement les petits canaux d'irrigation et en s'enfonçant parfois dans la terre molle.

Soudain, il entendit, tout près de lui, un bruit de pas précipités, suivi d'un choc sur du métal et d'un cri terrible qui couvrit la rumeur lointaine du combat. Il s'approcha prudemment, en se dissimulant derrière les troncs noueux des oliviers, qui, dans les fausses lumières du couchant, ressemblaient à des animaux fantastiques. Enfin, entre deux arbres, il aperçut un homme en armure, debout, qui faisait face, assisté d'un jeune page, à trois Morisques en djellaba blanche. L'un d'eux s'apprêtait à porter, de son cimeterre recourbé, le coup final à ce chevalier, quand Angelo, presque malgré lui, poussa un vigoureux « Mère de Dieu ! » en italien ; le chevalier répondit aussitôt en hurlant, sous sa visière, un « *Santiago !* » — « Saint Jacques ! » — espagnol et énergique. Les Maures, qui n'étaient pas des janissaires turcs, mais des paysans qui profitaient des combats pour voler les isolés, s'enfuirent aussitôt dans un concert de branches brisées.

Angelo s'approcha. Le chevalier, que son page avait étendu, la tête reposant sur la banquette de terre qui fermait le canal d'irrigation, souleva sa visière en l'entendant. Il avait été blessé à la jointure de la *salade*, le casque espagnol, et un peu de sang coulait dans sa barbe grise.

Angelo n'avait jamais vu pareille armure, ni semblable page. Il se frotta les yeux, se crut victime d'un enchantement.

« *Muchas gracias,* seigneur religieux. Sans vous, c'était fini pour Hernando Cortés », fit la bouche, trou noir sous le casque qui maintenait dans l'obscurité le visage de l'homme.

Le chevalier s'était exprimé en espagnol.

Angelo connaissait ce nom. Les *cartas de relaciones,* les lettres envoyées à Charles Quint par le conquérant du Nouveau Monde, avaient été publiées et traduites dans toute l'Europe.

« C'est le Christ qu'il convient de remercier, sanctifié soit Son Nom », répondit-il en latin.

Son vis-à-vis — car il s'était penché sur le *hidalgo* blessé et, aidé par le page, il tentait à présent de défaire l'armure — comprenait la langue de Virgile, qu'il avait apprise lors de ses études à Salamanque.

« *Ita, pater* », « Oui, mon père », répliqua la voix rauque qui avait commandé à des millions d'Indiens.

Puis Cortés se mit à prier, et Angelo accompagna sa prière.

Non, il n'avait jamais vu armure pareille. Toutes les pièces, maintenant détachées, qui gisaient à terre, brillaient d'un éclat inaccoutumé. Car les deux moitiés du corset, le casque, jusqu'aux gantelets de métal articulé, tout cela était fait d'un alliage d'argent et d'or durci par le mélange à d'autres métaux ; cette armure de vermeil, faite des pépites arrachées par les orpailleurs aux rivières de la Nouvelle-Espagne, avait évidemment attiré les pillards.

Le page n'était pas moins étrange. Il s'était présenté lui-même : « *Inca Garsilaso de La Vega.* » Angelo s'étonna de l'étrange prénom, du nom espagnol ; dans l'obscurité qui brouillait les visages, il l'avait d'abord pris pour un Maure. Mais le page était vêtu à l'espagnole. Sur sa face brune aux cheveux noirs lustrés, sous des pommettes saillantes, le nez aplati et les yeux au regard à peine bridé dénonçaient une origine asiatique. Surtout, enchâssé dans sa lèvre inférieure, où il ressortait comme un abcès de pierre sur la peau ocre (Angelo le prit d'abord pour une tumeur), un caillou aux reflets crépusculaires, une obsidienne noire et brillante, avait été inséré dans les chairs. L'opération, faite il y avait bien longtemps, était totalement cicatrisée, peut-être depuis l'enfance. Malgré cela, Angelo dans la nuit qui tombait ne pouvait se retenir d'une certaine horreur, il ne s'imaginait pas qu'un tel bijou pût être indolore.

C'est ainsi qu'Angelo de Giminiano fit la connaissance du grand Hernán Cortés, le nouveau Moïse. Toute la nuit, escorté par la fièvre, le conquistador se confia au prêtre. L'immensité de son orgueil et de sa foi se déployait dans son délire, et le jeune franciscain écoutait cette confession, dite presque avec morgue ; cette scène était terrible : eux trois autour d'un feu misérable ; ce grand corps abandonné qui avait tant fait pour le Christ, et qui se mourait peut-être dans une obscure échauffourée, lui qui avait conquis un continent nouveau à l'Église, lui qui avait tant de fois échappé aux sabres et aux sarbacanes indiennes, finirait peut-être là, en terre africaine, à des milliers de lieues de son val riant et prospère d'Oaxaca, dont l'empereur l'avait nommé marquis.

« Si tu savais, moinillon, la méchanceté et l'ingratitude du monde… Les intrigues à la cour… Mon principal ennemi, ça a été l'Espagne. D'abord le gouverneur de Cuba, Velázquez, qui a tant fait pour me confisquer mes victoires. Et puis ma femme, Catalina, l'évêque Fonseca, qui intriguait à Valladolid tandis que je combattais, les robins du Conseil des Indes, et le vice-roi nommé par l'empereur, il y a dix ans, qui m'a frustré de mon pouvoir...

— Reposez-vous. Ayez confiance en Christ », répondait Angelo en bénissant ce front brûlant, sillonné de rides comme une grande carte de géographie trop souvent pliée et repliée, où les soucis de la conquête de la quatrième terre émergée avaient laissé leur marque.

Mais à cette heure tardive de la nuit, de cette vie brûlée par l'impatience, des flots d'indignation, de regrets, des accès de fiel montaient avec la marée du désespoir.

« J'ai vu clairement l'avenir. L'Espagne sera reconquise par les Maures, Constantinople est tombée ; la chrétienté se retrouvera dans le Nouveau Monde, comme la femme de l'Apocalypse au désert... Moi qui avais donné un second empire à Charles, on m'a destitué... Je suis venu plaider ma cause devant le Conseil des Indes. Quand j'ai vu César, à Barcelone, où il rassemblait l'armée, il m'a embrassé, comme Ferdinand et Isabelle avaient embrassé Colomb. Terres inconnues, trésors fabuleux, millions de nouveaux sujets, j'aurais dû garder tout cela pour moi... Hernán Cortés, empereur du Nouveau Monde ! Qu'en dis-tu, moinillon ? »

Il agrippait le bord du froc, quêtait une approbation. À d'autres moments, il ressassait des épisodes de la dure marche sur Mexico, la *Noche triste*, où il avait dû quitter la ville, défait par la foule des Indiens, et où il avait pleuré en contemplant d'une colline la grande cité lacustre. Des secrets de politique, des bribes de grands projets fusaient de sa bouche. Et Angelo — était-ce du fait de l'humidité ou de la peur ? — tremblait en entendant ces terribles confidences, et fouillait du regard les vergers assombris, craignant qu'on l'entendît.

« On aurait pu s'arranger. Charles n'avait qu'à se faire nommer empereur des Indes, et me laisser à moi la vice-royauté, là-bas. Au lieu de cela, ce ridicule hochet, ce marquisat del Valle... »

Et il tentait d'arracher son collier d'or, insigne de son titre, comme s'il le faisait étouffer. Le marquisat en question comptait cent mille Indiens.

Jeté d'un coup dans ces turbulences de paroles, Angelo

percevait que le conquistador blessé détenait un secret vital pour lui-même. Ces terres nouvelles, il en avait, comme tout le monde, entendu parler : les écrits de Colomb couraient le monde. La devise impériale, *Plus oultre,* qui l'avait amené au Sud, se dirigeait à présent, comme l'aiguille vers le pôle, à l'Ouest, là où des millions d'hommes vivaient l'aventure exaltante de la première rencontre avec le Christ.

Des paysages luxuriants, des pyramides ensanglantées, des soleils d'or et des lunes d'argent traversaient la nuit, portés par le verbe du conquistador. Son latin, quoique rude, était compréhensible ; depuis ses études de droit, Cortés n'avait jamais négligé de l'entretenir.

Il faisait de plus en plus chaud au camp de Carthage, et l'eau potable commençait à manquer. Charles hésitait, après la prise de La Goulette, devant l'attaque de Tunis. Il se souvenait trop bien du sort de saint Louis, battu sous les murailles de la ville. L'empereur se perdait dans ses rêves.

Comme Angelo, pour secouer la torpeur de bain brûlant, marchait un jour au bord de la lagune, dont l'odeur fétide, les algues épaisses cuisaient au soleil, il crut avoir une hallucination. Des bulles crevaient à la surface de l'eau croupie ; en pataugeant dans la vase, deux monstres dignes de l'Apocalypse émergeaient lentement, leur cuir noir constellé de taches de boue. Les deux êtres s'arrachèrent péniblement, avec des bruits de succion, au marécage, et se dirigèrent vers le chemin côtier. Angelo, pris par son effroi, était resté planté là, au bord de la lagune. Les visages des deux monstres étaient cachés sous un masque aux gros yeux de verre, un tuyau sortait de leur bouche et leurs pattes étaient palmées comme celles d'un canard. Ce ne fut qu'au moment où ils s'aidèrent l'un l'autre à retirer leur combinaison, après avoir détaché les sacs de lest qui les maintenaient sous l'eau, qu'Angelo reconnut qu'il s'agissait de deux hommes ; c'étaient des combattants de l'armée, auxquels l'état-major impérial faisait essayer une invention, longtemps demeurée à l'état d'ébauche, du grand Léonard. Celle de l'homme-grenouille. Charles espérait ainsi pouvoir faire approcher ses éclaireurs, à travers le lac, jusqu'au pied des murs de Tunis.

Le jeune moine continuait de fréquenter Hernán Cortés, marquis del Valle, qui considérait le franciscain comme son sauveur. Ce corps de muscles secs bourrelé de cicatrices, que les poisons du Nouveau Monde n'avaient pu abattre, se relevait avec rapidité de sa blessure. Angelo s'asseyait des heures à côté du marquis, et ne se lassait pas de ses récits. Depuis cette rencontre, qu'il considérait comme miraculeuse, sa pensée avait acquis, si l'on peut dire, une nouvelle dimension : celle d'un inconnu, d'un au-delà, non plus seulement placé au ciel, mais descendu sur terre, très loin vers le couchant. Toujours plus avant, jusqu'à l'infini : tout devenait infini sur cette terre bénie des Indes occidentales, le nombre des peuples, les richesses accumulées, les plaines sans fin et les fleuves démesurés, où d'une rive on ne pouvait même distinguer l'autre.

Était-ce la faute de cette Afrique, où le brûlant sirocco soufflait tous les soirs et faisait voler le sable jusque sur les tapis de la tente du marquis ? Son imagination, en cet extrême sud, s'enflait du vent qui, toujours plus loin, gonflait les voiles des vaisseaux atlantiques. Les noms mêmes des lieux, ces Antilles, cette Atlantide, venaient des souvenirs les plus lointains de l'humanité, de son rêve déçu de la Terre promise.

Enfin, au bout d'un mois de travaux préparatoires, Charles fit donner l'assaut à Tunis.

« Comme les deux pans d'un burnous », ainsi que le disaient les Arabes, la ville de Tunis étendait ses maisons blanches au-dessus de la ligne brune des murailles, aux flancs de deux collines basses, où les dômes des mosquées étaient de gros fruits blancs. Trois lieues séparaient la ville de La Goulette, en longeant la *bahira,* la nauséabonde lagune. Tout au long de cette plage fétide, un fil continu de combattants qui montaient à l'assaut, de blessés qui revenaient du camp, de bêtes de somme, reliait les combats à la flotte. Et la lagune sombre était couverte de barques, de brigantins, de petites galiotes qui faisaient penser à la brusque éclosion de milliers d'insectes venimeux.

Tunis, protégée du côté du continent par la dépression salée et désertique du Sejoumi, était faite comme une île. Ses remparts plongeaient dans l'eau boueuse, côté lagune. L'effort des Impériaux portait sur *Bab el-Bahr,* la porte de la Marine, tournée vers eux. Effort désespéré : depuis plus de vingt ans, les Espagnols avaient tenté de soumettre l'Afrique du Nord en s'emparant d'Oran, de Tripoli, de Tremisen, et de la forteresse du Penon, qui paralysait Alger.

Mais tout avait changé avec l'arrivée des Turcs, dont Angelo distinguait les turbans à aigrettes, sur les remparts ; les Morisques traditionnels étaient de piètres combattants, mais ces nouveaux venus, arrivés à la suite des frères Barberousse, étaient d'une autre trempe.

Les frères Barberousse, dont le nom seul faisait horreur à tous, grâce à cette garde de janissaires fournie par Constantinople, avaient mis bas le sultan traditionnel Hafside de Tunis, Moulay Hassan. C'était comme corsaires que les deux frères avaient perpétré les pires atrocités contre les chrétiens. La course, l'enlèvement de libres citoyens pour les réduire en esclavage, ou les revendre aux frères mercédaires, ordre spécialisé dans ce commerce, étaient leur activité principale.

C'était pour libérer et venger leurs frères chrétiens que ces soldats de toutes les nations d'Europe s'élançaient au nom de la Croix. Angelo éprouvait le même sentiment qu'eux, tandis qu'il observait l'assaut. Ce vague désir de vengeance, ce parfum d'excitation qui lui montaient à la tête, il en reconnaissait l'origine. Il avait déjà, à Rome, éprouvé la même dilatation, le même enthousiasme aveugle, ceux du combattant enivré par la bataille. Pour échapper à la tentation funeste, la chaude soif de sang humain, qu'il avait connue quand il avait mis en joue le connétable de Bourbon sous les murs de la Ville éternelle, meurtre qu'il ne s'était jamais pardonné, et qu'il expiait par la discipline et le cilice qu'il portait, il se mit à prier, à genoux, pour s'occuper les mains et les retenir de saisir une arme, quelque espingole tombée des bras d'un *tercero* blessé ; et cette forme sombre, qui se détachait sur la dure pierraille, sous les coups répétés du soleil, étonnait les janissaires turcs eux-mêmes au haut de leur rempart.

Les armures étincelaient ; à mesure que le métal chauffait au soleil, elles devenaient, pour les malheureux chevaliers, des corsets de fer rouge où ils étouffaient. L'un après l'autre, les assauts étaient repoussés, et la vague espagnole retombait en fuyant à son point de départ, hors de la portée des canons de Barberousse. Enfin les Impériaux allaient renoncer pour ce jour-là, et déjà les soldats s'étendaient pour faire la sieste à l'abri des voiles des bateaux — se battre à l'heure la plus chaude était impensable —, quand un grand cri retentit à l'intérieur des murs, soulevant la chaleur poussiéreuse et brisant le calme de plomb de l'après-midi.

Les soldats de Charles, réveillés par cette clameur inattendue, se relevèrent ; ce grand hurlement sauvage poussé par mille gorges était sinistre sous ce soleil de plomb ; ce cri venait de derrière la vieille muraille, des ruelles sombres où s'entassaient les Morisques.

« Il se passe quelque chose à l'intérieur. On égorge peut-être les esclaves chrétiens... »

Cette idée les réveilla tout à fait. Ils coururent aux murailles, mais nul coup de canon, nulle arquebusade ne les accueillit. Les remparts étaient soudain désertés par les défenseurs.

Les soldats, et Angelo derrière eux, s'engagèrent dans la massive porte, dont ils venaient d'enfoncer les battants de bois. Une chicane transformait l'étroit passage en un sombre défilé sentant la pisse d'âne. La brusque obscurité fit buter Angelo contre le mur qui semblait boucher le corridor : en tâtonnant des mains sur la paroi, il se déplaça sur la droite ; et tout à coup, éblouissante de blancheur après cette ombre, Tunis s'offrit à lui.

Il était là, debout, à l'entrée des arcades recouvertes de palmes du souk el-Quemach, le souk aux étoffes, aux lourdes odeurs de teinture fraîche ; devant lui, les petites portes bleues, à droite et à gauche, entre les boutiques aux auvents rabattus, munies d'un heurtoir en main de Fatima, étaient hermétiquement closes. Déjà le pillage commençait, vers la Medersa où Ibn Khaldoun avait écrit ses *Prolégomènes* dans une cellule de bois de cèdre ; le réseau inextricable de murailles et de portes de la mosquée s'étendait un peu plus loin. Les défenseurs s'étaient évanouis.

« Kheredine Barberousse s'est enfui ! Il va probablement à Alger grâce à sa flotte. »

Le soldat qui jeta cette nouvelle était un officier italien, qui retournait au camp pour l'apporter. Des youyous de femmes commencèrent à s'élever ; les escouades impériales, qui occupaient les souks méthodiquement, défonçaient les portes à coups de pied.

Et c'est au coin d'un marabout, celui de Sidi Ben Arous, étrange salle funéraire ouverte au public et où le lit du saint était seul exposé, qu'Angelo faillit se casser le nez contre la carapace d'un soldat turc. Il tournait les talons, quand l'autre, le reconnaissant le premier, lui tomba dans les bras.

Il venait de retrouver Annibal.

Les deux amis restèrent longuement embrassés, tandis qu'autour d'eux le pillage élevait ses cris et ses flammes dans les ruelles ombrageuses. Angelo, s'il n'eût tâté de ses mains la bosse de son ancien camarade, aurait eu quelque peine à le reconnaître : ses souliers cloutés, destinés à escalader les murailles, son uniforme au pantalon flottant, son casque décoré d'une spirale de métal, son allure martiale lui donnaient l'air de s'être redressé, d'avoir forci et grandi.

Le premier geste d'Angelo, quand ils se furent longuement étreints, fut d'arracher son froc, et de le tendre, en chemise, à son compagnon ; son uniforme lui faisait courir mille risques. Des bandes de soldats espagnols passaient à chaque instant. Mais Annibal l'obligea à remettre son vêtement, et brandit un laissez-passer signé du marquis del Vasto, commandant l'armée impériale.

« Ne crains rien pour moi, je suis protégé par l'état-major. Ne sais-tu pas que c'est grâce à nous, les esclaves chrétiens, que l'empereur a remporté la victoire ? »

Leur révolte brutale, en assaillant par-derrière l'armée de Barberousse, avait mis ce dernier en fuite.

« Annibal, cet uniforme ! Étais-tu un renégat ? »

On savait les sultans, leur *aga*, le général des janissaires, grands appréciateurs de cette sorte de chrétiens. Les janissaires étaient en majorité de jeunes Grecs et Italiens enlevés dès leur âge le plus tendre, et voués à la vie militaire.

Plus tard, à l'abri, ils causèrent :

« Tu n'as pas renié Notre Sauveur, au moins ?

— Pardonne-moi, frère. Je n'allais pas mourir pour une querelle sur le fait de savoir si Dieu a ou non un fils..., fit doucement Annibal. La première fois que j'ai vu Kheredine Barberousse, c'était juste après mon enlèvement par les rameurs de la chiourme lors du siège de Naples. Et dès la première rencontre, j'ai compris à qui j'avais affaire. Barberousse : imagine-toi un colosse à la barbe flamboyante, au teint de brique, et aux yeux, — c'est ce qui m'a frappé tout de suite quand on m'a poussé, enchaîné, en sa présence — aux yeux bleus de faïence, des yeux durs, résolus, pâles, des yeux d'assassin peut-être, mais pas des yeux de Maure, en tout cas. " Toi, là, le petit bossu... viens ici ! a-t-il crié d'une voix rauque en me désignant du bout de son fouet qu'il portait ordinairement au côté. Tu es un bon chrétien mangeur d'hosties, je suppose ? "

Toute sa cour a éclaté d'un rire servile. Il m'a pincé l'oreille, et, comme il était de bonne humeur, il a ajouté, à voix basse, pour moi seul, avec un regard circulaire sur ses officiers turcs : " Tu apprendras, petit, à renier le Christ et le baptême, toi aussi. Tu feras comme moi. " »

Annibal avait hésité devant cette joie grossière, cette complicité soudaine.

« Mais avec les jours, puis les mois passés, d'abord sur la galère du corsaire, et ensuite au palais de Tunis, j'ai appris à apprécier l'homme. Brutal, renégat sans doute, mais au fond brave garçon, avec très peu de scrupules. Lui et son frère, ils sont tous les deux des ex-chrétiens... »

Angelo s'exclama d'étonnement. Il ignorait que la terreur des chrétiens, le terrible Barberousse, était d'ascendance européenne, comme d'ailleurs beaucoup de vizirs et d'officiels de la cour du sultan.

« Crois-tu qu'il soit resté chrétien au fond de lui-même ? » demanda Angelo d'une voix blanche.

Il pensait à la foi d'Annibal lui-même.

« J'ai fait secrètement son portrait, avec une barbe blonde, et il m'en a été si reconnaissant qu'il m'a nommé *salka bachi*, porteur d'eau, c'est-à-dire lieutenant des janissaires ; et j'ai découvert que son armée était un nid de renégats. Lui-même et son frère Horuc, qui règne à Alger, sont de bons Siciliens. »

Le petit rire d'Annibal perçait le cœur d'Angelo. Son ami, c'était évident, avait été conquis par le cynisme ambiant de ce monde de reniement et de violence.

« Mais comment avez-vous mis Barberousse en déroute ?

— Tu vas voir que je ne suis pas si mauvais chrétien. Quand la flotte de Charles a débarqué à Carthage, Kheredine Bey m'a fait appeler. J'étais chargé de la garde des esclaves, qu'on avait rassemblés dans la Casbah. Il avait réuni tout son conseil. Les agas turcs, les grands cheikhs berbères, les cadis, tout cela s'éventait en mangeant des confitures de rose. Barberousse m'a regardé pensivement, et lentement il m'a dit d'une voix forte : " J'ai décidé de faire exécuter tous les esclaves chrétiens de la ville. L'armée de l'empereur risque de leur donner des idées. Obéiras-tu aux ordres ? "

Malgré moi, mon cœur s'est glacé. Cracher sur la croix ne me gêne pas, ni abjurer la Sainte Trinité. Mais là... il s'agissait d'égorger trente mille hommes, femmes et enfants. J'ai balbutié, hésité ; les renégats de sa suite étaient les plus acharnés, et, se léchant les doigts, parlaient froidement de brûler tout le monde. Les Morisques, eux, étaient plus modérés. J'avais fait la connaissance d'un pieux cheikh, Al Moçar, qui m'avait appris l'arabe et leur Alcoran. Il fut le seul à parler contre le massacre. " Ta prudence est infinie, puissant Barberousse ! Compte sur moi pour cette tâche, s'il le faut. Mais permets-moi de te supplier ; pardonne-leur la vie, et je formerai parmi eux un bataillon contre l'armée de Charles ", ai-je fini par articuler à mon tour, en touchant mon sabre courbe aux deux tranchants.

Cette ruse me permettrait toujours de gagner du temps. Barberousse renvoya la décision à plus tard. À peine revenu à la Casbah, j'ai rassemblé mes compagnons d'infortune ; parce qu'ils me croyaient passé aux Turcs, ils se mirent à crier, à pleurer et à me maudire, quand ils m'ont vu entrer dans la cour où ils se pressaient en agitant leurs fers.

Je les ai fait déchaîner, et je leur ai distribué des armes, que je leur ai recommandé de cacher jusqu'à mon signal.

Et quand l'armée de Barberousse a été tout entière aux

murailles, je l'ai donné, ce signal. Nous en avons égorgé par centaines, ces soldats de Mahomet. Les autres, surpris, ont fui par Bab el-Falla, qui n'a jamais mieux mérité son nom, la porte de la Déroute. Dis-moi, toi qui es un fin casuiste, à quel moment je me suis parjuré ? Quand j'ai abjuré la vraie foi, ou quand j'ai trahi mon serment de fidélité à Barberousse, en spéculant sur son humanité pour le poignarder dans le dos ?

— Un parjure a effacé l'autre », reconnut Angelo, en serrant bien fort le bras de son compagnon.

Angelo resta plusieurs mois à Tunis : il baptisait, convertissait et confessait les renégats. Le sultan Hafside, Moulay Hassan, avait été réinstallé sur son trône par Charles Quint, et, vassal de l'empereur, protégeait les chrétiens. Cortés, rétabli, était reparti avec la troupe impériale pour plaider sa cause à la cour, puis rejoindre ses terres du Mexique.

Les premiers temps, Annibal, qui parlait arabe, lui servit de cicérone et d'interprète. Il lui montrait la différence entre les minarets, les carrés, avec leurs pans décorés de faïence où couraient les arabesques bleues et vertes, et qui sont du rite malékite, et les octogonaux, que les Turcs de rite hanéfite avaient bâtis du temps de leur bref pachalik ; les palais et les mosquées, les souks à l'odeur épicée, les zaouias des confréries maraboutiques, les aqueducs, les citernes et les fontaines. Et Angelo s'extasiait devant ces témoignages d'une civilisation si différente de la sienne ; parfois, par Bab Jedid ou Bab Menara, ils sortaient prendre le frais sous les orangers près du grand bassin ; et Angelo racontait à Annibal ses vagues désirs de voyage, son rêve d'évangéliser les peuples lointains. Annibal, lui, ne songeait qu'à retourner en Italie.

« Tu comprends, Angelo, je ne peux être heureux qu'à Rome ou à Florence, ou encore à Venise. Là, on parle d'art, on choie les peintres. Ici, même la représentation du visage humain est interdite... »

Ils échangeaient ces propos en buvant du *kaffoué*, une boisson noire comme la nuit et brûlante comme les regards des dames voilées, qu'on leur versait très sucré dans de minuscules tasses ; ils étaient assis sur des coussins brodés, dans la cour du palais Ksar el-Benat, le palais des Trois-Filles, où ils logeaient tous deux, le propriétaire légitime ayant fui. Un jet d'eau, dans une vasque de marbre blanc montée sur une grêle colonne, clapotait et faisait briller sur le sol les dessins en étoiles formés de petits bouts de faïence taillés dans les rues par les enfants. Ou bien ils sortaient dans le souk Zitouna, où roulaient à terre les olives piétinées, ou dans les *kissaria,* ces étroites boutiques serrées dans un marché couvert, qui tiraient leur nom des anciens Césars et de leurs basiliques marchandes. La presse y était terrible, les vendeurs les accrochaient par l'épaule ; l'odeur des épices importées d'Orient — poivre, girofle, safran, cannelle et noix muscade —, des parfums — encens, benjoin et musc —, les appels des marchands, qui leur offraient pour les appâter d'acheter la verrerie de Venise ou les mousquets, formaient un tourbillon continuel.

Annibal emmena son ami chez le chérif qui avait parlé en défense des esclaves. Il habitait dans le quartier des Andalous, non loin de Bab Jedid ; ceux-ci, les Beni Saïd, les Beni Khaldoun, les Beni Yacoub, venaient d'Espagne, arrivés par vagues successives à mesure que s'étendait la *Reconquista.* C'étaient eux, lui expliqua Annibal, qui avaient apporté le secret du tissage de la soie, dont étaient faits les *sefsari* et les *ayar,* les voiles des dames nobles, les *foutas* légères qu'on passait sur le corps nu une fois rentré chez soi, et les *jebbas,* les tuniques des riches. Les tissus exposés dans les boutiques étaient lamés d'or et d'argent, et miroitaient tout au long du souk obscur comme une rivière au soleil. Après mille détours, ils frappèrent à une petite porte, dont les montants de grès roux étaient décorés de motifs floraux délicats. Derrière le battant, l'éternelle chicane ne laissait découvrir en face de soi que le mur d'un vestibule sombre où se tenait le gardien. Mais, dès qu'ils eurent tourné, l'espace intérieur, invisible de la rue grâce à ce sas du regard, déployait son faste tranquille où roucoulaient les colombes. À l'est de la cour, d'où il tirait sa lumière, le grand salon rectangulaire au plafond de cèdre peint et sculpté de rosaces des vents, servait de lieu de réception. Un tourniquet de bois ajouré, la *skifa,* séparait la partie des hommes du gynécée ;

Angelo approuvait cette disposition. D'ailleurs, avec son froc, il n'était pas si différent du chérif, en robe de laine rayée blanc et brun, qui leur servait à présent la *chorba,* la soupe aux pois chiches chauffée sur son canoun d'argile.

Leur hôte, jovial, chauve, barbu, dont les yeux doux allaient et venaient avec inquiétude — que dirait le quartier de cette visite de roumis ? —, leur montra tout.

« Là où est la coupole, la *kouba,* ce sont des bains, ici des magasins de bois et de blé, des jarres de Djerba pour l'huile, une écurie avec ses selles brodées pendues au mur. »

Derrière les fenêtres à grilles saillantes, des voix de femmes gloussaient. Ces rires chuchotés, la débauche des décors géométriques, floraux, arborescents, toute cette végétation de faïence, ces rinceaux et ces vases, ces cyprès et ces arceaux faisaient un peu tourner la tête. Les couleurs des mosaïques, bleu de cobalt, vert cuivré, jaune d'antimoine, les palmes, les roses et les pommes de pin peintes sur le plâtre repoussé dansaient la sarabande dans la lumière du soir. On avait allumé le grand lustre dans le salon. En les y introduisant, le cheikh désigna du doigt les épigraphes qui étaient gravées dans le stuc et couraient sur les murs.

« Ce sont des phrases de leur Alcoran. Et ce lustre aux douze lampes est pareil à celui de leur grande mosquée..., traduisait respectueusement Annibal.

— Que la lumière soit ! » répondit Angelo, car toutes les grandes religions monothéistes ont la même vénération pour la lumière.

Dans une niche, creusée à l'est, une grosse clef toute rouillée trônait sur un coussin. Le cheikh reprit son mystérieux bavardage :

« C'est la clef de la maison que sa famille possédait à Cordoue, il y a plusieurs siècles. Il compte bien y retourner un jour », continua Annibal.

Leur hôte était d'origine andalouse.

« Cette maison-ci a appartenu au grand Ibn Khaldoun, un de leurs écrivains », traduisit Annibal.

Angelo approuva de la tête ; à la Sapienza de Rome, on lui avait appris ce nom. Du respect lui venait pour cette culture si attachée au symbolisme de Dieu.

On leur servit quelques gouttes d'un liquide anisé, si fort qu'Angelo crut s'étouffer. Cela s'appelait *Al-Kohol.*

Et la controverse commença dans la douceur du soir. Annibal s'épuisait à la traduire. Angelo retrouvait ses habitudes de dispute scolastique.

« Croit-il en Jésus Notre Sauveur ? »

L'homme secoua la tête affirmativement.

« Jésus, qui s'appelle chez eux Isa, est leur quatrième prophète, après Abraham, Noé et Moïse ; il a une grande affection pour lui. Mais il n'est ni l'incarnation ni le fils de Dieu », fit Annibal.

Angelo se signa.

« Et d'ailleurs, s'il avait été Dieu, il aurait été impossible de le crucifier, continuait le cheikh, relayé par Annibal. Adorer la Croix est de l'idolâtrie... »

Angelo répliqua fermement :

« Vous refusez les saints, vous interdisez les peintures saintes et les images de Dieu, de Marie et de Jésus. Vous êtes pires que les luthériens ! »

Le cheikh se fit expliquer « luthérien », en haussant ses sourcils broussailleux pour marquer son ignorance.

« Dieu n'engendre pas, et n'est pas engendré, dit l'Alcoran. Dieu n'a ni famille ni visage..., précisa-t-il.

— Tu contestes le saint mystère de la Trinité, s'échauffa Angelo. Mais, Augustin l'a prouvé, Dieu est nécessairement trois et un à la fois...

— Écoute le Coran : " Ne dites pas : Trois, cessez de le faire. Ce sera mieux pour vous. Dieu est unique ! Gloire à lui ! Comment aurait-il eu un fils ? " » traduisait Annibal.

Angelo, qui se souvenait avoir étudié le *Dialogue entre un philosophe, un juif et un chrétien* d'Abélard, où le philosophe était musulman, entreprit de démontrer la supériorité de la théologie sur la philosophie de tous les Averroès.

Ces controverses, ils les reprirent souvent : l'ardeur d'Angelo aurait bien aimé être responsable de cette conversion notable. Mais le Maure discutait pour le simple plaisir de discuter, à perte de vue ; et il lui arrivait souvent de mettre en échec la dialectique d'Angelo. Celui-ci découvrait que pour convertir vraiment, il fallait cesser de présenter comme des évidences des vérités inconnues et indémontrables ; il fallait d'abord étudier les points de ressemblance entre les deux religions, pour ensuite ancrer la vraie foi dans l'océan du doute.

Angelo, au cours de sa cohabitation avec Annibal, avait été amené à fermer les yeux sur les multiples liaisons féminines que celui-ci, fidèle à la morale des ateliers d'artistes, entretenait avec des Maugrebines, dont les silhouettes voilées venaient frapper à leur porte, le soir, à l'heure où l'appel du muezzin pour la prière vidait les rues.

« Au moins, ne te crée pas un harem comme le Grand Turc, si tu ne peux te passer des femmes ! » soupirait-il de temps à autre.

Mais Annibal haussait les épaules.

« C'est naturel. Je rends hommage à la beauté dont le Dieu Créateur m'a frustré. C'est toi, Angelo, dont la chasteté forcée met en péril la santé. Prends garde, un jour, les femmes se vengeront de toi. Ne hantent-elles pas déjà tes songes ? »

Angelo riait jaune. Il était pourtant vrai que certaines nuits, quand l'étouffant sirocco le chassait jusqu'aux terrasses, à la recherche d'un peu de fraîcheur, il voyait une étrange figure se projeter sur ses paupières closes. C'était presque toujours une femme aux cheveux noir de jais, lisses et longs, au profil asiate, dont l'image venait alors le visiter. Ses traits ressemblaient à ceux du jeune serviteur de Cortés. Et quelque insondable malheur, pour lui-même ou pour l'Église, était inscrit dans ce regard placide, cette impassibilité de déesse du Nouveau Monde.

Avant qu'Annibal ne regagne l'Italie, ils descendirent, protégés par une escorte que leur avait donnée le cheikh, vers le Grand Sud. Annibal voulait connaître les lignes et les couloirs du désert. Ils gagnèrent, par petites étapes, en évitant la ville sainte de Kairouan, un golfe étiré au soleil. Une grande île toute plate, où les palmiers et les oliviers frissonnaient au vent du large, s'étendait à quelques encablures de la côte. Une digue, qui avait été autrefois bâtie pour la relier au continent, avait été détruite par les corsaires qui infestaient à présent la côte, pour leur éviter de se trouver prisonniers des flottes chrétiennes, quand elles descendaient jusque-là. Une barque leur fit passer le court détroit ; ils gagnèrent le centre de l'île, où les minarets et les blancs marabouts se nichaient entre les palmes ; Annibal recherchait certaine synagogue, dont leurs guides leur avaient annoncé la présence. Et en effet, ils découvrirent, à quelques pas d'une mosquée, cerné par l'islam de tous côtés, l'édifice sacré et très vieux, qui servait de pèlerinage à tous les Juifs de la région, le trente-troisième jour après la Pâque.

« Cette synagogue se nomme la *Ghriba* — la Merveilleuse — », leur dit un vieillard qui en gardait l'entrée.

Non sans répugnance, Angelo accepta, à l'imitation d'Annibal, de coiffer une calotte crasseuse pour pénétrer dans la grande salle ; des estrades de bois peint en bleu, d'où se faisait la lecture des livres saints, des lampes de cuivre repoussé, des tapis poussiéreux ornaient la pénombre, que traversaient les traits de lumière colorée venus de vitraux épais. Il y avait, dans cette antique demeure, prise comme une île au milieu des mahométans, et où les desservants semblaient aussi vieux que les murs, une tristesse résignée qui étreignit le cœur du jeune moine. Il se tournait vers Annibal, pour lui faire part de son émotion, quand il lui vit les larmes aux yeux. Le vieillard tremblotant avait ouvert deux portes lambrissées dans le mur. Derrière, les antiques rouleaux d'argent d'une Torah brillaient de mille feux.

« Il n'empêche, ta fausse Loi qui nie le Christ te conduira en enfer », murmura Angelo en ressortant, tout en tendant une pièce au vieillard qui avait regagné son banc de bois, à l'entrée.

À son grand étonnement, ce dernier cessa de marmotter ses prières pour lui répondre, en italien :

« Ne sois pas si sûr de toi, chrétien. Tu es jeune, nous sommes vieux... Connais-tu le conte des trois anneaux ? Un jour, il y a fort longtemps, un roi, qui possédait un anneau d'or très précieux, convoqua son bijoutier préféré. Cet anneau, disait-on, avait le pouvoir magique de porter bonheur à qui le possédait : et le prince craignait constamment qu'il ne lui fût volé. " Fais-moi deux copies de mon anneau, si parfaites qu'elles soient indiscernables de l'original ", ordonna le souverain. Le bijoutier s'exécuta ; quand il rapporta l'original et les copies, nul œil au monde ne pouvait les distinguer...

— Et alors ? interrogea rudement Angelo. Que veux-tu dire avec ton conte ?

— Il y eut désormais trois anneaux, dont un seul était vrai. Mais personne ne pouvait savoir lequel. Et personne ne l'a jamais su depuis... Les trois anneaux, ce sont les trois religions du Livre : celle des Juifs, celle des chrétiens, celle de Mahomet. Une seule, sans doute, est vraie ; mais nul mortel ne peut dire laquelle... », conclut en souriant le vieillard.

« Cher Angelo,

La suite des fêtes et des entrées solennelles par lesquelles l'empereur fut accueilli, quand il remonta de Tunis en vainqueur, et qu'il traversa de part en part l'Italie soumise, forma une chaîne ininterrompue de magnificences. Tu sais qu'à Messine et à Naples, les stucateurs et les peintres mes confrères s'en étaient donné à cœur joie (et notamment le jeune Giorgio Vasari, devenu mon ami, qui m'a arraché à ta compagnie). À Rome, l'architecte Antonio da Sangallo avait ajouté à l'arc de triomphe bâti place Saint-Marc quatre colonnes d'argent ; à Sienne, Domenico Beccafumi, le grand artiste local, avait édifié sur une armature de fer un cavalier de carton haut de huit brasses, qui écrasait sous les sabots de son cheval les provinces rebelles. À Florence enfin, les décors de Giorgio firent merveille, avec l'arc de San Felice et la décoration de la porte de San Piero Gattolini, tandis que sur l'Arno, Baccio de Montelupo et moi-même, nous fabriquions en cinq jours deux statues représentant des fleuves et une allégorie impériale, *Hilaritas Augusta — la Joie d'Auguste —*, conquérant de Vienne et de l'Afrique. Certes, me diras-tu, toutes ces architectures, ces sculptures et ces faux reliefs de carton peint, bâtis avec tant de rapidité, ne sont pas du grand art ; peut-être, mais ils démontrent en tous lieux le génie improvisateur, et le sens du raccourci expressif propre à la nouvelle génération des jeunes artistes, à laquelle je m'enorgueillis d'appartenir. Les *concetti* et les inventions de ces fêtes ont véritablement créé, à la gloire de la puissance impériale, un nouveau style, d'un riche allégorisme, plein de caprices et de bizarreries, une nouvelle manière aussi loin de la grande manière noble et froide de nos maîtres que la rapidité d'exécution, sa prestesse se sont éloignées des lents et lourds travaux d'autrefois. Ces scènes peintes à camaïeu, ces illusions charmantes, ces faux trophées, tout le jeu décoratif de ces architectures provisoires, m'ont rendu le goût du trompe-l'œil. Certains crient déjà au maniérisme, nous reprochent notre légèreté, voire notre hypocrisie ; et il est vrai que le culte du Grand Art, de la Beauté et de la Vérité, tel que l'ont pratiqué Léonard ou le divin Michel-Ange, n'a plus cours aujourd'hui. Ils vivaient dans de libres cités, nous ne sommes que les ornements de la domination de César. Ils construisaient pour l'éternité, nous bâtissons à la va-vite pour le temps d'une célébration. Ils travaillaient le marbre et le bronze, nous le stuc et le carton doré...

Certes, j'ai tort de te vanter ces constructions fragiles, éphémères, cet art du mensonge, à toi qui crois combattre pour la seule Vérité. Mais cet art, où se mêlent les triomphes à l'antique, les divinités païennes et leur majesté d'apparat, et d'ingénieuses machines à la gloire de la Vierge, où montent et descendent des anges en costume resplendissant, est bien celui de notre temps et de notre Italie : incrédule et trompeur, mais capable d'émerveiller les foules, il remplace la vertu par l'exaltation de son apparence. »

CHAPITRE II

MEXICO, 1537

Depuis longtemps nous savons que nous ne sommes pas originaires de ce pays.

L'empereur des Aztèques, MOCTEZUMA,
aux Espagnols.

« Cher Annibal,

La plus grande chose, depuis la Création du Monde, à part l'incarnation, la mort et la résurrection de Celui qui le créa, est la découverte des Indes. J'ai longtemps cru, avant de rencontrer, en Espagne, quelques-uns de ces frères franciscains picards qui ont les premiers évangélisé les Indes, que celles-ci n'étaient qu'un archipel d'îles situé au large de l'Asie. Mais je sais aujourd'hui que la *Terre ferme,* ces immenses étendues que les premiers conquérants ont soupçonnées puis envahies à partir d'Hispaniola et de Cuba, sont bien la quatrième partie du Monde, le quatrième continent, le quatrième pilier qui soutient la voûte céleste. *Novus Mundus,* comme l'a nommé, le premier, Vespucci, pilote impérial ; non, Jérusalem n'est plus au centre de l'univers, à la rencontre des bras de la croix formée par l'Europe, l'Asie et l'Afrique, comme on me le faisait dessiner dans mon enfance. Mais cette découverte est de moindre importance que celle que je fis en Espagne, celle des traces du grand cardinal Ximenes de Cisneros, réformateur de mon ordre, et premier protecteur des missionnaires du Nouveau Monde. Ce fut à l'université d'Alcala, qu'il avait fondée, que j'eus la joie de retrouver le *Commentaire sur le « Miserere »* de frère Jérôme Savonarole, que tu m'as si souvent vu en main, quand nous habitions Assise ; et cette édition était annotée de la main même du grand cardinal d'Espagne. Ximenes, il y a vingt ans, juste avant sa mort, décréta qu'aucun navire ne partirait plus pour le Nouveau Monde sans qu'un frère fût à bord.

D'Alcala, en suivant aveuglément les consignes que mes supérieurs m'avaient communiquées à la cour impériale, je pris la route le second jour de novembre 1536, le jour des Fidèles défunts, pour Séville, d'où se fait l'embarquement pour le Nouveau Monde. Je passai non loin d'Avila. Ce fut devant cette ville que le Seigneur m'offrit une nouvelle vision. Dans la pure lumière du ciel sculptée par les tours crénelées, la cathédrale, plus semblable à une forteresse qu'à une église, se dressait à l'horizon sur le haut plateau nu, balayé de vent. Non loin des portes, je rencontrai un lourd chariot, qui ballottait sur les rocs du chemin. La mule qui portait mon bagage ayant poussé un braiment sonore, je vis s'écarter les rideaux de cuir qui en protégeaient l'hôte contre la poussière et le soleil. Ou plutôt l'hôtesse ; c'était une femme, une très jeune fille, au visage émacié mangé de fièvre, aux membres grêles, visiblement malade, qui voyageait ainsi, au risque des bandits et des intempéries. Elle fixa son regard sur mon habit et sourit, comme si elle se fût attendue à notre rencontre. Puis elle murmura à mon usage, en latin, le passage du Cantique des cantiques : « Que le Seigneur me donne un baiser de sa bouche, car ton lait est plus doux que le vin, et il exhale de délicieux parfums. Soutenez-moi avec des fleurs, fortifiez-moi avec des pommes, car je défaille d'amour... »

Je rougis, et je ne savais quelle contenance prendre ; car cette si jeune fille qui articulait les plus belles formules de notre foi parlait avec une impudeur profonde. Elle n'était pourtant pas quelque gueuse courant l'aventure par les grands chemins, mais bien la fille d'un habitant de la ville, qui revenait de sa maison de campagne, me dit-elle, pour regagner, malgré sa maladie, le couvent de l'Incarnation d'Avila, où elle devait faire profession. Elle me dit se nommer Teresa de Cepeda y Ahumada. Et comme je me plaignais de la longueur, et de la dureté de la route, que je m'inquiétais de cette navigation si périlleuse où m'engageait le service de Dieu, elle prit entre ses doigts maigres et brûlants mes propres mains et planta en moi la lame noire de son regard. « As-tu jamais, jeune frère, médité ce : *Fiat voluntas tua*, ce : Que ta volonté soit faite sur la terre comme au ciel, que ta bouche prononce tous les jours ? »

Elle avait certainement cinq ou six ans de moins que moi : mais l'ombre de la mort, qui planait sur elle, et la force de sa foi firent que je me laissai guider par ses paroles qui se pressaient en un flot sacré, et par lesquelles elle m'exhortait à m'abandonner totalement, sincèrement, à la Volonté divine. Et quand je quittai la jeune Teresa, à l'entrée du couvent, elle m'avait rendu la force dont j'avais tant besoin.

Spiritus Sanctus : l'Esprit-Saint était sur moi, le souffle divin poussait les navires qui descendaient le Guadalquivir pour gagner la haute mer. Est-ce un hasard, si le même mot, *Spiritus*, désigne la grâce divine et le vent qui gonfle les voiles des caravelles et vaisseaux de haut bord ? Ô frère vent, quand tu nous permis, par ta puissante haleine, de traverser les étendues salées si vastes qu'aucune rame n'eût pu les vaincre, n'étais-tu pas mis en œuvre par la volonté divine ? Le vent, comme l'Esprit, nous pousse où il veut ; sa force prédestinée est si grande, et si petite la faiblesse humaine ! Oui, ce pourrait-il être un hasard, que nos maîtres, les spirituels, les hommes de l'Esprit-Saint fidèles à l'enseignement de Joachim de Fiore et du *Poverello*, aient porté dans leur nom même une allusion mystique à ces souffles qui balaient les flots ? Le Nouveau Monde n'aurait pu être découvert sans ces brises divines, et sans cette inspiration, sans cette force inépuisable, à peine matérielle, invisible et pourtant si puissante, et sans cette grâce pneumatique, qui a poussé les premiers frères à l'abordage des rivages inconnus.

« Loué sois-Tu, Mon Seigneur, pour frère Vent, Et pour l'air et le nuage et le ciel clair en tout temps », récitai-je sur le pont, tandis que l'alizé chargé de senteurs marines fouettait mon visage.

Des vents, je ne connaissais que ceux de notre mer, ceux des roses des vents de la Méditerranée : mistral du nord-ouest, tramontane venu du nord, vent grec du levant, ou ce sirocco venu du sud dont je subis les ardeurs à Tunis. Mais les vents du ponant, les vents du grand ouest, sont tout autre chose que ces petits vents glacés ou brûlants, rageurs et brutaux, qui disparaissent aussi vite qu'ils sont venus. Les vents qui conduisent au Nouveau Monde, par l'immense régularité de leur respiration, manifestent leur nature divine ; vents bienfaisants, inépuisables, conçus par l'intelligence suprême pour le secours du navigateur et sa sûreté.

Qui peut douter de la Providence divine, qui nous pousse et nous tire vers les terres inconnues, s'il a, comme moi, discuté pendant les longues heures de navigation avec les marins ? Le vent qui souffle au sud, jusqu'aux îles Canaries, s'en va ensuite droit vers l'ouest — vers les îles, d'où il remonte au nord, et regagne notre continent par les Açores. Ainsi, qui va au sud va à l'ouest, et qui va au nord va à l'orient. Il suffit, me dit un marin français, de « s'engoulfer » : de tenter, au lieu de suivre les côtes, la haute et pleine mer, audacieusement, en s'abandonnant à la main de Dieu. Symbole étonnant de notre condition ! Et encore plus étonnante, cette boucle, cette *volta,* comme disent les Portugais, qui, au sud de l'Équateur, répond symétriquement à la courbe des alizés du nord. Là encore, m'a-t-on dit, qui longe la côte africaine a vent contraire, qui s'en éloigne à l'ouest, et se fie au grand large, peut parvenir au Cap et le doubler ; c'est ainsi d'ailleurs que fut découverte la terre de Brésil.

Le convoi dont faisait partie la caravelle où j'embarquai comprenait seize bâtiments, tant galions que caraques, y compris la *Nao Capitana* et la *Nao Almiranta,* navires de guerre qui nous escortaient. J'avais obtenu mon droit de passage à la *Casa de Contratacion,* la chambre de commerce de Séville, qui est installée à l'Alcazar, et a la haute main sur la carrière des Indes. Nous fîmes voile au sud début janvier 1537, bien munis de poisson séché, huile, vin et biscuits pour la traversée ; notre convoi transportait des soies, draps, cuirs, meubles et armes à destination de la Nouvelle-Espagne. Nous atteignîmes les Canaries en dix jours, et de là à La Havane nous ne mîmes pas plus de cinq semaines. Mais gagner Veracruz, sur la côte mexicaine, à cause de la violence des *nortes,* des vents violents du nord, nous prit encore un mois. Comme nous étions plus maniables, grâce à notre voile latine, nous débarquâmes les premiers.

La vie à bord, durant ces semaines, fut pour moi une dure épreuve. La nourriture, sèche et salée, l'eau croupie qu'on nous donnait à boire, la promiscuité, dans la cale et sur le pont, avec les voyageurs bien souvent de sac et de corde, venus de toute l'Espagne, favorisaient d'innombrables bagarres et maladies. Je dus distribuer moult sacrements ; les décédés, à peine administrés, passaient par-dessus bord, un boulet aux pieds. Il n'y avait de calme que les prières publiques, que j'organisais sur le pont : à prime, au lever du soleil, quand il sort, éclatant de jeunesse, de l'univers liquide ; vingt-quatre *Pater* à matines, un *Credo* et sept *Gloria* à tierce avant la messe, ainsi qu'à none, après le maigre repas et la sieste, puis enfin à vêpres et complies, quand l'horizon, à l'occident vers lequel nous marchions, pleins d'angoisse et d'espoir, s'embrasait pour le coucher de l'astre.

Durant ces longues heures, je me familiarisai, avec l'aide d'un ancien *piloto mayor* qui avait repris du service à notre bord, avec les instruments de navigation. Là encore, la Providence divine se manifestait de manière éclatante : et je ne parle pas simplement de cette aiguille aimantée qui, par l'angle qu'elle forme avec l'axe du navire, indique le rhumb, mais surtout de l'observation méridienne, que je découvrais jour après jour, et qui, m'expliqua mon pilote, permet de connaître la latitude du navire, l'emplacement qu'il occupe entre le nord et le sud. (Pour la position d'est ou ouest, il n'existe pas d'autre méthode, dit-il, que l'estimation de la distance parcourue par le moyen suivant : une planchette et un câble, qui file le long du navire en un temps donné, mesuré par le sablier, en parcourant l'espace de la poupe à la proue, donne la vitesse et donc le chemin accompli).

La mesure de latitude se pratique, au lever ou au coucher du soleil, sur cette étoile Polaire que la bonté de Dieu a placée exactement au nord. La distance entre l'horizon et l'étoile donne la position du navire ; et c'est merveille de voir, alors que le ciel s'assombrit, que la ligne des eaux noires reste encore visible, et que la pâle clarté de la Polaire clignote déjà dans la voûte des cieux, le marin tendre son arbalestrille, que certains appellent « bâton de Jacob », dont l'une des extrémités s'applique à son œil, tandis que l'autre vise l'horizon.

J'avais déjà vu, à Tunis, l'instrument des navigateurs arabes, ce *kamal,* planchette liée à une ficelle, par laquelle ce peuple mesure la hauteur des astres. Mais je n'avais jamais, jusque-là, connu l'astrolabe, bien supérieur aux quadrants triangulaires et au *kamal*. Je le vis utiliser par mon pilote quand nous approchâmes des latitudes équatoriales où l'étoile du Nord devient presque invisible ; et c'est, m'a-t-il dit, la seule méthode pour les zones d'au-delà de la ligne d'Équateur, où cette étoile fixe disparaît du ciel. Cette observation de midi, plus encore que celle du soir, me semblait miraculeuse ; elle requérait le calme absolu d'une mer sans mouvement. Mon ami le pilote me montra dans sa cabine un grand astrolabe, merveilleux instrument de bronze qu'il suspendait à une chèvre, composée de trois poutres, pour les observations à terre.

En vérité, la hauteur du soleil, au moment précis où sa course s'inverse, et qu'il vient d'atteindre son point le plus élevé, a été fixée par le Seigneur pour venir en aide au navigateur, et elle ne le trompe jamais. Rassemblés autour de l'homme de l'art, nous retenions tous notre souffle, tandis qu'il effectuait son point ; à peine avait-il fini, qu'une action de grâces s'élevait de nos poitrines.

Loué sois-Tu, Mon Seigneur, avec toutes Tes créatures,
Spécialement messire le frère Soleil,
Qui fait le jour et par qui Tu nous éclaires ;
Et il est beau et rayonnant, avec grande splendeur ;
De Toi, Très Haut, il porte signification...

Enfin, après avoir cru nous enliser dans la mer des Sargasses, nous sommes arrivés à bon port... »

Antillia !

Angelo se prosterna sur le pont râpeux et blanchi par le sel, quand la vigie eut poussé le cri d'espoir et d'aventure : « *Tierra !* » Il répétait à haute voix le verset d'Isaïe :

« Car je vais créer des cieux nouveaux et une terre nouvelle et on ne se souviendra plus du passé... »

Quelques heures plus tard, les montagnes vertes, nimbées à leur sommet de lourdes vapeurs tropicales, surgissaient des flots violets en une vision d'Éden. On voyait dans les grands arbres sauter les cynocéphales, et nager les lamantins, que les passagers prenaient pour des sirènes.

Antillia, et ses sept cités ! Longtemps, longtemps, se disait Angelo, l'humanité avait été visitée la nuit du désir imagé de cette terre inconnue. Que de légendes couraient sur Antillia, ce continent mystérieux, transmis en son *Critias* par Platon, que le cartographe Toscanelli et encore le navigateur Colomb plaçaient à la porte de Cipango (comme ils appelaient le Japon) ! Antillia ou Atlantide : sept évêques passaient pour l'avoir colonisée, après la défaite des chrétiens par les Maures en Espagne, huit siècles plus tôt. Ces îles fabuleuses brillaient à l'horizon comme la Nouvelle-Atlantide du frère Roger Bacon, ce précurseur franciscain de la découverte.

Mais, Angelo le savait aussi, ces îles gracieuses, qui flottaient comme un mirage à tribord, avaient perdu en quelques années le lustre de leur enchantement ; et ces paradis maritimes, qui s'appelaient Dominica, Guadalupe, San Juan, Hispaniola, Santiago (ou Jamaïca), et Juana (ou Cuba), avaient été dépeuplés en une génération, leurs millions d'habitants exterminés par les maladies et les mauvais traitements. Le paradis s'était transformé en enfer. Au point qu'à présent, quarante ans à peine après la première colonisation, les navires, comme ceux du convoi auquel appartenait la caravelle d'Angelo, gagnaient au plus vite vers le Mexique, après une simple escale technique, où les passagers ne reçurent même pas le droit de débarquer faute de quarantaine.

Angelo suivait la progression de la flotte sur le portulan de son camarade pilote. Cette carte de la mer des Antilles, de forme vaguement circulaire, était divisée en seize aires, comme une orange en ses quartiers. Ce document était secret ; des assassinats avaient été commis pour s'en emparer ; il était bien plus fiable que les cartes anciennes, car il reprenait la courbure des méridiens, inventée en 1529 par Diego Ribeiro, et la déclinaison du pôle. Au-delà de l'isthme de Darien, qui réunissait la masse de la Nouvelle-Espagne mexicaine à celle du continent Sud, et de la Nouvelle-Andalousie, qu'y avait-il donc ? La Chine, comme le croyait Colomb ? La géographie de Ptolémée, qu'Angelo avait étudiée autrefois, telle que les

Byzantins l'avaient apportée à Florence et Rome, ne connaissait que trois continents ; et par conséquent les Antilles et le Mexique ne pouvaient être qu'une partie de l'Asie. La circonférence du globe était diminuée de cet océan que Nunez de Balboa, son découvreur, en 1513, avait nommé Pacifique ou mer du Sud ; et ce raccourcissement, ce qui était paradoxal, avait poussé Colomb, qui cherchait les épices d'Asie, à tenter son expédition à l'ouest.

Quelques semaines plus tard, Angelo, les jambes flageolantes et le regard brûlé par l'océan, débarquait sur le ponton de la première cité fondée sur le continent par Cortés, Villa Rica de la Vera Cruz. Il resta un instant, bras ballants, à cligner des yeux ; la terre lui paraissait osciller, tout son corps s'était habitué à compenser en balançant le mouvement de la mer. Des portefaix noirs le bousculaient au passage ; des porcs, des poules couraient dans la rue principale. Il s'essuya le front de la manche de son froc : la chaleur tropicale, modérée jusque-là par les vents et la masse de l'océan, le saisissait soudain, s'introduisant sous l'habit, et le baignait de sueur. Ce n'était pas comme à Tunis, le rôtissement sec, mais l'étuve, le bain aérien. Angelo n'avait jamais subi un tel climat ; il pensait, comme Aristote, que l'humide et le torride étaient contradictoires. Sa gêne n'en fut que plus pénible.

Vera Cruz, insalubre et sale, ne s'animait que pour l'arrivée des flottes venues d'Espagne. Autour d'Angelo, les muletiers et commissionnaires prévenus de l'arrivée, les officiers royaux et leurs gardes, les porteurs indiens formaient une foule bigarrée et grossière. À peine soustraits des cales, des tas de fers à cheval, de cercles pour les roues, de socs de charrue, des haches et des lames de couteau étaient jetés à terre, sans ménagement, au milieu des jurons et des appels.

Le premier contact avec le Nouveau Monde eût été bien dur, et bien décevant, si Angelo, qui restait immobile au milieu de ce désordre affairé, n'avait été aussitôt pris en charge par les envoyés de l'évêque de Mexico, le frère franciscain Fray Juan de Zumarraga. De retrouver son habit en ces latitudes lointaines lui rafraîchit le cœur ; et c'est avec une profonde émotion qu'il échangea avec ses frères le baiser de paix.

Après quelques jours de repos, ils prirent la route qui conduisait de Vera Cruz à Mexico, celle-là même qu'avaient suivie Cortés et ses troupes. En dépit de ses protestations, — la règle ne précisait-elle pas : « Que les frères n'aient point de bêtes et qu'ils n'aillent pas à cheval, à moins qu'ils n'y soient contraints... par quelque nécessité pressante » ? — on le hissa sur une vieille mule en lui assurant que c'était avec l'autorisation de l'évêque. Ils passèrent, en montant vers la capitale, au pied du volcan sacré, dont la cime, qui perçait au-dessus des nuages le ceinturant de brume, s'ombrait parfois d'une fumée, accompagnée d'un grondement sourd. Angelo reconnut l'activité volcanique, dont il avait vu les effets en Sicile. Mais ce volcan-là dépassait en taille tout ce qu'il avait jamais vu ou imaginé. Au sommet, inviolé jusqu'à ce que, à la grande terreur des indigènes, Cortés l'eût fait escalader par ses troupes, une calotte brillante étincelait au soleil ; c'était, à n'en pas douter, et n'en déplaise au grand Aristote, de la neige — laquelle existait donc en zone torride.

Angelo marchait de stupéfaction en admiration. Quand ils parvinrent à la lagune de Mexico, prisonnière en son écrin de montagnes, il crut que l'air lui manquait ; il n'avait jamais respiré si haut. Tout, ici, était à d'autres échelles, d'autres altitudes, d'autres intensités qu'en Europe : le bleu du ciel, le vert des forêts, la transparence de l'air, l'étendue de la ville lacustre, la grande Tenochtitlan-Mexico, qui ne portait plus, depuis la conquête, que son second nom.

Ils suivirent les chaussées surélevées, bâties par les anciens souverains aztèques, qui reliaient la ville-île à la terre. Sous les ponts, les eaux troubles de la lagune s'engouffraient avec bruit. Angelo pensait à Venise : comme la cité des Doges, Mexico avait eu comme rues des canaux. Mais après le siège et la prise de la cité, beaucoup d'entre eux avaient été comblés avec les matériaux arrachés aux pyramides et aux palais rasés par les Espagnols, afin que disparût tout souvenir du temps des idoles. La ville, à présent trop étendue pour ses habitants — elle avait perdu les deux tiers de son demi-million d'indigènes —, restait plus grande qu'aucune cité d'Europe qu'Angelo eût visitée. Elle flottait dans ses places et ses rues trop larges, comme le corps amaigri d'un convalescent dans ses vêtements.

Les frères mineurs, maîtres spirituels de la ville espagnole, lui montrèrent avec orgueil la chapelle Saint-Joseph, lieu de leur prédication, mais aussi les couvents de Saint-Dominique et de Saint-Augustin, où siégeaient des ordres rivaux ; les styles étaient tous mêlés, courant du gothique au baroque, et formaient un amoncellement étrange, à peine vieux d'un quart de siècle, d'où ressortait parfois, prise dans la maçonnerie, la tête grimaçante et martelée d'une idole de pierre, réemployée comme linteau. L'hôpital royal, l'hôtel des monnaies et surtout la cathédrale, à peine terminée, et à nouveau en travaux, le frappèrent d'admiration. Seul le Temple de Jérusalem au temps de Salomon pouvait soutenir la comparaison, au dire de ses guides. Mais la ville, qui venait de subir cinq ans auparavant de désastreuses inondations — les systèmes indiens ayant été détruits sans précaution, la lagune sortait souvent de son lit —, était un chantier perpétuel. Devant la cathédrale, le palais du vice-roi, de l'Audience et le *Cabildo,* la municipalité, entouraient la plaza Mayor, où s'étendaient autrefois les pyramides des temples païens. Au centre, un grand piédestal vide, le *Zocalo,* trônait, inutile et majestueux. Angelo s'informa.

« Il est destiné à recevoir la statue du nouvel empereur...

— Nouveau ! Mais il y a vingt ans que Charles, que Dieu le protège, règne sur l'Empire !

— ... quand elle arrivera enfin. Nous n'avons pas de fondeurs de bronze ici », ajouta, imperturbable, son interlocuteur, avec le flegme du temps colonial.

Les nouvelles parvenaient parfois avec des années de retard.

Angelo ne se lassait pas de parcourir les grandes *cuadras,* les blocs carrés qui formaient la ville ; ce plan régulier, quadrillé, était sans exemple en Europe, sauf dans les rêveries d'architectes utopistes. Oui, la main de Dieu avait tracé, sans doute, ces magnifiques perspectives, ces avenues rectilignes : il fut un peu déçu d'apprendre que cette belle organisation ne faisait que reprendre le plan de l'urbanisme indien.

La foule qui vaquait à ses affaires, par cette belle fin d'après-midi, ne ressemblait pas non plus à celle d'une ville de la vieille

Espagne. Employés du *Cabildo*, *vecinos*, voisins et citoyens — dont certains, reconnaissables à leur cuir brûlé et leur arrogance, remontaient à la *capitulacion*, au contrat fondateur de la nouvelle municipalité —, *alcades* et *regidores*, *alguacils* et soldats entraient et sortaient des bâtiments officiels. Hommes et dames étaient vêtus avec un mélange de somptuosité et d'à-peu-près inimaginable à Séville ; la soie, les pierres précieuses, les boucles en diamant sur les chapeaux, tout sentait l'extravagance d'un luxe colonial et coloré, d'assez mauvais goût. Par contraste, les quartiers indigènes, qu'Angelo n'avait fait que traverser, formaient un dégradé de teintes douces, du blanc écru à l'ocre de l'argile crue. Quand il passait devant une porte, le jeune franciscain sentait des odeurs épicées, et des femmes brunes étendaient des couvertures aux bariolages savants dans des patios où paradaient d'énormes poules indiennes noires et blanches, à la tête rouge.

Fray Juan de Zumarraga, premier évêque du Nouveau Monde et de Mexico, tendit à son jeune confrère, courbé devant lui, son anneau épiscopal à baiser ; puis il le releva pour l'embrasser ; car, au-delà de la hiérarchie séculière, le frère restait son égal.

« Bienvenue en cette terre de mission, Fray Angelo. »

Zumarraga était petit, un visage en lame de couteau, aux yeux profondément enfoncés dans leurs orbites. Le palais épiscopal, la mitre et la crosse faisaient un effet étrange autour de cet homme fluet en froc sombre.

« Quelle tâche merveilleuse, exaltante, que d'annoncer le Millénaire en cette terre vierge..., balbutia Angelo.

— Ne te fais pas d'illusions, frère, répondit l'évêque en plissant le front. Depuis huit ans que j'occupe ce siège à Mexico, sans jamais perdre foi en le Messie, j'ai eu bien des occasions de doute... Tu as été élevé dans l'Observance, c'est bien ; tu es, comme je le fus, assoiffé de sacrifices et de grandes actions. Mais prends garde, ton Thomas Morus et notre Joachim de Fiore ne seront pas des armes bien utiles ici, et l'importation de livres est soumise à mon autorisation... »

L'évêque lui tendit les deux petits volumes de l'*Utopie* et de l'*Évangile éternel*. Angelo rougit violemment ; on avait déjà fouillé son bagage, et une petite enquête sur son compte avait précédé son arrivée.

« Inspirés par l'Esprit, nous avons baptisé à tour de bras. Mais ces foules de convertis savaient-elles qu'elles portaient en elles la réalisation du Jugement ? Pour moi aussi, la conversion des derniers Gentils ouvre la porte à la Parousie, et il y a bien signe miraculeux dans la conquête, par une poignée de fidèles, d'un immense empire, qui deviendra sans doute la Nouvelle Jérusalem... »

Angelo, qui était venu pour entendre ces paroles, acquiesçait vigoureusement. En parlant, Zumarraga feuilletait des papiers.

« Mais n'oublie jamais, frère, que pour les colons, le Nouveau Monde est d'abord de nature matérielle. Et que nous-mêmes devons allier la prudence du serpent à l'innocence des colombes... si nous voulons que notre œuvre soit durable. Sous les autels repoussent les idoles. Et l'Indien n'est pas toute innocence. Écoute ce rapport que l'on m'a transmis : " Pedro l'Indien et Maria l'Indienne se sont mariés à l'église. Mais Pedro prend une maîtresse. Il voudrait l'épouser. Alors il s'en va tranquillement avec sa maîtresse trouver un religieux, et déclare qu'il l'avait épousée avant de se marier chrétiennement avec Maria. Aussitôt, on défait le second mariage, et on officialise le premier... " Nos rites servent bien souvent, tu t'en apercevras, à couvrir les adultères des Indiens. Sais-tu que j'ai fondé ici la sainte Inquisition ? »

Angelo ouvrit des yeux effarés.

« Nous avons déjà jugé plus de cent causes, sorcellerie, idolâtrie, superstition, polygamie... »

Le jeune frère n'aurait pas pensé le doux règne du Christ du Nouveau Monde sous ces traits redoutables.

« Faut-il donc, partout et toujours, punir et brûler ? » demanda-t-il d'une voix étouffée.

Zumarraga écarta les mains en signe d'impuissance.

« Tu découvriras vite que tout n'est pas sucre et miel dans la colonie. Parlons de tes occupations ; tu es un ancien étudiant, tes connaissances nous seront précieuses. Le plus urgent, ici, est d'enseigner... »

Angelo dissimulait un sentiment de déconvenue. Était-il venu au bout du monde pour faire le professeur ?

« Il y eut le temps de la Lettre. Voici venir celui de l'Esprit, l'heure de la compréhension spirituelle et de la manifeste vision de Dieu... », ajouta l'évêque avec un petit clignement d'œil, en passant sa main sur l'épaule d'Angelo, en signe d'adieu.

Et celui-ci sut que Zumarraga, lui aussi, se nourrissait des prophéties de Fiore sur le Cinquième Empire.

« Je continuerai, cher Annibal, à écrire pour toi ce journal, qui te parviendra bien un jour, s'il m'arrive malheur. Écrire ces pages pour toi, même si tu ne les lis pas, c'est encore te parler à distance, même si tu ne m'entends pas. Et j'ai bien besoin d'un confident...

Tu peux croire que je ne pensais pas, arrivé jusqu'ici après tant d'aventures, devenir *magister* dans une grosse ville espagnole de province lointaine. Je me prêtais un destin plus héroïque, dans ces jungles dignes du paradis terrestre.

Je suis *maestrescuela,* maître d'école, depuis un an ; d'abord à l'établissement fondé par notre ordre en une cité, Texcoco, située face à Mexico, et qui fut le premier du Nouveau Monde. Frère Pierre de Gand en fut le fondateur. Puis j'ai été nommé à l'école de Saint-François, dans la capitale, tout à côté de la déjà vénérable chapelle de Saint-Joseph-des-Natifs. Saint-François est dirigée par le même frère Pierre de Gand et compte près d'un millier d'élèves ; en dépit du respect et de l'amour que je porte à ce frère exceptionnel, caractère d'élite et pédagogue admirable, j'aurais préféré enseigner au collège Saint-Jean-de-Latran, qui accueille les métis d'Espagnols et d'Indiennes. Ç'aurait été une première étape pour me rapprocher de ces Indiens, que je n'ai fait jusqu'à présent qu'entr'apercevoir, assis au coin des rues, drapés dans leur couverture, fumant sans aucune émotion leur malodorant tabac entre les pattes des chevaux et les roues des carrosses. Peux-tu croire qu'au bout d'un an, c'est à peine si j'ai échangé quelques mots avec certains d'entre eux ? Mais Monseigneur a certes raison, qui me croit trop fragile pour me jeter directement dans ces masses indigènes...

À force de prières, j'ai enfin obtenu d'être nommé surveillant et répétiteur au collège de la Sainte-Croix-de-Santiago, à Tlatelolco, qui est le prolongement, au nord, de la ville de Mexico. Il vient d'être inauguré par le vice-roi ; son emplacement même est symbolique : Tlatelolco, m'a-t-on dit, ayant toujours été la sœur jumelle de Mexico ; et une célèbre école de prêtres des idoles, destinée aux fils des nobles Mexicains, y existait avant la conquête.

Notre collège est un magnifique établissement, dont le projet est noble et grandiose : tous les élèves doivent être indiens, issus de mariages légitimes, fils de caciques et de nobles ; c'est l'élite de l'ancienne aristocratie *mexica* qui a été ainsi regroupée. L'internat y est de règle ; les élèves y acceptent aisément nos séraphiques règlements, en dépit de leur rigueur, parce que leurs parents se souviennent de ceux qui étaient appliqués ici du temps des idoles, et aussi parce que les uns et les autres espèrent par cette éducation sauver leurs privilèges traditionnels et appartenir aux nouvelles élites comme ils ont appartenu aux anciennes. Admirable projet de réconciliation, de fusion entre les deux civilisations, qui assurera à notre œuvre évangélisatrice et conquérante le plus solide substrat qu'on puisse construire : celui d'une éducation en profondeur des chefs de ce peuple *mexica*.

C'est la seconde année que ce collège existe. Quand j'ai contemplé, dans la cour toute blanche, nos élèves rassemblés pour la rentrée, j'ai eu une forte émotion au cœur. Ces centaines de visages au teint de brique, au cheveu d'ébène, au nez aquilin — on dit que les parents le leur serrent entre deux plaques de bois pour les former —, me sont d'abord parus tous si semblables, que j'ai craint de ne pouvoir jamais les distinguer entre eux.

Et puis le problème de la langue reste un important obstacle ; mon espagnol, appris dans nos couvents de Castille, est certes à peu près convenable ; mais le leur, fait de bribes volées à droite et à gauche, et d'une année d'initiation dans le désordre de l'installation, est à peu près celui d'un enfant de six ans. Ces adolescents bredouillent le castillan ; mais il y a tant de bonne volonté, d'amour des vérités de la foi, de part et d'autre, que nous surmonterons ensemble toutes les difficultés.

Quand je dis que je les confondais tous au départ, c'est évidemment très vite devenu faux. L'un d'entre eux, en particulier, s'est détaché du lot en quelques semaines, avec la rapidité des affections propres à cet âge, et me suit partout comme un animal apprivoisé. Il ouvre ses grands yeux liquides quand je tente de lui expliquer qu'il doit éviter d'être trop proche de moi, du moins en permanence : ne serait-ce que pour ne pas exciter la jalousie de mes collègues.

Car Francisco — ainsi a-t-il été baptisé, Itzcoatl : c'est son nom indien qui signifie « Serpent d'obsidienne » —, est fils d'un puissant cacique ; encore que, à ce que m'a confié mon supérieur, un certain mystère règne autour de sa naissance. Tu ne peux imaginer la grâce et les tendres attraits que Dieu a distribués à profusion à cet écolier. Son teint est plus clair que celui des Indiens ordinaires, un velours délicat, lustré, ombragé de grands cils noirs ; ses fins sourcils d'un seul arc, ses cheveux mi-longs de la couleur de l'aile du corbeau, noirs au point d'être parcourus de reflets violets, font ressortir sa pâleur mate. Sa taille est fine, gracile, un peu petite pour son âge ; car j'ai eu la stupéfaction de découvrir qu'il était déjà dans sa dix-huitième année, alors que je ne lui donnais pas seize ans... »

Angelo avait vite remarqué que, pour les fêtes carillonnées, une dame de la plus haute société venait attendre le jeune Francisco, libéré pour quelques jours des obligations scolaires, dans un carrosse dont les mantelets de cuir, hermétiquement clos, étaient frappés d'armes mystérieuses : une bouche ouverte et un glaive. Les voitures étant rarissimes à Mexico, cet équipage ne passait pas inaperçu, loin de là. Et il y avait, ces jours-là, un véritable attroupement devant la porte du collège. La dame en noir, sa mantille opposée à tous les regards de curiosité, ne pénétrait dans le parloir que lorsque ses valets, culottés de velours et en bas blancs, avaient chassé les curieux.

Comme Angelo était chargé, par une attention de son supérieur, de remettre l'écolier à sa tutrice, il avait eu l'occasion de se rendre compte, en dérobant un regard, un geste, que la dame en noir, bien que vêtue, ainsi que son pupille, strictement à l'espagnole, avait le teint un peu plus sombre qu'il n'était accoutumé parmi les nobles Castillanes ; elle n'était plus toute jeune, mais il aurait été difficile de déterminer son âge, tant elle prenait de précautions pour ne pas être reconnue. Au bout de quelques semaines, à l'approche de Noël, Angelo se crut autorisé à questionner son élève :

« Ta mère viendra-t-elle te chercher pour la Nativité, Francisco ? demanda-t-il ingénument, alors que la fête de la naissance du Seigneur s'approchait.

— Ma mère ! Ce n'est pas ma mère ! s'écria, avec un rictus qu'on aurait pu prendre pour de la haine, le jeune Indien, tendu dans son refus. Ma mère est morte... il y a longtemps. »

En songeant que cette mort pouvait remonter aux sanglants épisodes de la conquête, Angelo, pour ne pas raviver une blessure, n'insista plus. Mais la violence de la réaction de Francisco-Itzcoatl l'avait étonné et ému. Il n'avait pas été sans s'apercevoir d'une certaine répugnance, chez le jeune homme, à se laisser emmener par cette mystérieuse dame en noir, quand revenaient les vacances.

« Non, cette femme n'est pas ma mère... Je ne pourrais pas rester ici, avec toi, pour Noël ? supplia l'adolescent, ses grands yeux de faon tournés vers son *magister*.

— Pas d'enfantillages, c'est impossible, tu le sais, Francisco », répliqua, un peu plus sèchement qu'il ne l'aurait voulu, frère Angelo.

Une buée, une larme peut-être — Angelo était stupéfait de constater la facilité avec laquelle ses écoliers fondaient en pleurs —, parut aux cils veloutés du jeune homme.

« Tu n'es pas heureux de retrouver ta maison, ta tutrice ? » interrogea le franciscain.

Mais le garçon s'éloignait déjà dans la cour pour partager les jeux de ses camarades. Il eut juste le temps d'entendre, sifflé entre les dents serrées, ces mots étranges :

« Heureux ? Je la déteste, elle et sa race... »

Le jeune homme saisit au vol une des cordes qui tournaient avec vélocité autour d'un mât planté dans la cour de récréation. Ce jeu, dit du *volador*, hérité des anciens Mexicains, consistait, pour les participants, à tourner de plus en plus vite autour du mât central, jusqu'au moment où la vitesse acquise et l'escalade au long de la corde projetaient les joueurs dans les airs ; il fallait alors monter le plus haut possible, en utilisant l'effet de giration. Le manège fait de corps vivants tournait et tournait encore devant Angelo ; et à chaque passage de son élève, il distinguait, l'espace d'un instant, les membres abandonnés, les vêtements soulevés, le sourire exalté, les cheveux du garçon-oiseau volant au vent. Ce tourbillon adolescent qui passait et repassait devant ses yeux provoquait chez lui à la fois un tournis d'excitation et de regret, lui dont la chair sacrifiée n'avait plus joué ni éprouvé le plaisir depuis tant d'années.

Ce fut également pendant cette période de Noël, dont la célébration se préparait dans la ferveur au collège, que frère Angelo devint pour quelque temps confesseur de la dame en noir. À force de l'observer lors de leurs rencontres au parloir, elle avait acquis une grande confiance en lui. Elle s'en expliqua dès leur premier entretien, quand elle lui demanda d'une voix étouffée, de lui accorder cette grâce :

« Aucun des prêtres d'ici ne saurait me convenir. Ils sont déjà corrompus par la vie dans la colonie. Et je ne veux pas être reconnue... Mon passé est trop lourd. Vous, père, vous êtes encore jeune, innocent, à peine arrivé... »

Flatté malgré lui, Angelo demanda l'autorisation à l'évêque. Celui-ci le regarda par en dessous, intrigué.

« Et vous n'avez pas la moindre idée de l'identité de votre pénitente ? l'interrogea-t-il d'un air soucieux.

— Non, Monseigneur. Elle est d'une telle discrétion.

— Avez-vous jamais entendu parler de Doña Marina ? »

Angelo secoua la tête. Fraîchement débarqué, il ignorait presque tout des drames de la conquête.

« Le jeune Francisco a été confié par nous à Doña Marina parce qu'elle fut, et est encore, notre meilleur atout en ce pays. Mais peut-être la connaissez-vous mieux sous son nom indien, *Malintzin*, ou la “ Malinche ”... »

Un éclair se fit dans la mémoire du jeune prêtre. La Malinche, ce nom redouté, haï par les indigènes, expliquait à lui seul l'attitude de Francisco-Itzcoatl. Le jeune prince avait été mis sous la surveillance la plus redoutable ; sa tutrice n'était autre que l'ancienne compagne de Cortés, qu'il avait abandonnée pour épouser officiellement la fille d'un noble de la cour espagnole. Son histoire était la fable de Mexico, et, si ignorant qu'il fût, Angelo n'avait pas pu n'en rien connaître.

« Oui, c'est une destinée tragique et sublime, confirma Zumarraga, devenu rêveur. Elle continue d'être notre agent, elle à qui l'ancien conquistador, le marquis del Valle, doit sa fortune, et l'empereur la couronne du Nouveau Monde. L'ingratitude du marquis à son égard fut en vérité bien noire. Jusqu'à son fils, Don Martin Cortés, qui lui fut enlevé... »

La Malinche : ce nom résumait toute l'époque de la guerre entre les Mexicains et les Espagnols.

« Sans moi, jamais Hernán n'aurait pu réussir son expédition insensée, confirma-t-elle plus tard à Angelo de sa belle voix un peu rauque, quand il l'eut mise en confiance. Vous me devez ce pays, ce continent, ô Espagnols, ajouta-t-elle d'un air royal. Et voilà comment j'ai été récompensée. Répudiée, abandonnée, réduite à me cacher, et de mes compatriotes, et des vôtres ! »

Au fil des semaines, elle lui dévoila sa triste et grandiose histoire, en lui faisant servir du chocolat délicieusement parfumé à la vanille, qu'un serviteur préparait pour eux deux.

« Quand le marquis est arrivé ici, à la tête de ses cavaliers barbus, il sema la terreur parmi ce peuple qui n'avait ni chevaux ni armures de métal ; mais la poignée d'hommes qu'il avait amenée n'aurait pu suffire à lui assurer la conquête. Perdu dans un pays hostile, il aurait été inévitablement vaincu et sacrifié au Soleil, si je ne lui avais servi d'interprète, de conseillère, de fidèle soutien. J'ai été la première à trahir ma race et mes ancêtres, la première à utiliser ma langue contre mon propre peuple, la première à épouser un Espagnol... et à lui apporter en dot un empire immense. Je connaissais à la fois le maya, que parlait aussi un des Espagnols de l'expédition, et le nahuatl des Mexicains ; par notre double truchement, les premiers contacts furent rendus possibles. Et puis, très vite, pour complaire à mon maître, j'ai appris le castillan. Cortés s'exprimait par ma bouche, ne comprenait rien que par moi. Et tout ce qui m'en reste, ce sont ces armoiries dérisoires...

— Mais pourquoi ? Pourquoi avoir renié votre sang, votre rang, votre passé, quand vous avez rencontré les conquérants ? interrogea Angelo.

— Vengeance de femme humiliée... Ma famille était noble, et elle m'avait vendue comme esclave, pour réserver l'héritage à mes frères, à un cacique de la région de Tabasco, où justement le marquis devait débarquer quelques années plus tard. Pendant des années, j'ai été traitée comme une chose, un jouet, suivant les caprices de mes maîtres... Et c'est Hernán qui m'a délivrée. La haine, mon père, la haine contre mon propre peuple, fut un puissant levier. Par moi fut détruit l'empire de Moctezuma. La haine, et puis l'amour... »

Cette allusion à la passion que la Malinche avait éprouvée pour le conquistador fit rougir l'inexpérimenté directeur de conscience. Mais le ton sur lequel elle avait évoqué la haine le fit frémir.

« Un peu avant Pâques, mes supérieurs m'ont mis en congé quatre mois entiers. Il faut dire que mon intimité avec Francisco et l'attachement excessif qu'il me manifeste semblent déplaire à nos autorités. On a donc voulu nous séparer quelque temps. Désireux de connaître enfin les terres de mission, moi qui jusqu'alors n'avait vécu de notre œuvre en ce pays que les aspects les plus aisés, l'enseignement et la prédication dans la grande ville de Mexico, j'ai voulu descendre vers le sud, et les Terres Chaudes du Yucatán ; mon voyage n'était pas dirigé par le simple hasard, mais bien par la volonté de Notre-Seigneur.

On me déconseillait cette expédition ; et ce, pour trois raisons. Le climat, en ces terres lointaines, est étouffant. L'eau ruisselle sur une végétation surabondante et empoisonnée, et le corps n'est jamais au sec, ni à l'abri des morsures d'innombrables insectes, serpents et autres bêtes sauvages. Mais surtout, toute cette forêt du Yucatán, jusqu'aux marécages de la mer caraïbe, est rebelle à notre conquête, et demeure “ Terre de la

Guerre ». Enfin, ce pays a été confié, aux fins d'évangélisation, non point à notre ordre séraphique, mais aux frères prêcheurs dominicains : ce qui suffirait à en tenir éloignés les frères mineurs comme moi.

Pourtant, quand je suis arrivé sur les bords fangeux, parcourus de caïmans et d'oiseaux, du lac Atitlan, c'était justement un établissement des frères prêcheurs que je voulais visiter.

Mon guide indien m'abandonna, par peur de ses compatriotes rebelles qui hantent ces lieux, dès que nous parvînmes au bord des flots tièdes, où la vie abonde tant qu'elles font penser à ces eaux de la Genèse ; elles « grouillent d'un grouillement d'êtres vivants » depuis bien avant l'apparition de l'homme ; au loin, au-dessus des frondaisons luisantes entremêlées de lianes, une fumée marquait le lieu du village construit par les frères prêcheurs. Comme je marchais dans cette direction, non sans difficulté, par une mauvaise sente encombrée par l'incessante repousse de la végétation, je vis un homme assis au bord de l'eau ; il pêchait, et son butin frétillant s'entassait à ses côtés. Il y avait tant de calme, de contentement dans les traits de ce pêcheur inconnu, perdu dans cette nature exubérante et hostile, que je me sentis tout rasséréné, malgré ma fatigue et ma peur des flèches indiennes. On voyait que cet homme seul, dont l'habit blanc et noir était taché du jus des herbes et de la terre rougeâtre, ne craignait rien ni personne, ni tigres ni sarbacanes. Son visage respirait la bonté, quoique n'étant pas particulièrement beau ni régulier : un gros nez, une bouche épaisse, une tonsure irrégulière lui donnaient même un air quelque peu vulgaire, que démentaient un menton volontaire et le feu glacé de son regard gris. C'était bien là pourtant l'homme pour lequel j'avais accompli ce voyage : Bartolomé de Las Casas, protecteur des Indiens par la grâce de Sa Majesté l'Empereur et Roi, leur avocat auprès du Conseil des Indes, et le premier homme à avoir pris leur défense contre les exactions des colonisateurs.

« Je vous envoie, a dit le Fils de Dieu, comme des brebis au milieu des loups pour que vous les apprivoisiez et les ameniez au Christ. Pourquoi donc, au lieu d'envoyer des brebis qui convertissent les loups, envoyez-vous des loups affamés, tyranniques et cruels, qui dépècent, massacrent, scandalisent et épouvantent les brebis ? » Ces paroles brûlantes, je les avais lues dans sa célèbre *Lettre au Conseil des Indes.* La mission dont je distinguais à présent les toits, faits de larges feuilles encore vertes, c'était bien celle de la *Vera Paz,* de la Vraie Paix, que l'héroïque Las Casas était venu fonder.

« C'est quand j'ai assisté aux premières horreurs, lors de l'expédition de Cuba, puis de celle de Cortés, que j'ai pris conscience de notre injustice... Parce qu'ils donnent des formes légales à leurs spoliations, ils se croient des justes. Un notaire, ou un écrivain public, débarque avec les soldats de quelque navire. Il rassemble les Indiens, troupeau innocent et ignorant tout de la langue castillane, et les requiert, sous peine d'être réduits en esclavage ou tués, eux, leurs femmes et leurs enfants, de devenir à l'instant de bons et loyaux sujets du Roi Catholique, au nom du Grand Prêtre appelé le pape. Puis, cette sommation une fois solennellement proclamée, enregistrée, le bon droit des conquérants leur paraît établi, et ils se répartissent villages et terres, suivant le système de l'*encomienda.* Car ces terres et ces villages leur sont confiés en commende, prétendent-ils, par Leurs Majestés d'Espagne. J'ai été moi-même un *encomendero,* ô frère, mais j'ai renoncé à « mes » terres, à « mes » Indiens, un jour de Pentecôte où j'eus une vision. Je vis le Christ outragé, flagellé, accablé, crucifié dans les Indiens... Frère, ce que j'ai vu faire à nos chrétiens ensanglante encore mes yeux et ma mémoire. Des millions de morts ! Sais-tu que, lors de la prise de la ville de Mexico, alors que les seigneurs du pays s'étaient réunis sans armes pour célébrer leurs fêtes, les Espagnols mirent le feu à leur temple, passant les fuyards au fil de l'épée ? Et j'ai entendu le capitaine des soldats qui chantait, ivre de sang et de pillage, ce *romancero :*

Néron regarde l'incendie
De Rome à la roche Tarpéienne
Enfants et vieillards crient
Et lui ne ressentait rien...

Où est la gloire de notre foi ? Dans ces enfants ouverts à coups de pique, dont on cognait la tête contre les rochers en manière de jeu ? Dans les longues potences où l'on brûlait vifs, par groupe de treize, en hommage à Notre Rédempteur et aux douze Apôtres, les malheureux indigènes ? Dans ces femmes enceintes éventrées à coups de pied ? Dans ces mains coupées, ces bûchers, ces jeux où les chiens des Espagnols étaient dressés à déchirer la chair humaine, ces joutes à cheval sur un tapis de corps ligotés, écrasés par les sabots et les fers ? Néron, oui, nous avons été dignes de Néron, et nos victimes dignes des premiers chrétiens... "

La face du père Bartolomé était, à l'évocation de ces souvenirs, baignée de larmes douloureuses. Ainsi s'était-il juré, en cette terre perdue qu'il avait consacrée à la paix, d'interdire l'entrée du territoire de mission aux militaires et aux colons. Le *licenciado* Maldonado, auditeur de l'*Audiencia* et gouverneur du Guatemala, a, sur les pressantes instances du père, conféré à son ordre le privilège exclusif de la pénétration dans cette zone ; et par cette charte, les Indiens ne peuvent être assujettis à aucun *encomendero* mais sont directement sujets de Leurs Majestés, et estimés capables, avec l'aide des frères prêcheurs, de s'administrer eux-mêmes... Cette œuvre magnifique est à peine commencée ; mais pour moi, qui ignorais presque tout de ce système de l'*encomienda,* par lequel les Indiens sont donnés comme serfs à des prédateurs sans scrupules, sa rencontre a été une illumination.

Oui, œuvre précieuse ; d'autant que la guerre vient tout juste de cesser, entre les Espagnols et les Indiens mayas du Yucatán ; elle a accumulé les ruines en ce pays autrefois fertile. Des réfugiés sans nombre encombrent la Vera Paz. Errant parmi eux, un homme a frappé ma vue, que j'aurais d'abord pris pour un Indien, n'étaient sa taille, sa chevelure et ses yeux bleus... »

Tout en cheminant lentement vers Mexico sur l'ancienne route aztèque, Angelo ne pouvait se retenir de jeter à la dérobée des regards intrigués sur son compagnon de voyage. Gonzalo, c'était le seul nom qu'il avait donné, avançait derrière lui, muet, en marchant à l'indienne, régulièrement, comme un automate, sans repos ni plainte ; l'homme, qui paraissait peu à l'aise dans son costume râpé d'Espagnol, avait certainement plus du demi-siècle ; il était si vigoureux que ses membres bronzés semblaient sculptés dans le métal. Des cicatrices terribles lui couvraient le visage. Et sa longue chevelure bouclée, poivre et sel, lui descendait jusqu'aux épaules. Il avait insisté pour accompagner le franciscain dans son voyage de retour ; pour le protéger, prétendait-il, contre une éventuelle mauvaise rencontre avec les Indiens, dont il parlait parfaitement la langue. Mais Angelo se demandait parfois qui protégeait qui, au long de ces interminables journées de lente progression sous un soleil de plomb. Car à tous les contrôles de soldats espagnols — et ils ne manquaient pas, au long des montagnes, aux gués des fleuves —, Angelo désignait Gonzalo comme son serviteur, ainsi que celui-ci le lui avait demandé. Il était évident que l'homme cherchait à échapper à toute enquête plus poussée.

À une semaine environ de marche de la capitale, Angelo eut une immense surprise. La route aztèque, dont la terre battue formait une avancée presque rectiligne, passait près d'une fontaine ; assis au bord du bassin, un jeune homme vêtu à l'européenne attendait, patiemment, en scrutant le chemin des Terres Chaudes. Comme Angelo et son compagnon de route s'approchaient de l'eau réparatrice, le jeune homme se leva pour courir à leur rencontre.

« Francisco ! Que fais-tu ici ? De quel droit as-tu quitté le collège ? »

Le jeune homme secoua sa longue chevelure noire d'un air irrité.

« Tu m'avais abandonné. Alors j'ai pris la fuite, et j'ai décidé de te rejoindre...

— Tu es fou ! Que penseront tes supérieurs, et Doña Marina ! Et si tu nous avais croisés sans nous voir ?

— Le Dieu dont tu me parles toujours ne l'aurait pas voulu. D'ailleurs, il n'y a qu'une route... »

Comme il se retournait, après avoir embrassé son élève, Angelo remarqua que le nommé Gonzalo dévorait Francisco-Itzcoatl d'un regard brûlant. Il était subjugué par la vue du jeune homme. Ils se remirent aussitôt en marche, car Angelo était pressé de rendre le fugueur au collège et à sa tutrice, avant que ne soient décidées des sanctions que l'orgueil du jeune homme aurait mal supportées. Et, tandis qu'ils avançaient, aussi vite que possible, vers la lagune qui miroitait à l'horizon, la ville de Coyoacan et la chaussée sur l'eau qui la reliait à la capitale, Angelo s'étonnait d'entendre, derrière lui, l'homme qui se faisait appeler Gonzalo, jusqu'ici taciturne, échanger avec le jeune Aztèque une longue conversation en mexicain ; elle paraissait passionner ce dernier ; ainsi, Gonzalo ne parlait pas seulement l'espagnol et le maya, mais encore la langue des anciens souverains, le nahuatl.

Les jours suivants, jusqu'à leur arrivée à Mexico, les deux voyageurs étaient devenus inséparables, au point qu'Angelo en éprouvait une légère inquiétude jalouse ; après tout, c'était lui que le jeune homme était venu retrouver ; cette inquiétude se redoublait de ne pouvoir saisir le sens de leurs dialogues, ses quelques rudiments de nahuatl étaient bien insuffisants pour ce faire. Peut-être d'ailleurs n'y avait-il pas d'autre explication à cette soudaine intimité : le plaisir, pour le jeune homme, de découvrir un Espagnol qui maniait parfaitement sa langue natale. Et, de toute façon, cette liaison avec un aventurier comme Gonzalo était sans avenir, dès que Francisco aurait réintégré son collège...

Le maître et l'élève furent reçus avec de grandes démonstrations pour l'un, et de sévères remontrances pour l'autre. Le collège, pendant le temps de sa fugue, avait été comme en ébullition. L'évêque Zumarraga lui-même suivait l'affaire, et Doña Marina assiégeait le supérieur. À ces réactions affolées, Angelo eut le pressentiment de l'importance accordée à Francisco.

Ce dernier avait repris ses relations affectueuses et confiantes avec son maître, qui lui enseignait l'espagnol en tête à tête et quotidiennement. Mais il continua quelque temps à fréquenter le dénommé Gonzalo, en profitant des sorties, et des moments pendant lesquels Angelo le laissait seul pour dire un rosaire, une messe en ville, d'où l'adolescent s'éclipsait sans bruit. Il en eut la certitude lorsque Doña Marina vint lui reprocher l'insuffisance de sa surveillance : elle était dans un état de surexcitation extrême. On ne pouvait tout de même pas, répliquait-il en vain, cloîtrer comme une nonne un garçon de dix-huit ans.

Angelo fut une nouvelle fois convoqué par l'évêque.

Derrière le trône épiscopal, un gros homme barbu, au teint coloré, en costume de marin, assistait à l'entretien. Ses petits yeux avides, son allure de parvenu, sa voix grasse et vulgaire déplurent aussitôt au franciscain. Il se présenta comme le capitaine Juan de Ayolas.

Zumarraga, pâle et sévère, jouait avec son anneau pour ne pas laisser voir sa gêne. C'était que les nouvelles décisions qu'il voulait lui signifier n'avaient rien d'agréable.

« La Malinche est venue me voir. Elle prétend que, depuis ton retour, ton élève Francisco bénéficie de ta part d'une coupable indulgence. Tu sais l'importance que nous accordons à ce garçon. Ce pays n'a pas encore l'habitude de la soumission à nos lois, et il descend d'une de leurs grandes familles. Un soulèvement trouverait facilement en lui un emblème, ou même un chef, fût-il involontaire...

— Francisco ne se retournera jamais contre ses bienfaiteurs, Monseigneur. Je m'en porte garant. Il est devenu bon chrétien.

— Sait-on ce qui se passe en une âme indienne ? soupira l'évêque. Bien imprudent frère ! Doña Marina, qui est mon œil et mon oreille en cette cité, m'a fait part d'une découverte terrible. Elle était venue se confesser à toi, à Saint-Joseph, quand elle a vu ton élève, son pupille, filer hors de la chapelle ; elle l'a fait suivre, il avait un rendez-vous secret dans la rue voisine ; et elle a pu savoir, par ses domestiques indiens, qui était l'homme qui lui parlait. Cet homme, c'est le terrible Gonzalo Guerrero...

— Maître Gonzalo ! Ainsi, il l'a revu, malgré mon interdiction ! Mais je ne vois pas en quoi ce pauvre clochard est un tel danger. Ni d'ailleurs ce qu'il lui trouve.

— Ainsi, tu ne sais pas quelle peste tu as ramenée avec toi de ton expédition dans les Terres Chaudes. Tant mieux, frère ; ceci te sera compté à décharge... »

Angelo multipliait les protestations d'ignorance. Le capitaine de Ayolas s'avança à son tour, et d'un air plein de suffisance, se mit en devoir d'éclairer le jeune franciscain.

« Gonzalo Guerrero est plus dangereux que le scorpion, que le serpent le plus venimeux. Il est notre pire ennemi en ce pays, et a plus de morts espagnols sur la conscience qu'aucun des chefs indiens... »

Zumarraga approuva gravement, et, en relevant le regard, fixa le malheureux Angelo.

« Nous le pensions mort l'an dernier d'un tir d'arquebuse, dans cette province du Yucatán où il vivait depuis vingt ans parmi les Indiens, quand un rapport nous a annoncé son entrée à ta suite dans Mexico. Les *alguacils* ont failli lui mettre la main au collet, pas plus tard qu'hier. Mais ce diable d'homme a réussi à s'enfuir... »

Quand il apprit l'histoire de Guerrero, une sueur froide baigna les tempes de frère Angelo. L'homme avait débarqué, avec un autre marin, trente ans plus tôt, à la suite d'un naufrage, sur cette côte du Yucatán qui n'avait jusque-là jamais vu d'Européens. Quand, dix ans après, Cortés avait à son tour posé le pied sur la terre du Nouveau Continent, il avait appris l'existence des deux hommes, et avait envoyé à leur recherche ; si l'un d'eux, nommé Jeronimo de Aguilar, s'était aussitôt rallié aux arrivants — il avait servi, au début, d'interprète entre la Malinche et Cortés —, Guerrero, lui, s'était refusé à tout contact. Il avait épousé la fille d'un grand chef local, et s'était indianisé au point de devenir chef lui-même. Et il avait répondu à Aguilar, venu le supplier de le suivre : « J'ai des tatouages sur la figure, et des trous aux oreilles. Que diraient les Espagnols en me voyant ainsi fait ? Je suis cacique ici. Et voyez mes petits enfants comme ils sont gentils... »

« En fait, Guerrero fut l'inventeur de la guerre impitoyable que nous firent les Indiens du Yucatán, reprit Zumarraga. Il organisa le massacre des expéditions de Davila et de Montejo, il y a dix ans. Sa connaissance de nos armes, sa ruse et son engagement renégat, dont Cortés avait pressenti le danger, ont empêché jusqu'à présent les nôtres de vaincre cette résistance. Il nous a fait croire à plusieurs reprises à sa mort, mais s'est toujours échappé. Sa haine contre nous n'a d'égale que celle de la Malinche contre ses anciens frères de sang... Ces deux destins effrayants, voulus par Dieu, sont symétriques. Qu'est venu faire Guerrero à Mexico ? Tramer quelque révolte, quelque complot contre nous, maintenant que le Yucatán est pacifié. Tu comprends le danger, cher frère. »

Zumarraga se leva, et son ton se fit plus solennel :

« C'est pourquoi nous, évêque Juan de Zumarraga, en plein accord avec le vice-roi, avons décidé les choses suivantes, pour la plus grande sauvegarde de notre gracieux souverain et de notre foi contre les intrigues et les séditions. Le jeune Francisco, autrefois dénommé Itzcoatl, sera, pour sa sécurité et la nôtre, déporté le plus loin possible de la cité de Mexico, à l'extrême sud au-delà de la ligne équinoxiale. Le capitaine de Ayolas, ici présent, qui va diriger une expédition jusqu'au fleuve qu'on appelle Rio de La Plata, et le frère mineur Angelo de Giminiano, en tant que maître et confesseur du jeune homme, sont tous deux chargés de cette déportation.. »

CHAPITRE III

RIO DE LA PLATA, 1538-1539

Car l'achèvement de la foi est, pour la nature, une réalité absolument impossible, impensable, inouïe.

Thomas MÜNZER « au marteau »
(Thomas Münzer mit dem Hammer),
instigateur de la révolte des paysans, 1525

LA plage de sable, désespérément rectiligne, ne connaissait, sur des centaines de lieues, aucun autre accident que l'éminence verdoyante où avait été établi le fort San Spirito. Une petite rivière contournait la colline, dont le sommet, déboisé, était entouré d'une palissade de pieux épointés et noircis. À l'embouchure, un débarcadère de planches avait été bâti ; il permettait aux navires de faire de l'eau douce, première activité qui avait entraîné, dix ans plus tôt, la fondation du fort par l'expédition du navigateur Sébastien Cabot.

Le paysage avoisinant, depuis cette hauteur, s'étendait avec une tristesse monotone sous le ciel gris chargé de pluies tièdes ; des marécages, des lagunes parallèles à l'océan, peuplées d'oiseaux pêcheurs aux cris aigus, allaient à l'infini, vers le nord, le Brésil des Portugais, comme vers le sud, dans la direction du Rio de La Plata et de ses interminables eaux boueuses ; et l'océan lui-même, qui baignait cette terre du bout du monde, avait acquis, jusqu'à des milles au large, par le mélange des eaux douces et amères, une couleur chocolat.

Vers l'intérieur, cette uniformité sans pitié se continuait par les cimes frissonnantes de la vaste forêt, océan d'arbres qui répondait à l'océan des eaux, où retentissaient les cris rauques des perroquets, que traversaient des bandes de singes, où paissaient des tapirs et des cerfs, que terrifiait parfois le feulement d'un jaguar en chasse.

Angelo, en quelques semaines, avait épuisé les charmes invariables du lieu de son exil : il n'aurait pu imaginer territoire plus indécis, moins favorable à l'homme, dont les limites mêmes étaient impossibles à tracer, tant les lieux s'y ressemblaient tous. Oui, une terre d'avant l'homme, d'avant l'intelligence et la variété, où la boue et l'eau n'étaient qu'à peine séparées ; cette extrémité fluctuante et plate du continent, où rien n'accrochait l'œil, ne provoquait pas cette reconnaissance qui fait l'humanité d'un paysage, n'était même pas hostile, ou exubérante, comme les Terres Chaudes du Yucatán. Était-ce là l'Éden dont il avait cru faire la découverte, cette morne plaine à peine ondulée, dont le sol rouge et gras nourrissait de hautes graminées ? En descendant la ruelle détrempée qui conduisait du fort au village, il jeta un coup de pied à l'un des nombreux chiens jaunes, à la gueule baveuse et au poil ras, qui s'étaient multipliés depuis la fondation de San Spirito ; les Indiens les avaient aussitôt adoptés comme un don de la fatalité. La rue, si on pouvait appeler ainsi la sente malodorante qu'il suivait, se heurtait partout aux obstacles : huttes de paille et de feuilles des familles indiennes, enclos pour les vaches et les moutons, débarqués dix ans auparavant, et qui s'étaient reproduits. L'odeur des excréments, les piaillements des gosses nus jouant dans cette gadoue puante lui étaient devenus familiers.

Mais était-on beaucoup mieux là-haut, à l'intérieur du fort ? Soldats et missionnaires y vivaient dans des tentes à peine plus hautes qu'un corps humain, en peaux mal tannées ; les murets de terre qui les renforçaient n'empêchaient pas que se fussent formés, du fait du rétrécissement du cuir, des bâillements et des béances, par où pénétraient les poules et les serpents. Bienheureux si, la nuit, dans la fumée des feux, quelque animal ne venait pas se réfugier sous les cadres de bois tendus de lanières qui servaient de lit ; de toute façon, les moustiques ne laissaient guère de répit aux dormeurs, entre les mugissements des bêtes effrayées et le tapage infernal, dès avant le lever du soleil, des femmes pilant les herbes pour préparer la bière exotique, gluante, dont se saoulaient les Indiens : la *chicha,* tirée de la farine de maïs bouillie mâchée et remâchée par de jeunes vierges, dont la salive provoquait la fermentation. Et la nourriture… Quand Angelo, profitant du départ d'un courrier pour Asunción, avait réclamé des haricots et des lentilles, aliments de carême, on lui avait répondu d'utiliser les décrets des papes sur les transgressions du jeûne en cas de force majeure. Il y avait les grosses racines de manioc doux, la viande rôtie sur des broches de bois, presque sans sel — les Indiens n'en usant pas — et le maïs, pilé et cuit au four avec de la graisse et que les habitants nommaient *chipa*. Ces aliments étaient trop grossiers pour l'estomac de Francisco ; aussi le missionnaire faisait-il préparer pour le jeune prince, isolé dans un baraquement bien gardé, des bouillies où ce pain épais était dissous dans du lait et additionné de miel — c'était la *mazzamorra*, le dessert des soldats — ou de petits morceaux de viande séchée, et c'était le *pocra*, le ragoût.

Angelo acheva ses visites ; dans cette hutte, des enfants malades aux yeux chassieux, au ventre gonflé, tatoués partout et soigneusement épilés jusqu'aux cils, avaient été rassemblés par ses soins. Mais l'incurie des Guaranis les laissait nus sur le sol ; dans cette autre, dérisoire hospice, des femmes enceintes et des vieillards traînaient des corps difformes. D'ailleurs, en quelque hutte qu'il pénétrât, l'accueil était toujours larmoyant. Comme si le malheur n'avait cessé de frapper depuis l'arrivée des Blancs. Les Indiens avaient toujours eu l'attendrissement facile ; de plus, en quelques années, les formes traditionnelles de l'entraide s'étaient effondrées, les maladies des Européens avaient proliféré. Le travail que ces êtres simples avaient toujours méprisé, était pour les Espagnols ; eux se laisseraient mourir de faim, dans la dépendance absolue de leurs nouveaux maîtres.

Partout où il passait pour secourir des malades, le père remarquait une gêne ; une porte, une tenture se fermaient à son arrivée. Il savait qui le précédait ainsi, en évitant soigneusement le contact avec lui : il avait parfois surpris un pas rapide, l'envol d'un vêtement, une silhouette qui s'enfuyait. C'était la sorcière, ou la prêtresse du village ; contrairement à ce qu'il avait d'abord pensé, elle n'était pas une répugnante vieille ; le peu qu'il en avait aperçu était même dangereusement séduisant. Mais il n'avait pas encore pu distinguer ses traits ; elle ramenait, dès qu'elle le rencontrait, un pan de son vêtement bariolé sur son visage. Elle laissait derrière elle sa calebasse encore chaude, dans laquelle elle aspirait la *yerba maté* avec un chalumeau.

Il remonta en soupirant vers le fort, pour le repas du soir — qu'il prenait, bien obligé, avec le capitaine et ses deux lieutenants —, avant d'aller dire avec Francisco les sept *Pater*, les *Gloria Patri* et le *Credo* requis par la règle. Au bord de l'esplanade herbue, l'église de bois, qui n'accueillait, le dimanche, que la garnison espagnole, se prolongeait par une cour ouverte, l'*atrio*, jointe au côté nord, et où les fidèles indiens pouvaient suivre les offices en plein air. Cette chapelle ouverte était une idée du prédécesseur d'Angelo ; c'était lui également qui avait fait suspendre une petite cloche de marine, volée à l'un des navires, à une potence qui servait de clocher. À l'intérieur, l'autel, fait d'argile séchée, ne portait qu'un crucifix et des cornes de bœuf fichées dans la masse et remplies de sable, afin de pouvoir y fixer des chandelles. Angelo avait recouvert une des faces de l'autel, celle qui regardait le public, d'un morceau de cuir gravé des initiales de Notre-Seigneur, sur lequel il avait collé des verroteries et des morceaux de papier coloré. Les Guaranis, qui jouissaient de loin, par la porte entrouverte, de la vue de cette amélioration, l'avaient fort appréciée.

Angelo s'approcha des quartiers du capitaine, qui formaient, avec les magasins et la poudrière à moitié enterrée, le dernier côté du quadrilatère. Une chanson à boire s'en échappait ; peut-être Ayolas avait-il raison, au fond, songea tristement le jeune missionnaire. Cette terre, ce continent du Sud, était bien loin de l'Éden ; et la simplicité indienne, qui identifiait le Christ au héros fondateur de la tribu, Pay Zumè, et le diable à Anân, leur divinité funeste, enfin les frères aux sorciers, était-elle le véritable dénuement digne des chrétiens primitifs ?

Le mépris de l'or pouvait être pure paresse, l'indifférence aux richesses sensualité gloutonne, la nudité prétexte à sodomie ; Satan était peut-être partout, en cette naïveté perverse, Satan qui marquait de sa griffe jusqu'aux petits enfants, dont la peau du visage était labourée de profondes incisions. Satan, que servait sans doute, sans le savoir, cette femme inconnue, dont l'influence contrebattait la sienne, obscure et tenace, obstinée...

« Ce n'est pas sans peine que Francisco et moi avons quitté Mexico ; pour lui, c'était se séparer de sa chère patrie, et il m'a montré les bâtiments du collège étincelants de blancheur sous le soleil du matin qui irisait la lagune, en me disant, les larmes aux yeux : " Notre dernier empereur, Cuautemoc, qui résista vaillamment à l'armée espagnole, fut élevé ici. Que son souvenir soit béni ! "

Je savais que ce collège de Tlatelolco avait pris la succession d'un établissement indigène d'avant la conquête, destiné aux jeunes nobles. Cependant, c'était la première fois que j'entendais Francisco manifester un regret, et une émotion, à propos de la guerre menée contre les conquistadores. Je sais que ce Cuautemoc fut exécuté par le marquis dans des circonstances peu honorables. Jusqu'à présent, Francisco était très discret sur le passé de son peuple. Ce changement doit être le fruit de ses conversations avec Gonzalo Guerrero ; ce dernier a dû réveiller chez lui des blessures secrètes, ou des rancœurs assoupies... Sage, en vérité, est la décision de notre seigneur l'évêque ! Pour moi, d'un exil à l'autre, le regret de la terre que je quitte m'est devenu presque inconnu. Ma Florence dévastée, Rome détruite, mon Italie saccagée par la guerre ont bronzé mon cœur contre cette nostalgie.

La peine de Francisco a été tempérée par l'idée qu'il n'aurait plus à subir la tutelle de la Malinche, qu'il déteste ; par l'excitation d'un grand voyage, qui enflamme toujours l'imagination à cet âge ; et par la certitude de vivre cet éloignement avec moi, son seul véritable ami. Il a quitté Mexico — nous embarquons à Vera Cruz — avec un bagage réduit au minimum ; mais le capitaine de Ayolas a tenu à nous fournir une escorte pour le trajet. Le seul objet auquel Francisco tienne comme à un trésor, et que la Malinche elle-même lui a restitué sans avoir osé l'ouvrir, est un coffret scellé, très long et rectangulaire, qui lui vient de son père. Il est en vannerie merveilleusement ouvragée, incrusté d'argent, et Francisco l'appelle son *petlacal,* son trésor. " Rien n'est plus précieux au monde ", ne cesse-t-il de me répéter. Je suppose qu'il contient ses bijoux de famille. J'ai eu le tort d'en révéler l'existence au capitaine, d'où l'escorte. Peut-être jugé-je mal cet homme fruste, mais sans doute honnête et précautionneux...

Je passe sur notre navigation vers le sud : les quatre navires de notre expédition portaient trois cents hommes, qui partaient relayer l'expédition menée par l'un des membres de la puissante famille Mendoza, deux ans auparavant ; lequel avait fondé, à l'embouchure du Rio de La Plata, Nuestra Señora de Buen Aire. Il mourut d'une maladie contractée dans un contact impur avec une femme indigène, la même année, sur le vaisseau qui le rapatriait ; non sans laisser un testament qui stipulait une nouvelle expédition pour secourir ces établissements, qui fut la nôtre.

Il courait sur ce continent sud, cette quatrième terre émergée qui faisait pendant à ce monde limité que l'homme avait connu de toute antiquité, les légendes les plus effrayantes. Je croyais y découvrir des Pygmées et des griffons, des hommes à tête de chien et d'autres qui portaient leurs yeux sur leur ventre, d'autres encore qui s'abritaient du soleil en vivant couchés et en levant en parasol un pied unique et très large. Le passage de la ligne, que nous fîmes sans encombre, effrayait particulièrement l'équipage, qui craignait de voir se détacher les clous qui tenaient les planches de notre coque, sous l'effet de l'attraction de gigantesques pierres d'aimant reposant par le fond ; d'autres pensaient voir la mer entrer en ébullition du fait de la proximité du soleil ; les peuples de ces régions n'avaient, disait-on, pas de bouche, et communiquaient par signes, comme les moines voués au silence. Ou ils étaient hermaphrodites. Toutes les légendes rassemblées dans le populaire *Voyage de Mandeville* s'accumulaient, celle des arbres qui donnaient comme fruits des oiseaux, jusqu'à celle des fourmis géantes occupées à extraire l'or des montagnes. Pour moi, qui ne suis pas de ces esprits simples, et qui ai étudié l'*Almageste* et les Pères, je dois cependant avouer que, lorsque j'ai vu pour la première fois, en me tenant sur le pont, la nuit, la main sur l'épaule de Francisco, l'étoile Polaire disparaître pour s'enfoncer dans le noir horizon, mon sang s'est glacé. Saint Augustin, qui pensait comme les Anciens que la Terre est ronde, n'affirme-t-il pas qu'il ne peut pourtant exister d'antipodes, car ce serait contraire à la sainte

Écriture ? Notre fragile esquif allait-il se renverser, et nous retrouverions-nous bientôt la tête en bas, puisque ce quatrième continent, que nie, avec le saint docteur, Grégoire de Naziance, se trouverait à l'opposé des terres connues ? Lactance lui-même réfute les antipodes par l'argument que les gens y marcheraient les pieds en haut, que les arbres et le blé y pousseraient les racines en l'air, et que les pluies s'y élèveraient du sol vers le ciel. Pourtant, les hommes qui reviennent de ces latitudes n'y ont rien observé de semblable : chez les cosmographes antiques, la fin de la Terre se situait à Cadix ; l'expérience et l'aide de Dieu corrigent les erreurs de notre faible raison, laquelle fait un absolu de l'étroite prison où elle est enfermée. Car notre sensibilité est assujettie au temps et au lieu, et elle ne peut concevoir un temps et un lieu universels sans pénétrer l'esprit divin ; et il est pourtant vrai, contrairement à l'opinion de Lactance et de saint Augustin, qu'en tout lieu d'une sphère, le ciel est au-dessus et la terre en bas, même pour un homme venu des antipodes.

J'ai tenté d'expliquer ce point à mon élève ; mais il était atteint du mal de mer depuis le départ, et si effrayé par cette grande machine de bois mobile, notre vaisseau, qu'il l'a d'abord prise pour un monstre marin.

Pendant un mois de navigation, nous avons suivi la côte de la Terre Ferme en n'abordant que pour faire de l'eau. Car ces régions appartiennent, par décision du Saint-Père, au roi de Portugal, comme l'a montré l'arpentage céleste réalisé par Amerigo Vespucci, lequel confirma au roi Don Manuel la possession de la Terre Rouge explorée par Cabral. Nous avons reconnu les parages du Rio de Janvier, dont les éminences abruptes, comme autant de doigts levés vers le ciel, se distinguent de fort loin. Comme un grain nous avait rejetés vers le sud, en causant la perte de l'un de nos vaisseaux — de Francisco et de moi, je laisse à penser qui était le plus terrifié —, nous nous égarâmes en latitude au point de perdre toute terre de vue. L'inquiétude étreignait nos cœurs, les vivres allaient bientôt manquer, et la boisson aussi, nos barils ayant été défoncés par les paquets de mer. Non sans la divine intervention de la Providence, un homme d'équipage vint à tomber des agrès dans la mer. Tandis qu'on lui jetait un filin, il ne cessait de hurler quelque chose que le bruit des vagues et l'eau qui lui remplissait à moitié la bouche rendaient inaudible.

« De l'eau ! C'est de l'eau ! » répétait-il une fois hissé sur le pont.

Le capitaine haussa les épaules ; nous ne le savions que trop bien, que nous étions environnés d'eau.

« De l'eau douce ! Bonne à boire ! »

On se précipita pour puiser un seau. L'eau, quoiqu'un peu salie de boue, était parfaitement buvable. Comment ce miracle était-il possible, à plusieurs dizaines de milles en mer ? Le capitaine de Ayolas se frappa le front en éclatant d'un rire formidable.

« Le Rio de San Cristobal ! Le *Golfo dulce* ! Lui seul peut dessaler l'océan aussi loin ! »

Ayolas employait encore les vieux noms laissés par le *piloto mayor,* successeur de Vespucci, Juan de Solis, un quart de siècle plus tôt. Comme ce golfe n'a pas moins de soixante lieues de large à son entrée, Solis crut qu'il formait passage avec l'autre face du continent ; les Anciens n'affirment-ils pas que le Nil, lui aussi, se jette dans plusieurs océans ? Mais, me conta Ayolas, Juan Diaz de Solis devait finir dévoré par les indigènes, qui l'avaient attiré à terre par leurs signaux. Ce pays, décidément, était funeste aux explorateurs. Quelques années plus tard, Magellan, en route pour les Philippines par l'ouest, reconnut l'erreur de Solis : le passage vers la Chine, s'il existait, n'était pas dans ce rio, mais plus au sud, ou au nord-ouest, très loin dans les glaces. Il fit aussi honneur au fleuve ainsi exploré de ce nom de San Cristobal.

Tandis que nous remontions au nord, en croisant au large de la péninsule bizarrement conformée du Cabo de Santa Maria, qui s'enfonce toute droite dans l'océan comme une épine plantée dans cette côte plate, le capitaine de Ayolas m'expliqua d'un air gourmand l'origine du nom *Rio de La Plata,* rivière de l'argent :

« Quand Sebastien Cabot, il y a une dizaine d'années, débarqua à San Spirito, il rencontra des Indiens qui portaient des bijoux d'argent. Il les interrogea sur leur provenance ; et ces sauvages lui répondirent en montrant l'ouest, où habitait, à les en croire, très loin dans les montagnes, un roi blanc riche et puissant... »

Et le regard du capitaine se perdait vers ce couchant, dans les eaux de ce fleuve qui conduisait à de telles richesses. On disait encore qu'un des membres de l'expédition de Solis, un Portugais nommé Alejo Garcia, s'était associé aux guerriers guaranis pour remonter jusqu'aux frontières qui protégeaient, comme un nouveau *limes* romain, l'empire des Montagnes, et avait pillé des villages au Pérou... Cela faisait saliver le capitaine ; ce dernier ne songe, je crois, qu'à suivre ses traces... »

L'homme, dont les vêtements en loques et la barbe en bataille dénonçaient les fatigues d'un long trajet à travers les jungles, grimpa péniblement le sentier de San Spirito, et épuisa ses dernières forces à frapper du poing à la grande porte en planches mal jointes. À peine lui eut-on ouvert, qu'il réclama d'abord à manger, et il dévora les aliments en faisant des bruits de déglutition presque animaux. Des soldats de la garnison l'entourèrent d'un cercle curieux, tandis qu'il bâfrait. Puis on lui donna un hamac dans l'un des magasins, où il s'endormit aussitôt d'un sommeil agité de mauvais rêves, après avoir refusé de répondre à toute question.

Le lendemain, le capitaine l'interrogea lui-même, en présence de frère Angelo, à l'heure du premier repas, sur lequel il se précipita. En mastiquant les galettes de maïs, l'homme fit comprendre avec énergie qu'il venait de loin, très loin. Plusieurs mois de marche, affirmait-il, dans des conditions terribles, où avaient péri tous ses compagnons.

Ayolas manifesta un intérêt surexcité pour ses confidences, que l'homme avait eu l'habileté de lui réserver.

Il y avait bien là-bas, très loin à l'ouest, un empire très puissant, comme l'avait toujours cru le capitaine. Ce peuple, dont la capitale se nommait le *Cuzco*, était composé de guerriers redoutables et innombrables. Ils avaient détruit et conquis, un demi-siècle plus tôt, l'empire agricole des Chimus, qui s'étendait le long de cette même mer du Sud que Balboa avait découverte, avaient repoussé au sud les cruels Araucans, et à l'est les tribus des forêts vierges.

L'homme avait fait partie de l'expédition menée par Pizarro et Almagro, qui avait séquestré puis exécuté le roi Atahualpa, au Pérou. Cette expédition était connue à Panama dès l'an 1534, car l'évêque local, Fray Tomas de Berlanga, avait été chargé de délimiter les territoires, la Nouvelle-Castille et la Nouvelle-Tolède, conquis par les deux aventuriers.

Ayolas avait entendu parler de cette expédition dès 1534, et ç'avait été un des mobiles de son propre voyage.

La langue de cet empire se nommait le quechua ; ils ne connaissaient pas l'écriture mais comptaient et communiquaient à l'aide de cordelettes tressées, où les nœuds représentaient les chiffres. Leur avant-dernier roi, Wayna Capac, tel était son nom, était mort dix ans plus tôt de cette même épidémie de variole que Cortés et les siens avaient apportée au Mexique. La maladie, songea le frère Angelo, précédait l'Européen : Wayna Capac n'avait jamais vu de Blancs, mais avait subi, sans même connaître leur existence, le premier effet de leur néfaste influence.

« Ce sont de cruels combattants ; leurs ennemis, qu'ils foulent aux pieds pour les tuer, ils en découpent les cadavres, font de leurs crânes des coupes à bière, de leurs tibias des flûtes, de leurs dents des colliers, et tapissent leurs tambours de leurs peaux tendres. »

Le capitaine eut l'air un instant ébranlé ; Angelo priait ; la miséricorde divine pourrait-elle jamais pardonner de tels crimes ?

« Les fils portent le nom du père, et les filles celui de la mère. L'empire abonde en routes magnifiques, certaines souterraines, en ponts suspendus de lianes et de planches, que parcourent les coursiers de leur empereur ; un message ne met pas plus de dix jours à descendre du nord au sud sur près de mille lieues... Ils ont des monastères consacrés au Soleil, où des femmes choisies sont enfermées, des palais et citadelles de pierres énormes, et leur souverain, qui est le plus capable d'entre eux, épouse sa propre sœur quand il monte sur le trône. On l'appelle le fils du

Soleil, il porte un diadème de laine écarlate, et ne se déplace que sous un dais somptueux… J'ai vu en son honneur des hommes sauter du haut d'une falaise et arriver sains et saufs à ses pieds, grâce à de grandes ailes de toile qui se déployaient dans leur dos… »

Angelo ouvrait des yeux émerveillés. Mais le capitaine ne s'intéressait que fort peu aux mœurs de ce peuple ; il interrogeait d'un ton pressant :

« Et l'or ? Et l'argent ? Les pierres précieuses ? Tu les as vus ? »

S'il les avait vus ! Il avait fait partie de la délégation de trois hommes, envoyés à Cuzco par Pizarro, à la fin du printemps 1533, pour espionner les défenses de la ville. Il avait ainsi pu observer ses richesses avant la prise de la cité et son pillage, qui devaient intervenir six mois plus tard.

« C'était leur grande fête du Soleil, le solstice d'été. Leurs chefs s'abstiennent alors de sel, de piment et de sexe, ils font des libations à l'astre levant et sacrifient leurs animaux familiers, des sortes de moutons à hautes pattes, sur un bûcher que le Soleil allume, en personne, par l'intermédiaire d'un miroir concave de métal poli… J'ai été le premier et le dernier à voir cela. Mais sache-le, capitaine, leur temple fut construit à l'endroit même où se ficha dans le sol le bâton d'or jeté par leur héros fondateur, Manco Capac. Et onques ne vit plus d'or qu'en ce lieu : le mur d'enceinte, les corniches du temple étaient construits en ce métal. Autour s'étendait un jardin fait tout entier du même or pur, avec des épis de maïs sculptés en or, des images en or de leurs lamas familiers, des statues de divinités, la Lune, la Foudre, l'Arc-en-Ciel, de leurs empereurs défunts… »

Ayolas rêvait en se caressant la joue. Tout cet or-là avait sans doute déjà été fondu, et dispersé. Mais s'il en existait tant dans cette montagne, il y avait encore de belles parts à prendre… Quel dommage que la cédule royale, qui lui confiait la direction de cette expédition, l'eût cantonné à ce bout de plage et à cette terre ingrate du Rio de La Plata, le mal nommé ! Cette « terre riche » du Pérou, depuis plus de vingt ans, la rumeur de son existence préoccupait, non seulement les

Espagnols des îles, mais aussi les Portugais, qui avaient trouvé chez les Indiens Carios des objets de métal venus du royaume andin.

« L'empereur portait aux oreilles de grands disques d'or, et sur la poitrine aussi... »

Ayolas ne se lassait pas. Angelo, lui, s'indignait intérieurement. Quelle distance de ces appétits brutaux d'or à la recherche du paradis des simples qui l'avait poussé jusqu'ici ! Quel contraste entre l'Éden après lequel il soupirait, et ce pillage immense auquel aspirait Ayolas ! Il commença dès lors d'éviter le capitaine, et se risqua même à refuser parfois de partager sa table...

« As-tu compris ? La Substance, par exemple, la Personne, comme le dit le Docteur Angélique, doit être distinguée des accidents, et seule la Substance individuée existe par elle-même ; les accidents ne sont que des catégories logiques... L'Être substantiel de l'humanité, c'est l'Homme. Son être accidentel, c'est d'être blanc...

— Ou rouge. Donc, les Indiens sont des personnes par substance et les nègres aussi ? Et leur couleur est accident ? »

Angelo fut bien embarrassé pour répondre. Même Las Casas considérait ces derniers comme naturellement voués à l'esclavage. Ce cours de théologie de la Personne, dans ce baraquement étouffant, avait quelque chose d'absurde. Mais Angelo se raccrochait à cette éducation du jeune prince comme à l'un des rares moyens de ne pas devenir fou. Par les interstices des planches, des rais de soleil tropical penchaient jusqu'à eux, zébrant les mots du professeur.

Francisco-Itzcoatl plissa ses beaux yeux de chat et bâilla sans scrupules. Frère Angelo n'eut pas le cœur de le gronder ; le jeune homme, au début, avait assez bien supporté son exil. Au bout de deux années entières, et bien que, pour le distraire, Angelo ait décidé de l'emmener avec lui, par mer, jusqu'à Asunción, il commençait à dépérir.

« Combien de temps allons-nous rester ici, mon père ? Suis-je condamné à perpétuité ? »

Angelo n'en savait rien lui-même. Il avait espéré que la rigueur des autorités de Mexico se relâcherait avec le temps, et qu'on les rappellerait assez vite — à la première relève des troupes, peut-être, qui se faisait au plus fort de la belle saison. Mais les navires avaient débarqué de nouveaux uniformes, bleus à parements blancs, qui avaient remplacé ceux, rouges à parements jaunes, de la première troupe ; et ils venaient, Francisco et lui, de voir ces derniers remplacés à leur tour par des soldats vert et blanc. Oui, au bout de combien de temps, de combien d'uniformes différents, collection dérisoire des relèves, se déciderait-on à pardonner ?

C'était surtout la coexistence avec Ayolas qui inquiétait le franciscain. La première année, le capitaine avait déployé ce qu'il pouvait de grâce et de charme pour séduire le jeune otage et son maître. Comme le prince manifestait le désir de courir sur la plage, pour tromper son ennui, il avait été jusqu'à lui apprendre des rudiments d'équitation, et même jusqu'à l'autoriser à monter seul son propre cheval, un hongre pommelé transporté à grands frais par bateau depuis Vera Cruz, et auquel Ayolas tenait comme à la prunelle de ses yeux. Au début, Francisco était terrorisé par cette grande bête aux naseaux fumants.

« Mes ancêtres n'ont pas connu de tels monstres. Je n'y arriverai jamais », gémissait-il, résigné.

Angelo lui expliqua que le cheval avait encore plus peur de lui que lui du cheval. Et Ayolas, à force de manège dans la cour du fort, en fit un cavalier acceptable.

Dès que le capitaine lui en donna la permission, Francisco se mit à faire de longues chevauchées dans le vent de la plage, d'où il revenait tout ébouriffé, les joues rouges, le regard brillant, presque heureux. Il galopait longuement — trop longuement pour la bête, bien souvent — sans éprouver de lassitude à arpenter ce paysage toujours semblable à soi-même ; il mettait dans cette nouvelle passion le même fatalisme capable des plus grands excès que ceux de sa race manifestaient dans l'alcool ou la foi. Et puis, un beau jour, en tordant la bouche en un sourire qui se voulait aimable, Ayolas tenta de se rapprocher de son but.

« Nous sommes bons amis, n'est-ce pas, Francisco ? Je ne suis pas un geôlier bien pénible ? Allons, je te prête mon cheval ; en échange, montre-moi ton trésor. Je n'y toucherai pas, montre-le-moi seulement... »

Il avait posé, familier, la main sur l'épaule du jeune prince, tout en parlant. Celui-ci se dégagea aussitôt, presque violemment, comme si ce contact le souillait.

« Je n'ai pas de trésor, capitaine...

— Et ce couffin précieux que tu as placé sous ton lit ? Me prends-tu pour un imbécile ? »

Pour la première fois, Angelo vit son élève se mettre à rougir. Ce n'était pas de honte, mais de colère. Il intervint précipitamment :

« Capitaine, ce sont des objets sacrés, les bijoux héréditaires les plus précieux. J'en suis protecteur, comme de tout ce qui appartient à mon élève.

— Tu protèges les bijoux des idoles, à présent, *Padre* ? Jolie manière d'accomplir ton travail de prêtre... Eh bien oui, je vais saisir ce coffre, et en faire détruire le contenu, comme diablerie païenne, si vous ne me le montrez pas.

— Ou plutôt vous l'approprier. Ce coffre est sous ma protection, capitaine ; toute tentative serait rapportée à Mexico... », répliqua fermement le franciscain.

Le capitaine haussa les épaules, et se détourna en grognant. Mais, de ce jour, les promenades à cheval, les sourires et les amitiés cessèrent brutalement. Renfermé entre les quatre palissades du fort, Francisco-Itzcoatl n'eut plus pour distraction que l'enseignement d'Angelo, et une courte promenade, gardé par deux soldats, jusqu'au bord de l'océan.

« Qui me dit que vous ne complotez pas pour faire évader ce garçon ? » ricana Ayolas, quand Angelo lui fit quelques remontrances.

« Les Indiens, disons-nous, et nous croyons avoir tout dit. Et pourtant, quelle différence, quel abîme même, entre Francisco et ces hommes qui ne connaissent que la pierre taillée ! Et même ici, entre ces réfugiés misérables qui peuplent de leurs cahutes les pentes de San Spirito, et les libres tribus de l'intérieur que j'ai visitées ! Toutes ces inventions, ces fantaisies que les poètes ont formées, à propos de l'âge d'or, y sont réelles, si réelles même qu'ils n'ont pu l'inventer à ce point simple et vrai. Quelle pitié que les philosophes anciens, les Platon, les Solon, n'aient pu voir l'état de nature où vivent ces peuples ! Ils auraient vu que leurs lois si parfaites sont aisément dépassées par une loi encore plus pure, l'absence de loi ; quel crève-cœur, surtout, que le Tout-Puissant ait choisi de ne pas annoncer Son Fils à ces peuples, que nous traitons de barbares, avant notre arrivée ici. Alors, oui, la perfection serait de cette terre.

On voit, dès qu'on s'écarte de San Spirito et de ses mœurs adultérées, la pureté d'une société humaine qui se maintient sans l'artifice d'une soudure composée d'obligations et de règles. Pas de commerce, ni littérature ni comptes, pas de constitution politique, nulle législation, point d'héritage, et d'ailleurs point de pauvreté ni de richesse ; à peine d'occupations, si ce n'est la danse et les jeux du corps, nul métal et pas, ou presque, de vêtements ; et surtout, ni trahison ni promesses, ni contrats ni discours, ni avarice ni médisance. Ils sont bien ces *viri a diis recentes*, ces hommes tout frais sortis de la fabrique divine, dont parlait le grand Sénèque en ses *Épîtres*.

Cette vie commune qu'ils menaient dans la forêt, à deux ou trois cents dans chacun de ces bâtiments couverts de l'écorce des arbres, ils l'ont abandonnée sous notre influence. Hors la chasse et la musique, ils ne faisaient qu'écouter des vieillards, qui vont leur répétant deux choses : d'être vaillants contre leurs ennemis, et de montrer de la tendresse à leurs femmes, car ce sont elles qui leur préparent leur boisson favorite : cette bière aux effets laxatifs qu'ils boivent tiède, ils ne la tolèrent qu'ainsi. Ils appellent tous leurs amis « frère », tous les vieillards « père », et tous les petits sont les enfants de tous ; ils m'auraient presque, par moments, amené à douter de la supériorité du sacrement du mariage, car ils n'ont aucun bien à eux ; quant au fait que chaque homme ait plusieurs femmes, ne lisons-nous pas dans les Écritures qu'ainsi avaient coutume les patriarches de l'ancien Israël ?

Si enfantin est parfois leur esprit qu'il m'est arrivé de rire de leurs réclamations, moi qui essaie à tout moment de leur rendre justice contre les préjudices causés par nos soldats. Un vieil Indien, qui a un champ assez éloigné du fort, vint me trouver pour accuser un de nos sous-officiers de lui avoir dérobé ses courges. Je convoque l'homme, qui nie, non sans raison ; il était de garde. J'interroge de plus près le vieux, avec l'aide de Cristobal, mon interprète ; il finit par déclarer avec une tranquille assurance qu'il a vu le vol en rêve. Après vérification, personne n'a touché à son champ. Croyez-vous que le vieillard ait reconnu sa mauvaise foi ? Du tout. Même s'il n'existait qu'en rêve, le vol méritait pour lui réparation. Je lui promis cette compensation dans son prochain rêve...

Certes, tout n'est pas si bellement innocent dans leur vie. Le dernier dimanche, comme je m'apprêtais à entrer, sur l'appel d'un vieillard, dans une de leurs grandes maisons, je me heurtai, en franchissant le seuil, à une chose ronde en cuir desséché, qui pendait au linteau. Quand l'Indien de San Spirito qui m'accompagnait et me servait d'interprète m'eut fait comprendre qu'il s'agissait de la tête d'un de leurs ennemis, placée là en trophée, je m'écartai avec horreur de cette chevelure qui m'avait caressé le cou. Pourtant, à la réflexion, cela est-il bien plus horrible que ce que je vis à Rome ou à Tunis ?

En vérité, sont résumés en ces peuples du Nouveau Monde les trois âges de l'humanité, contemporains l'un à l'autre. Ces Indiens de la forêt vivent presque, sauf leurs guerriers, à l'âge doré ; Francisco, ou du moins ses pères, vivaient à l'âge d'airain ; mais ceux qui nous ont fait confiance, à San Spirito et ailleurs, vivent à l'âge de fer.

Par moments, ce sont leurs différences entre eux qui m'étonnent ; à d'autres, leurs traits de ressemblance. Comme je parlais avec horreur à Francisco de la coutume cannibale, qui se ravive ici lors de leurs guerres, heureusement rares et peu sanglantes, il me répondit que ses propres ancêtres n'agissaient pas autrement, avant l'arrivée de Cortés. Il n'a pas voulu me le dire, mais je suis sûr que lui-même, dans sa petite enfance, a goûté de la chair humaine. Comme je blâmais cette horrible superstition, il me répondit en souriant : « Ceci est ma chair, ceci est mon sang, mangez et buvez, a dit le Christ... »

Je suis resté interloqué ; d'où tire-t-il parfois cette ironie cruelle ? Est-il aussi profondément converti que je le crois ? Cherche-t-il à me faire douter de moi-même, moi, fragile envoyé de la sainte foi, qui souvent me pose mille questions au milieu de tant d'innocence et de perversité mêlées, d'oppression et de naïveté ? Depuis son exil, et surtout depuis la séquestration opérée par le capitaine, je le vois changer de semaine en semaine. Peut-être est-ce le voisinage de ses congénères, parents reculés des siens ; ou bien est-ce moi qui le vois différent, depuis que je fréquente ceux qui furent, il y a bien longtemps, les pères de ses pères ? Est-ce lui qui peu à peu retourne à son immémorial passé, ou moi qui le découvre mieux, sous le vernis de son éducation chrétienne ? Et est-ce encore lui l'élève, et moi le maître, ou l'inverse ? Lui le converti, moi le convertisseur, ou le contraire ? Car certains soirs pluvieux, malgré la prière, je me sens moi-même sur le chemin d'une transformation, à force de me sentir à la fois proche et loin de ces Indiens.

L'autre jour, comme j'expliquais, par interprète, à un vieux chef, qu'il fallait suivre l'exemple du Christ, et devenir vertueux, il m'a coupé sèchement ! « Cela ne m'intéresse pas d'être bon. Ce sont les Espagnols qui ont tué le Christ, les bons Espagnols... »

J'ai essayé de lui parler des Juifs, mais il n'y comprenait rien. Un autre jour, comme je pressais une vieille Indienne de se faire baptiser : « D'accord, fit-elle, car mon seul plaisir serait de revoir mes aïeux dans la vie future. Mais ils n'ont pas connu ton Christ...

— Hélas, c'est pourquoi ils brûlent tous en enfer, dans la Maison de Feu », répliquai-je malgré moi.

Allez expliquer les limbes ou le purgatoire à cette vieille ! Elle a répondu froidement : « Mes ancêtres ont jusqu'ici supporté ce grand feu sans être revenus pour se plaindre. Pourquoi pas moi ? »

C'est, pensé-je souvent, la notion même du péché et du remords qui leur est étrangère. L'est-elle aussi à Francisco ? Je me pose parfois la question. La noblesse d'esprit, la franchise, le courage lui sont familiers. Le remords ne l'effleure jamais ; ou alors, il se jette dans la punition de soi-même, se donnant la discipline avec délectation. Est-ce un reste des mutilations que pratiquaient sur eux-mêmes les jeunes Mexicains d'autrefois ? »

Il était à nouveau dans le grand palais aux milliers de salles où il avait tant joué enfant, ces « Nouvelles Maisons » que son père Moctezuma le Second avait fait bâtir, et qui achevaient, à l'est, la place principale de la ville. Quand il entrait ou sortait, l'impérial mouflet, c'était dans une barque peinte et couverte d'ornements ; car des canaux traversaient l'édifice. À peine embarrassé par son *maxtlal,* ce pagne qui entoure la taille, passe entre les jambes et se noue en laissant retomber devant et derrière des franges brodées, il courait, entouré de serviteurs attentifs à ce qu'il ne se blessât point, dans les innombrables salles aux murs ornés de plumes multicolores, parmi les juges et les musiciens, les artisans qui fondaient l'or ou ciselaient le jade, jusqu'au *totocalli,* la maison des oiseaux. Elle était toute vibrante des envols des plus rares volatiles, dont les cages montaient vers les plafonds de bois précieux ; plus loin, son père avait réuni jaguars et pumas, cerfs et singes, dans une cour d'où montait la forte odeur des fauves ; plus loin encore, des êtres de cauchemar, des nains grimaçants, des bossus et des infirmes, des albinos aux yeux rouges, au regard absent, étaient rassemblés pour l'amusement du maître, ménagerie humaine qui complétait celle des animaux. Il passa devant le bain de vapeur où l'on brûlait des brassées de bois d'aloès, ce bain de vapeur que le plus grand palais et la moindre maisonnette possédaient nécessairement tous deux. Il courait toujours sur ses petites jambes en poussant devant lui son jouet, entouré de dignitaires en belle robe brodée qui n'osaient l'arrêter car personne ne pouvait le toucher sans sacrilège, jusqu'aux jardins où des grands miroirs d'eau n'étaient ridés que par la lente évolution des cygnes, et les arbres fleuris agités que par l'envol des aigrettes. Enfin, au détour d'une allée, il tomba sur son père en grande tenue, coiffé du diadème triangulaire de turquoises qui lui descendait sur le front ; il portait le manteau bleu-vert intense, le pectoral et les bijoux d'émeraude, et le sceptre en forme de serpent.

Ce resplendissant surhomme étincelant des couleurs de l'eau et de la végétation, à lui seul réservées, c'était l'Orateur par excellence, le *Tlatoani*, celui qui parle ; et il parlait en effet, inlassable, en accumulant les formules fleuries, tandis que les ambassadeurs marchaient devant lui, à reculons, courbés de respect. L'homme prit dans ses bras l'enfant qui tirait sur son vêtement sacré.

Le petit Itzcoatl riait aux anges. Il avait été baptisé ainsi en suivant scrupuleusement les indications du calendrier sacré, après que la sage-femme eut averti l'enfant : « Mon fils bien-aimé, sache bien que ta maison n'est pas ici où tu es né, car tu es un guerrier, tu es un oiseau... Ta mission est de donner à boire au Soleil le sang de tes ennemis... » Et le grand Moctezuma, cet homme doux au front ridé de soucis, dont la vie était faite de longues cérémonies et d'hésitations officielles, sourit au jeune être vigoureux qui se débattait à présent pour rejoindre le jouet laissé à terre, le jouet poussé jusqu'ici par les petits bras déjà forts.

« Regarde, Papa, regarde ! » répétait la voix enfantine.

L'objet qu'il désignait n'était qu'un petit chariot de bois, muni de quatre roues cerclées d'argent. L'enfant, reposé au sol, le mit en mouvement d'une main experte, et le lança vigoureusement dans l'allée, où il roula longuement. Alors le grand Moctezuma, en croisant les bras, dit d'une voix forte :

« Mon fils, quelle force déjà, et quelle intelligence ! Quelle ingéniosité ! Comme ce jouet que je n'avais jamais vu témoigne en ta faveur de la protection au grand Uitzilopochtli !

— Quelle intelligence, quelle ingéniosité manifestée ; oui, elle a été manifestée, nous l'avons tous vue, on l'a souvent constatée », reprirent les courtisans, en employant, suivant la coutume *mexica*, trois mots pour en dire un.

Chacun savait que, à la mort de Moctezuma, le futur empereur serait choisi par le collège des prêtres en fonction de ses capacités, et que l'enfant n'avait en principe pas plus de droits qu'un autre ; mais le maître poussait de toutes ses forces en sa faveur.

Les dignitaires ramenaient déjà l'enfant vers ses appartements ; la conférence ambulante continuait ; dans un coin, le jouet, abandonné, gisait sur le rebord d'un bassin. En passant, se départissant machinalement pour un instant de sa dignité hiératique, Moctezuma saisit l'objet et fit d'un doigt tourner les petites roues. Le vague pressentiment qu'il y avait là, dans cet amusement de bébé, une force inconnue, le traversa l'espace d'un instant ; mais si l'orateur, sage, avisé et prudent, était souvent visité par les présages, son caractère indécis ignorait l'art de les utiliser.

L'impériale main s'ouvrit et laissa tomber le chariot dans l'allée, où des prêtres gantés le reprirent aussitôt pour le brûler, puisqu'il avait touché le corps sacré. Et pendant le reste du règne malheureux de Moctezuma, des milliers d'esclaves et de captifs continuèrent de traîner péniblement rocs et matériaux au long des routes, jusqu'à ce que les étrangers barbus venus de l'ouest eussent introduit au Mexique, avec la poudre et le cheval, cette chose si simple qui aurait pu faire gagner la guerre aux *Mexicas :* la roue.

Francisco s'éveilla de son rêve en s'essuyant le front. Il se sentait brouillé ; et ces retours au passé se multipliaient. Il restait couché, à moitié replié dans son hamac de coton ; en face de lui, il voyait, clouée à la cloison depuis sa séquestration, la grande couverture tissée, dont il avait enveloppé, lors de son voyage, le précieux couffin légué par ses ancêtres.

Au centre, l'aigle juché sur le cactus, ailes ouvertes, dévorait un serpent, comme dans la vision que le grand prêtre Quaucoatl eut à l'emplacement de la future Mexico. En bas, le bouclier et les flèches ; en croix, des canaux et des roseaux ; autour, en frise, les hiéroglyphes des années passées, de Un-roseau à Quatre-lapin. Des chevaliers-aigles et des chevaliers-jaguars, coiffés de casques à têtes d'animaux, entraînaient leurs prisonniers vers un chevalet où étaient enfilés, comme sur une brochette, de grimaçants crânes humains. Il n'avait pas contemplé ces symboles depuis fort longtemps, leur préférant l'étude des Écritures. Mais ici, dans ce désert trop vert, entouré de ces barbares qui étaient pourtant, d'une manière ou d'une autre, ses parents, son passé lui remontait à la gorge ; et un conflit se dessinait en lui, entre cette civilisation qu'il avait sincèrement cru oublier, et sa nouvelle foi.

Pour chasser la tentation, il se mit à égrener les prières du rosaire ; Angelo lui avait expliqué que ce chapelet ininterrompu ne laissait même pas le temps au diable d'intervenir entre deux oraisons. Les images de son enfance étaient probablement des tentations ; il fallait les sacrifier sans hésitation. Il ferma les paupières ; des flammes colorées dansaient devant ses yeux. Il reconnut celles de la « ligature d'année », qui, tous les demi-siècles, marquaient la fin d'un cycle du calendrier et le début d'un nouveau, dans son monde d'autrefois ; cette nuit étrange où il fallait obtenir des dieux, à force d'incendies, un nouveau lever de l'astre épuisé, nourri de sang humain. Les paroles de la prière restaient dans sa bouche, sans pénétrer sous son front ; quand il entendit Angelo pénétrer dans sa baraque, il fut soulagé. La lutte contre ses souvenirs de petit enfant était trop dure pour lui : il se sentait fatigué, nerveux, malheureux.

Malgré lui, ses lèvres formaient à présent les vieux mots de la langue nahuatl, en lieu et place des invocations à Marie mère de Dieu ; il récitait les présages qui avaient accompagné l'arrivée des envahisseurs, et par lesquels Uitzilopochtli avait annoncé à son peuple *mexica* le retour du dieu civilisateur, son vieil adversaire Quetzacoatl : les devins avaient vu « une sorte d'épi de feu, une espèce de flamme de feu, comme un faisceau de lances dans le ciel... Le Temple, le Palais suprême, fut dévoré par les flammes... La foudre s'abattit sur le sanctuaire de Tlaloc, dieu des récoltes et des pluies... Une boule de feu fila tout droit vers le lieu où le soleil se lève, comme si elle eût été de braise, et s'éparpilla en milliers d'étincelles. Au loin s'étendait son sillage, au loin sa traîne s'étala. L'eau de la lagune se mit à bouillir. La nuit, on entendait une femme pleurer et crier, et c'était la déesse Cihuacoatl qui disait : « Il nous faut partir au loin ! »

Ces malheurs anciens, il tenta de les expliquer à son confesseur. Angelo fronçait le sourcil, mécontent de voir revenir ces vieilles légendes ; mais, à mesure que les jours de réclusion passaient, Francisco, par orgueil et dédain de ses gardiens, ne sortait presque plus et se nourrissait chez lui des bouillies et des œufs apportés par un soldat. L'intérêt d'Angelo s'éveillait, bon gré mal gré, pour ces coutumes d'autrefois déjà presque oubliées. Et, sous la dictée de son élève, le professeur commença de prendre des notes.

Revint le temps de la relève ; plus que les saisons, toutes presque également tièdes et humides, ces arrivées de voiles blanches à l'horizon, guettées pendant des semaines, réglaient le cycle de l'année. Cette fois, frère Angelo eut une grande surprise ; avec le bataillon vomi par les grosses nefs, une lettre, épaisse, couverte de suscriptions, de recommandations aux porteurs, en italien et en espagnol, lui fut apportée par l'enseigne commandant le détachement. Le jeune homme, un Estramadurien râblé, timide, arraché à sa famille par le désir d'une carrière militaire plus rapide dans le Nouveau Monde, lui conta que l'évêque Zumarraga la lui avait confiée, après l'avoir reçue d'un commerçant européen.

Le franciscain remuait la lourde enveloppe, pâlie de soleil, tachée des larmes salées de la mer, sans se décider à l'ouvrir. Il humait à travers le papier une odeur d'Italie, de regret et d'amitié. Enfin, il en défit soigneusement le sceau ; c'était, comme il s'en doutait, un message d'Annibal.

« Mon frère bien-aimé,

Je me demande si tu reconnaîtrais ton pays italien, et ton ami de toujours, grossi et costumé de soie, à présent que l'achèvement des guerres et le règne de César ont tout transformé ! Après les guerres, c'est comme après l'orage ; le ciel lui-même paraît souffler après l'effort. Si je suis en passe d'être proclamé artiste à la mode, qu'es-tu devenu, toi, cher prédicateur des petits sauvages ? Quand rentreras-tu ? Les femmes de Mexico ont-elles la peau brune, et sentent-elles bien la cannelle, comme on me l'a prétendu ?

Je plaisante, et je sais que tu n'as jamais approuvé le sel attique de nos blagues d'atelier. D'ailleurs, rassure-toi : s'il continue de penser qu'une femme nue est le spectacle même de la Création, ton ami Annibal te surprendrait par le sérieux de sa religion. Dans les cours princières où j'évolue à présent, dans l'Italie de Charles le Cinquième, une foi solide et visible, des croix en sautoir sur le pourpoint, et quelques airs chafouins sont bien vus. Ils ne sont plus de mise, l'esprit des humanistes, ni les recherches audacieuses et les incroyances de la génération précédente des artistes. Nous nous voulons, nous autres, les champions de l'orthodoxie si chère au prince ; nous nous signons à tout propos, et nous nous sommes mis en tête de démontrer par nos peintures la supériorité théologique de l'art sur la rhétorique. Comme disait le grand Léonard : " Inscrivez en quelque endroit le nom de Dieu, et placez en regard un personnage qui le représente, et vous verrez lequel des deux attirera le plus grand respect. "

Tout ceci, frère Angelo, pour t'inciter à quitter définitivement tes horribles montagnes mexicaines, pour revenir auprès de ton frère qui t'aime... Ne préférerais-tu pas prêcher les Florentins, et leur grand-duc tout frais émoulu des fabriques impériales, que tes barbares emplumés ? Je suis presque un personnage influent, aujourd'hui que les artistes, au lieu de peindre des étendards pour les corporations ou des coffres de mariés pour quelques florins la pièce, comme au temps de Botticelli et de Ghirlandaio, ont définitivement émergé du statut d'artisan à celui de favori des princes.

Nous sommes devenus pieux, mais sommes-nous devenus bons ? Rien de moins sûr. Sais-tu à quelle tâche je me consacre présentement ? J'aide Danielo Ricciarelli de Volterra à faire le *braghettone*, le culottier. Nous habillons de petites draperies — sur ordre du saint pape Paul — les figures nues de Michel-Ange.

Parfois, je t'envie, ô frère de ma dilection ; tes Indiens ne peuvent pas être pires que les cannibales en pourpoint qui tiennent à présent le haut du pavé. Les derniers maîtres sont morts ; mort Andrea del Sarto, mort Antonio il Correggio. Morts, malades, exilés, le Primaticcio, notre ami Benvenuto, le Rosso et tant d'autres. À Rome, je n'ai retrouvé que Perino del Vaga, de retour de Gênes, et Jules dit le Romain ; de Florence tous sont partis, sauf le Pontormo. Même le divin Michel-Ange a quitté la Toscane. Je n'ai plus de raisons d'hésiter entre les deux villes. Le seul, à part lui, qui ait survécu à toutes les épreuves de notre temps d'apocalypse, c'est le Tiziano. Ce presque médiocre accompagne partout l'empereur, que sa fortune soit vénérée. Celle de Charles Quint, bien sûr. (Je sais que tu l'as vu, autrefois, à Bologne, avec maître Cellini. Je n'ai encore jamais reçu cette grâce.)

Le Titien accapare tout : les honneurs, les pensions, il ne pratique que le portrait des grands de ce monde : Charles, cette année-là où tu as eu le bonheur de lui parler, y paraît tout armé. Il a peint aussi maître Aretino, le cardinal Hippolyte de Médicis, le marquis du Guast, que les Espagnols appellent del Vasto, le duc de Gonzague et son frère le cardinal, François Ier de France, Soliman, empereur des Turcs ; toutes les belles commandes, toutes les pensions vont à ce vieillard qui a eu la chance de survivre à sa génération. Et nous, sauf Francesco le Parmesan qui vient de mourir en sa ville, n'avons que les reliefs. Les guerres avec les Français, le sac de Rome, les lansquenets dans le Vatican, tout cela a brisé chez nous l'épine dorsale.

On ne nous fait guère confiance. Alors nous en rajoutons dans l'expression, dans l'extraordinaire, dans la torsion des corps et les regards chavirés. Notre *maniera,* notre manière n'est plus ni grande ni digne des vieux maîtres, elle est *manierista.* Le Pontormo, qui est à présent mon maître pour le style, pour les beaux traits et les fortes scènes, Domenico Beccafumi, tous sont frottés, trempés même, d'alchimie et de folie. Nous sommes une génération un peu déréglée, probablement. Avec nos saints en extase, nos assomptions tourmentées, nous sommes peut-être des incroyants, décorateurs d'un théâtre du Ciel. Nos extravagances mystiques trahissent notre incrédulité, j'en ai peur. Au moins aux yeux des saints réels (et non de peinture) tels que toi. Nous pouvons bien être fidèles à l'empereur, au pape et à la foi, nous ne croyons plus qu'à un miracle, celui de l'art.

Avec le même art, Jules le Romain a peint ses figures obscènes, qui le firent exiler de Rome, et les nus du *Martyre de saint Laurent.* Je te le dis, mon frère, l'artiste est méchant, il s'approche nécessairement de la secte des cyniques. Il y a trente ans, le vieux Bandinelli, alors dans son jeune âge, déchira le grand carton de tapisserie dessiné par Michel-Ange, qu'on avait exposé à Florence, pour que les autres artistes ne puissent plus s'en inspirer après lui. Le grand Michel-Ange lui-même, dont j'ai entrevu le *Jugement dernier* qu'il est en train d'achever, a pillé celui de Signorelli à Orvieto, tout comme le doux Raphaël venait, dit-on, la nuit, copier les figures que le même Michel-Ange peignait pour le pape Jules. Giovanantonio de Vercelli se fait sans pudeur appeler " le *Sodoma* " par allusion à ses mœurs, et il vit au milieu d'une ménagerie, à faire les plus grandes folies du monde. Peut-être sommes-nous tous un peu fous, dans ce temps-ci. Les malheurs du temps nous ont tourné la tête. Mais cela n'empêche pas l'hypocrisie.

Et puis l'idée de la Beauté est décidément trop inaccessible, n'en déplaise à Platon et à Marsile Ficin. J'ai vu l'illustration de cette impuissance l'autre jour : à Milan, dans le couvent des dominicains de Santa Maria delle Grazie, il y a une *Cène* qui tombe en ruine. C'est celle de maître Léonard ; et, sur le tableau, la tête du Christ est inachevée. Parce qu'il ne put jamais trouver le chemin de cette divine beauté qui doit refléter l'image du Sauveur.

Il n'eut par contre aucune peine à trouver son Judas. Les modèles ne manquent pas ; il n'eut qu'à prendre le prieur du couvent, qui l'importunait et le tracassait. Existe-t-il aucun visage humain à la Charité, à la Foi ? Le tien peut-être... »

« Mon Dieu, mon Très Doux et Très Puissant Seigneur, ma consolation et mon appui, dans quel marécage de l'âme m'avez-vous exilé ? *Miserere !* Chaque nuit je crie vers vous. Le fumier de Job n'était rien, comparé à cette terre mêlée d'eau où mes supérieurs m'ont jeté. Obéissance, très sainte obéissance, que de sacrifices accomplis en ton nom !

Je crois que la lettre d'Annibal, que Jésus le protège, a ravivé mes regrets. Est-ce le climat, est-ce la sauvagerie de nos propres mœurs, petite bande de chrétiens isolés dans un océan païen, est-ce enfin le jeu des conflits et des haines entre nous ? Plus de deux ans déjà... J'ai un peu peur, dans cette atmosphère lourde, confinée, et pourtant vide et fuyante, cette prison vaste comme un désert, que nous devenions tous fous. Ô mon Sauveur, épargne du moins la jeunesse de Francisco ! Pour moi, j'ai tué autrefois, lors du siège de Rome, et j'ai peut-être fait mon temps. Le capitaine doit avoir sur la conscience plus d'un grave péché. Mais Francisco ? Pourquoi est-il couché sur le flanc comme un animal qui sent venir la mort, pourquoi ces fièvres, ces hallucinations, cette remontée des horribles spectacles de son enfance ? Il est sans doute malade. J'ai voulu en parler au capitaine ; lui aussi commence à perdre la tête. Il m'avait invité chez lui, après la messe, que j'ai célébrée dans notre petite église peinte en blanc, devant les soldats attentifs. Il cherchait visiblement la réconciliation, et a débouché une vieille bouteille de vin de Jerez, conservée pour une plus grande occasion. « Regarde, *Padre,* voilà comme je vois le futur Santo Spirito, si Dieu me prête vie... », a-t-il ricané en me tendant des grandes feuilles de papier.

Il y a dessiné à la sanguine, d'une plume maladroite mais minutieuse, la forteresse de ses rêves ; de gros blocs de granit rose y formeraient une étoile de remparts, protégés par des glacis, des fossés, des fortins avancés. En me montrant ses plans, le pauvre Ayolas devenait lyrique, presque émouvant. « Une jetée entourerait le port, là, vers la rivière ; et la place d'armes aurait des façades à colonnes sur les quatre côtés... »

Oui, pauvre Ayolas, qui délire et trompe son ennui comme il le peut ! Quand il ne construit pas des châteaux de songe, le capitaine rêve d'expéditions fructueuses, de routes tracées à coups de machette vers des empires aux prêtres couverts d'or, et sa pauvre tête s'échauffe à toutes ces imaginations. Je lui ai signalé l'état de Francisco, et il a levé sur moi ses petits yeux injectés de sang. « Nous n'avons ni chirurgien ni barbier. On peut essayer de le saigner... »

Je ne sais pourquoi, je lui trouvai l'air gêné, troublé. Peut-être a-t-il des remords. Quand j'ai dit que Francisco, dans ses accès de fièvre, délirait parfois, il s'est exclamé : « Qu'est-ce qu'il raconte ? A-t-il parlé de ses trésors ? »

Sa réaction m'a ramené à plus de prudence. L'or, toujours l'or, voilà le seul dieu que sert Ayolas, le seul mot qui puisse allumer chez lui une flamme de conviction. Ô mon souverain, Charles le Cinquième, grand esprit qui cherchiez à reconstruire un monde de foi, chevalier égaré dans votre siècle, quels serviteurs indignes te représentent sur cette terre délaissée !

En profitant du passage d'un vaisseau français, je suis allé jusqu'à Asunción, à l'invitation des autorités ecclésiastiques locales, prononcer un des sermons de l'Avent. Le moins qu'on puisse dire est que mon homélie ne fut pas accueillie avec enthousiasme. J'ai dû marcher plus de trois semaines pour revenir à la mission. Une femme, que j'ai fini par inviter à partager mon feu, m'a accompagné tout du long. Elle se trouvait, bien par hasard, être présente lors de mon sermon ; au jeune garçon qui me sert d'enfant de chœur, Cristobal, elle a confié qu'elle était venue à Asunción en pirogue, par le fleuve, pour voir une ville de Blancs ; mais elle est originaire d'un village tout proche de Santo Spirito, et elle a fait le chemin du retour avec nous. Pouvais-je la chasser dans cette forêt pleine de bêtes sauvages ? Or, cette femme occupait mes nuits, tandis que je dormais, enroulé dans mon froc, près du feu mourant que Cristobal se réveillait pour alimenter. Sa beauté mûre, sereine, son corps presque nu hantaient mes cauchemars. On eût dit l'un de ces modèles qu'Annibal utilisait pour ses dessins d'académie : mais, au lieu du blanc crayeux du plâtre, elle avait la couleur sombre aux reflets dorés d'un bronze, relevée encore des teintures de fruit dont elle s'enduisait. J'ai été soulagé de retrouver le fort, Francisco, et mon enfermement. Cette femme, ai-je fini par comprendre, est cette fameuse sorcière qui précède partout mon action et la contrecarre sournoisement.

Depuis que je la connais, je suis plus attentif ; je l'ai vue entrer à plusieurs reprises dans le logement du capitaine, et — j'ai honte de le confesser — j'ai été remué d'un sentiment ignoble, que mon vœu de chasteté m'interdit : cette amertume soudaine et ce désir de vengeance, ce sont bien les effets de la jalousie.

La sorcière... Titre effrayant, noire séduction ! Quand j'étais petit à Assise, il y avait, installée dans une tannerie abandonnée au bord de la rivière, une vieille toute courbée, qui exerçait une demi-douzaine de professions : parfumeuse, maquerelle, restauratrice des virginités endommagées avant mariage... La liste de ses activités était trop connue. Elle falsifiait les essences, le musc, l'ambre et le benjoin, à coups d'alambic et de sublimé, aussi bien qu'elle adoucissait la peau avec du jus de limon, de la moelle de chevreuil ou de héron, et blondissait les cheveux avec des lessives de cendre de chêne, de salpêtre et d'alun. Pas une mixture infâme qui ne lui fût familière ; elle fabriquait des philtres d'amour avec des cœurs de cerf, des langues de vipère, des cervelles d'âne, du sang et de la barbe de bouc, des cordes de pendu, des graines de fougère et mille autres ingrédients que nous la regardions mélanger, par une fente du mur. Elle marmottait des invocations sataniques en traçant des figures sur le sol... Elle devait, je pense, invoquer le triste Pluton, seigneur des infernales profondeurs, le maître des flammes sulfuriques qui s'échappent des volcans, bourreau des âmes pécheresses, et aussi les Furies, les Harpies et les diables, toutes les noirceurs du royaume du Styx...

En vérité, ma sorcière du Nouveau Monde, si sorcière il y a, n'a rien de commun avec cette image enfantine de laideur et de moquerie. Celle-ci est dans la maturité de ses charmes, elle ressemble plutôt à ce que j'imagine de notre mère Ève : plénitude des formes, grâce des mouvements, elle a tous les attraits, hélas ! de notre mère Nature. Quand j'étudiais la théologie, mes professeurs ne cessaient de me mettre en garde contre l'apologie de la nature, des sentiments naturels, de l'état de nature ; ce qui est naturel à l'homme, me répétaient-ils, c'est le péché originel. La trouble attirance que cette femme exerce sur moi aurait pu leur donner raison. Mais aussi, avant le péché originel fut l'innocence de notre père Adam. Avant les malédictions de notre civilisation, son commerce et son industrie, ses banquiers et ses guerres, dont mon Italie donna le terrible tableau, il y eut la simplicité de mœurs et de relations toutes conformes à ce que dicte le cœur, sans calcul ni arrière-pensées ; cette première bonté de l'âme humaine, je l'ai retrouvée chez les Indiens, raffinée chez Francisco, brutale et sans vêtements chez les Indiens d'ici. Il est des cosmographes, j'en ai lu les théories quand j'étais à Mexico, qui pensent que les Indiens descendent d'une treizième tribu juive ; de toute manière, nul ne peut contester que, par un mystère dont l'intelligence nous échappe, ils descendent d'Adam et Ève, et en soient restés plus proches que nul peuple des anciens continents.

La Nature. Bonne et édénique, création première du Seigneur, ou mauvaise et pervertie, nid de paganisme et de débauches ? Entre ces deux extrêmes, quand je pense à cette femme, mon cœur hésite. Sorcière, l'est-elle vraiment ? N'est-ce pas Cristobal qui a traduit ainsi un mot guarani que j'ignore ? Depuis des mois que je me suis mis à l'étude de cette langue, à travers les papiers laissés par mes prédécesseurs, les chapelains du fort, mes progrès sont restés minces. Mais en vérifiant le mot indien *pay* employé à son propos, sa traduction exacte — que j'ai eu bien de la peine à arracher aux habitants de San Spirito, ils ont eu une sorte de répugnance à me l'expliquer — donnerait : « homme-médecine », « femme-médecine ». Nos médecins ont, chez nous aussi, longtemps passé pour un peu sorciers.

Et j'ai fait en même temps une découverte encore plus étonnante ; ce mot *pay*, dont je viens seulement de comprendre le sens, il n'y a pas qu'à elle qu'il s'applique ; il est bon pour toutes les choses sacrées de leurs croyances idolâtres. Leur héros fondateur, ancêtre de leur tribu, qui passe à leurs yeux pour l'inventeur et le dispensateur du feu, de la culture des plantes et de la pêche, se nomme *Pay Sumé ;* je suis souvent tenté, Dieu me pardonne, de l'identifier au Christ. Plus étonnant encore : ce mot *pay*, sans le savoir, je l'avais souvent entendu, crié par les petits ou par les femmes de San Spirito ; je l'avais pris pour une prononciation familière de *padre ;* car c'était à mon passage.

Autrement dit, parce que j'ai soigné — et guéri — quelques habitants, je suis *pay* moi aussi. Elle et moi sommes collègues ; pour eux, nous sommes tous deux des « sorciers » d'écoles différentes ! Ou bien elle est, comme moi, prêtre à sa façon. Idée impie, je sais, que je ne devrais même pas évoquer.

J'ai beaucoup réfléchi, et beaucoup prié, devant le hamac où repose Francisco. Il a maigri, ses joues, ses flancs d'adolescent sont creusés ; il dort mal, en soupirant, et parfois en criant. Cette femme, sorcière ou prêtresse, connaît bien les vertus des herbes et des écorces ; depuis mon sermon d'Asunción, elle a pour moi une sorte d'amitié, ou de respect, comme on voudra, qu'elle ne manque jamais de me manifester. Au lieu de me fuir, elle recherche maintenant ma présence, et nous sommes restés plusieurs fois ensemble dans des huttes, devant des malades. Elle ne saurait me vouloir du mal. Je lui ai donc demandé, un peu par gestes, un peu avec mes quelques mots de guarani, et avec l'aide de Cristobal, de venir voir mon jeune malade. Discrètement, cela s'entend.

Elle est venue la nuit suivante ; j'avais allumé une torche ; la fuligineuse lueur faisait danser nos ombres sur les parois de la baraque. Ensemble, moi le prêtre catholique, et elle la desservante des cultes obscurs de la forêt, nous nous sommes penchés sur ce jeune corps souffrant. Après avoir examiné la langue et le blanc de l'œil, elle a eu un geste de surprise, et une expression de contrariété. On aurait dit qu'elle reconnaissait, dans cette maladie sans abcès, ni blessure, l'action d'un principe qu'elle avait coutume de combattre. Ou de favoriser ?

“ C'est l'action d'un magicien. Ton ami a été ensorcelé, m'a traduit gravement Cristobal, qui participait à notre séance. Il a un ennemi, un serviteur d'Agnan...

— Qui est Agnan ? ai-je demandé innocemment.

— C'est le diable des Indiens, a répondu Cristobal, pas gêné de se dissocier de ses anciens congénères. On dit qu'il étend son hamac sur le passage des âmes des morts... ”

Ainsi, cette femme a la notion du diable, et celle de Dieu. Elle a passé le reste de la nuit à danser autour du hamac de Francisco en agitant deux hochets, deux petites courges vides remplies de graines et de petits cailloux ; et j'ai reconnu ce bruit, ce raclement obsédant, que j'entendais parfois la nuit, et qui m'empêchait de dormir. Et à l'aube, ses cheveux défaits, sa lourde poitrine haletante, ses grands yeux cernés de fatigue, elle m'a dit, toujours par l'intermédiaire de Cristobal : “ Je vais lui préparer une poudre faite d'écorces. Il faut lui donner bien régulièrement. Je m'étonne qu'un grand sorcier comme toi ne connaisse pas ce médicament. ” »

Évidemment, le frère Angelo n'administra pas à son élève l'antidote offert par la sorcière ; sa confiance n'allait pas jusqu'à prendre un tel risque ; la bouillie, de plus, était d'apparence et d'odeur infectes.

Il éprouvait durement cette inconséquence : les Guaranıs déracinés qui l'entouraient le prenaient pour un puissant sorcier, et croyaient qu'il guérissait par l'imposition des mains ; et lui-même pour soigner son élève avait recours à leur magie. Lors des dernières grandes pluies, comme la petite rivière de San Spirito avait gonflé au point de déborder et de menacer d'inondation le village, Angelo était allé visiter les cases les plus menacées pour convaincre leurs habitants de les évacuer. Il ne voulait pas détremper ses sandales de cuir ; aussi les avait-il enlevées et tenues à la main. L'eau ayant décru dès le lendemain, les villageois furent convaincus qu'en ces sandales résidait un pouvoir magique, et il dut les empêcher de les embrasser. Une source était attribuée à son prédécesseur ; il l'aurait fait jaillir un jour de sécheresse. Comme un jaguar avait pénétré dans le village, une nuit, et volé des poules, la légende courut qu'il avait aussi emporté entre ses dents le bréviaire du frère, et que celui-ci avait poursuivi l'animal, l'avait obligé à rendre le livre et l'avait flagellé pour le punir avec sa ceinture de corde. Cristobal, auquel il reprochait de colporter cette fiction, n'en voulait pas démentir, convaincu d'avoir lui-même assisté à la scène. D'autres l'avaient vu, la poitrine resplendissante comme un soleil, s'élever de quelques coudées au-dessus du sol pendant qu'il priait, comme le faisaient autrefois les plus grands sorciers guaranis...

Bien qu'elle eût pu constater l'impuissance du franciscain face à la maladie de son élève, la « femme-médecine » elle-même continuait de témoigner le plus grand respect aux supposés pouvoirs magiques du prêtre. Cette contradiction, il devait se l'expliquer plus tard, quand il sut l'origine du mal qui frappait Francisco.

La dévotion qui entourait le *padre*, au bout de deux ans et plus de labeur acharné, tenait pour une grande part à la façon dont il avait géré et amélioré la situation des plus pauvres, à San Spirito comme dans les villages avoisinants. Peu à peu, la colline des misères, qui étalait tristement au vent de l'Atlantique les plaies d'un déracinement brutal, avait été transformée en un havre d'entraide et de solidarité. Quand il était arrivé, frère Angelo avait trouvé un grand désordre dans les règles qui régissaient les rapports des deux communautés, celle des quelques colons installés dans la région, pour la plupart ex-soldats, et celle des Guaranis. Il se souviendrait longtemps de sa première tentative pour obtenir qu'un salaire quelconque fût versé aux travailleuses des champs, qui retournaient péniblement la terre rouge, pour le compte de pachas blancs et barbus, commodément installés dans leur hamac, à l'ombre des grands arbres. Il avait convoqué les uns et les autres au fort ; mais quand il avait parlé salaire, en argent ou en nature, ce n'étaient pas les colons, mais les Indiens qui s'étaient rebellés :

« Que nos filles soient payées, jamais ! Nous les avons offertes en mariage aux nobles étrangers ; ils sont nos beaux-frères. Les payer serait les répudier, et nous faire mortelle offense... »

Les femmes approuvaient vigoureusement, et les colons souriaient dans leur barbe. Ils avaient su s'introduire dans la société locale en usant des coutumes traditionnelles : devenus les beaux-frères des Indiens, ils profitaient comme eux du servage des femmes.

Angelo tira la leçon de l'incident. Il fallait se plier de plus près aux coutumes en les utilisant pour le bien et la charité ; les Guaranis, comprit-il rapidement, avaient toujours eu un mode de propriété collectif, tout le lignage étant possesseur commun du sol du village. Il rétablit en partie cette habitude à San Spirito ; à côté des lopins attribués par les commandants successifs du fort aux familles venues s'établir là, il fit défricher des morceaux de forêt, que chacun devait cultiver à son tour, un jour par semaine ; et les produits en étaient entassés dans un magasin du fort, d'où le frère les extrayait à mesure des besoins, pour le service des malades, des accidentés, des infirmes ou des enfants abandonnés. En échange, le prêtre distribuait avec parcimonie pour ces usages communautaires, les haches et coins en fer — métal ignoré des Guaranis —, ainsi que les hameçons pour la pêche. Ces biens étaient inestimables, divins, pour un peuple qui ne se battait contre le sol et la forêt qu'avec des silex ou des socs de bois durci.

La docilité avec laquelle les Guaranis suivirent cette heureuse institution lui remplit le cœur de joie. À vrai dire, ils ne faisaient que retrouver le chemin d'un système collectif que leur ingénieuse bonté naturelle avait bâti bien avant l'arrivée de l'homme blanc, et que seule l'influence de ce dernier avait détruit. Comme Angelo y ajoutait les bénédictions des champs, lors des processions de Rogations, il finit par occuper à peu près la place autrefois échue à un des anciens chefs, celle de responsable du bien commun, mais en ne gardant rien pour lui-même.

Le capitaine, qui ne s'intéressait pas aux habitants de San Spirito, le laissait agir à sa guise ; il ne pensait qu'à l'or lointain des montagnes. Et Angelo se surprenait à souhaiter qu'il l'organise, cette expédition à l'ouest vers le grand empire doré en emmenant soldats et colons, et qu'il le laisse seul avec ses frères indiens, enfin isolés du contact pourrisseur de la civilisation, et abandonnés au seul gouvernement de la charité ! De telles « réserves », des « réductions » de ce genre, avaient déjà été tentées par Las Casas, au sud du Mexique.

Angelo vivait ainsi, entre les accès de désespoir dus à son isolement, à la maladie qui frappait Francisco, et la satisfaction d'accomplir l'œuvre de Dieu, malgré les obstacles et le continuel écroulement de la forteresse spirituelle qu'il tentait d'édifier. Les jours de pluie, l'eau qui tombait à flots entraînait avec elle la terre des remparts, et les ruisselets formés par le ciel noir donnaient l'impression de dissoudre et d'emporter avec eux toute la colline et ses bâtiments. De même, les jours de désespoir, Angelo croyait sentir l'incurie, le fatalisme de ses ouailles jeter au sol les progrès accomplis. Alors, il se réfugiait auprès de Francisco, tenant sa main chaude dans la sienne, tandis que la pluie tambourinait inlassablement dans le feuillage, au-dessus d'eux. Et Francisco délirait interminablement, transporté par l'esprit dans ce monde *mexica* qu'Angelo n'avait fait qu'effleurer, tout comme il effleurait les cheveux et le front poissés de sueur du jeune malade. Et par moments, dans le journal de bord, le livre de raison qu'Angelo remplissait jour après jour, page après page, un peu pour Annibal, beaucoup pour ne pas devenir fou, des bribes des récits hachés, morcelés, du jeune prince trouvaient leur place. Ainsi, à leur insu à tous deux, quelque chose de la mémoire *mexica*, si soigneusement pourchassée par l'Église, se faisait jour en ce fortin perdu du Sud.

Plus que tout autre endroit de l'immense cité, l'enfant se souvient de la place des temples. Certes, le grand marché de Tlatelolco, au nord de la ville, ne manquait pas non plus de charme pour un gamin ; dès les heures matinales, des dizaines de milliers de petits commerçants, établis à même le sol ou sous les galeries couvertes qui entouraient la place, vendaient, contre des sacs de graines de cacao ou des « charges » de tissu plié, les seules monnaies alors connues, qui des bijoux martelés d'or fin comme une feuille, qui des esclaves. Ceux-ci, sans aucun autre lien qu'un collier de bois, bâillaient au soleil en attendant leur sort, près des vendeurs de manteaux et de pagnes en rude tissu de fil d'aloès ou en beau coton teint de grands dessins multicolores. Et l'enfant, qu'entouraient comme une garde ses précepteurs, attentifs à ce que nul contact impur ne souille sa jeune altesse, courait partout : les sandales, les peaux tannées de pumas et de cerfs à l'odeur forte, les étals de maïs ou de piments, de patates, de sel, de colorants et d'épices, de cochenille, qui servait d'encre pour écrire, ou d'indigo, voisinaient avec des accordéons de papier d'aloès ou d'écorce et des pipes cylindriques en bambou, bourrées de tabac ; on les achetait par cinq, prêtes à être allumées. Il se heurtait aux resplendissants amoncellements de fruits, *sapotes, sapotilles, chicozopote,* patates mauves ou rouges, oignons-pastèques, prunes des cerfs, goyaves, avocats, poires d'or, petites capulines rouges à noyau, figues de Barbarie que l'on vendait ouvertes et prêtes à consommer... De-ci de-là, il contournait les enclos où les dindons, les canards, les lapins et ces petits chiens gras sans poils, qu'on mangeait rôtis, étaient enfermés ; et ces chiens qui n'aboyaient jamais étaient comme le symbole de ce marché presque silencieux ; les fumets des petits réchauds, installés en plein vent, où des femmes cuisinaient des ragoûts, des galettes et des rouleaux de pâte de maïs cuite à la vapeur et fourrés de viande pimentée et de haricots rouges, faisaient envie au gamin, rassasié des plats raffinés, du chocolat bien noir et bien chaud qu'on lui servait au palais. Mais, en dépit des inspecteurs du marché, qui arpentaient les allées encombrées, leur bâton sculpté à la main, on ne pouvait être sûr de la qualité des mets ; et ses gardiens empêchaient l'enfant d'y goûter.

« Nourriture de *maceualli* — d'ouvriers ! » grondait son précepteur.

Et on les voyait en effet, ces gens du peuple qui portaient leurs fardeaux grâce à des bandeaux frontaux, s'attabler joyeusement sur la place.

Itzcoatl racontait son Mexico, celui, disparu sous les coups des démolisseurs de Cortés, aux jardins flottant sur la lagune, avec ses pyramides et ses canaux, ses statues, ses masques de papier ou de turquoise, ses processions empanachées et ses livres sacrés où d'habiles peintres mélangeaient les couleurs, les signes et les portraits ; ses récits rappelaient à Angelo sa chère Italie ; les mêmes rivalités, de ville à ville, de quartier à quartier, de république à empire, s'y révélaient tenaces, dans le foisonnement des fêtes, des ambassades, des cérémonials.

Parfois, l'enfant grimpait, avec l'aide des prêtres, en haut de la pyramide de Tlatelolco, qui ne faisait pas moins de cent quatorze degrés, un peu hauts pour ses petites jambes ; il gardait un souvenir extasié de la vue qu'on avait du sommet. On distinguait à l'horizon, dans la brume montée du miroir lacustre, les rayures des trois grandes chaussées, celles d'Iztapalpan, celle de Tlacopan et celle de Tepeyacac, et l'aqueduc de Chapultepec, plusieurs fois refait, qui fournissait les centaines de milliers d'habitants en eau potable ; des nuées de barques sillonnaient le lac, apportant à la cité nourriture et marchandises. L'enfant montrait du doigt les quartiers de la ville : au nord Cuepopan, « l'endroit où les fleurs éclosent », au sud, Teopan, « la demeure du Dieu », à l'ouest, Aztacalco, « le gîte des hérons ». Entre les quadrilatères fermés par les canaux, les palais éblouissants de blancheur, les tours, les terrasses des grands édifices, leurs cours centrales, comme celle de la moindre maison, laissaient dépasser au-dessus des toits les frondaisons ombrées de leurs jardins intérieurs. Le tout formait un tissu serré, coloré, que l'enfant comparait dans sa mémoire à ces couvertures ornementées, ou à ces capes richement brodées qui abondaient dans le palais de son père.

Mais la splendeur de la place des temples effaçait tout autre souvenir. L'enfant, avide de décorations et de coloris, appréciait les bannières de papier entre lesquelles montaient les colonnes d'encens fait de plantes odoriférantes ; ces bannières, plantées en haut des derniers degrés des pyramides, étaient tenues par de grandes statues d'hommes dorées. Elles bruissaient dans le vent, qui rassemblait en elles la force des dieux *mexicas*. Bannières, coiffures, masques de papier peinturluré ; tout ce matériel fragile et chatoyant, qu'on brûlait après les fêtes, comment n'aurait-il pas fasciné le petit garçon ? À distance, ces décors si vite détruits par le feu symbolisent pour lui, non seulement sa propre enfance, mais le goût enfantin du peuple *mexica* lui-même.

Des terrasses du palais de son père, le gamin se trouvait presque l'égal des dieux qui habitaient en face de lui ; et les jours de fête, quand plusieurs dizaines de milliers de danseurs, dans leurs vêtements de papier teint, s'agitaient en rythme sur la place, il contemplait, à droite, la grande pyramide, longue de plus de cinquante fois la taille d'un homme, dont la face occidentale était formée du grand escalier d'honneur ; et le jeune homme malade, dans son hamac, revoyait les grandes têtes de serpents, taillées dans la pierre verte, qui formaient une balustrade terrorisante et luisante, prête à dévorer l'impie.

Sur la plate-forme de l'énorme piédestal à degrés, parée de jaspes qui brillaient au soleil et bordée de piliers incrustés d'une mosaïque de pierres noires cernées de bitume rouge, le jeune Itzcoatl reconnaissait les deux sanctuaires côte à côte : celui, bleu et blanc, de Tlaloc, le vieux dieu de la Pluie, et celui d'Uizilopochtli, le dieu guerrier des Aztèques, blanc et rouge, décoré de crânes sculptés. Leurs toits jumeaux, en pointe, étaient entourés d'un rebord crénelé ; l'enfant s'amusait à compter les coquillages, qui ceinturaient le temple de

Tlaloc, et les papillons de pierre qui entouraient celui du dieu protecteur de sa tribu nomade et guerrière.

Plus loin, il y avait la foule des temples des peuples soumis ; l'endroit où l'empereur et les prêtres faisaient pénitence en s'enfonçant des épines d'agave dans les jambes pour offrir leur sang aux dieux, ce que le petit garçon avait déjà vaillamment supporté ; et puis la masse du Calmecac, le monastère et collège dans lequel les prêtres, en robe noire, les cheveux flottants, élèveraient un jour le jeune prince avec ceux de son âge ; et encore les longs murs du jeu de paume, où était érigée la belle statue de Xochipilli, le prince des Fleurs, et dieu de la Jeunesse et des Jeux, que l'enfant vénérait particulièrement.

Mais c'était la nuit, quand les prêtres se baignaient dans l'eau noire du canal, où miroitait le reflet des torches, que l'enfant éprouvait le mieux la présence du divin. Des statues gigantesques soutenaient, en haut des pyramides, des chandeliers géants. Et la musique stridente des conques, le chant grave des gongs flottaient sur la lagune enténébrée.

Enfin, mais ce souvenir-là était particulièrement pénible à Francisco-Itzcoatl, il y avait, en face du double sanctuaire, au milieu de l'enceinte sacrée, un temple unique par sa forme, car il était rond, cylindre massif élevé sur sa base pyramidale. Une langue fourchue de dragon y servait de seuil. Cette bouche épouvantable, avec ses crocs recourbés, lui figurerait, quand il en apprendrait l'existence, la porte de l'Enfer. Ce temple rond, c'était celui du Vent, qui n'aime pas les arêtes vives où il se brise. Et le dieu du Vent portait un beau nom redouté : on l'appelait Quetzalcoatl, le « Serpent à plumes précieuses ». L'idole, sur son autel, entre ses rideaux, était assise sur un globe d'azur, dont sortaient quatre têtes de serpents. Elle avait le chef en or bruni, surmonté d'un casque en forme de tête d'aigle ; et son visage était rayé de deux grandes raies bleues, l'une sur le front et l'autre sur le nez ; sa main droite tenait une couleuvre, sa gauche quatre flèches, et un bouclier portant cinq plumes blanches... Longtemps après, Francisco devait y voir la figure de Satan incarné, dans ces temples où se mélangeaient l'or et le sang caillé, fétide.

Or le Serpent à plumes, continuait Francisco, ce dieu

puissant, s'était mis du côté des Espagnols. C'est parce qu'il croyait voir en Cortés le retour de Quetzacoatl, le dieu qui viendrait de l'est, une année *Un-roseau*, comme annonçaient les livres sacrés, que son père l'empereur Moctezuma avait renoncé à le combattre. Car 1519, date du débarquement de Cortés — en ce temps-là, le jeune Itzcoatl entrait dans sa quatrième année — était justement une année *Un-roseau*.

La première fois que *Pay* Angelo, comme le nommaient les Indiens, pénétra dans la hutte de la « femme-médecine », c'était parce qu'il désespérait de guérir Francisco par ses ardentes prières, et qu'il regrettait d'avoir jeté la potion réparatrice qu'on lui avait confiée. Quand elle apprit cette dernière nouvelle, la sorcière secoua ses longs cheveux noirs, d'un air qui ne présageait rien de bon.

« Elle dit que maintenant il est trop tard pour recommencer », traduisit l'indispensable Cristobal.

La hutte, à elle seule, était un poème barbare. Outre les inévitables maracas, pour une fois silencieuses, suspendues à la paroi, le tas d'herbes et les calebasses à demi pleines de mélanges bourbeux, des masques de cérémonie, des vêtements sacrés, des pipes à tabac, envahissaient tout l'espace. La « femme-médecine » faisait un usage immodéré de ce dernier produit, dont elle tirait un jus épais, narcotique puissant, pour endormir les douleurs des blessés ; ou alors, elle soufflait la fumée de sa pipe sur les régions du corps du patient atteintes de quelque mal inconnu, comme Angelo l'avait vu faire avec Francisco.

Un rideau isolait un angle de la pièce. La femme se leva et s'avança de sa démarche chaloupée jusqu'à lui, le tira, puis se retourna d'un air avenant vers son hôte, auquel elle révélait le plus sacré de ses trésors. Angelo eut un geste de recul et se mit la main devant les yeux. Assis en tailleur, ses orbites profondément creusées, sa peau parcheminée tirée au menton par un inaccessible sourire, éternellement figé sur ses lèvres desséchées, coiffé d'un bandeau de cuivre et serré de bandelettes de coton, un cadavre momifié le regardait de ses yeux vides. Et à côté de cette momie, légère comme une plume, dépourvue de sang, momie funéraire de quelque tombeau andin, la croupe ondulante, les seins généreux, la peau luisante et la riche chevelure de la femme faisaient un contrepoint de vie.

« Elle dit qu'elle l'a trouvé à bord d'une pirogue, il dérivait tout seul sur le fleuve... »

La momie avait dû échapper à des violeurs de sépultures. Tandis que la femme refermait le rideau, Angelo eut un bref saisissement. Il étouffait, sous ce toit de palmes. Il voulut sortir ; les arbres trop verts, le ciel nébuleux et lourd, la terre rouge ravinée par les pluies, les cris d'animaux, la mer brunâtre au fond, tout dansait devant lui, dans la lumière grise et dorée d'un soleil voilé, accablant.

Les réminiscences chuchotées par son élève pendant ses nuits, qui évoquaient le passé somptueux et tragique du peuple aztèque, cette femme à la beauté d'ambre et de jais, l'indianité presque nue, offerte à la caresse du vent chaud, et cette momie descendue de l'autre grand empire, celui des montagnes andines : tout le Nouveau Monde, toutes ses cultures, tous ses âges semblaient s'être unis pour l'envahir, le pénétrer, le subvertir et lui enlever le jugement, lui, le petit frère tout blanc venu de si loin. Il ressentit si fort cette impression, que le continent entier, des riches cérémonies des hauts plateaux mexicains jusqu'aux pensifs cultes des morts des Incas, en passant par la sorcellerie des Indiens des forêts, le cernait et le dévorait, qu'il porta la main à son cœur ; celui-ci battait la chamade. C'était comme si l'indianité, cette végétation multiforme, était entrée en lui et poussait ses lianes dans ses artères, en faisant éclater çà et là sa carapace de chrétien, d'Européen, de Blanc, par une poussée irrésistible de sève, en préparant l'éclosion sur lui, en lui, de fleurs géantes, mortellement belles.

Elle le rejoignit dehors, et lui mit la main sur le bras. Il tressaillait au contact de cette peau lisse et chaude. Elle voulait simplement retourner auprès de Francisco ; ce soir-là, tous feux éteints — « pour ne pas effrayer les esprits », précisa Cristobal —, elle s'assit à nouveau au chevet du malade, après avoir chassé Angelo de la cabane. Il entendait, à travers la mince cloison, le bruit qu'elle faisait : d'abord, dit Cristobal, elle le massait, pour tenter d'extraire de son corps l'insecte, ou le caillou enchanté, que le magicien jeteur de sorts y avait introduit. Son chant bas et nasillard était coupé de râles, de souffles rauques et d'un bruissement de plus en plus faible, que la magicienne produisait avec des balais de feuillages ; il donnait l'impression d'un éloignement vers le pays des esprits. Et puis c était le retour du voyage au cercle des âmes, un retour qu accompagnaient des gémissements ; qui devenaient cris, hurlements, rugissements ; et le charivari de ce langage de démons s'épandait dans la nuit noire, effrayant les soldats et les chiens.

Puis elle dansa à nouveau au son des maracas, dans l'espoir, disait Cristobal, qu'à force de danser son corps deviendrait léger, si léger qu'il pourrait s'envoler et rejoindre le Grand Ancêtre, pour tirer de lui la guérison du jeune malade. Elle avait passé des grelots à ses pieds et ses bras ; et elle frappait le sol avec deux longues perches auxquelles elle avait attaché des sabots de cerf. Elle piétinait, comme pour écraser une bête invisible et nuisible. Et frère Angelo, la tête entre ses mains, pleurait dans l'obscurité, parce qu'il n'arrivait pas à prier.

Et, quand les ombres grises du matin se dessinèrent à nouveau, la sorcière, elle aussi, avoua son impuissance : Francisco allait bientôt mourir.

Son père est assis sur un siège bas, l'air soucieux ; et les messagers, le front contre les dalles, racontent ce qu'ils ont vu. Ils tendent les papiers pliés où ils ont peint les étrangers, leurs vaisseaux et leurs armes, et où ils ont fait figurer, à côté de longs tubes noirs, un éclair qui signifie un son jusque-là inouï. Le petit Itzcoatl, sur un autre siège pliant, miniature de celui du souverain, assiste à l'entretien. N'est-il pas temps, ô *Mexicas,* qu'il prenne sa part, si jeune soit-il, du fardeau impérial ?

Et jamais le fardeau ne fut si lourd qu'en ce jour. Les messagers envoyés là-bas, sur la côte, racontent qu'on les attacha à un grand arbre sans branches, au centre des pirogues géantes des étrangers ; ils crurent leur dernière heure arrivée, surtout quand éclata le tonnerre qui abasourdit les oreilles. Une boule jaillit du tube, en répandant des étincelles ; et une fumée aussi pestilentielle que l'odeur de la vase pourrie leur brouilla le cerveau.

Les dieux venus de l'est portent des harnais de fer, des heaumes de fer, et sont montés sur les flancs de leurs cerfs apprivoisés ; et tout leur corps est emmitouflé, ne laissant voir que leur visage, qui est blanc, comme s'ils avaient été passés à la craie, ainsi qu'on fait aux victimes du sacrifice aztèque. Leur barbe longue — ils sont très poilus sur le visage —, leurs moustaches, et leurs cheveux longs, bouclés, sont jaunes ou noirs. Avec eux, il y a d'autres sortes de dieux inférieurs, qui sont tout noirs, des « anges aux figures sales ». Certes tous ces dieux mangent, boivent et saignent. Mais comment douter qu'ils sont des dieux, les compagnons de Quetzacoatl, de retour de son exil à l'est, comme l'annoncent les prophéties ?

Le jeune garçon, qui entend tout cela, ne comprend pas tout ; il ne voit que son père à l'air effondré ; l'empereur se tient la tête à deux mains. Il pleure.

L'enfant voit son père pleurer, soupirer, hésiter. Pourquoi ne s'apprête-t-il pas à combattre ? Moctezuma soupire, parce qu'en sa grande sagesse, trop grande peut-être, il se sait battu d'avance. Contre l'avancée des dieux, il ne donne qu'un ordre : que l'on plante, sur la route des Espagnols, sur le chemin qui les conduira à Mexico, des milliers d'agaves épineux. Dérisoire obstacle ! Les piquants du cactus sacré arrêteront peut-être chevaux, canons et armures, là où les lances d'obsidienne, les arcs et les sarbacanes se révèlent impuissants...

Ce père qu'il a connu si fort, dominateur, Itzcoatl l'a vu se défaire, se liquéfier au cours des mois qui ont suivi. Car il était là aussi, l'enfant aux grands yeux étonnés, quand le tout-puissant Orateur a rencontré Cortés pour la première fois.

C'était sur la chaussée qui conduit à la cité ; et Moctezuma a comblé le capitaine de présents, il lui a lui-même attaché des colliers de fleurs au cou et sur la tête. Dans son coin, l'enfant se mordait les lèvres devant cet abaissement.

« Seigneur, tu t'es donné bien des fatigues, et maintenant te voici au pays. Tu touches enfin à ta cité : Mexico. Tu es venu ici pour prendre ta place sur ton trône, sous ton dais royal.

Pendant un bref moment, quelques siècles, tes représentants te l'ont réservé, te l'ont gardé... »

C'est ainsi que l'empereur désignait ses prédécesseurs et lui-même, à la grande fureur de sa cour et de ses dignitaires.

« Oui, ils ne firent que garder pour toi, ô dieu qui es de retour, le trône et la cité.

Non, ce n'est pas un rêve, je ne sors point d'un rêve, je t'ai déjà vu ; j'ai déjà jeté les yeux sur ton visage ! Prends ton siège, prends ta place, ô toi venu de la région des brumes. Arrivez en votre pays, ô seigneurs ! »

Quand la Malinche eut fini de traduire, Cortés lui-même eut de la peine à la croire. L'enfant, caché derrière la foule des officiels, lui, pour ne pas voir plus loin cette dégradation du père, s'était mis à courir, sur la chaussée qui filait à l'infini, entre les deux lacs immobiles, vers la cité blanche et le palais.

Il a vu aussi, l'enfant royal dont les yeux ont des reflets de turquoise et d'émeraude, la façon dont Cortés et ses hommes reconnurent ces bons procédés. Il les a vus, ces Espagnols, barbus et puants, que son père lui ordonnait d'adorer, même quand ils riaient trop fort, renversaient les meubles, brisaient la vaisselle, il les a vus se précipiter vers leur seul but : l'or. Comment ne se méfierait-il pas du capitaine de Ayolas ? Il les revoit entassant dans la cour les plumes tissées, les sautoirs et les boucliers, les disques et les colliers sacrés, les pendentifs nasaux qu'ils ont arrachés, en les blessant cruellement, aux grands chefs, les bracelets et les diadèmes impériaux ; ils se sont tout approprié ; ils ont tout pillé, jusqu'aux gourmettes et grelots que l'enfant portait à ses chevilles : tous les trésors de l'art et de l'artisanat, tous les vêtements et les meubles incrustés et précieux, ils en ont fait un seul tas, ils y ont mis le feu. Ils ont détruit l'art pour récupérer l'or. Pour le faire fondre, ils ont incendié et saccagé les plus beaux objets, et dans la cendre des bois rares, des tissus précieux, ils ont récupéré le métal jaune qui avait coulé sur le sol. Un siècle de travail, des milliers de souvenirs, de merveilleux costumes, de rares bijoux, tout cela a brûlé et fondu, et de leurs mains tremblantes, avides, ils ont saisi l'or trop chaud et se sont brûlé les doigts. Pareils à un essaim de mouches, ils fonçaient sur leur proie, s'administraient de grandes claques dans le dos et n'en finissaient pas de pousser des cris de joie, à chaque morceau d'or qu'ils découvraient. L'enfant, tellement plus sage que ces adultes assoiffés de métal, regardait cette folie en serrant ses petits poings.

Tous ces attentats, toutes ces humiliations des derniers mois, Francisco-Itzcoatl, dans sa grande faiblesse, les revivait à présent. Et la force brutale de ces scènes, qu'il croyait avoir oubliées, giflait ses douze ans de conversion. Pendant tout ce temps, on l'avait nettoyé de son passé ; on cachait son identité ; on avait proscrit jusqu'à son nom impérial. Comment avait-il pu effacer de sa mémoire le massacre des siens, lors de la grande fête de Toxcatl ?

Le garçonnet, ce jour-là, s'était levé avec plaisir ; il aimait cette fête. Le dieu barbu Cortés était d'ailleurs absent de la ville. Itzcoatl visita les femmes qui, dans la cour du temple, pilaient les graines du *chicalote*, le pavot épineux, qui seules pouvaient entrer dans la composition du mannequin divin. L'air printanier était bleu, la joie dans les cœurs et dans le rythme des pilons. Les prêtres pétrissaient la pâte faite de ces graines, l'étalaient sur une carcasse en lattes de bois ; puis ils peignaient et habillaient le grand corps du dieu, lui traçant sur le visage les rayures bleues et jaunes ; ils ajoutaient des oreilles marquetées de turquoises, en forme de serpent, d'où pendait l'anneau d'épines, et la flèche d'or dans le nez. Sur la tête, ils fixaient la coiffure magique en plumes de colibri, et enveloppaient la divinité de sa mante noire en forme de feuille d'ortie, et de sa tunique parsemée de crânes et d'ossements ; on lui accrochait dans le dos l'oriflamme de papier teint couleur de sang, aux bras les rubans en peau de coyote.

Ce jour-là, la statue à peine achevée, le masque dévoilé, les officiants en tunique et aigrette de plumes de héron s'étaient mis en rang devant l'idole, avaient déposé à ses pieds les offrandes ; et ils avaient commencé la danse serpentine, les jouvenceaux avec leur longue mèche — les guerriers qui avaient déjà fait un prisonnier à la guerre se l'étaient coupée, cette mèche de jeunesse.

Ce fut alors que les Espagnols se glissèrent partout dans leurs rangs, sous prétexte d'observer la cérémonie. Et à un signe secret, ils fondent, l'épée haute, sur les danseurs désarmés; d'autres, qui gardent les portes, les ajustent de leurs arquebuses. Ils jouent de la dague avec délectation ; du revers de l'épée, de la lance, ils tailladent les épaules nues, les viscères des danseurs tombent au sol. Percés de mille blessures, ceux-ci se traînent et supplient; avec de grands rires, les Espagnols massacrent jusqu'aux innocents musiciens. Et l'enfant, que ses gardes ont aussitôt caché sur une terrasse, s'emplit du spectacle de la boucherie, dans la cour sacrée, où ne retentissent plus que d'affreux gémissements.

Plus tard, il verra presque sans émotion son père, le grand empereur devant qui tous se prosternaient, soudain chargé de fers, en son propre palais, par l'audacieux Cortés; ce père souffleté et abaissé à jamais devant lui, qui n'osait même pas appeler ses propres gardes pour punir le sacrilège. Il versait des larmes timides tandis que les Espagnols lui fixaient aux poignets et aux chevilles les infamants, les ignominieux bracelets de fer d'où courent les chaînes du prisonnier. Et c'est d'une pierre lancée par son propre peuple, exaspéré par tant de complaisance envers l'envahisseur, qu'il l'a vu périr, ce père chéri ; alors que Moctezuma s'adressait, d'un balcon, à la foule en révolte, pour tenter une dernière conciliation.

En évoquant cet ultime souvenir, Francisco, halluciné, s'est redressé brutalement, les bras tendus. À ses côtés, frère Angelo a senti sa foi, son espoir et son Dieu vaciller. Tant d'atrocités, de traîtrises et de sang répandu, au nom du Christ!

Oh, certes, il sait bien que les Mexicains, eux aussi, ont sacrifié à leurs idoles les Espagnols qu'ils ont faits prisonniers. Mais les horreurs des conquistadores, répercutées par la mémoire revenue à cet enfant, si longtemps sevré de son passé, ont pris une force nouvelle; ce sang de danseurs innocents, d'un prince trop hésitant, coule tout frais et chaud, et il lui faut encore brandir son crucifix et invoquer saint François pour en effacer la renaissante tache

CHAPITRE IV

SAN SPIRITO, RIO DE LA PLATA, 1541

Voici la femme, l'antique malice, qui a chassé Adam des délices du paradis ; c'est elle qui a voué la race humaine aux flammes de l'enfer, c'est elle que le prophète Élie a maudite...

La Célestine

UNE fois de plus, en errant dans la lassitude humide de la plaine qui s'étendait sans espoir, presque sans habitants, devant lui, le regard d'Angelo fouillait le couchant sans y penser. Pourtant, il n'y avait rien par là, rien à attendre de ce côté ; l'océan lui-même, parfois visité de voiles, était moins désespérant que cette ligne invisible qui se continuait derrière l'horizon sur des milliers de lieues. Depuis des mois, le capitaine de Ayolas discutait avec les caciques indiens, car il s'obstinait dans son idée de monter une expédition de conquête à l'occident du fort.

« Nous aussi, les guerriers guaranis, nous avons toujours voulu marcher à l'ouest, pour conquérir les richesses du Grand Empire, et épouser les femmes de leurs chefs », avait répondu l'un des plus vieux guerriers, assis en tailleur devant le bureau décoré des drapeaux des différentes relèves, d'où Ayolas menait ses négociations.

Le soir, ce dernier, éméché, saoulait à son tour le franciscain de ses délires de conquête. Il ne faisait que reprendre la vieille ambition des Guaranis, la vieille haine cupide et le vieux songe de pillage des nomades de la forêt contre les sédentaires, dont les séparait la haute muraille des montagnes.

Enfin, ils avaient accepté de marcher avec l'Espagnol, dès que la période des pluies serait finie, annonça Ayolas à Angelo.

« Tu comprends, Colomb cherchait les Indes, Ponce de León la fontaine de Jouvence, Vasquez de Coronado les sept villes de Cibola, Pinzo le Gange dans le grand fleuve des Amazones ; et même Nunez de Balboa, qui a découvert la mer du Sud, et que l'empereur a fait suzerain des plaines salées du nouvel océan, cherchait l'Asie. Ils voulaient trouver les songeries creuses de leur imagination, et ils n'ont récolté que des malheurs. Moi, je recherche quelque chose de plus sérieux, la grande montagne d'Argent. Je sais que je ne suis pas le seul. Là-bas, au-delà des cimes, les Pizarro ont conquis un empire, et la montagne doit se trouver quelque part entre eux et nous... »

Avec un hoquet, il avait voulu servir du vin à Angelo, qui avait refusé. Le capitaine se saoulait presque chaque soir, et une barrique d'*amontillado* lui arrivait à chaque relève.

« Il y en a qui cherchent la cannelle, à l'est de la Cordillère, comme Belalcazar ou Diaz de la Pineda. Moi, je cherche l'or. Sais-tu, c'est l'homme venu de l'est, apporté par le courant du fleuve, le premier Espagnol à avoir traversé cette terre du Nouveau Monde dans le sens de la largeur, qui me l'a conté : il existe, quelque part au nord-est, vers la Nouvelle-Grenade, un pays dont le cacique se baigne chaque année dans une lagune, après s'être entièrement couvert d'huile de térébenthine et enduit de poudre d'or. Et l'or y est si commun que leurs armes et leurs écuelles sont faites de ce métal. C'est le royaume de l'Homme doré, l'Eldorado... »

Il ne lui parlait presque plus de Francisco-Itzcoatl, dont le sort était, apparemment, déjà réglé dans son esprit. En effet, la santé du jeune homme, miné par les fièvres, déclinait de jour en jour. L'administration de l'amère décoction de coca, fournie par la « femme-médecine », lui procurait seule un mieux provisoire, en faisant descendre la chaleur intérieure qui le consumait.

Angelo contempla une dernière fois l'infinité verte devant lui, et s'apprêta à rejoindre son élève, en pensant qu'il pleuvrait probablement toute la journée. Ce fut alors qu'il fronça les sourcils ; il venait d'apercevoir très loin, au nord, le long de la plage, une rangée de points noirs minuscules. À cette distance, il n'aurait pu décider qu'il s'agissait d'animaux ou d'hommes, si cette rangée n'avait été aussi réguliérement disposée, et si elle n'avait été suivie par un carré tout aussi régulier. Angelo se frotta les yeux ; cela lui paraissait impossible, fou, mais il dut se rendre à l'évidence : une armée s'avançait vers eux, une armée formée suivant les règles européennes.

Il se précipita pour sonner la cloche, après avoir averti l'ordonnance du capitaine, qui ronflait encore. Ce dernier sortit en bâillant, cherchant ses bretelles, et ouvrit des yeux effarés.

Deux heures plus tard, les troupes venues du nord furent parfaitement visibles. Et, derrière les carrés colorés des bataillons, une masse hurlante et dansante était à son tour apparue.

« Ce sont les Portugais. Ils viennent du cap Redondo ou de la Punta de Marco, où finit leur capitainerie. Ils ont dû avoir vent de mes projets vers l'ouest », murmura le capitaine, qui avait rejoint ses soldats sur le chemin de ronde.

Alertés par la cloche, les Indiens du village commençaient à envahir la cour. Ils craignaient les Portugais qui, au contraire des Espagnols, autorisaient l'esclavage des Indiens ; le testament d'Isabelle la Catholique, puis les lois impériales l'interdisaient en revanche formellement. Mais ils craignaient encore plus leurs alliés, les féroces Topinambous, ou *Tupis,* comme ils s'appelaient eux-mêmes.

Nus, le front et les reins ceints de plumes blanches, la lèvre inférieure percée d'un disque de pierre, ils avançaient en brandissant leurs *tacapes,* ces massues de bois rouge ou noir, terminées par un disque aplati qui avait le coupant du rasoir, et leur bouclier rond, en peau de tapir ; les plus proches bandaient, à genoux, leurs arcs géants dont la corde était tissée à partir d'une herbe appelée *tocon* et qui passait pour leur donner la victoire ; ils criaient des insultes en montrant aux Guaranis les ossements, tibias et crânes, colliers de dents, devenus ornements, qui ballottaient sur leurs poitrines luisantes : ceux des ancêtres de leur tribu qu'ils avaient autrefois mangés. Une pluie de flèches, soit taillées dans un os dur, soit déjà munies par leurs alliés de pointes en fer, s'abattit sur le fort.

La bataille s'était engagée, dès qu'Ayolas avait fait tirer une salve d'arquebuses, dont les balles fracassèrent le bras d'un héraut d'armes portugais, au moment où il s'apprêtait à replier la sommation d'usage ; elle disait que le roi du Portugal contestait l'application espagnole du traité de Tordesillas, conclu presque un demi-siècle plus tôt à la suite de la bulle papale dite de Partition. Elle divisait le monde comme le pacte de Tolède l'avait fait pour l'Afrique (entre le Nord et le Sud, pour protéger les Canaries espagnoles). Mais cette partition-ci attribuait à l'Espagne l'Ouest, et au Portugais, l'Est. Découpé comme une orange, le Nouveau Monde découvrait la guerre pour le drapeau.

Le capitaine n'était peut-être pas un exemple de vertu, ni de délicatesse, mais on ne pouvait lui enlever ses qualités de chef de guerre. Il beuglait ses ordres, courait à tous les points menacés.

Angelo, qui ne se souvenait que trop du siège de Rome, s'était rendu à la chapelle, où il avait regroupé les femmes et les enfants. Il songeait à y faire transporter Francisco ; mais le désordre était tel, dans la cour encombrée de fuyards terrorisés par les explosions et les flèches qui se succédaient sans discontinuer, qu'il renonça à son projet. À la fin de la nuit, il put enfin abandonner son infirmerie improvisée au pied de l'autel. Les Portugais, déçus par cette résistance qu'ils ne suspectaient pas, craignaient une sortie. Ayolas leur faisait croire qu'il disposait de troupes fraîches, en habillant les Indiens avec les uniformes des morts ou ceux du magasin, et en les plaçant sur le chemin de ronde.

Le matin suivant, toute l'armée ennemie avait décampé ; son arrivée et sa disparition dans l'enfer vert d'où elle était venue ne laissaient sur place que le rond noir dû à leurs feux de camp. S'il n'y avait pas eu ces traces, et les blessés qui gémissaient dans la maison de Dieu, Angelo aurait pu croire avoir rêvé.

Quand il pénétra, à l'aube grise, dans la chambre de Francisco, celui-ci délirait, brûlé de température, comme si l'excitation mortelle de la bataille s'était invisiblement communiquée à son corps affaibli, à son âme affolée.

« Ils jouaient avec la grosse balle élastique, faite de la sève d'un arbre lointain du Sud, qui rebondit quand on la frappe avec les genoux et la hanche. Cette balle s'appelle comme la plante qui produit la gomme, *ollin ;* et elle est le Mouvement. Le mouvement de la balle, c'est le mouvement du soleil, en jouant ils dansaient la danse du soleil. Celle du mouvement de la vie... J'aurais pu être l'un d'entre eux. Je les regardais avec envie, ces jeunes chevaliers-aigles et chevaliers-jaguars que vous avez massacrés à coups de canon. »

La main d'Itzcoatl — il avait renoncé à son prénom chrétien — s'est tendue, accusatrice, vers le franciscain. Celui-ci, sans répondre, lui bassinait les tempes. À ses pieds, le coffret d'osier, tiré de la cache où il gisait en sécurité, le long panier contenant le trésor que Francisco avait réclamé. Comme s'il voulait mourir en serrant sur son cœur les bijoux de ses ancêtres.

« Ou bien j'aurais pu, si j'avais été fait prisonnier, dans la Guerre Fleurie, par ceux de Tlaxcala — nous entretenions avec eux le jeu de la guerre depuis tant de générations ! —, être sacrifié lors de la fête du dieu Tezcatlipoca, après avoir passé l'année traité comme un dieu, fêté par quatre courtisanes chargées par leurs caresses de m'enlever toute tristesse. »

La voix de Francisco, basse, engorgée, mêlait des mots aztèques aux mots espagnols. Il respirait de plus en plus mal, et l'on voyait ses côtes, sculptées dans sa maigreur, se soulever avec des halètements, asphyxiées par l'air lourd et moite.

« Le jeu ! Xochiquetzal en était la déesse. Avez-vous jamais compris que la guerre que nous vous faisions était un jeu ? Mais vous n'avez pas joué selon les règles, les règles de la Guerre Fleurie. Le Grand Jeu de la danse de la Mort.

« Ce n'est pas nous qui voulions du sang, c'est le Soleil... »

Par moments, sans logique, l'adolescent retrouvait sa voix d'enfant pour supplier Angelo, en évoquant les sacrifices humains qui avaient marqué en traits de feu sa mémoire.

« Père, sauve-moi de l'égorgement ! Au sommet de la pyramide du Seigneur de Turquoise, les esclaves, les prisonniers sont rangés. Le dieu a envoyé son messager ; c'est le moment. Voici que s'avancent les prêtres, ils leur jettent à la face le *yauhtli*, la poudre sacrée. Ils les lient et les emportent sur leurs épaules, jusqu'en haut de la pyramide... Ô père, ils les jettent tout vivants dans le brasier ! Je vois se boursoufler la peau, la fumée m'étouffe... Ils sont des centaines, les prisonniers de la Guerre Fleurie, à brûler ainsi ! Il y avait la fête de Xipe Totec, Notre Seigneur l'Écorché, devant son temple ; autour de la grande pierre ronde que cent mille prisonniers ont eu peine à tirer jusque-là, j'entends encore résonner les conques marines... Ils défilent, les captifs de la guerre, fleuris et heureux. On a choisi les plus beaux, les plus forts pour les déguiser en dieux ; les maîtres les prennent par les cheveux, les mènent à la Pierre. Ils leur donnent à boire l'*octli* qui enivre ; et toute la journée, ils combattent, attachés par une corde à la grande meule de roc ; mais chaque coup des massues à tranchant d'obsidienne lacère leurs corps, alors que leurs armes à eux, couvertes de plumes d'oiseaux, n'ont d'autre effet que de caresser leurs agresseurs. Et puis, quand l'homme tombe... »

Itzcoatl eut un spasme. Sa chair revivait ces boucheries sacrées, et son corps se replia douloureusement. Angelo voulut le faire taire.

« Cesse de penser à tout cela. Tu te fais du mal. Prie la Sainte Vierge. »

Mais l'enfant, le regard absent, n'avait plus d'yeux et d'oreilles que pour ces scènes sanglantes. Les regrettait-il, ou les craignait-il ? Sa propre mort était-elle le dernier sacrifice humain du peuple aztèque ?

« Alors, quand l'homme tombe à terre, qu'il défaille, vite, vite, je vois les prêtres, les vieux prêtres en robe noire, aux longs cheveux poissés de sang ; ils le saisissent, on le pose sur la pierre... Le corps est renversé en arc, et le prêtre a brandi le couteau d'obsidienne, il fend le ventre jusqu'aux côtes. Et il plonge la main, il remonte vers le cœur, tandis que le sang jaillit de la bouche, et qu'expire le captif de guerre. Et voilà que la main crochue ramène dans ses ongles le cœur rouge, encore palpitant, qu'elle l'arrache, qu'elle le présente au soleil brûlant ! Et je vois le prêtre jeter le cœur ruisselant dans la Jarre des Nuages toute peinte en bleu ; il a rejoint ceux des autres. Les femmes sacrifiées à Tlaloc, elles, on les décapite pendant qu'elles dansent, et j'ai vu leur tête rouler pendant que le corps dansait encore. La nuit de la Ligature des Années, qui ne le sait ! c'est du ventre ouvert d'un homme que le prêtre tire le Feu nouveau qui fera revenir le Soleil. Mais voilà, mon ami, toi qui fus mon père de remplacement, tu n'as jamais compris cela. Tu n'as pas vu les prêtres écorcher vivantes les victimes volontaires, habillées comme le dieu et qui gardaient jusqu'au bout le sourire aux lèvres ; et se revêtir de cette peau fumante pour danser en l'honneur du Seigneur des Écorchés... »

Angelo ferma un instant les yeux. Cette horrible danse, à présent, il l'imaginait trop bien. Ne devenait-on pas ce qu'on revêtait ? L'âme du mort, devenue l'âme du dieu, c'était sa peau. Horrible froc de peau d'homme !

« Notre âme n'est pas notre peau, Francisco. Ce n'est que notre démon...

— Fleurs mortelles, fleurs de sang, fleurs de la guerre... J'ai vu aussi noyer les enfants voués à Tlaloc, le dieu des Pluies ; sais-tu, mon père, qu'il y a deux paradis ? L'un accompagne le soleil — les guerriers compagnons de l'aigle et les femmes mortes en couches, héroïques tous les deux, y demeurent pour toujours. L'autre est dans le sein humide de Tlaloc, où vous entraîne le monstre Ahuitzotl. À quel paradis serai-je voué ? »

Les prières d'Angelo, ses signes de croix ne pouvaient exorciser cette résurgence des vieilles terreurs et croyances. Il tenta en vain de faire boire Francisco ; les lèvres altérées tétaient dans le vide, le liquide coulait hors de sa bouche sans qu'il eût la force de déglutir.

Sa température ne cessait de monter. Dans son angoisse, le jeune prince s'adressait au franciscain comme s'il eût été l'un des acteurs de ces jeux cruels de son enfance.

« Prends mon sang, père vénéré ! Ainsi parlait le prisonnier à son maître. Il ne faut pas nous juger cruels, ô chrétiens. Le Christ aussi s'est sacrifié... »

Un souffle d'air tiède courba la flamme de la chandelle qu'Angelo avait allumée près du hamac. Bien qu'il eût l'impression que la porte, derrière lui, s'était ouverte, le franciscain ne se retourna pas. Une bave mousseuse montait aux lèvres de l'agonisant ; il n'était que temps de lui administrer les derniers sacrements. Mais, en repoussant la Bible qu'il lui tendait à baiser, l'adolescent, redressé dans son hamac, hagard, étendit les deux bras et gémit :

« Je veux le Trésor sacré ! Donne-moi le Trésor ! Il est plus précieux que tout... Sans lui, je ne pourrai jamais rejoindre le neuvième ciel, le cercle de Mictlan...

— Et qu'est-ce qu'il contient donc, ton grand coffret, mon mignon ? Des bagues, des pendentifs, des pierres précieuses, peut-être ? Il est bien léger... »

Avant qu'Angelo eût pu faire un geste, la main, encore noircie de poudre, du capitaine de Ayolas, s'était abattue sur le coffre aux vives couleurs. Francisco-Itzcoatl poussa un rugissement. Le capitaine était entré sans bruit dans cette chambre de malade, encore tout imprégné de l'odeur de la bataille. Et l'excitation du combat, sa victoire récente lui donnaient le courage brutal du pillard.

« Capitaine, lâchez immédiatement ce coffre. Au nom de la Vierge... »

Il était trop tard. Renversé en arrière, Itzcoatl râlait dans son dernier souffle. Angelo se pencha pour les sacrements. Derrière lui, il entendait Ayolas grommeler dans sa barbe, tout en déchirant sans le moindre respect le fragile couvercle ; il se retourna, l'homme avait plongé ses grosses mains poilues dans l'osier éventré. Il fouaillait en vain, avec des grognements.

« Rien, rien du tout, que cette vieille parure dont on ne tirerait pas trois sous... Où est-il, son trésor ? »

Il s'avança vers Francisco en repoussant d'une main Angelo, qui tomba à la renverse, et saisit le mourant à la gorge.

« Où est-il, ton trésor ? Ce trésor plus précieux que l'or et les diamants ? »

L'adolescent, qui s'en allait, eut un léger sourire, tandis que son regard montait sous la paupière supérieure, à la recherche de ce ciel intérieur qui était à la fois celui des dieux aztèques et du Sauveur chrétien ; et sa voix déjà diaphane murmura :

« Rien, pour nous, n'est plus précieux que la plume du Quetzal. Elle vaut cent fois l'or et les pierres les plus précieuses... Donne-la-moi, père. »

Angelo, pour obéir au vœu du moribond, avait extrait la grande parure de plumes du coffre où elle était soigneusement pliée depuis tant d'années. À la lumière chaude et voilée du ciel tropical, qui pénétrait à flots par la porte entrouverte, le splendide papillon géant se déployait à présent, tout vibrant de teintes brillantes ; l'habileté avec laquelle cet immense éventail avait été replié, le travail des supports ingénieux en bois précieux, montés sur pivots, qui ouvraient à présent leur charge bruissante, auraient suffi à déclencher l'admiration d'un esprit moins brutal qu'Ayolas. Mais celui-ci continuait de grogner, atrocement déçu :

« Des plumes ! Rien que des plumes ! Que veux-tu que je fasse de cette défroque ? »

Car d'autres parures, de chevilles, de bras, sortaient à présent du coffre, qu'il vida complètement. Angelo, cependant, était resté fasciné par la grande coiffure aux panaches mordorés. Faute de savoir la fixer, il l'avait simplement posée derrière la tête du jeune prince ; et le visage bruni, amaigri, aux lèvres pincées, se détachait à présent en son centre, comme celui du Christ en ces gloires de soleil couchant chères aux peintres de son Italie. Cette gloire-là, ce cône de plumes lumineuses, était rouge et jaune au milieu, couleurs du plumage des perroquets autrefois sacrifiés pour réaliser ce chef-d'œuvre, et parsemé de cercles concentriques de petites aigrettes multicolores : celles de l'oiseau-mouche, du minuscule colibri, que le plumassier avait assemblées avec un sens étonnant de l'harmonie. Mais le plus étonnant, dans cette œuvre d'un art que les anciens Aztèques mettaient au-dessus de tous les autres, c'était la grande demi-couronne frémissante, l'immense auréole de plumets, d'un vert éclatant, éblouissant, vert d'émeraude et d'eau profonde, que le perroquet-paon sacré, le Quetzal des Terres Chaudes, avait abandonnée aux mains des artisans. Ce Quetzal si vénéré que sa chasse par de simples particuliers était punie de mort.

Et pendant que l'avidité trompée d'Ayolas s'exprimait en jurons, ce fut nimbé de cette splendeur verte que s'éteignit le dernier descendant des empereurs atzèques, veillé par un prêtre chrétien.

« Bienheureux ceux qui meurent dans la pénitence, car ils iront dans le royaume des cieux. Malheur à ceux qui ne meurent pas dans la pénitence car ils sont les fils du démon dont ils font les œuvres, et ils iront au feu éternel. »

C'est l'esprit fort troublé, trébuchant dans la boue, qu'Angelo descendit du fort vers le village, en se répétant cette maxime du *Poverello* et sans savoir vers quel but ses pas hésitants le conduisaient. Les larmes l'aveuglaient, et les gouttes de pluie chaude qui frappaient son visage. Il faudrait à Francisco des funérailles selon le rite franciscain, pensait-il par instants. À peine avait-il pu réciter les prières de la *Commendace* et le *Subvenite* par lesquels la liturgie des agonisants recommande le mourant au ciel, au moment où elle devient sans rupture la liturgie des défunts. Francisco n'avait même pas eu droit au viatique, il ne s'était pas confessé, il n'avait pas communié. L'intervention d'Ayolas avait bouleversé cette mort.

Enfin, il avait abandonné le corps, veillé par le seul Cristobal, après la toilette funéraire, sans forces pour passer à ses côtés la longue nuit qui venait. Le psautier lui-même ne lui était d'aucun secours. Quant à la pensée qu'il lui faudrait réciter l'office des morts, et dire ainsi un définitif adieu à ce visage que la glaise rouge gorgée d'eau allait ensevelir... Après tout, Francisco avait eu raison, il se dissoudrait dans l'humide : son corps périssait noyé, au paradis de son dieu Tlaloc.

Attentif à ne pas réveiller sa propre douleur, dont il pressentait qu'elle risquait de le rendre fou, presque distrait de son deuil par la volonté de ne pas y songer, il atteignit ainsi la limite du village. Une dernière case, un peu à l'écart, abritait la « femme-médecine ». Sans qu'il sût comment ni pourquoi, il vint y trouver refuge contre la poignante impression d'avoir été inutile, contre l'horrible doute qui gagnait jusqu'au consolant rituel chrétien.

Elle était là, debout devant la couverture qui fermait sa porte, sur le seuil ; et sa force, son torse plein et nu, dans le crépuscule, sur ce fond blanc, provoquèrent une fois de plus chez le jeune homme en froc ce trouble qui lui montait au cerveau, cet appel qu'il entendait depuis si longtemps pendant son sommeil agité, et qui lui donnait irrésistiblement le désir de la pétrir, de la tenir dans ses bras. Elle souriait, d'un air un peu las, et lui dit simplement : — il n'avait plus à présent besoin d'un Cristobal pour les mots courants de guarani :

« Je t'attendais. »

Ce qui, en guarani, se dit par la métaphore de l'oiseau de retour au nid.

Il ne put s'empêcher de penser qu'elle savait la mort de Francisco, bien que personne n'eût quitté le fort avant lui, un fort tout occupé à réparer les plaies du récent assaut. Il eut un gémissement étouffé en retrouvant sa récente peine, ce deuil qui lui faisait à présent si peur, parce qu'il remettait en question jusqu'à la vie éternelle. À travers le déluge de la pluie du soir, inondé de pleurs intérieurs, l'observant qui avait fait don de son sexe à la foi eut le besoin fou d'être embrassé, câliné comme un enfant. Elle eut l'air de comprendre, par instinct, ce besoin ; et sa main peinte d'hiéroglyphes se posa doucement sur son cou, le poussant presque vers l'intérieur.

Il y faisait noir. Il se laissa tomber sur le sol, qu'une maigre fourrure couvrait à peine, et éprouva une sorte de jouissance à cet inconfort. Elle avait préparé le nécessaire à maté. Elle se pencha sur le feu, fait de quatre brindilles, et enleva prestement l'eau qui bouillait. Elle versa précautionneusement le liquide dans la petite gourde évidée qu'elle avait bourrée d'herbes. Le fruit séché, dont il ne restait que l'écorce, était jaune et vert, comme la parure de plumes d'Itzcoatl. Elle lui fit signe de boire aussitôt. Il aspira goulûment, il avait tout d'un coup très froid. Le goût était celui de la feuille, de la plante, d'une nature généreuse, enivrante.

Et en effet il était à présent totalement enivré. À moitié couché, les yeux fermés, il écoutait la voix basse de la « femme-médecine », qui chantonnait en lui caressant les cheveux. Soudain, elle s'adressa à lui, tandis que sous ses paupières closes montait un feu d'artifice de visions ; et le plus étonnant est qu'il lui parut qu'elle parlait castillan, ou bien qu'il avait appris parfaitement le guarani, sans qu'il pût décider lequel des deux était vrai.

« Quand j'étais petite, les hommes m'enfermaient toujours dans la case, avec toutes les autres femmes, pour une certaine fête. Et nous entendions avec terreur, derrière la cloison, un bruit effrayant qui nous jetait dans l'angoisse, un bruit comme un cri de bête blessée : on me disait que c'était la voix du dieu. Un jour, je suis sortie en cachette, et j'ai vu que c'étaient les hommes qui soufflaient dans des conques pour le produire, le cri terrible. Souvent, la vérité est derrière la cloison... »

Elle le fit doucement lever. Tout tanguait autour de lui, mais il se sentait très fort, et eut un rire béat. Elle déplaça la cape en poil de chauve-souris sur laquelle il était assis, et souleva une trappe. Le début d'une échelle apparut dans le gouffre sombre.

Ils descendirent lentement ; Angelo n'aurait jamais soupçonné l'existence de ce boyau souterrain, pavé d'antiques dalles ; ils marchèrent longtemps, longtemps, et quand ils sortirent à l'air libre, au milieu de la forêt, la lune étincelait, bouclier d'argent sur la poitrine du ciel. Angelo avait souvent remarqué que le temps se dégageait la nuit. Mais cette lune-là brillait d'un éclat insoutenable ; et l'odeur de la forêt, ajoutée à celle de sa compagne, le fit presque défaillir. Il éprouvait tout, lui sembla-t-il, plus intensément, plus violemment ; et le grand cri silencieux de la Création, la houle puissante de la nature le submergeaient entièrement.

Devant lui, parfaitement découpée par la nappe de lumière blanche, la grande pyramide à degrés, massive et superbe, s'élevait bien au-dessus d'un mur d'enceinte aux blocs cyclopéens si merveilleusement ajustés qu'on eût dit un tissu vivant. Et pourtant Angelo savait qu'il n'y avait pas de pyramide connue en ce bout du monde.

L'entrée, formée d'un trapèze de blocs monolithes, où le linteau était plus étroit que le seuil, était sculptée d'un serpent et d'un puma ; et les animaux de pierre, teintés de blanc par la lune, frémirent à leur passage, comme s'ils étaient prêts à bondir pour punir les sacrilèges. Ils montèrent les degrés qui striaient, par un effet de l'astre, l'obscurité peuplée de cris d'oiseaux, de frôlements et de caresses. Elle se retournait à chaque marche géante, et lui tendait la main. Et il admirait sans retenue son agilité, cette peau lisse et charnue où se reflétait la blanche lumière, ce jeu libre d'un corps musclé qui dansait avec la lune ; ses seins, dans l'effort, se redressaient, vibrants, vers lui.

Quand ils furent arrivés au sommet, d'où ils dominaient la profondeur noire de la forêt, tous deux seuls debout, sous la face ronde du disque nocturne, elle parla à nouveau, de sa voix basse et chaude, en invoquant son dieu :

« Viracocha, où es-tu ? Dehors ? Dedans ? Dans les nuages ? Dans l'ombre ? Écoute-moi, réponds et consens... »

Angelo suivait passionnément cette prière, il la partageait. Viracocha, le grand dieu bon de cet empire des montagnes (que les Espagnols allaient bientôt dénommer « Inca »), n'était-il pas le Sauveur, au fond ? Qu'importait son nom...

« On affirme qu'avant de créer toutes choses, Viracocha eut un fils très méchant, Taguapica, qui contredisait son père en tout. Lorsque celui-là créait les hommes bons, celui-ci les faisait mauvais de corps et d'âme. Le père faisait des montagnes, et lui des plaines... Il séchait les sources créées par son père... », confiait la voix de la récitante.

N'était-ce pas Satan, ce contradicteur effréné ?

« Ô Seigneur ancien, Seigneur lointain, très excellent Seigneur, qui as créé et établi toutes choses,

« Disant : que l'homme soit, que la femme soit,

« Qui as pitié des hommes... »

En quelles langues ces prières qu'Angelo entendait s'enfler et bruire, dans la nuit, comme reprises par un chœur invisible, étaient-elles chantées ? Il n'en savait plus rien. Les cultes du Nouveau et de l'Ancien Monde, de l'Est et de l'Ouest, du Nord et du Sud, n'en faisaient qu'un au sein de la douceur nocturne.

Alors, lentement elle se dévêtit.

Le rayon lunaire effleurait sa peau, pendant que d'une main négligente elle défaisait le nœud lourd de ses reins. Il se dévêtit à son tour, poussé par une force supérieure, celle qui unit le Créateur et la Création, le Sauveur et la Nature, car toutes ces notions en lui s'étaient mariées. Quand il fut nu, un corps trop blanc encore presque enfantin, il se souvint brusquement de la basilique d'Assise, il pensa à saint François et se revit accomplissant le geste purificateur.

Dans l'ombre, des anges passaient, presque invisibles, ou des esprits ailés ; parfois, il distinguait jusqu'à la couleur de leurs ailes : et ce dégradé du vert au rouge, ces ailes multicolores ressemblaient étonnamment au grand papillon de plumes qui ornait à présent la couche d'Itzcoatl. Ces anges-là, comme ceux de Fra Angelico, à Florence, en ce couvent de San Marco où il avait prié dix ans plus tôt, au lieu de blanc candide, offraient au regard, sur leurs ailes, la séduction nouvelle de coloris diaprés.

Il se retourna vers elle pour lui faire part de sa découverte. Mais sur la plate-forme illuminée de lune, à la place de l'Indienne, par une anamorphose étrange, un animal qu'il n'avait jamais vu le regardait de ses doux yeux foncés. Ils avaient la même teinte que ceux de la « femme-médecine ».

Et cet animal était d'un blanc immaculé, presque éblouissant, sur le ciel noir.

« Je suis le Napa, le lama sacré, le premier des animaux apparus sur terre après le déluge... », dit la voix de la femme à l'oreille d'Angelo.

L'animal, au début royalement indifférent, s'approcha de lui, tourna autour de la plate-forme. C'est à son mouvement de reins qu'il la reconnut. C'était encore elle, la sorcière, qui s'offrait à présent, plus femme encore en bête de rut qu'en prêtresse.

Sa raison, son passé, sa foi vacillaient. La bestialité, cet autre nom de la Nature, interdite plus qu'à quiconque au prêtre par son vœu de chasteté, lui était jusque-là en horreur.

Mais cette nuit, où le Bien et le Mal se confondaient, l'éruption de son désir franchissait toutes les barrières. Il admira, détailla sans pudeur l'animal ; son pelage était si doux qu'il ne put se retenir d'y passer la main. La vigogne blanche redressa son long cou duveteux d'un air intelligent ; ses grands cils battirent comme pour une acceptation. Et il vit à ses oreilles dressées, longues et frémissantes, les bijoux de pierre que portait la femme. Puis elle se cabra un instant sur ses pattes arrière, exposant à la lune la fourrure de son ventre ; enfin elle s'agenouilla, dans la position des sphinges, les deux jambes avant repliées sous elle, et approcha le museau d'un air confiant.

Il roulait maintenant, emporté par le plaisir, sur l'étroite plate-forme, et son sexe pénétrait l'animal qui s'était couché sur le flanc. À chaque coup de reins, il gémissait plus fort ; et quand l'orgasme vint, et qu'il vit tout rouge, il bascula sur les degrés, et sentit la pyramide s'effondrer sous lui en même temps que lui se répandait en elle.

Et une voix railleuse, grave, ignoble, à travers l'écran de ses paupières, qu'il maintenait obstinément fermées pour ne pas quitter l'instant de sa jouissance, lui cria, lui parvenant dans une demi-conscience :

« Au nom de l'empereur, frère Angelo, prêtre indigne, je t'arrête ! »

Il ouvrit soudain les yeux. Il était de nouveau dans la case, étendu, nu, sur la cape soyeuse, et la femme était dans ses bras.

Tout lui revint brusquement. La mort de Francisco. Le capitaine de Ayolas qui, debout devant lui, jambes écartées, un sourire mauvais aux lèvres, le montrait du doigt aux soldats qui l'accompagnaient.

« Attrapez-le, ce débauché, ce traître à sa foi, à son noble souverain ! »

Angelo voulut se relever. Il était moulu, brisé. Ayolas mit un pied vainqueur sur le froc, jeté plus loin.

« Et emmenez-le dans l'état de sa faute. Qu'il reste comme il est ! Elle aussi, la sorcière, mettez-lui les fers... »

Puis Ayolas déroula un édit de lui-même, qu'il bafouilla en le déchiffrant ; il en découlait qu'Angelo et sa complice avaient commis les crimes les plus infâmes, et notamment celui d'empoisonnement sur la personne d'un otage de sang royal. Angelo eut un sursaut, et retrouva la voix — une voix cassée, qui le surprit lui-même :

« Tu m'accuses d'avoir empoisonné Francisco ! Chien, tu seras puni par le Ciel !

— Ta complice a été vue, elle apportait des poudres, des herbes... Le soldat qui a servi Francisco est formel. Sa nourriture était empoisonnée. Il en a donné les restes à un chien, qui est mort...

— Toi, tu m'as demandé le poison. Mais tu ne m'as pas dit pour qui c'était... », articula calmement la « femme-médecine ».

Elle le dit d'un ton neutre, dans son mauvais espagnol, comme si le débat la concernait à peine. Angelo eut un tressaillement. Le poison, le remède, tout était égal, pour cette femme. Elle avait voulu lui fournir l'antidote, quand elle avait reconnu sur Itzcoatl l'effet de la drogue que lui avait commandée Ayolas. Et Angelo n'avait rien compris. Ses herbes avaient tué Francisco, comme elles l'avaient drogué lui-même tout à l'heure. Il sentait à présent qu'elle avait ajouté quelque chose au maté, un de ces puissants opiats qu'elle fabriquait.

Il voulut à nouveau protester. Mais le piège se refermait ; qu'Ayolas fût l'assassin du jeune prince otage, c'était à présent indémontrable ; car il avait pris l'avantage en dénonçant le premier le crime. Il voulut à nouveau saisir son froc, mais Ayolas fit un signe.

« Emmenez-le à la prison du fort, tel quel ; il y attendra son jugement. Empoisonneur, parjure de ses vœux, fornicateur, son compte serait déjà bon. En plus, il conspire contre l'Empereur et Roi, Notre Vertueux et Très Catholique Charles ! »

Ce fut en gravissant, sous les huées des soldats, entravé mais toujours nu comme Adam, le raidillon qui conduisait au fort, qu'Angelo connut son calvaire. Elle devait longtemps revenir dans ses cauchemars, cette montée dans la boue glissante, cette honte, ce prêtre indigne marchant sous la pluie, entre deux rangées de visages indiens, sans expression autre qu'un absent mépris, ou peut-être une solidarité secrète.

Autour de lui, il entendait sans les comprendre les soldats parler de rébellion, de colons massacrés. À ses crimes s'ajoutait le soupçon de sa complicité avec les Indiens en révolte, par l'intermédiaire de la sorcière. Ayolas avait bien travaillé la rumeur.

Il devait l'apprendre plus tard ; la révolte indienne n'était nullement le fruit de l'esprit inventif du capitaine. La nouvelle de l'attaque portugaise, parvenue aux tribus rassemblées à Asunción bien avant qu'elle vînt aux oreilles des autorités, avait libéré les Guaranis de leur peur secrète de l'Espagnol.

Ce jour, qui était celui de Pâques de l'an 1541 après la naissance du Sauveur, époque que Dieu avait choisie pour la chute et la passion d'Angelo, les Indiens avaient convergé, par toutes les ruelles d'Asunción, en sortant de tous les fourrés qui ceignaient la ville, aussi nombreux que si la terre du Nouveau-

Monde elle-même les produisait à mesure, vers la grande place d'armes et la petite cathédrale. Ils donnaient pour prétexte qu'ils voulaient assister à la grande fête chrétienne, et avaient revêtu les manteaux de cérémonie. Ils étaient restés debout, sans chuchoter ni bouger, au fond de l'église, pendant presque une heure. Mais au moment où le prêtre avait élevé le calice, à un signal invisible, que nul Espagnol ne devina jamais, ils s'étaient précipités avec des hurlements sur les colons, en exhibant les casse-têtes qu'ils avaient jusque-là dissimulés sous leurs vêtements. Et ils avaient massacré sans pitié jusqu'au prêtre, qui tomba l'un des derniers, la tête en sang, sur cet autel où Angelo avait célébré le mystère, au moment même du Sacrifice.

Troisième partie

COINCIDENTIA OPPOSITORUM
ROME, 1542-1543

Stabat mater dolorosa
Juxta crucem lacrymosa
Dum pendebat Filius...

Jacopone da TODI

« In nomine Domini, Amen

À son Éminence le cardinal Carpi, protecteur de l'ordre séraphique de Saint-François, la congrégation du Saint-Office de l'Inquisition romaine, et nous, Inquisiteurs de la perversité hérétique, établis en la Ville de Rome et les États pontificaux par décision toute fraîche du Saint-Père, Paul, troisième du nom, communiquons respectueusement ce qui suit :

Nous donc, juges susdits, à qui il incombe, par le devoir de notre charge, pour la gloire et l'honneur du Nom adorable de Jésus-Christ, pour l'exaltation de la sainte Foi orthodoxe, de dénoncer et poursuivre les faux croyants et sorciers qui ne sont en réalité que des renardeaux venus saccager la Vigne du Seigneur, avons assigné l'un des membres de l'ordre séraphique, Angelo dit de San Giminiano, frère mineur avant sa dégradation, fils d'Ascanio Valori, commerçant à Assise, et petit-fils de Francesco Valori, gonfalonier de Florence, qui périt assassiné lors des troubles qui ont mis fin à la honteuse hérésie de Jérôme Savonarole ; et ceci prouve que le venin hérétique saute parfois une génération, mais demeure souvent présent dans une même famille.

À tous et à chacun, de quelque condition et de quelque état que ce soit, quels que soient leurs ordre et dignité, de par l'autorité dont nous jouissons sur ce territoire, en vertu de la sainte Obéissance et sous peine d'excommunication, nous avons prescrit, ordonné, requis et averti, sous cette première monition canonique, de nous révéler s'ils ont vu ou connu ou entendu parler de cet Angelo, et s'ils ont vu ou entendu dire qu'il était hérétique et sorcier.

Le capitaine de Ayolas et son adjudant militaire — les deux témoins requis ayant ainsi été constitués — ont juré leur dénonciation, sur les quatre Évangiles et sur la croix, trois doigts levés et les deux autres repliés, pour attester de la sainte Trinité, ainsi que le veut le règlement. Le capitaine de Ayolas ayant choisi de porter son témoignage parce qu'une sentence d'excommunication frappe ceux qui tairaient de tels crimes, il n'est pas tenu d'offrir de se soumettre à la loi du talion, s'il était lui-même prouvé faux ; en effet, il s'agit bien ici, suivant les règles de notre jurisprudence, d'une dénonciation et non d'une accusation, puisque le capitaine a choisi cette voie. D'ailleurs, à la question de savoir s'il dénonçait par mauvais vouloir, haine, rancœur, il a répondu que non.

Les crimes et erreurs de celui qu'on appelait frère Angelo sont d'autant plus graves qu'il relève d'un ordre qui a fourni à la sainte Inquisition quelques-uns de ses fleurons. Mais que Votre Éminence se rassure ; nous, que le pape a commissionnés à cette recherche de la Vérité, qui appartenons à l'ordre de saint Dominique, n'agissons en aucune manière mus par quelque rivalité d'ordre. C'est sur l'insistance d'une pieuse personne, cet Ignace de Loyola qui étonne la Ville éternelle par l'exemplarité de sa communauté, que Sa Sainteté Paul a institué l'Inquisition dans sa Ville ; jusqu'à présent elle y avait échappé.

En nous accordant l'appel suprême, et l'évocation des procès, il nous a permis de faire venir, et de juger nous-mêmes, le cas d'Angelo dit de San Giminiano, au motif que la monstruosité hérétique décelée chez un religieux est digne du plus haut tribunal : et les faibles instruments dont l'Inquisition dispose au Nouveau Monde n'auraient pas permis une enquête valide, surtout quand il s'agit pour l'Église d'arracher un de ses propres membres. Bien que notre Saint-Office à Mexico ait brûlé Don Carlos Ometochtzin, de la ville mexicaine de Texcoco, descendant des rois païens, il y a quelques mois, pour avoir célébré le culte de la pluie en cette année de sécheresse, et que le zèle de l'évêque Zumarraga ne soit nullement en cause (à preuve qu'il a instruit et jugé la complice du frère Angelo sur place), l'appartenance du noble prélat au même ordre que l'accusé pouvait le rendre suspect de faiblesse. Certes, nous savons que Sa Sainteté Innocent IV, par *Licet ex omnibus,* et Alexandre IV, par *Olim praesentiens,* ont autorisé les généraux et provinciaux des Frères prêcheurs et des Frères mineurs à nommer eux-mêmes les juges de l'Inquisition ; mais comme le dit la bulle apostolique de laquelle notre sainte Inquisition tient ses pouvoirs : « Innocent huitième du nom, évêque, serviteur des serviteurs de Dieu, en perpétuelle mémoire du Christ : désirant de tout cœur, comme le requiert la sollicitude de notre charge pastorale, que toute perversion hérétique soit expulsée loin des frontières des fidèles... », aucune distance, aucun ordre ne peuvent s'opposer à notre action ; évoqué à Rome par nous, ce procès purifiera l'ordre séraphique de ses tentations renouvelées d'agitations internes. Purification d'autant plus nécessaire qu'il a charge d'évangéliser les tribus innombrables du Nouveau Monde.

Cette enquête a d'abord été diligentée, reconnaissons-le, par les toutes récentes universités fondées par l'Empereur, celle qui porte le beau nom de Saint-Thomas, en l'île Saint-Domingue, et celle de Santiago de La Paz.

Les efforts incessants du Très Saint-Père et de Sa Majesté l'Empereur pour réunir enfin le Concile qui mettra fin à l'hérésie luthérienne sont sur le point d'être couronnés de succès. Le Concile est déjà convoqué, sans doute à Trente, bien que la guerre vienne d'éclater à nouveau avec le roi de France. L'Église est engagée, depuis l'élection de Paul, dans un effort d'amélioration, un esprit de réforme contre les abus ecclésiastiques. Le procès fait à l'un de ses ressortissants du très humble ordre séraphique de saint François fait partie de ce vaste plan de restauration.

A donc comparu devant nous ledit frère Angelo, à qui avons présenté la cédule d'accusation.

Donné à Rome, le 23 décembre de l'an 1542 depuis l'Incarnation du Seigneur, en ma présence à moi, notaire apostolique, ainsi qu'en celle de ceux qui me sont associés dans cette charge de greffe, et en observant les *Practica officii Inquisitionis* et tous traités utiles, le bref *Inter Coetera* d'Innocent III, les lois frédériciennes, la bulle *Cum adversus haereticam pravitatem*, les encycliques, lettres apostoliques, indults royaux, impériaux, pontificaux et épiscopaux, les chartes des privilèges de l'ordre des frères mineurs et leur Constitution, le *Marteau des sorcières*, les *Instructions* du révérend frère Tomas de Torquemada ; l'imprescriptibilité des lois et décrets portant création de notre Office qu'ont réaffirmée Alexandre et Clément nous fait d'autant plus devoir d' " enquêter, interroger, convoquer, arrêter, torturer et sentencier ".

« Des dix propositions qui ont pu être trouvées dans les manuscrits et aveux de l'ex-frère Angelo, et qui résument son hérésie, en dépit de ses protestations d'innocence : par leur *pravitas*, leur perversité, leur *pertinacia*, leur ténacité mauvaise, ces affirmations répétées de naïveté révèlent la profondeur du mensonge.

Comme l'a démontré le Docteur Angélique, Thomas d'Aquin, il existe deux raisons de l'hérésie : l'opposition à un article de foi, au *Credo* notamment, ou à la Trinité — ce n'est pas le cas de notre homme —, mais il y a aussi l'opposition à une vérité de Tradition confirmée par l'Église.

L'Église enseigne la modération, la prudence. Elle déplore les excès, mais elle n'appelle pas à la révolte contre ceux que le doigt de Dieu a placés à la tête de l'autorité civile. Par son action à San Spirito, le frère Angelo a sapé ce principe de modération. Et c'est là la première proposition condamnée : " Que le rôle du prêtre est d'abord de chercher la vérité chez les Infidèles plutôt que chez les vieux chrétiens. "

Il existe, selon saint Thomas, des Vérités premières et des Vérités secondes. Les premières sont les articles de foi, que le susnommé n'attaque pas. Quant aux secondes, dont l'altération ou la négation entraîne par voie de conséquence le refus subreptice — car grande est la ruse de l'hérésie — des articles de foi, il s'agit notamment de tous les décrets des quatre Conciles, Nicée, Constantinople, Éphèse et Chalcédoine, ainsi que des ouvrages des docteurs de l'Église. En acceptant la libre discussion avec les Infidèles, le susdit accusé a contesté ces

Vérités secondes. Et ceci est la seconde thèse condamnée : « Qu'il y a libre choix de la Foi, et des chemins encore inconnus pour y parvenir. »

« Qu'il existe une Âme du Monde, qu'on appelle Nature, qui est son âme véritable, et que la Trinité est un être purement intellectuel » est la troisième proposition.

De là découle la quatrième : « Qu'il y a génération de ce qui est créé par l'Âme du Monde. »

La cinquième proposition que nous avons tirée de ses aveux, écrits et paroles peut se dire ainsi : « L'homme après sa mort rejoint l'Âme du Monde. Il n'y a ni survie ni responsabilité individuelle. »

La sixième : « Si le Monde est infini, comme le prouve la découverte du Nouveau Continent, la Création aussi est infinie et continue. » Or la Création n'eut lieu qu'une seule fois, contrairement à ce qu'affirme Averroès.

La septième : « Que rien ne s'engendre ni ne disparaît vraiment, que tout se transforme » accorde trop au Prince de ce Monde. Relativisme absolu.

La huitième : « Qu'il existe une âme intellective de la Terre, suivant Ge. 1,24 : *Producat Terra animam viventem* », qui se pourrait retrouver dans les cultes des Infidèles, des Juifs, des Indiens. Dangereuse confusion !

La neuvième : « Que l'âme humaine, à croire l'accusé, serait 'prisonnière' du corps. » L'âme humaine, chez saint Thomas, est forme du corps, et non sa prisonnière.

La dixième prouve que l'accusé appartient, non pas à la catégorie des hérétiques positifs, mais à celle des négatifs. En effet, il déclare croire à tous les articles de foi ; et pourtant, l'on trouve chez lui maintes propositions dignes des Patarins, il n'est que trop proche de ces *Fraticelli* agitateurs qui désolèrent votre ordre il y a deux siècles, que Clément V, Innocent VI et Urbain firent brûler ; on trouve chez lui traces de platonisme, stoïcisme, averroïsme, pythagorisme, lullisme et magie noire, de gnose surtout, car éternelle est l'horrible hérésie gnostique. « Toutes les vérités se valent » serait cette dernière proposition.

Le tribunal ne doute pas que ses tendances panthéistes ne

viennent à l'accusé de sa trop longue fréquentation, et des Mahométans, et des Juifs, et enfin des Mexicains idolâtres. Car il y a toujours entre l'idolâtrie et le relativisme par excès de tolérance une affinité naturelle. Enfin, sans être franchement socinien, l'accusé témoigne à la religion prétendue réformée une tendresse secrète, et il a des accents origénistes.

À ces hérésies de la pensée, s'ajoutent bien sûr ses crimes, qui en découlent (mais auraient pu lui être pardonnés, s'il n'y avait eu qu'eux), et qui sont au nombre de sept :

— Rupture de ses vœux de chasteté, et aussi d'obéissance, par incitation des Indiens à la révolte,

— Sodomie avec un animal,

— Gyrovagie, c'est-à-dire errance d'un frère dans un but d'agitation,

— Sorcellerie et magie,

— Empoisonnement, avec une complice, d'un otage appartenant à la Couronne et baptisé,

— Trahison de ses devoirs de prêtre auprès d'un mourant qui a péri hors les sacrements de l'Église,

— Et surtout, scandale et honte attirés sur l'Église, devant ces populations barbares du Nouveau Monde, par une fornication publique et luxurieuse. »

Question : Reconnaissez-vous que le Mal existe ? Ou bien tout est-il équivalent, sorcellerie et religion, par exemple ?
Réponse : « Nihil est bonum nisi ens. » Tout ce qui est bon a la qualité d'être, dit votre Docteur Angélique. Le Mal est un non-être intervenu par accident. Ce fut ainsi pour moi...
Question : Connaissiez-vous l'*Extravagante* de Jean XXII, « *Super illius specula* », contre les sorciers et leurs incantations ?
Réponse : Oui, je la connaissais.
Question : Vous avez donc péché en connaissance de cause ?
Réponse : J'en ai été bien puni. J'ai été frappé par Dieu dans ma chair et mon orgueil ; je porte en moi une terrible maladie qui me dévore.

Question : Cette maladie n'est-elle pas une invention destinée à détourner le glaive suspendu au-dessus de vous ?
Réponse : Elle est reconnue par le médecin, qui me prodigue en vain bois de gaïac et pilules mercurielles. L'état de faiblesse où je me trouve prouve assez la réalité de mon mal ainsi que les signes trop visibles qui l'accompagnent. Il s'est formé aussitôt après mon accouplement coupable... Mais si, comme Job, je suis abandonné de Dieu, vers lui je crie encore...
Question : Vous jouez les martyrs. Et vous n'êtes qu'un coupable qui souffre. Vos déclarations ne sont-elles pas inspirées par la prudence aux chuchotements soyeux ? Quand vous dites que vous n'aviez pas conscience du forfait, n'incitez-vous pas, par une voie détournée, oblique, à penser qu'il n'existe pas vraiment de magie ? que la transformation en animal, ou les philtres d'amour sont imaginaires, en insinuant par là que le Mal n'existe d'aucune façon ? Ce à quoi s'oppose clairement l'opinion du Décret : « Si par sorcières et autres magiciennes, Dieu, permettant dans son jugement occulte mais jamais injuste..., etc., ainsi que la réfutation des hérétiques qui s'abritent derrière le *Commentaire des Sentences* du Docteur Commun. Vous voulez prouver que si le Mal n'existe pas réellement, mais est soumis à Dieu, les maléfices ne sont produits que de l'imagination et n'ont pas d'existence efficace.
Réponse : Je crois que les démons sont soumis à la puissance supérieure de Dieu, et donc que ce qui est fait par eux est voulu par lui...
Question : Mais reconnaissez-vous aussi qu'ils existent réellement ? Vous semblez participer des astuces des hérétiques pour répondre sans avouer : réponses équivoques, renversement des questions, fausses surprises devant l'accusation d'hérésie, tergiversations diverses, simulation de faiblesse corporelle... Prudence et ruse !
Réponse : Je ne simule pas. Je n'élude ni n'équivoque.
Question : Vous savez qui est hérétique ? Vous ne pouvez, étant religieux, ignorer la définition de l'hérésie. Sont hérétiques tous ceux qui s'écartent, même faiblement, du dépôt de la Foi. Celui qui se laisse séduire par ceux qui doutent, et celui qui, doutant de la Foi, se complaît dans ce doute.

Réponse : Mais n'est pas hérétique celui qui souffre dans son cœur des tentations contre la Foi. Ce qui m'est arrivé...
Question : Prudence et ruse ! Est hérétique celui dont les pensées sont contraires à la Foi, même s'il ne les exprime pas en paroles.
Réponse : Je reconnais mes crimes, mais aucune des hérésies que vous m'imputez. J'ai agi toujours pour le bien de l'Église et pour la gloire de saint François.
Question : Est hérétique celui qui prétend que le Christ et les apôtres ne possédaient rien, ni personnellement ni en communauté. Êtes-vous de ceux-là ?
Réponse : La question n'a rien à voir avec mes crimes, que je suis prêt à expier.
Question : Est hérétique celui qui prête foi aux incantations et apparitions démoniaques. Êtes-vous de ceux-là ?
Réponse : J'ai déjà répondu que j'étais prêt, sur la question de l'existence réelle des démons, à suivre l'enseignement de l'Église. Dites-le-moi seulement.
Question : Renversement de question. Ce n'est pas notre opinion mais la vôtre qui est examinée. Ajoutez-vous foi aux démons et magiciens ?
Réponse : Si je dis que les démons existent, je suis hérétique, si je dis qu'il n'existent pas, aussi... Le canon *Episcopi* les nie, si je me souviens bien. « Celui qui croit qu'une créature peut être changée de forme, en meilleur ou en pire, par un autre que le Créateur, celui-là est infidèle et pire que le païen. »
Question : Autre hérésie abritée derrière les textes sacrés. Soutenez-vous que seuls les Extrêmes, le Démon, et la maladie qu'il provoque, sont réels, et que les moyens — les potions, philtres, voyages et transformations en animaux — sont imaginaires ?
Réponse : Je ne sais pas, mais cette femme que vous avez brûlée à Mexico n'était peut-être qu'une forme du démon.
Question : Vous ne répondez pas sur les moyens. Chez un pasteur d'âmes, comme vous l'étiez, aucune ignorance ne peut être dite invincible. Le fait d'être clerc aggrave votre culpabilité. Voyez les *Gloses* de Jean d'André dans le livre sexte des *Décrétales.* Votre cas concerne le droit canon avant la justice des hommes...

Réponse : Je n'ai pas étudié les *Décrétales.* Je suis théologien, et non juriste. Je crois en l'Amour, non dans les textes du Droit. « Aime et fais ce que tu veux », a dit saint Augustin.
Question : Croyez-vous que cela autorise la luxure ?
Réponse : Puisque le démon m'a puni de ce mal affreux, je réponds : non, dans l'acte. En revanche, selon l'Esprit, j'ai aimé cette femme sans commettre de péché... Mes intentions étaient pures...
Question : Évidemment, il n'y a eu sodomie que si cette femme s'est réellement transformée en animal. Sinon, c'est simplement luxure... Or, tout clerc sodomite doit être déposé. La sodomie est un des péchés contre nature (qui sont au nombre de trois : l'usure, l'idolâtrie sont les deux autres). Est sodomite celui qui se caresse lui-même, ou copule avec un animal...
Réponse : Je sais tout cela. J'ai aussi été un scolastique.
Question : Entendez-vous par là que nos questions sont artificieuses ?
Réponse : Non. Quoique vous utilisiez la *quaestio* comme mes anciens maîtres de Rome...
Question : Revenons à l'accusation de sorcellerie. Ne saviez-vous pas que, depuis Ève, Laodicée, Circé, Médée ou Cléopâtre, la femme est prédisposée à la luxure et à la sorcellerie ? N'auriez-vous pas dû fuir les avances de cette créature ? Ne saviez-vous pas que les sorcières peuvent retourner les esprits des hommes ? changer des hommes, et elles-mêmes, en bêtes ? célébrer des cultes sataniques ? détourner les cadavres ? avec l'aloès, l'ambre, des candélabres noirs, des fumées et des liqueurs, invoquer le démon ?
Réponse : Je n'ai jamais cru aux idoles indiennes. Mais j'ai voulu respecter, sinon le contenu de la croyance, du moins sa force et sa sincérité. Saint Augustin aussi nie la réalité de la transformation d'hommes en bêtes, pur fruit de l'illusion des sens...
Question : Ne vous mettez pas toujours derrière Augustin. Défendez votre propre point de vue...
Réponse : Le tribunal doit tenir compte de ma maladie. Je parle avec de la fièvre.
Question : Croyez-vous que les sorcières se transportent

réellement d'un endroit à l'autre, avec ceux qu'elles ont envoûtés ?
Réponse : Je ne sais pas. J'ai été ainsi transporté, mais peut-être n'était-ce qu'une illusion.
Question : Vous savez que les cultes de Dulie, qui mélangent vrais et faux enseignements, sont punis de mort ? Avez-vous pensé à unir le Christ et Satan dans un même culte ?
Réponse : Le Christ et Satan, jamais. Mais il existe chez les Indiens des préfigurations de la Foi, des éclairs dans la nuit. Ainsi certains de leurs dieux...
Question : Affirmez-vous avoir été possédé par l'esprit mauvais qui habitait cette femme ?
Réponse : Je répondrai comme le dit saint Thomas : il n'est pas possible au démon d'habiter dans l'âme, puisque Dieu seul habite en l'Esprit. Mais il peut habiter le corps...
Question : Reconnaissez-vous avoir pratiqué un culte de Latrie, alors que seul Dieu peut être légitimement adoré ?
Réponse : Non. Je n'ai ni salué ni prié les idoles. Mais j'ai prié pour l'âme de leurs constructeurs.
Question : Pouviez-vous ignorer qu'une femme qui peut faire pleuvoir, transporter les gens instantanément, montrer les vivants et les morts dans un miroir ou grâce à un philtre ou un onguent, changer les hommes en bêtes comme Circé, s'appelle *hechicera*, sorcière, en espagnol, si elle ne va pas au Sabbat, ce qui semble être le cas de votre complice ?
Réponse : J'ai entendu des enfants dire que cette femme était une sorcière, en effet...
Question : Et néanmoins vous avez recherché sa compagnie ?
Réponse : Dites-le : j'ai recherché son corps. Mais je ne croyais pas qu'elle était démoniaque. Ou bien je ne le savais pas. J'ai péché par la chair, pas contre l'Esprit.

On avait déshabillé son pauvre corps amaigri, pour vérifier s'il était apte à LA supporter. On ne l'avait fouetté, puisqu'il était ecclésiastique, qu'avec les lanières plates réservées par le Code aux prêtres et religieux ; le fouet clouté allait aux manants. Mais sur sa peau, où étaient nés des boutons rosacés dus à la maladie, les lanières avaient causé de nombreuses éraflures. Puis, malgré sa fièvre, on l'avait soumis à la Question — la vraie, la seule, qui était indice de sincérité, car on ne ment pas sous la torture. À tel point que les aveux du torturé étaient officiellement qualifiés de « spontanés » par le greffier.

Mais cette épreuve, qu'il avait lui-même demandée, lui fut plutôt favorable. On l'avait porté dans la chambre des tortures, et on l'avait lié.

« Frères, je vous en supplie, déliez un peu mes cordes

— Pourquoi nous appelles-tu " frères " ?

— N'êtes-vous pas d'un ordre mendiant comme moi ? Frères en Christ... Je ne suis pas hérétique. »

La torture, eu égard à l'ancienne condition du coupable, devait être, selon l'expression du notaire, appliquée *cum moderamine*, avec modération. On le suspendit par la corde de l'estrapade, mais à deux ou trois pieds du sol seulement. Hissé, devant le mur de pierre grise, la tête pendante, il ressemblait à un grand oiseau de nuit douloureux et palpitant. On lâcha la corde ; et il vint s'effondrer sur le sol après avoir dit :

« Je ne suis pas hérétique. »

Les juges, comme l'indiquait le *Manuel*, devaient demander l'autorisation de l'évêque (en l'occurrence du pape), pour torturer une personne ressortissant de sa compétence. Le cardinal Carpi, rouge silhouette au long visage funèbre, assistait aux interrogatoires. Il avait souvent à ses côtés un homme en civil, un Espagnol, à l'allure d'ancien militaire, raide et sombre dans son habit couleur de muraille.

Ce dernier dit en castillan :

« L'Église a horreur du sang. Qu'on lui applique les cordes. »

Pour éviter l'hémorragie, l'Inquisition espagnole avait inventé ce supplice, qui consistait à serrer de plus en plus des cordes nouées autour des membres gonflés.

« Elle, elle a été torturée aussi ? » demanda Angelo, quand il reprit conscience.

Il comprenait enfin cette immense douleur qui n'avait été jusqu'ici qu'un nom, la souffrance des nerfs portés à incandescence.

« Non, répondit l'inquisiteur dominicain. Elle a été brûlée vivante. On ne pouvait la torturer. »

Il prit son temps, en examinant le pauvre visage tendu vers lui.

« Elle était enceinte. On ne torture pas la femme enceinte. »

Angelo s'évanouit à nouveau. On le ramena en haut, pour qu'il ratifie ses aveux. On n'avait pas le droit de les certifier dans la chambre des tortures. Il fallait les répéter pour les confirmer. Il avoua de nouveau la fornication, mais pas l'hérésie, ni l'empoisonnement et la sorcellerie. Ces aveux-là étaient seuls qualifiés de « spontanés ». Les premiers, pendant la torture, étaient dits « aveux volontaires » *(confessio voluntaria).*

La torture, telle qu'elle avait été autorisée par la bulle *Ad extirpenda,* trois siècles plus tôt, sous Innocent IV, devait se pratiquer « sans mutilation ni danger de mort ». Les juges, ayant fait constater l'état de l'accusé par le médecin, renoncèrent aux charbons ardents et à l'épreuve de l'eau. Mais ils lui firent mettre les affreux brodequins de bois, qu'une vis serrait progressivement en écrasant les pieds. Il refusa toujours de confesser son hérésie, et priait pour ses juges et pour sa compagne.

L'homme en civil, près du cardinal, sans jamais intervenir à haute voix, semblait tout conseiller, tout décider. Il parlait à l'oreille de Carpi, faisait des signes aux juges. On voyait qu'il prenait dans ce procès un intérêt passionné ; c'était, enfin venue, pensait Ignace de Loyola — car c'était lui —, l'occasion de casser, dans le vieil ordre anarchique de Saint-François, cette indépendance et ce goût du simple peuple que la Contre-Réforme ne pouvait plus supporter. Cependant toutes les ruses avaient été inutiles, qu'il avait soigneusement suggérées : même la promesse de la vie sauve moyennant la confession d'hérésie (laquelle promesse, disait le *Manuel* d'Inquisition, n'engage évidemment pas le bras séculier, le gouverneur de Rome par exemple).

Avec persévérance, on le tortura à nouveau. Sa persévérance fut égale. Comme il ne pleurait pas, on fit inscrire que c'était là un signe sûr de sorcellerie. Lui pensait à Savonarole, à Francisco.

« Une modeste larme, cette grâce des pénitents, peut pénétrer le ciel et vaincre l'invincible. Mais ses yeux sont secs... », chuchota l'homme en civil, en citant saint Bernard.

Et comme il ne parlait plus du tout, on constata le maléfice de taciturnité ; les juges serrèrent sur leur cœur les petits médaillons de cire qu'ils portaient au cou contre les pratiques magiques, et qui contenaient des rameaux bénits.

« Autant il est vrai que l'hérésie panthéiste, qui abolit la distinction du Créateur et de la Créature, est la plus dangereuse pour la vraie Foi ; car seule cette distinction, et celle entre la Substance et les Accidents permettent de justifier la transubstantiation des Espèces, ainsi que l'union hypostatique de deux natures en Jésus-Christ ; autant il est vrai que la Foi, si elle requiert l'adhésion de la Raison, ne peut lui être soumise ; car " la Foi présuppose la connaissance naturelle, comme la Grâce présuppose la Nature, et la Perfection le perfectible ", dit le Docteur Commun. En vain les hérétiques opposent Foi et Raison, comme les disciples d'Averroès ; ils prétendent, comme l'ex-frère Angelo, " ne pas se préoccuper de prouver la théologie ". Certes la Foi, au contraire de la connaissance, qui part des réalités finies, ne se peut prouver. Mais il n'empêche qu'elle est par essence raisonnable.

En vérité la Foi est à la Raison ce que la Grâce est à la Nature, elle la perfectionne. Il ne saurait y avoir d'opposition entre elles, comme le soutiennent les nouveaux impies de ce siècle. Et pourtant la Foi n'est pas soumise à la Connaissance.

Interrogé sur ses études en Dialectique, l'accusé a répondu pour se tirer d'embarras et ne pas nier l'unité de la Foi et de la Raison, qu'il suivait humblement la formule d'Anselme : " *Fides quaerens intellectum* ", la Foi recherchant sa propre compréhension, lui paraissait une définition suffisante à toute théologie. Parmi ses lectures préférées, a cité Bacon ; ce docteur franciscain fut emprisonné " *propter novitates suspectas* ", en raison de nouveautés suspectes, comme nous le savons tous.

A cité aussi Nicolas Krebs, qui fut cardinal de Cues, et sa

« docte ignorance », qui mène à l'action et à la Foi ; et notamment, a dit que ce dernier aurait écrit qu'il est égal que la Terre tourne sur elle-même ou le Ciel autour d'elle. En s'abritant derrière le cardinal — qui a son tombeau à Saint-Pierre et fut une lumière de l'Église, mais dont les écrits servent de repaire aux hérétiques relativistes —, il a affirmé que reconnaître notre ignorance et notre finitude était le meilleur moyen de rendre hommage à l'infinité de Dieu. Par conséquent, il est entré dans la voie de l'hérésie infinitiste ; il s'est, tout fidèle à la Foi et à saint François qu'il se proclame, jeté dans les bras des doctrines impies du culte de la Nature, de cet averroïsme latin que Siger de Brabant combattit trois siècles avant notre temps. Averroès, en son *Traité décisif*, considère lui aussi que le monde est infini. Ainsi, comme saint Bernard contre Abélard, comme saint Thomas contre Maître Eckhart, nous disons qu'il y a une conjonction très dangereuse dans les idées de l'accusé, entre les protestations et affirmations d'une Foi aveugle, d'un fidéisme au-delà de toute Raison, qu'on ne rencontre que trop chez les frères mineurs dits Franciscains, et d'un esprit du relatif, de la création infinie, qui décrète l'impossibilité de prouver Dieu, lequel esprit est celui des averroïstes athées et de leurs successeurs modernes. Entre les deux, excès mystique ou athéisme, unis pour détruire l'accord miraculeux de la Foi et de la Raison par le Dogme tel que l'établit le Docteur Commun, il y a, en vérité, plus qu'une conjonction et une alliance, mais bien une coïncidence des extrêmes *(coïncidentia oppositorum).*

Rapport des experts en théologie, contresigné par Ignace de Loyola, général de la Compagnie de Jésus.

P.S. Considérant les conclusions de ce rapport, nous, Inquisiteurs délégués par le Siège apostolique pour exterminer cette hérésie pestilentielle, quoique les plus petits parmi les porteurs de la parole divine de l'ordre des Prêcheurs,

considérant que les hérésies cachées, subtiles, sont les plus dangereuses, confirmons la sentence interlocutoire d'excommunication, après avoir, dans un esprit de compassion, avec une affection toute paternelle, désirant de tout cœur son salut, tenté de corriger l'accusé en lui demandant de réfléchir,

Et puisqu'il n'entre pas vraiment dans la voie de la pénitence, et refuse par là de retrouver le chemin de l'unité de l'Église,

Le Tribunal, par cette sentence définitive, proclame hérétique Angelo dit de San Giminiano,

Et décide de le livrer au bras séculier, après qu'il aura été dégradé par le Siège épiscopal, et qu'il aura abjuré et confessé publiquement ses fautes ; lequel bras séculier nous supplions humblement de modérer son application de la sentence, bien que nous sachions que les crimes de l'accusé méritent cent fois l'exécution, et que la coutume est bien que l'accusé soit mis à mort. »

La chambre pontificale était rouge de sang. De longues traînées couraient depuis le lit, maculaient les soieries blanches, et formaient, sur le vêtement blanc du pontife étendu, une croix sanguinolente. De son bras partait un tuyau fait en vessie de porc, qui rejoignait celui, nu, d'un jeune homme à la manche relevée, qui venait de s'évanouir. En simarre fourrée, le médecin juif du pape, qui avait eu l'idée de cette transfusion, soutenait le malheureux donneur ; il y avait, entre ce malade décrépit couvert des ornements de l'Église et ce jeune pâtre vigoureux aux muscles pleins, un abîme de contraste ; mais au lieu d'apporter la vie, ce branchement désespéré, de veine à veine, était en train de provoquer la mort des deux participants.

Et sur cette scène, que contemplaient, silencieux, les cardinaux, aussi rouges que le liquide répandu, régnait l'odeur fétide, tenace, du sang humain.

Angelo s'éveilla, baigné d'une suée acide : cette scène, il le savait parce qu'Annibal le lui avait dit, avait vraiment eu lieu, quelques dizaines d'années plus tôt ; et le peintre avait commencé d'en faire un tableau allégorique. Mais il y voyait un tout autre sens qu'Angelo ; pour lui, ce tableau figurait la régénération de l'Église, sujet que le cardinal Giberti lui avait demandé d'illustrer.

Brisé par la maladie et les coups, Angelo médita quelques

instants sur ce rêve. La transfusion qui tuait, c'était peut-être celle, initiée par la Réforme de l'Église, par la création de ce nouvel ordre, cette Société de Jésus, toute militaire dans son obéissance, du nouveau sang apporté par Ignace. Livrés à un général élu à vie, éduqués à coups d'exercices mécaniques mille fois répétés, les membres de cette Compagnie prétendaient mettre fin au mal dont souffrait la chrétienté. Et si cette transfusion de discipline et de hiérarchie tuait l'Esprit évangélique ? Le futur Concile serait-il le triomphe de cette remise en ordre, mortelle pour l'aventure de la Charité telle qu'il l'avait crue présente dans l'Église ?

Il soupira. Il était comme abasourdi, emporté par les événements, depuis ce jour de la mort de Francisco, où tout s'était brutalement dégradé.

La baraque en bois où Ayolas l'avait enchaîné pendant le temps qui les séparait de la prochaine relève, puis une prison misérable à bord d'un vaisseau militaire, enfin le silence humide de cet *In pace* où il se trouvait, à Rome : depuis plus de vingt mois, Angelo n'avait connu que des cachots. Il avait été placé dès le début de son procès sous le régime du *murus strictus*, réservé aux cas graves. Le *murus largus*, souvent accordé aux ecclésiastiques, lui avait été refusé.

Angelo entendit le pas et le bruit des clefs à la ceinture du geôlier. On venait le chercher pour la confession publique, l'abjuration solennelle. Comme son maître Savonarole, il abjurerait pour bénéficier du droit de communier une dernière fois. Il abjurerait même ce qu'il n'avait jamais cru. Ce que l'on poursuivait en lui, c'était, il le savait, non pas tant la fornication charnelle — combien de clercs s'y étaient adonnés ? — mais la « fornication spirituelle ou idolâtrique » ; pour cela, la punition des religieux était plus sévère que celle des laïcs.

On l'emmena, ou plutôt l'emporta, jusqu'au parvis de Saint-Pierre. Les éternels travaux de la grande cathédrale dressaient leurs échafaudages et leurs grues de bois dans le ciel gris. On lui épargnait la procession à travers la ville, vers une autre église. L'*Inquisitor Maximus* l'attendait debout, au pied d'une croix, dans une chapelle latérale ; il lui dit, à voix basse :

« *Adjutorium nostrum in nomine Domini.* »

Et les assistants reprirent à haute voix, faisant résonner les mots sacrés jusqu'à la voûte de la nef :

« *Qui fecit caelum et terram.* »

La voix de l'inquisiteur se gonfla, en éclatant comme une trompette :

« Je t'exorcise, esprit immonde ; sors de ce servant du Seigneur, sors ! C'est le Christ qui te l'ordonne ! »

Quand Angelo, jusque-là à genoux, fut autorisé à se relever, il y eut un murmure d'horreur et de pitié dans la chapelle, que les curieux, qui visitaient la cathédrale de la chrétienté, avaient envahie. On eût dit une *Pietà* michelangelesque, ce corps émacié, dont les reins seuls étaient ceints, ces plaies ouvertes dans le dos, cette gangrène de bubons qui couvraient les épaules et la face.

Annibal, qui était venu mais se gardait de tout signe de complicité avec le condamné, frissonna dans son manteau de velours. Ce cadavre résigné et ambulant, qu'avait-il de commun avec l'adolescent grave et violent, dont la beauté troublait l'écolier d'Assise ? Mais, si défiguré que fût Angelo, le peintre reconnaissait ici un trait, là une boucle oubliée dans la chevelure, une silhouette que sa gracilité faisait enfantine. Et un grand flot de peine lui noya le cœur, sans l'empêcher de fixer dans sa mémoire le visage et le corps martyrisé de son seul ami.

On mit Angelo en position de jurer sur les Évangiles, à droite de l'autel, en regardant vers la nef, là où le diacre avait posé le volume.

« Ta confession doit réunir les conditions suivantes ; elle doit être simple, humble, pure, fidèle, nue, discrète, spontanée, totale, larmoyante, ponctuelle, forte, accablante. Sinon nous ne pourrons t'absoudre avant ton exécution », tonna l'inquisiteur.

Le public, qui n'avait cessé de grossir, le gênait. Et si, dans sa confession, l'ex-frère mineur venait à faire des révélations qui porteraient tort à l'Église ?

Il ébaucha un geste et chuchota quelques instants ; sur son ordre, les diacres, portiers et autres assesseurs de la cathédrale se groupèrent debout, au premier rang, s'interposant devant le condamné. D'ailleurs, la voix faible, implorante, d'Angelo filtrait à peine au-delà de l'autel Annibal se souvint tristement de la belle voix, riche de frémissements harmoniques, du jeune prédicateur, et dut se rapprocher, en jouant des coudes, pour entendre :

« Au nom du Père... Moi, Angelo de San Giminiano, que le siècle a connu d'abord sous le nom d'Angelo Valori, librement et de mon propre vouloir, j'abjure, je déteste, renonce et rejette loin de moi toute hérésie et toutes les hérésies, notamment celles dont je suis accusé : idolâtrie, fornication contre l'Esprit, magie, athéisme ou panthéisme, naturalisme. Je confesse par ma propre bouche d'un cœur droit et pur la sainte Foi catholique... Et si un jour je me parjure, je deviens relaps, que je sois maudit et excommunié de nouveau ! Que le notaire établisse une copie signée de ma confession... » — Jusque-là, Angelo avait récité son texte sans passion, comme un automate — « dont je vous demande à tous d'être témoins ! »

Sans qu'il y pense, comme quand il prêchait dans les églises, sa voix, d'abord hésitante et presque inaudible, s'était renforcée, et son timbre eut une force soudaine qui étonna le peuple. C'était un vieux moyen de prêche, pour réveiller l'attention d'une assemblée, de commencer très bas, afin que les conversations et toux s'interrompissent.

« À l'heure de ma mort... »

Il y eut un silence. L'inquisiteur voulut protester :

« Nous ne savons rien de ton sort, une fois abandonné au bras séculier... »

Un triste sourire fleurit sur les lèvres pâles d'Angelo, roses épuisées, qu'Annibal baisait autrefois avec admiration. Il reprit, malgré soi prédicateur :

« À l'heure de ma mort, comment ne serais-je pas sincère ? Que savez-vous de moi ? Que connaissez-vous du fond de mon âme ?

Oui, je confesse mes hérésies. Hérétique, avez-vous dit ; et je baisse la tête et avoue. Mais comment devient-on hérétique ? Je travaillais pour Dieu, et, tout d'un coup, je suis passé au service de Satan, selon votre jugement. Comment le saint, le sacré, en apostasie, s'est-il changé ? Ô douleur, ô funérailles... »

Sa voix s'affaiblissait sous les sanglots. Francisco, ou son fantôme, lui apparut un instant, à l'heure de sa propre mort, où il aurait dû lire la prophétie de la sienne. Peut-être avait-il écouté avec trop de complaisance l'enfant ensorcelé des anciens *Mexicas* ? Dans la foule, Annibal se mouchait bruyamment. Angelo reprit d'un ton plus simple :

« Dans mes cachots, j'ai eu une seule et unique pensée, pendant tous ces jours enchaîné, celle de chercher comment j'étais devenu infidèle à mon serment, à ma profession, à mon habit. Peut-on devenir hérétique par excès d'amour ? Alors, je vous le dis avec humilité, j'ai été hérétique par excès d'amour. Le saint Tribunal, et les docteurs avec lui, ont certainement raison de penser ce qu'ils pensent. Mais dans son cœur, dans le bouillonnement de la sincérité, qui ne pense comme moi qu'il n'y a jamais trop d'amour ? Que celui qui n'a jamais péché me jette la première pierre.

Longtemps, j'ai cru que ma fornication avec cette femme n'avait qu'un sens : la victoire de cette chair sur ma chair encore jeune et soumise à la longue ascèse. Et puis j'ai changé d'avis. Je me suis ouvert à une autre compréhension, plus large. Pour elle, mon désir était d'abord une conversion. Une conversion à ses dieux à elle. Comment l'amour en crime s'est-il transformé ? Car j'aimais les Indiens, j'aimais cette femme, et cet amour-là ne peut m'être imputé à péché, qui m'a permis de reconnaître en eux les créatures de Dieu, et de les défendre. Mais cet amour-là aussi, si pur et si désintéressé, ne cachait-il pas déjà quelque chose d'autre, un désir de tout pardonner, de tout se pardonner... ? »

La voix ne cessait de baisser. Plusieurs personnes s'essuyaient les yeux, tandis que les cloches de Saint-Pierre sonnaient l'heure des vêpres.

« Dans mon cachot, ces nuits-ci, je n'avais qu'une seule consolation, c'était le mouvement des astres ; dans le rectangle noir découpé par la meurtrière, ces points lumineux m'apportaient le secours de Dieu.

Je n'ignore pas le danger des étoiles ; je sens notre siècle miné par le doute, par l'irrévérence. J'ai toutefois lu le traité d'un nommé Copernic, qu'un ami m'a apporté dans ma prison. Qu'il ait raison ou tort d'enlever la Terre du centre du monde regarde les théologiens. Mais que nous en soyons le centre spirituel, qui peut le dénier ? Ces étoiles ont été faites pour nous parler le langage des constellations, me suis-je souvent dit en les regardant. Elles sont l'écriture infinie de Dieu. Mais n'est-ce pas là nouveau piège, nouvelle hérésie ? Pourtant Polycarpe dit que seul Dieu peut disposer des étoiles...

L'admiration, jusqu'au point de se fondre avec elle, pour la chose créée, quand devient-elle fautive ? Et cet excès d'admiration, cet excès d'amour et cet excès de charité pour les plus démunis, ces peuples indiens asservis par nous, comment se fait-il péché ? La finitude de la Création, comment y croire encore, quand on a comme moi parcouru des continents inconnus, comment y croire sans offenser le pouvoir infini de Dieu ? C'est ce que je me suis longtemps demandé, fixé à cette meurtrière, chaque nuit, et je sentais l'appel venu du noir, comme la pulsation d'un cœur géant.

J'ai péché. Comment ai-je péché en croyant accomplir le bien ? Où est la limite ? Ô Dieu Souverain, était-ce Toi qui m'inspirais à Assise, quand le flux de l'amour divin a envahi toute ma personne ? Était-ce encore Toi, dans la guerre et le massacre, quand j'ai tué, à Rome, quand je prêchais chez les Infidèles, quand je commençai mes missions ? À quel moment, Satan, es-tu entré en moi comme un voleur... ?

— C'est Notre-Seigneur qui vient comme un voleur, fit sèchement remarquer l'inquisiteur, coupant Angelo.

— J'ai sincèrement cru à une Foi plus large, à une réconciliation généreuse, un règne de la Charité sur cette terre. Là est ma faute, là est mon péché. Enfant, je croyais à l'âge d'or des poètes ; adolescent, aux murailles de diamant de la Jérusalem céleste, de la Cité de Justice et de Paix. On m'a appris dans mes fers que Sa Majesté Charles avait pris de nouvelles lois sur l'Inde, qui protègent les Indiens contre les colons. J'ai combattu pour cela. Mais où commençait le travail du Mal ? Dans cette volonté militante elle-même ? Aurais-je dû passer ma vie en contemplation, dans quelque couvent, à l'abri du monde, le laissant à ses injustices ? »

Sa voix se brisa au milieu de la phrase. Il se tut. Il n'attendait plus que la formule salvatrice : « Par tes propres aveux, nous avons reconnu que tu étais tombé dans l'hérésie. Mais voici que, revenu à de meilleures résolutions, tu déclares souhaiter retourner à l'unité de l'Église. T'ayant libéré des liens de l'excommunication qui te maintenaient prisonnier, nous t'absolvons... »

L'inquisiteur aurait alors crié : « Je t'exorcise, esprit immonde ! Sors de ce corps ! » Et il aurait tracé sur le front d'Angelo le signe de la croix, et ce dernier aurait reçu les coups de verge qui marquaient la réconciliation. Et le droit de communier lui aurait été rendu.

Mais, au-dessus de lui, des chuchotements de mauvais augure annonçaient une autre fin. L'inquisiteur dominicain étendit les mains, et dit d'une voix forte :

« Ta confession est une justification. En prétendant t'accuser, tu es retombé dans tes erreurs. Aussi, je te déclare relaps et te refuse l'absolution que tu ne mérites pas... »

Angelo tomba à la renverse, définitivement évanoui.

« Angelo chéri,

Je t'écris une dernière fois, par-delà l'excommunication et la mort, au Ciel où tu sièges à présent ; et cette lettre sans destinataire terrestre, je la détruirai dès que je l'aurai écrite, car elle ne pourrait que me nuire gravement.

Saint Angelo, tu étais sans doute un homme du passé. Ta Foi militante, sauvage, est celle des siècles révolus. C'est ce qui a causé ta perte en ces temps nouveaux d'hypocrisie sceptique. Et pourtant, ta Vérité est aussi éternelle ; éternelle, la lutte entre la pureté et l'accommodement au monde. Ton combat continue, les capucins issus de ton ordre le renouvellent contre les observants, comme les observants l'ont mené autrefois contre les tièdes.

Tu n'auras pas vu réformer l'Église, sous l'impulsion de Giberti et de Charles Borromée ; tu n'auras pas vu rétablir l'ordre et la discipline, aux dépens de la Foi, par les " prêtres réformés ", disciples d'Ignace de Loyola. Tu n'auras pas non plus connu la police des Arts, décidée par le Concile, et la soumission de la peinture aux décisions de l'Église. Tu n'auras pas vu enfin le dernier effort du vieux Michel-Ange, ce

Jugement dernier qu'il vient de révéler, et que déjà l'esprit de Trente dénigre et critique comme trop audacieux, trop noir, trop nu.

Heureusement, car tu n'étais pas fait pour cette période d'ordre, ni pour l'esprit de science qui l'accompagne et la contredit. Ta révolte n'était pas celle de nos modernes expérimentalistes, mais celle du chrétien des premiers siècles.

Première profession de foi de Simone Simoni, de Lucques, d'abord catholique romain, puis calviniste, puis luthérien, de nouveau catholique mais toujours athée : le titre de cet ouvrage, que j'ai eu entre les mains, résume bien notre temps. Oui, tu as bien fait de mourir, saint, trois fois saint Angelo.

Je t'ai vu, couvert de la tunique d'infamie, la croix de feutre jaune cousue sur la poitrine et dans le dos, mis d'abord au pilori, coiffé du bonnet pyramidal à croix de Saint-André et portant la robe à flammes renversées du relaps. Et en dépit de ce déguisement ridicule, tu allais à la mort avec tant de dignité que le peuple resta silencieux devant toi.

Mais tu n'auras pas été étendu les bras en croix, dans ton froc, sur la terre, comme les décédés de ton ordre. Tu as été brûlé. Depuis, ta présence me hante.

J'ai commencé un nouveau tableau. C'est une *Passion du Christ*. Jamais je n'ai poussé aussi loin les recherches, chez Vésale l'anatomiste, comme chez Paracelse le découvreur de la *Fons viventium*, de la matrice de la femme. Mes nus seront les plus exacts jamais peints jusqu'ici. Mais ce dont je suis le plus fier, c'est du visage du Christ. Il me fallait, comme à Léonard, une image parfaite pour représenter la perfection de la douleur. Mais moi je l'ai trouvée. J'ai revu tes traits et ton corps lors de ta confession publique, tels que les avaient marqués les bourreaux. Et ce visage, qui manifeste la face sacrée du Christ fait homme, c'est le tien, frère Angelo »

Paris, janvier 1987 — juin 1988

TABLE

Cortés n'assista pas au siège de Tunis, mais à celui d'Alger, en 1541. Les feux d'artifice n'étaient pas encore vraiment pratiqués en 1530. Le vrai nom du fils de Moctezuma était Tlacahuepantzin.

DU MÊME AUTEUR

Aux Éditions Albin Michel

Race d'Ep ! 1979

L'Amour en relief
roman, 1982

Les Petits Garçons
roman, 1983

Les Français de la honte
essai en collaboration avec Jean-Luc Hennig, 1983

La Colère de l'Agneau
roman, 1985

Ève
roman, 1987

Lettre ouverte à ceux qui sont passés du col mao au Rotary
essai, 1986

L'Âme atomique
essai en collaboration avec René Scherer, 1986

Chez d'autres éditeurs

Le Désir homosexuel, 1972

L'Après-Mai des faunes, 1974

Fin de section, 1976

Co-ire, album systématique de l'enfance
en collaboration avec René Scherer, 1976

Comment vous appelez-vous déjà ?
en collaboration avec Jean-Louis Bory, 1977

La Beauté du métis, 1979

La composition de ce livre
a été effectuée par Bussière à Saint-Amand,
l'impression et le brochage ont été effectués
sur presse CAMERON
dans les ateliers de la S.E.P.C. à Saint-Amand-Montrond (Cher)
pour les Éditions Albin Michel

AM

Achevé d'imprimer en juillet 1988
N° d'édition 10346. N° d'impression 4735-1135
Dépôt légal : août 1988